녹정기
5

鹿鼎記

The Duke of the Mount Deer by Jin Yong

Copyright © 1969, 1981, 2006 by Louis Cha.
Korean translation copyright © 2021 by Gimm-Young Publishers, Inc.
All rights reserved.

1969, 1981, 2006 Original Chinese Edition Written by Dr. LOUIS CHA 查良鏞傳士 known as Jin Yong 金庸.
All rights of Dr. Louis Cha vested in the Chinese language novel are reserved and any infringement thereof is
strictly prohibited.

Original Chinese Edition Published by MING HO PUBLICATIONS CORPORATION LIMITED,
HONG KONG.
Korean translation copyright is held by Gimm-Young Publishers, Inc.
This Korean edition is published by arrangement of JIN YONG & Gimm-Young Publishers, Inc.

녹정기 5 — 대명 천자의 복수

1판 1쇄 인쇄 2021. 01. 15.
1판 1쇄 발행 2021. 01. 30.

지은이 김용
옮긴이 이덕옥
발행인 고세규
편집 봉정하, 구예원 디자인 유상현 마케팅 김용환 홍보 반재서
발행처 김영사
등록 1979년 5월 17일 (제406-2003-036호)
주소 경기도 파주시 문발로 197(문발동) 우편번호 10881
전화 마케팅부 031)955-3100, 편집부 031)955-3200 │ 팩스 031)955-3111

값은 뒤표지에 있습니다.
ISBN 978-89-349-8948-6 04820
        978-89-349-8943-1 (세트)

홈페이지 www.gimmyoung.com   블로그 blog.naver.com/gybook
인스타그램 instagram.com/gimmyoung   이메일 bestbook@gimmyoung.com

좋은 독자가 좋은 책을 만듭니다.
김영사는 독자 여러분의 의견에 항상 귀 기울이고 있습니다.

일러두기

본문의 미주는 옮긴이의 주이다. 작품의 이해를 돕기 위한 김용 선생님의 작가 주는 ●로 표기하고 미주 뒤에 수록한다.
단, 전체 내용에 대한 주일 경우 ● 없이 장만 표기한다. 외국 인·지명은 대부분 현대 우리말 표기에 맞추었다.

녹정기

鹿鼎記

김용 대하역사무협

이덕옥 옮김

대명 천자의 복수

5

김영사

21 공주의 유별난 취향 · 19

22 소림의 괴짜 노승 · 93

23 기발한 그림 성지 · 197

24 강희와 재회하다 · 271

25 가짜와 진짜 · 339

미주 · 411
작가 주 · 412

【1권】 피의 사화

1 · 피바람을 몰고 온 사화 | 2 · 기구한 만남 | 3 · 일촉즉발의 위기 | 4 · 황제와 천덕꾸러기 | 5 · 만주 제일용사를 제압하다

【2권】 밝혀지는 궁중비사

6 · 밝혀지는 궁중비사 | 7 · 천지회의 군웅들 | 8 · 영웅호걸의 길 | 9 · 정통을 두고 겨루다 | 10 · 절세가인과의 인연

【3권】 사십이장경의 비밀

11 · 굴러들어온 염복 | 12 · 조여오는 살수 | 13 · 황제의 묘수 | 14 · 궁녀들의 혈투 | 15 · 경전에 숨겨진 비밀

【4권】 신룡교의 묘수

16 · 귀곡산장의 풍운 | 17 · 쌍아와의 만남 | 18 · 노황제와 십팔 나한 | 19 · 연풍戀風에 돛을 달고 | 20 · 묘수를 피하다

【5권】 대명 천자의 복수

21 · 공주의 유별난 취향 | 22 · 소림의 괴짜 노승 | 23 · 기발한 그림 성지 | 24 · 강희와 재회하다 | 25 · 가짜와 진짜

【6권】 소영웅의 활약

26 · 여심을 향한 소영웅의 맹활약 | 27 · 광대로 변신한 강호 호걸들 | 28 · 억지 혼례 | 29 · 공주와 동침하다 | 30 · 밝혀지는 역모

【7권】 조각을 맞추다

31 · 거세당한 왕세자 | 32 · 천하제일 미녀의 기구한 운명 | 33 · 일편단심 민들레 | 34 · 완성된 보물지도 | 35 · 설원을 헤매다

【8권】 금의환향

36 · 러시아 공주와의 연정 | 37 · 건녕 공주와의 재회 | 38 · 도주하는 부마 | 39 · 금의환향 | 40 · 쌍아의 소원

【9권】 주사위를 던지다

41 · 황삼 여인의 정체 | 42 · 주사위를 던지다 | 43 · 솟구치는 불길 | 44 · 몰려드는 위소보의 여인들 | 45 · 통식도에서 세월을 낚다

【10권】 신행백변

46 · 대만으로 건너간 위소보 | 47 · 대승을 거두다 | 48 · 네르친스크 조약 | 49 · 양다리를 걸친 의리 | 50 · 마지막으로 선택한 삶

우지정의 〈여락도권女樂圖卷〉(부분)

우지정禹之鼎은 위소보와 동향으로 양주 사람이며, 위소보보다 아홉 살 위다. 청나라 초기 인물화의 유명한 화가로, 당시 사실적 백묘화白描畵 의 대가로 칭송받았다. 기록에 의하면, '당시 명인의 화상畵像은 전부 그 의 손을 거쳤다'고 한다. 세간에 널리 알려진 작품으로는 시인 왕어양 王漁洋, 화가 왕록대王麓臺 등 유명한 사람들의 화상이 있다. 그런데 후세 에 남겨진 위소보의 화상이 없으니 애석한 일이로다!

오대산 현통사顯通寺의 무량전無樑殿

오대산 현통사의 동전銅殿

오대산 수상사殊相寺**의 문수기청사상**文殊騎青獅像

높이가 2장 8척(약 8미터)이다.

오대산 탑원사 塔院寺의 백탑 白塔

오대산 보살정菩薩頂

앞쪽 세 사람은 라마승이다.

오대산 불광사佛光寺 **대전의 불상과 보살상**

당나라 때 만들어졌다.

강희 황제의 출순出巡 행차 때 수행자들의 깃발 일부

출처: 월간 〈자금성紫金城〉

御製佩文韻府序

朕萬幾在御日昃宵分未遑自逸時尚藝聞不輟問學肆子史誦其文而晰其義矣以至百家之書凡可以裨世教敦武風崇書明補正闕使闕遺嘗謂韻府羣玉五車韞瑤詎出于瑩拈字字綜於韻稽古者也而邪之为而能博是書之作誠不为多而見必然其為書簡而不詳略而不備且引據多誤朕每致意于欲博稽羣籍著為全書爰於康熙四十三年夏六康朕与内直翰林誌亟親加考訂證至訊紕其脫譌或呈其經某史而載之其字某事未備者朕凌吋之面諭之增錄澎次成帙猶以故實或未極博於十月復令閣部大臣更加蒐采以裦益之朕有原奉增本又有内增外增將付剞劂矣名曰佩文韻府隨於十二月開局武英殿集翰林諸亞合併詳勘逐日進覽旋按㨾人於五十年十月全書告成共一百零六卷一弟八子餘頁囊括古今綱羅鉅細韻學之盛未有逾於此書者也出諸臣請序朕告自初至今經八年矢歷寒暑之久積歲月之勤朕於此書政事之暇未嘗惜一日之勞也朕

一

강희의 〈어제패문운부서御製佩文韻府序〉

〈패문운부佩文韻府〉는 아주 중요한 시사詩詞의 사전辭典으로, 모두 1만 8천여 페이지로 구성돼 있다. 그중에 '중인衆人의 힘을 합치지 않으면 어찌 뜻을 이루리오?'라는 구절이 있다. 강희는 모든 것을 자신의 공으로 내세우지 않고, '중인의 합친 힘'으로 돌렸다.

又嘗諭諸臣從來著一大書、非數十年之功不能成今數年以来
所成、大部書、凡十有餘種、若非合衆人之力、豈能刻期告竣。故念
先後、預事諸臣、皆令列名其中、茲序佩文韻府因備記編撰之始
末遂及備集諸書之大指、以見成書之不易如此。
康熙五十年十月題

청나라 황제의 옥새

국새는 모두 스물다섯 개가 있다. 수황전壽皇殿, 교태전交泰殿에 나누어 소장돼 있다. 위와 가운데는 청나라 황제의 명을 받는 보인寶印이고, 아래는 청나라 천자를 사嗣하는, 즉 상속하는 보인이다.

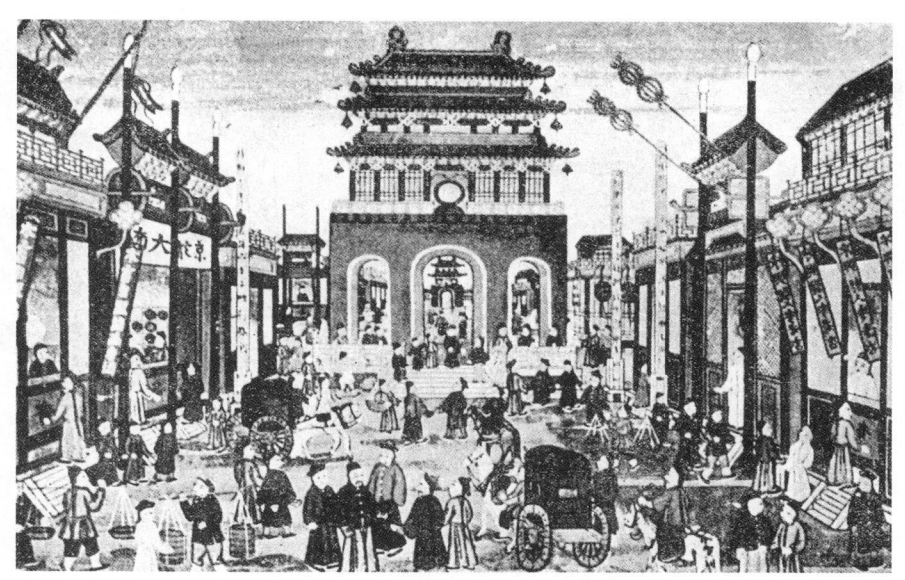

청나라 전성기 북경성 후문 대로변의 저잣거리

위소보는 그렇지 않아도 울화가 치밀던 차라 대뜸 손을 뻗어 그녀의 뺨을 철썩철
썩 후려갈겼다.

이어서 가슴에 주먹을 날리고 오른발을 가로 쓸어차서 공주를 다시 엎어뜨렸다.

그러고는 숨 돌릴 틈도 주지 않고 바로 등에 거꾸로 올라타서 등허리고 엉덩이고
마구 두들겨팼다. 욕이 절로 나왔다.

이날 배는 진황도秦皇島에 다다랐다. 일행은 육지에 올라 바로 북경으로 왔다. 위소보가 말했다.

"황궁으로 들어갈 방법을 찾아봐야 하는데, 그게 언제가 될지 모르니 일단 머물 곳을 정합시다."

그는 육고헌을 시켜 저택 한 채를 빌렸다. 선무문宣武門 두발頭髮 골목에 있는 집인데 아주 깨끗하고 조용했다. 일행은 그곳에 입주했다.

급한 일을 처리하고 나서 위소보는 혼자 밖으로 나갔다. 그는 우선 천지회가 모이던 장소인 첨수정 골목으로 갔다. 그런데 그 집은 이미 차를 파는 다엽상茶葉商으로 바뀌어 있었다. 천지회의 암호로 몇 마디 물어봐도 집주인은 어안이 벙벙해할 뿐 전혀 알아듣지 못했다. 천지회가 모임 장소를 옮긴 게 분명했다.

걸음을 천교로 옮겼다. '팔비원후' 서천천이 신룡교에 잡혀갔더라도 다른 형제인 고언초나 번강, 전노본 등을 만날 수도 있을 거라고 생각했다. 그러나 천교를 몇 바퀴 돌았어도 한 사람도 만나지 못했다.

그래서 전에 묵었던 서직문西直門 여귀객잔如歸客棧으로 갔다. 계산대에 은자 두어 냥을 던져주며 깨끗한 방을 요구했다. 주인장은 돈을 받고는 그를 아주 공손하게 대했다. 위소보는 다시 점원에게 은자 닷 푼을 쥐어주고 전에 묵었던 3호실에 들도록 해달라고 부탁했다. 그 방은 마침 비어 있어서 점원은 닷 푼을 거저먹었다.

위소보는 차를 마시고 나서 침상에 누워 잠시 쉬었다. 그러고는 귀를 기울여 주위가 조용한 것을 확인하고, 비수를 꺼내 전에 경전을 숨겨두었던 곳을 팠다. 순치 황제가 건네준 그《사십이장경》이 고스란히 그곳에 있었다. 그는 기름종이를 풀어 경전이 멀쩡한 것을 확인하고 그 구덩이를 원상복구했다.

경전을 노렸던 반 두타는 이미 자기의 부하가 되었기 때문에 굳이 시위들을 불러 경전을 호송할 필요가 없었다. 그는 경전을 품속에 갈무리하고 자금성으로 향했다.

궁 밖에 이르자 문을 지키는 시위는 평민 복장을 한 소년이 나타나 곧장 궁문으로 들어오는 것을 보고는 바로 호통을 쳤다.

"게 섰거라! 뭐 하는 놈이냐?"

위소보가 웃으며 말했다.

"날 모르겠소? 궁에 있는 계 공공이오."

시위는 위소보를 유심히 살펴보더니 곧 알아봤다. 황상의 총애를 한 몸에 받고 있는 계 공공이 틀림없었다. 그는 얼른 만면에 웃음을 짜내며 말했다.

"어이구, 계 공공! 옷을 이렇게 입으셔서 몰라봤습니다, 히히…."

위소보는 담담하게 웃었다.

"황상의 명을 받아 중요한 일을 처리하고 급히 돌아오느라 미처 옷을 갈아입지 못했소."

시위는 연신 굽실거렸다.

"아, 네! 네… 계 공공의 안색이 훤한 것으로 봐서 일이 아주 잘된 모양이군요. 황상께서 후한 상을 내릴 겁니다."

위소보는 자기 거처로 가서 내관의 옷으로 갈아입었다. 그리고 헌 보자기에 경전을 싸가지고 황제를 만나기 위해 상서방으로 향했다.

강희는 소계자가 알현하러 왔다는 전갈을 받고 몹시 기뻐했다.

"어서 와, 빨리 들어와!"

위소보는 성큼 안으로 들어갔다. 강희는 바로 문 앞에서 기다리고 있었다. 그는 위소보를 보자 입이 귀에 걸렸다.

"빌어먹을! 소계자, 냉큼 들어오지 못해! 왜 이렇게 늦은 거야?"

이 '빌어먹을'은 위소보에게만 하는 말이다. 오랫동안 속 시원하게 그 말을 써먹지 못해 갑갑했을 터였다.

위소보는 무릎을 꿇고 큰절을 올렸다.

"황상께 하늘만큼 큰 기쁨을 전하게 됐습니다, 경하드리옵니다."

그 말을 듣자 강희는 부황이 살아 있다는 것을 이내 알아차렸다. 가슴이 울렁거리고 쓰러질 듯 몸이 휘청거려 얼른 문설주를 잡았다.

"들어와서 천천히 이야기해라."

울컥하는 감정이 북받쳐 눈물을 흘릴 뻔했다.

위소보는 서재 안으로 들어가 문을 닫고 빗장을 걸었다. 그리고 주위를 두리번거려 다른 내관들이 없는 것을 확인하고 나서 나직이 말했다.

"황상, 오대산에 가서 노황야를 알현했습니다."

강희는 그의 손을 꼭 쥐며 떨리는 음성으로 물었다.

"부황께서… 정말 오대산에서 출가를 하셨단 말이냐? 그가… 뭐라고 하더냐?"

위소보는 오대산 청량사에서 어떻게 노황야를 만나게 되었으며, 청해에서 온 라마승들이 어떻게 노황야를 해치려 했는지, 그리고 자기가 어떻게 목숨을 걸고 노황야를 지켜드렸고, 소림의 십팔 나한이 어떻게 도와줬는지, 그 경위를 일일이 다 아뢰었다.

그 과정은 실제로도 아슬아슬하고 위험천만했는데, 위소보가 나름대로 좀 과장하고 가미를 해서 이야기를 늘어놓으니 더욱 박진감이 넘쳐 손에 땀을 쥐게 했다. 특히 자신의 활약상을 이야기할 때는 좀 더 허풍을 쳐서 부각시켰다.

강희는 정말 그가 의도했던 대로 손에 땀을 쥐었다. 그리고 중간중간 연신 소리를 쳤다.

"그래, 잘했어! 아주 아슬아슬했군!"

다 듣고 나서 힘주어 말했다.

"좋아! 당장 호위무사 천 명을 오대산으로 보내 호가護駕를 해드려야지!"

위소보가 고개를 내둘렀다.

"노황야께선 그걸 원치 않습니다."

이어 순치 황제가 한 말을 자세히 전해주었다.

강희는 부황이 자기더러 오대산에 오지 말라고 했다는 말에 서운해했고, 자신을 칭찬했다는 말에 기뻐했다. 특히 '조정의 대사를 먼저 생각하다니, 역시 훌륭한 황제군'이라고 했다는 말을 전해듣고는 더 이상 참지 못하고 방성통곡을 했다. 그는 울면서 말했다.

"난 갈 거야! 반드시 갈 거야!"

위소보는 그가 실컷 울도록 잠시 기다렸다가 경전을 싼 보자기를

21. 공주의 유별난 취향

두 손으로 바쳤다.

"노황야가 이 말을 꼭 전하라고 했습니다. '천하의 일은 순리에 따라야 하며 억지를 부리면 안 된다고 전해라. 중원의 복지를 위해 이바지할 수 있다면 더 바랄 게 없지만, 만약 백성들이 모두 촛불을 밝히는 심정으로 우리가 떠나길 원한다면, 우린 있던 곳으로 다시 돌아가면 된다고 해라.' 노황야께선 이 말도 꼭 전하라고 당부하셨습니다. '태평천하를 원한다면 영불가부永不加賦라는 네 글자를 꼭 명심하라고 전해라. 이 네 글자를 이행한다면 그게 바로 나에 대한 효심이니, 난 그것으로 만족하고 매우 기뻐할 것이다.'"

강희는 멍하니 그의 말을 들으며 보자기 위에 눈물을 뚝뚝 떨어뜨렸다. 그러고는 떨리는 손으로 보자기를 받아 풀어보았다. 그것은 바로 《사십이장경》이었다. 첫 장을 넘기자 '영불가부'라는 네 글자가 적혀 있었다. 강희는 부황의 친필을 보고는 다시 흐느꼈다.

"부황의 가르침을 영원히 잊지 않고 명심하겠습니다."

그는 정신을 가다듬고 부황에 대해 자세히 물었다. 몸은 건강하신지, 용모는 어떻게 생겼으며, 청량사에서 고생을 하지는 않는지… 위소보는 사실대로 아뢰었다.

강희는 다시 가슴이 저려와 울음을 터뜨렸다.

위소보는 잽싸게 잔머리를 굴렸다.

'제기랄, 나도 덩달아서 한바탕 울어야겠어. 그럼 포상을 좀 더 많이 해주겠지! 눈물이야 뭐 돈 드는 것도 아니니까….'

생각은 바로 실천으로 옮겨졌다. 그는 훌쩍이는가 싶더니 눈물을 주르르 흘렸다. 그러고는 바로 애처로운 방성통곡으로 이어졌다.

강희는 비록 비통함을 금할 수 없어 눈물을 흘렸지만 신분을 고려해 중간중간 자제를 했다. 그러나 위소보는 거리낄 게 없었다. 하늘이 무너져라 소리 내 통곡을 했다. 울고불고 떼를 쓰는 건 원래 그의 특기였다. 양주에 있을 때부터 터득한 기술이기도 했다. 엄마가 회초리로 엉덩이를 때리면 집 안이 떠나가도록 울어대곤 했다. 그냥 소리만 내우는 시늉을 하는 게 아니라 닭똥 같은 눈물을 줄줄 흘리며 우는 통에, 아무도 그게 가짜 눈물이라는 것을 눈치채지 못했다.

강희는 한참 울고 나서 눈물을 닦으며 물었다.

"난 부황이 그리워서 우는데, 넌 나보다 더 슬피 우는구나. 왜 그러는 것이냐?"

위소보는 흐느끼면서 대답했다.

"황상께서 슬피 우니 저도 가슴이 아파요. 그리고 노황야의 인자하신 모습이 떠올라 눈물을 멈출 수 없었어요. 저를 얼마나 칭찬해주셨는지 몰라요. 제가 목숨을 걸고 호가를 해줘서 너무 기쁘다고 하셨어요. 저를 좋아한다는 말이 생각나 더욱 가슴이 아파요."

그러면서도 계속 흐느꼈다. 그가 다시 말했다.

"황상께서 걱정하실까 봐 빨리 돌아와서 아뢴 거지, 그렇지 않았다면 정말 오대산에 남아 노황야를 끝까지 모시고 싶었어요. 나쁜 사람들이 해치지 못하게 지켜드리고 싶어요."

그는 가능한 한 세게 알랑방귀를 뀌었다.

아니나 다를까, 강희는 매우 흐뭇해했다.

"소계자, 정말 고마워. 내가 아주 후한 상을 내릴게."

위소보는 계속 흐느끼면서 한술 더 떴다.

"황상께서 저한테 이렇게 잘해주시니 어떻게 보답해야 좋을지 모르 겠어요. 저는 그저 노황야가 편안히 지내실 수만 있다면 더 이상 바랄 게 없어요."

그는 신룡도에서 교도들이 그 무슨 '홍복영락, 천수만세'를 거침없 이 외치며 전혀 낯부끄러워하지 않는 것을 보고, 낯가죽이 더 두꺼워 지고 아첨하는 수위도 더 높아졌다. 상대방의 환심을 살 수 있다면, 가 능한 한 과장을 할수록 좋다고 생각했다.

강희는 그의 말을 사실 그대로 받아들였다.

"그렇지 않아도 부황을 곁에서 모실 수 있는 사람이 없어서 걱정이 됐어. 네 말을 들어보니 그 행전 화상은 좀 거친 것 같은데, 과연 부황 을 잘 모실 수 있을까? 마음이 놓이지 않아. 다행히 부황께서도 너를 무척 좋아하시니…."

여기까지 들은 위소보는 입이 딱 벌어지며 속으로 '아뿔싸!'를 연발 했다.

'어이구 맙소사! 이번엔 진짜 재수 옴 붙었네. 알랑방귀가 너무 지 나쳤나 봐!'

강희가 말을 이었다.

"…사실 나도 소계자를 늘 곁에 두고 싶은데, 아들로서 부친께 효도 하는 것이 우선이야. 귀한 것이 있으면 아버지한테 바치고 싶은 게 인 지상정이지. 내가 가장 좋아하는 게 바로 소계자 너야. 비록 나이는 어 려도 맡은 일을 척척 알아서 처리하고, 우리 부자에 대한 충성심도 강 하니…."

위소보는 속으로 비명을 질렀다.

‘어이구, 이런 빌어먹을! 된통 걸렸네! 날 오대산으로 보내 늙은 화상들과 함께 살라니, 차라리 감방에 들어가는 게 낫겠다!’

그의 우려를 아는지 모르는지 강희가 말했다.

“이렇게 하자. 넌 오대산으로 가서 출가해 중이 되거라. 청량사에서 부황을 모시고….”

위소보는 몹시 다급해져서 똥줄이 탔다. 가서 노화상을 모실 뿐 아니라 중이 되라니, 이런 날벼락이 어디 있단 말인가! 그는 강희의 말이 끝나기도 전에 기겁을 하며 말했다.

“노황야를 모시는 건 좋은데요, 저더러 중이 되라는 것은 아무래도 좀… 그건… 할 수 없어요!”

강희가 빙긋이 웃었다.

“영원히 언제까지나 중이 되라는 건 아니야. 부황께서 수행에 전념하시겠다니, 너도 중이 되면 모시기가 편하잖아. 나중에… 나중에… 환속을 하고 싶다면 알아서 해도 돼.”

나중에 순치 황제가 원적圓寂해 저세상으로 떠나면, 환속을 해도 말리지 않겠다는 뜻이었다.

위소보는 제 꾀에 제가 넘어간 꼴이 되고 말았다. 아무리 잔머리의 귀재라 해도 지금은 속수무책이었다. 물론 소황제가 자기를 각별히 위해준다는 것을 잘 알고 있었다. 그러나 지금 황명을 따르지 않으면 여태껏 공들인 것이 수포로 돌아갈 뿐 아니라, 황제가 노하면 자기의 모가지를 칠 수도 있었다. 이건 그야말로 ‘장난’이 아니었다. 그는 울상이 돼서 말했다.

“제가 어떻게… 황상 곁을 떠날 수 있겠어요….”

그러고는 결국 '으앙!' 하고 울음을 터뜨렸다. 이번엔 결코 우는 시늉이 아니었다. 누가 뭐라 해도 진짜로 우는 게 확실했다. 물론 군주에 대한 충정으로 우는 건 아니고, 사미승이 되어야 할 자신의 팔자를 한탄해서 우는 것이었다.

그의 속마음을 모르는 강희는 크게 감동해서 위소보의 어깨를 토닥거리며 부드럽게 말했다.

"이렇게 하자. 몇 년 동안만 절에서 부황을 모시고 있으면 내가 상황을 봐서 다른 사람을 보내고 널 다시 내 곁으로 불러올게. 그럼 되잖아? 부황은 나더러 알현하러 오지 말라고 하셨지만 난 반드시 갈 거야. 그때가 되면 우린 다시 만날 수 있어. 그리 오래 걸리지 않을 거야. 소계자, 고분고분 내가 시키는 대로만 하면 나중에 아주 큰 벼슬을 내려줄게."

그래도 위소보가 계속 울자 다시 위로를 해주었다.

"사찰에 가서 틈이 나면 글공부를 좀 해. 그래야 나중에 벼슬을 해도 큰 벼슬을 할 수 있지."

위소보는 속으로 투덜거렸다.

'나중에 큰 벼슬을 하든 작은 벼슬을 하든… 빌어먹을! 보아하니 사미승이 될 운명은 피할 수 없을 것 같군!'

다시 잔머리를 굴렸다.

'그래, 일단 오대산에 가자. 그런 다음 적당히 둘러대서 노황야가 날 다시 돌려보내게 만드는 건 그리 어려운 일이 아니야. 그냥 내가 소황제를 모시지 못하는 동안 밥도 제대로 먹지 않고 한두 달 새에 많이 말랐다고 하면, 노황야는 아들을 극진히 위하니까, 바로 나더러 궁으

로 돌아가라고 할 거야!'

그렇게 꼼수가 서자, 천천히 눈물을 거뒀다.

"황상께서 저한테 무슨 일을 시키든, 물불을 가리지 않고 완수할 각오가 돼 있습니다. 사찰에 가서 중이 되라는 건 물론이고, 똥파리나 거북이가 되라고 해도 마다하지 않을 겁니다! 심려 마십시오, 최선을 다해 노황야를 모시겠습니다. 그 어르신이 늘 강녕하고 천수를 누릴 수 있도록 충성을 다하겠습니다. 그리고… 홍복영락, 천수만세를 기원할 겁니다!"

강희는 몹시 기뻐하며 활짝 웃었다.

"경성을 떠나 있는 동안 학식이 많이 늘었구나. 성어成語도 제법 잘 쓰는군. 한데 오대산에 가서 왜 그렇게 오래 머물렀지? 노황야를 알현하기가 쉽지 않았나 보구나."

위소보는 신룡도에 관한 이야기는 하지 않는 게 좋겠다고 생각했다.

"네, 그래요. 청량사의 방장 스님과 그 옥림 대사는 한사코 노황야가 사찰에 없다고 잡아뗐어요. 그렇다고 단도직입적으로 말씀드릴 수도 없어서, 오대산 주위에 있는 사찰들을 전전하며 불사佛事를 올렸죠. 오늘은 현통사에 가서 알아보고, 내일은 다시 불광사에 가서 기웃거렸어요. 오대산에 승려가 수천 명인데, 저는 아마 그중 천여 명쯤은 만났을 거예요. 만약 그날 고약한 라마승들이 나타나서 노황야를 귀찮게 굴지 않았다면, 저는 지금도 오대산 일대에서 보시를 하고 승복을 나눠주며 공양을 하고 있을 거예요."

강희는 웃었다.

"그럼 돈도 적지 않게 썼겠군. 원하는 만큼 내무부內務府에 가서 은자를 받아가도록 해라."

그는 은자를 얼마나 썼는지 묻지도 않았다. 위소보는 이번에 큰 공을 세웠고, 또한 오대산에 가서 기꺼이 중이 되겠다고 하니, 원하는 만큼 가져가라고 한 것이다. 그런데 위소보의 대답은 뜻밖이었다.

"솔직히 말씀드려서 지난번 오배의 집을 압수수색할 때 저도 약간의 이득을 취했는데, 그때는 쑥스러워 아뢰지 못했어요. 이번에 오대산에 가서 노황야를 뵙고 많은 교훈을 얻어, 황상께 그 어떤 것도 숨겨서는 안 된다는 것을 깨달았어요. 그래서 전에 취했던 은자를 전부 다 사찰에 보시했어요. 황상을 대신해서 음덕을 쌓아, 보살님의 가호로 노황야와 황상이 하루속히 재회하길 간절히 기원했어요. 그 돈은 원래 황상 것이니, 돌려받지 않아도 돼요."

물론 나름대로 속궁리를 하고 한 말이었다. 노황야와 황상이 하루속히 재회하면 그만큼 빨리 중 신세를 면할 수 있을 것이었다. 그리고 나중에라도 혹시 누가 오배의 가산 중에 거액을 횡령했다고 고발하면 미꾸라지처럼 빠져나갈 구멍을 미리 만들어놓은 것이었다. '난 그 돈을 이미 다 오대산 사찰에 보시했는데, 이제 와서 뭘 따지겠다는 거야?' 그렇게 그냥 다 미뤄버리고 모르쇠로 일관하면 간단히 끝날 일이었다.

그의 말에 강희는 더욱 기뻐하며 연신 고개를 끄덕이고는 물었다.

"오대산에 가보니 어때? 재미있었어?"

위소보는 입에 침을 발라가며 오대산의 풍경에 대해 이야기해주었다. 강희는 아주 흥미진진해하며 귀를 기울였다.

"소계자, 네가 먼저 가 있어. 얼마 안 있어 나도 따라갈게. 무슨 수를 써서라도 부황을 궁으로 모셔와야 해. 그 어르신이 환속을 하지 않겠다고 고집하시면, 궁에다 사찰을 지을 수도 있어."

위소보는 고개를 내둘렀다.

"그건 아무래도 좀 어려울 것 같은데요…."

이때 갑자기 서재 밖에서 구두 발자국 소리가 들리더니 해맑은 여자의 음성이 뒤따랐다.

"오라버니! 무공을 겨룰 시간이 지났는데도 왜 안 오는 거예요?"

그러고는 문을 쾅쾅 두드리며 힘껏 밀었다. 강희가 미소를 지으며 위소보에게 말했다.

"가서 문을 열어줘."

위소보는 속으로 생각했다.

'이게 누구지? 혹시 건녕建寧 공주가 아닐까?'

문 앞으로 다가가 빗장을 풀고 문을 열었다. 그곳에는 붉은 비단옷을 입은 소녀가 서 있었는데, 문이 열리자마자 마치 회오리바람처럼 안으로 뛰쳐들어왔다. 그러고는 다짜고짜 강희한테 강짜를 부렸다.

"오라버니! 한참 기다렸는데 왜 오지 않아요? 내가 겁나나 봐요, 그렇죠?"

위소보는 소녀를 유심히 살폈다. 나이는 열다섯쯤 돼 보이고, 달걀 모양의 갸름한 얼굴에 입술이 얄팍했다. 그리고 눈이 반짝반짝 빛나는 것이 발랄해 보였다.

강희가 웃으며 그녀의 말을 받았다.

"내가 왜 겁을 내겠어? 넌 내 제자도 당해내지 못할 텐데 어떻게 나랑 겨루겠다는 거야?"

소녀의 눈이 둥그레졌다.

"제자를 거뒀나요? 누군데요?"

강희는 위소보에게 눈을 찡긋하며 말했다.

"얘가 내 제자야, 내가 직접 무공을 가르쳐줬지. 소계자, 어서 인사를 올려라. 건녕 공주야, 내 동생이니 사숙뻘이 되겠군."

위소보가 짐작한 대로였다.

'역시 건녕 공주군.'

그는 순치 노황야가 딸을 여섯 낳았다는 사실을 들어서 알고 있었다. 그중 다섯 명은 일찍 죽었고, 남은 것은 이 건녕 공주뿐이었다.* 건녕은 황태후 소생으로 알려져 있었다. 위소보는 황태후를 몹시 두려워했기 때문에 평상시 자령궁에 잘 가지 않았다. 건녕 공주도 그동안 강희의 서재에 잘 오지 않았기 때문에 오늘 처음 만나게 된 것이었다.

위소보는 강희의 말을 듣고 이들 오누이가 장난을 좋아하는 것 같아, 히죽 웃으며 앞으로 다가가 한쪽 무릎을 꿇고 넙죽 인사를 올렸다.

"사질 소계자가 사숙 어른께 인사 올립니다. 부디 만복을 누리시기를…."

그의 말이 채 끝나기도 전에 건녕 공주는 생긋이 웃는 낯으로 냅다 발을 날려 위소보의 아래턱을 걷어찼다. 전혀 예상치 못한 기습 공격이었다. 위소보는 그녀의 발밑에 한쪽 무릎을 꿇은 상태인데 어떻게 피할 수가 있었겠는가? 말을 하는 도중에 턱을 걷어차이는 바람에 절로 입이 다물어지며 혀를 깨물고 말았다.

"으악!"

저도 모르게 비명이 터져나왔다. 입에서는 피가 흘렀다.

강희도 놀랐다.

"아니… 이게…?"

하지만 건녕 공주는 아무렇지도 않은 듯 태연하게 말했다.

"오라버니, 제자의 무공이 형편없네요. 한번 시험해보려고 발로 걸어찼는데 피하지도 못하는 걸 보니, 스승인 오라버니의 무공도 별것 아닌 것 같아요."

그러고는 까르르 웃어댔다.

위소보는 울화가 치밀어 속으로 계속 욕을 했다.

'이런 썩을 년! 갈보 같은 계집!'

그러나 여긴 황궁이고 상대가 어쨌든 공주인지라 욕을 입 밖에 내지는 못했다. 강희는 위소보를 위로했다.

"괜찮아? 혀를 물린 모양이지? 많이 아파?"

위소보는 쓴웃음을 지었다.

"괜찮습니다, 괜찮아요!"

혀를 깨물어 말도 흐릿했다.

건녕 공주는 그의 말투를 흉내 냈다.

"괜찮습니다, 괜찮아요. 그저 죽을 지경이에요."

그러고는 다시 깔깔대고 웃더니 강희의 손을 잡았다.

"자, 어서 무공을 겨루러 가요!"

건녕 공주는 전에 황태후가 강희에게 무공을 가르치는 것을 보고, 재미있을 것 같아 어머니한테 자기도 무공을 배우겠다고 졸라댔다. 그러나 태후는 귀찮아서 대충 얼버무렸다. 건녕은 원래 호승심이 강했다. 어머니가 오빠를 가르치는 것처럼 열의를 보이지 않고 반응이 시큰둥하자 궁중 시위들을 찾아가 무공을 가르쳐달라고 졸랐다. 그래서 여기서 몇 가지, 저기서 몇 가지를 배우게 됐고, 한두 해 지나자 제법 실력이 늘었다.

그러던 차에 며칠 전 새로운 금나수법을 배워 시위 몇 사람과 직접 겨뤄봤다. 시위들은 당연히 양보를 하며 알게 모르게 일부러 꽈당꽈당 넘어지면서 소공주의 환심을 사려 했다. 눈치 빠른 건녕 공주는 그게 못마땅하고 자존심이 상했다. 그래서 황제 오라버니를 찾아가 무공을 겨뤄보자고 조르게 된 것이었다.

강희는 그렇지 않아도 위소보와 겨뤄본 지 오래돼 몸이 근질근질하던 차에 건녕의 요구를 받고는 건성으로나마 응해주었다. 두 사람은 소전小殿에서 겨뤘다. 강희는 상대가 눈치채지 못하게 허허실실, 얼렁뚱땅 적당히 수위를 조절해 다섯 판 중 네 판을 이겼다.

건녕 공주는 오기가 생겨 다시 황태후를 찾아가 졸라댔다. 그러나 태후는 중상을 입고 요양하는 중이라 그녀의 간청을 외면했다. 건녕은 어쩔 수 없이 다시 시위들을 찾아가 금나수법을 더 배워서 오늘 강희와 새로 겨루기로 약속했던 것이다.

그런데 위소보가 돌아와 이야기가 길어지는 바람에 강희가 그 약속을 잊어버렸다. 그는 부황의 소식을 전해듣고 비통함과 기쁨이 교차하면서 마음이 어수선해 누이와 장난삼아 겨룰 기분이 아니었다. 그래서 적당히 따돌렸다.

"난 지금 급히 처리해야 할 중요한 일이 있으니 너랑 겨룰 수가 없어. 가서 좀 더 연마한 다음 며칠 뒤에 다시 겨뤄보자꾸나."

건녕 공주는 눈살을 찌푸리며 이내 뾰로통해졌다.

"강호 영웅들은 한번 약속하면 목숨을 걸고라도 꼭 지켜야 해요! 이렇게 약속을 저버리면 천하 호한들의 웃음거리가 되잖아요? 먼저 약속을 어겼으니 패배를 시인하세요!"

강희는 더 이상 따지지 않았다.

"그래, 알았어! 내가 졌다. 건녕 공주의 무공은 천하제일이야. 주먹으로 남산南山의 범을 때려잡고, 발로 북해北海의 교룡蛟龍[1]을 걷어차니, 그 어느 누가 당하겠어?"

건녕 공주는 까르르 웃으며 말했다.

"발로 북해의 송충이를 걷어찬다!"

그러면서 다짜고짜 위소보를 걷어찼다. 위소보는 이번엔 당하지 않고 슬쩍 피했다. 때문에 그녀는 헛발질을 하고 말았다.

건녕 공주는 강희가 자기랑 겨루려 하지 않자 기분이 상했다. 그렇다고 시위들을 찾아가 겨루자니 양보를 해주면 신이 나지 않고, 진짜 겨루면 시위들은 모두 몸집이 우람해 도저히 당해낼 자신이 없었다. 그런데 지금 눈앞에 있는 이 어린 내관은 나이로 보나 몸집으로 보나 자기와 엇비슷했다. 그리고 몸놀림도 제법 빠른 것 같으니, 무공을 시험해볼 상대로 딱 적격이라고 생각했다. 그래서 위소보에게 말했다.

"좋아! 너의 사부는 겁을 먹고 날 피하니까, 너라도 날 따라와!"

강희는 이 깜찍하고 발랄한 누이동생을 좋아했다. 그녀의 흥을 깨고 싶지 않아서 위소보에게 말했다.

"소계자, 공주님을 모시고 가서 한판 놀아봐라. 내일 다시 나한테 오면 돼."

건녕 공주가 갑자기 소리를 질렀다.

"오라버니, 받아요!"

그녀는 두 주먹을 쥐고 종고제명 鍾鼓齊鳴의 초식을 전개해 강희의 양쪽 관자놀이 태양혈을 공격했다. 강희도 소리를 쳤다.

"잘한다!"

그는 손을 들어 막으며 몸을 잽싸게 옆으로 틀어 추창망월 推窗望月의 초식으로 그녀의 등을 살짝 밀었다. 그 바람에 건녕 공주는 몸의 중심을 잃고 앞으로 몇 걸음 밀려났다. 그것을 본 위소보는 '풋' 하고 웃음을 터뜨렸다. 공주는 창피하고 화가 치밀어 대뜸 욕을 했다.

"이런 고약한 내관 같으니라고! 뭐가 그리 우습냐?"

다짜고짜 손을 내밀어 위소보의 오른쪽 귀를 잡아쥐고는 서재 밖으로 끌고 나갔다. 위소보는 충분히 피할 수 있었지만 공주에게 손을 쓴다는 게 아무래도 무례한 짓 같아 그냥 귀를 잡힌 채 끌려갔다.

건녕 공주는 그의 귀를 쥐어틀고 긴 회랑을 지나갔다. 서재 밖에 있던 많은 시위들과 내관들은 그 꼴을 보자 모두 웃음이 나왔지만, 위소보의 권세에 눌려 감히 소리 내 웃지 못했다.

위소보가 소리쳤다.

"알았어요, 이 손 놓으세요! 어디로 갈 건데요? 따라가면 되잖아요."

공주가 말했다.

"넌 흉악무도한 강도의 우두머리야! 오늘 내 손에 잡혔으니 절대 놔주지 않을 거야. 우선 혈도부터 찍어서 꼼짝 못하게 만들어야지!"

그러고는 식지를 세워 위소보의 가슴과 아랫배를 여러 번 찔러댔다. 그녀는 원래 혈도를 찍는 방법을 배우지 못했다. 그저 자기 멋대로 막 찍어낸 것이었다. 위소보는 그것을 알고 소리를 질렀다.

"아! 혈도가 찍혔다!"

바로 그 자리에 주저앉아 입을 딱 벌리고 눈을 까뒤집으며 꼼짝도 하지 않았다. 공주는 놀라면서도 좋아했다. 혹시나 해서 발로 걷어차 봐도 위소보는 움직이지 않았다. 그래서 호통을 쳤다.

"어서 일어나!"

위소보는 여전히 미동도 하지 않았다. 공주는 자기가 우연찮게 진짜 혈도를 찍은 줄 알았다.

"우아! 그럼 내가 다시 혈도를 풀어줄게!"

그녀는 냅다 위소보의 뒤허리를 걷어찼다. 위소보는 내심 생각했다. '이년이 내 혈도를 풀지 못하면 계속 걷어찰 게 분명해!'

그래서 다시 비명을 질렀다.

"으악!"

그러고는 바로 펄쩍 일어났다.

"공주님, 점혈수법이 정말 뛰어나군요. 황상도 아마 그 정도는 하실 줄 모를 겁니다."

공주는 좋아서 웃었다.

"요 조그만 내관 녀석이 사탕발림을 아주 잘하네. 내가 언제 혈도를 찍었다는 거냐?"

말은 그렇게 했지만 위소보가 비위를 잘 맞추는 것을 보고 매우 흡족해하는 것 같았다.

"좋아, 따라와!"

위소보는 그녀를 따라갈 수밖에 없었다. 잠시 후, 그가 지난날 강희와 무공을 겨뤘던 그 방에 도착했다. 공주가 분부했다.

"문을 잠가라, 누가 밖에서 내 무공을 훔쳐배우면 안 되니까!"

위소보는 속으로 피식 웃으며 중얼거렸다.

'젠장! 그런 형편없는 무공을 누가 훔쳐배우겠어?'

그래도 공주가 시키는 대로 문을 닫았다. 공주가 빗장을 집어들기에 자기한테 주는 줄 알았는데, 갑자기 '퍽' 하는 소리가 들렸다. 위소보는 귀가 윙 울리더니 머리에 극심한 통증을 느끼며 바로 기절해버렸다.

그가 깨어나 눈을 떠보니, 공주가 생긋생긋 웃으며 양손을 허리에 짚고 서 있었다.

"이런 쓸모없는 녀석을 봤나! 무학을 배운 사람이라면 항상 눈으로 사면四面을 예의주시하고, 팔방八方에 귀를 기울여야 해. 한데 왜 아무 방비도 하지 않고 내가 때리는 대로 맞았지? 그러고도 무공을 배웠다고 할 수 있느냐?"

위소보는 어이가 없었다.

"난… 그냥….."

머리가 빠개지듯 아팠다. 그리고 왼쪽 눈이 갑자기 축축해지면서 제대로 뜰 수가 없었다. 동시에 피비린내도 풍겼다. 그제야 좀 전에 문빗장으로 맞아 머리가 깨져서 피가 흐른다는 것을 깨달았다.

공주는 빗장을 또 휘두르며 소리쳤다.

"배짱이 있으면 어서 일어나 공격해봐!"

'휙' 하는 소리와 함께 다시 위소보의 어깻죽지를 내리쳤다.

"으악!"

위소보는 비명을 지르며 벌떡 일어났다. 그러자 공주는 그의 발목을 향해 문빗장을 휘둘렀다. 위소보는 옆으로 몸을 피하며 그 빗장을 빼앗으려 했다. 공주가 소리쳤다.

"제법인데!"

그러고는 빗장을 번쩍 들어 위소보의 가슴을 찔러갔다. 위소보는 다시 왼쪽으로 피했는데 뜻밖에도 빗장이 방향을 틀어 '팍' 하며 그의 오른쪽 뺨을 후려갈겼다. 눈에서 불꽃이 번쩍였다. 그는 비칠비칠 뒤로 밀려났다.

공주가 다시 소리쳤다.

"넌 녹림綠林의 도적이다! 내 반드시 처단하겠다!"

그러면서 문빗장을 다시 가로 휘둘렀다. 위소보는 얼른 바닥에 납작 엎드렸다.

공주는 환호를 지르며 이번엔 빗장으로 그의 뒤통수를 노렸다. 위소보는 뒤에서 거센 바람소리가 이는 것을 느끼고는 소스라치게 놀라 본능적으로 몸을 굴렸다. '팍' 하는 소리와 함께 문빗장이 바닥을 내리쳤다. 이번엔 공주가 비명을 질렀다.

"아야!"

어찌나 세게 내리쳤는지 손아귀가 얼얼하니 아팠다. 그녀는 화가 치미는지 위소보의 허리를 우악스럽게 꽉 밟았다.

위소보는 소리를 질렀다.

"항복! 항복! 그만해요!"

위소보가 몸을 뒤집자 공주는 빗장으로 그의 아랫배를 후려쳤다. '픽' 소리가 들렸다. 다행히 품속에 지니고 있는 오룡령에 빗장을 맞아

충격이 덜했다.

위소보는 몸을 일으키려 했으나 쓰러지고 또 쓰러졌다. 공주는 계속 빗장으로 그를 내리치며 욕을 했다.

"야, 이놈아! 내관 주제에 내가 때리는데 감히 피해? 어디 혼 좀 더 나봐라!"

그녀는 비록 힘이 세지 않았지만 인정사정을 봐주지 않고 마구 몽둥이질을 했다. 마치 위소보를 정말 때려죽일 기세였다.

위소보는 놀라기도 하고 또한 화가 치밀었다. 그는 안간힘을 다해 몸을 일으켰다. 공주가 다시 그의 얼굴을 향해 빗장을 휘둘렀다. 위소보는 왼손으로 그것을 막았다. '우지직' 소리가 들렸다. 하마터면 팔이 부러질 뻔했다. 그는 뭔가 석연치 않아 생각을 달리했다.

'이건 나랑 장난을 하는 게 아니야. 왜 날 때려죽이려 하지? 아, 그래! 태후의 사주를 받고 날 죽이러 온 거야!'

생각이 거기에 미치자 더 이상 무조건 맞아줄 수는 없었다. 그는 식지와 중지로 바로 쌍룡창주雙龍搶珠 초식을 전개해 잽싸게 공주의 눈을 찔러갔다.

"으악!"

공주는 깜짝 놀라 뒤로 몇 걸음 물러났다. 위소보는 바로 왼발을 가로 쓸어 공주를 바닥에 쓰러뜨렸다. 공주가 소리쳤다.

"이놈아! 감히 날 때리다니!"

위소보는 내친김에 그녀의 손에서 빗장을 빼앗아 냅다 머리를 내리치려 했다. 그러나 공주의 눈에 노여움과 두려움이 가득한 것을 보는 순간, 위소보는 흠칫했다.

‘여긴 황궁 내원이야. 내가 공주를 빗장으로 내리친다는 것은 대역무도한 짓이야. 아예 죽여서 화시분으로 흔적을 없애면 몰라도… 아니면 엄청난 후환이 따를 거야.’

그는 멈칫할 수밖에 없었다. 번쩍 들어올린 빗장을 내리칠 엄두가 나지 않았다. 공주가 욕을 했다.

"이런 죽일 놈을 봤나! 어서 날 일으켜야지!"

위소보는 속으로 코웃음을 날렸다.

‘네까짓 년을 죽이는 건 여반장如反掌이야!’

그러면서도 손을 내밀어 그녀를 끌어 일으켰다. 공주가 말했다.

"네 무공은 나만 못해. 난 단지 실수로 쓰러졌을 뿐이야. 아까 넌 분명히 항복한다고 했는데, 왜 또 덤비는 거야? 남자대장부가 왜 강호의 규칙을 지키지 않는 거지?"

위소보는 머리에서 계속 피가 흘러내려 눈을 제대로 뜰 수 없었다. 그가 소매로 피를 닦자 공주가 다시 말했다.

"넌 분명히 졌어. 이런 한심한 것! 내가 피를 닦아줄게."

그녀는 품속에서 하얀 손수건을 꺼내며 앞으로 다가왔다.

위소보는 뒤로 물러났다.

"아… 아닙니다. 제가 어찌 감히…."

공주가 말했다.

"우린 강호의 영웅호한이야. 동고동락, 상부상조… 서로 돕고 살아야지!"

정말 그 손수건으로 위소보의 얼굴에 얼룩진 피를 닦아주었다. 위소보는 그 와중에도 그녀의 몸에서 풍기는 은은한 향기를 느끼며 가

숨이 설레었다. 지금 두 사람은 한 치 앞 가까이에 있다. 그는 그녀의 백옥같이 매끄러운 피부와 수려한 얼굴을 보자 가슴이 두근거렸다.

'우아, 소공주는 아주 예쁘게 생겼네!'

공주가 다시 말했다.

"몸을 돌려봐, 뒤통수 상처가 어떤지 살펴보게."

위소보는 그녀의 말대로 몸을 돌렸다.

'아까는 괜한 의심을 했군. 소공주는 정말 장난을 좋아해서 그런 거야. 단지 승부욕이 너무 강해서 좀 세게 때렸을 뿐이지….'

공주는 그의 상처 부위를 어루만지며 다정하게 물었다.

"많이 아파?"

위소보가 고통을 참으며 말했다.

"괜찮아요, 그냥…."

그때 갑작스레 등에 극심한 통증이 느껴지면서 공주의 다리에 걸려 바닥에 엎어졌다. 공주가 몰래 신발 속에서 비수를 꺼내 그를 기습한 것이었다. 그녀는 위소보의 등을 밟고 비수로 왼쪽과 오른쪽 다리를 한 번씩 더 찔렀다. 그러고는 웃으며 말했다.

"내가 많이 아프냐고 물어보니까 '괜찮다'고 했지? 그래서 또 찌른 거야!"

위소보는 소스라치게 놀라 속으로 외쳤다.

'이젠 죽었구나!'

보의를 입고 있어 비수가 등을 파고들진 못했고 찔린 다리도 중상은 아니었지만 그 아픔은 이루 말할 수 없었다. 홍 부인이 가르쳐준 두 번째 초식 소련횡진小憐橫陳이 퍼뜩 뇌리에 떠올랐지만 써먹을 수가 없었다. 부상을 입어 기운을 쓸 수 없는 데다가 아직 그 초식을 제대로 익히지 못해, 몸을 튕겨 그녀의 가랑이 사이를 뚫고 등 뒤로 가기엔 동작이 너무 느렸다.

위소보가 엉거주춤 몸을 움직이자마자 엉덩이에 다시 비수가 파고들었다. 공주는 깔깔 웃으며 말했다.

"이래도 아프지 않아?"

위소보가 소리쳤다.

"아파 죽겠어요! 공주님은 무공이 너무 고강해 소인은 도저히 적수가 될 수 없어요. 강호 호한, 대영웅은 항복한 사람을 죽이지 않아요!"

공주가 다시 웃으며 말했다.

"죽이진 않지만 혼쭐은 내야지!"

그러고는 위소보의 엉덩이에 올라타 호통을 쳤다.

"움직이면 바로 죽일 거야!"

위소보가 사정을 했다.

"움직이지 않을게요."

그러나 공주가 마침 그의 상처 부위를 깔고 앉아, 아파서 신음이 나왔다.

공주는 그의 허리띠를 풀어 두 발을 단단히 묶고, 비수로 옷자락을 잘라 다시 두 손을 뒤로 묶었다. 그러고는 웃으며 말했다.

"넌 이제 나의 포로야. 우리 재미있는 놀이를 해보자. 이건… '제갈량 칠금맹획七擒孟獲'이라는 거야."

청나라 황족도 《삼국지》에 대해 잘 알고 있었다. 건녕 공주는 《삼국지연의》를 세 번이나 읽었다. 그중에서 칠금맹획 고사는, 제갈량이 남만南蠻으로 맹획을 정벌하러 가서 일곱 번 사로잡았다가 일곱 번 놓아주니, 맹획이 진심으로 승복해 다시는 모반하지 않겠다고 맹세했다는 내용이다.

위소보도 그 고사를 잘 알고 있었다. 지금 공주의 말대로라면, 자기는 일곱 번 죽었다가 살아나야 할 판이었다. 얼른 엄살을 부렸다.

"제갈량은 맹획을 칠금칠종七擒七縱, 일곱 번 사로잡았다가 일곱 번 놔줬지만, 공주님은 소계자를 사로잡아 '일금일종', 한 번만 놔줘도 절대 반항하지 않아요. 공주님은 제갈량보다 일곱 배가 더 세니까요!"

공주는 막무가내였다.

"안 돼! 제갈량은 등갑병藤甲兵, 갑옷을 입은 병사를 불태웠어."

위소보는 기겁을 했다.

"소인은… 갑옷을 입지 않았어요."

공주는 여유만만했다.

"갑옷을 안 입었으니 그냥 옷을 불태워도 마찬가지지."

위소보는 소리를 질렀다.

"안 돼요, 안 돼!"

공주가 화를 냈다.

"왜 안 된다는 거야? 제갈량이 불태우겠다면 태우는 거야. 등갑병은 입 다물고 가만있어!"

그녀는 탁자 위에 화섭자가 있는 것을 보고, 그걸 이용해 초에 불을 붙였다. 위소보는 악을 쓰듯 고함을 질렀다.

"제갈량은 맹획을 불태워죽이지 않았어요! 날 죽이면 제갈량이 아니라 간신 조조야!"

공주는 그의 옷자락을 들춰 막 불을 붙이려다가 윤기가 흐르는 변발을 보고는 생각을 바꿔 그 변발에 불을 붙였다. 머리카락은 불에 잘 탄다. 일단 불이 붙자 '찌지지' 소리를 내며 바로 타들어갔다. 삽시간에 머리카락 타는 고약한 냄새가 방 안에 가득 찼다.

위소보는 혼비백산해 소리쳤다.

"사람 살려! 살려줘! 조조가 제갈량을 불태워죽인다!"

공주는 불붙은 그의 변발을 쥐고 흔들어대며 깔깔 웃었다.

"우아, 횃불이다! 재미있다!"

눈 깜짝할 사이에 불길이 머리까지 옮겨붙었다. 공주도 변발을 놓아버렸다. 위소보는 머리에 불이 붙자, 어디서 그런 힘이 생겼는지 용수철처럼 몸을 솟구쳐 공주의 품 안으로 무조건 머리를 처박았다.

"으악!"

공주는 미처 피할 겨를도 없이 비명을 질렀다. 위소보가 그녀의 배에 머리를 처박는 바람에 다행히 머리에 붙은 불이 꺼졌다. 공주는 두 손으로 옷에 붙은 불을 끄기에 급급했다. 위소보가 어찌나 세게 박았는지 아랫배가 아팠다. 그녀는 놀라고도 화가 나서 위소보의 머리를 마구 짓밟았다. 위소보는 결국 다시 기절하고 말았다.

몽롱한 의식 속에서 온몸이 찢어지는 듯한 아픔을 느끼며 위소보는 천천히 깨어났다. 그리고 입고 있던 옷이 내의까지 전부 풀어헤쳐진 채 바닥에 누워 있는 자신을 발견했다.

공주는 왼손에 무슨 흰 가루를 쥐고, 오른손의 비수로 그의 가슴을 이리저리 그어 얕은 상처를 냈다. 그리고 그 흰 가루를 상처 부위에 뿌리고 있었다. 위소보가 놀라 소리쳤다.

"지금 뭐 하는 거예요?"

공주가 웃으며 말했다.

"시위들의 말을 들어보니, 흉악한 강도를 붙잡았는데 이실직고하지 않으면 상처에다 소금을 뿌린대. 그럼 아파서 살려달라며 뭐든 시키는 대로 다 한다고 했어. 그래서 난 언제 강도를 만날지 몰라 항상 소금을 갖고 다니지."

위소보는 상처 부위가 찢어지는 듯 아파 도저히 견딜 수 없었다. 절로 비명이 터져나왔다.

"살려줘, 살려줘! 뭐든지 시키는 대로 다 할게!"

공주는 낄낄 웃었다.

"이런 멍청한 녀석! 이렇게 빨리 굴복하면 재미가 없잖아! '어차피 네 손에 잡혔으니 어서 죽여라! 내가 눈 하나 깜박하면 영웅호한이 아니다!' 그렇게 악을 쓰고, 내가 다시 몇 군데 상처를 더 내서 소금을 뿌리면, 그때 통사정을 해야 더 재미가 있지!"

위소보는 머리끝까지 화가 나서 욕을 퍼부었다.

"이런 빌어먹을 화냥년아! 개똥만도 못한 이런…."

그러다가 '아차!' 하고 얼른 말을 바꿨다.

"저… 그게 아니라… 난 영웅호한이 아니야. 그러니 제발 살려줘요, 살려줘!"

공주는 한숨을 내쉬면서 남은 소금을 바닥에 버렸다. 그러나 바로 생각이 바뀌었는지 다시 소금을 주워 위소보의 상처에 뿌리며 사뭇 진지한 표정으로 말했다.

"난 건녕파의 장문인이다. 천하제일의 무공을 발휘해 흉악무도한 도적을 잡았으니….”

위소보가 그녀의 말을 끊었다.

“알았어요, 알았어! 난 흉악무도한 도적인데, 오늘 실력이 부족해 천하제일의 무공 고수 건녕파 장문인에게 붙잡혀서 생사의 갈림길에 놓여 있소! 나도 강호의 온갖 풍파를 겪어온 몸이오. 까짓것 죽어봤자 한 번밖에 더 죽겠소! 모가지 위에 구멍이 하나 더 생길 뿐이오! 진심으로 승복하니 알아서 하시오!”

공주는 그가 강호 사나이들이 하는 말을 늘어놓자 기분이 좋았다. 장강년 등 시위들이 들려준 강호인들의 말투와 똑같았다. 그래서 엄지를 세웠다.

“그래, 그렇게 말해야지! 이왕 놀 바엔 그럴싸하게 재밌게 놀아야 되잖아!”

위소보는 속으로 욕을 했다.

‘이런 썩어문드러질 년! 피똥이나 싸고 뒈져라!’

욕을 해도 뼈를 깎는 듯한 고통은 사라지지 않았다. 태후가 시켜서 자기를 죽이려는 건지, 아니면 정말 강호 호걸들의 흉내를 내보려는 장난이 지나친 건지… 다시 종잡을 수가 없는 혼란에 빠졌다.

설령 장난이라 쳐도, 이 계집은 하는 짓거리가 너무 악랄하고 잔인해서, 장난을 하는 과정에서 목숨을 잃게 될지도 몰랐다. 무슨 방법을 써서라도 이 위기를 모면해야만 했다. 위소보는 문득 지난날 목검병을 접줬던 좋은 방법이 생각났다. 어린 여자들은 대부분 귀신을 무서워한다. 위소보는 고통을 간신히 참으며 힘주어 말했다.

“갑자기 승복할 마음이 없어졌소. 장문인, 진짜 실력이 있다면 날 풀어주고 다시 한판 정정당당하게 붙어봅시다. 내 무공이 더 고강해서 감히 겨룰 엄두가 나지 않는다면, 어서 단칼에 죽이시오! 죽어서 원한에 사무친 귀신이 되어, 낮에도 등 뒤에서 졸졸 따라다니고, 밤이면 이불 속으로 들어가 함께 자면서 목을 끌어안고 피를 쭉쭉 빨아먹을 테니까!"

공주는 놀라 비명을 질렀다.

"으악!"

그러고는 떨리는 목소리로 말했다.

"내가 왜 널 죽이겠어?"

위소보가 말했다.

"그럼 어서 날 풀어줘야지!"

공주가 다시 말했다.

"안 돼! 이런 고약한 놈! 날 겁주는 거지?"

그러더니 촛대를 들고 위소보의 얼굴을 지지려 했다. 불길이 얼굴에 닿자 '지지' 하는 소리가 들리며 너무나 고통스러웠다. 위소보는 얼굴을 뒤로 젖히며 오른쪽 어깨로 그녀의 손을 힘껏 밀쳤다. 그 바람에 촛대가 바닥에 떨어져 불이 꺼져버리고 말았다.

공주는 화가 나서 문빗장을 들고 위소보의 머리통을 내리쳤다. 위소보는 고통을 더 이상 참을 수 없었다. 그리고 무서웠다.

'더 맞다가는 영락없이 죽게 될 거야.'

그는 악을 쓰듯 소리쳤다.

"나 죽는다!"

쿵, 바닥에 얼굴을 처박고 죽은 척 꼼짝도 하지 않았다.

공주가 성난 음성으로 소리쳤다.

"죽은 척하지 마! 어서 일어나 나랑 놀잔 말이야!"

위소보는 여전히 움직이지 않았다. 공주가 발로 걷어차도 전혀 아랑곳하지 않았다. 그러자 공주가 부드럽게 말했다.

"알았어, 이젠 때리지 않을 테니 제발 죽지 마."

위소보는 속으로 투덜댔다.

'이미 죽었는데 어떻게 또 죽지 않을 수가 있겠어? 개뿔이나 말이 되는 소릴 해야지!'

공주는 머리의 비녀를 뽑아 그의 얼굴을 몇 번 쿡쿡 찔렀지만 위소보는 아픔을 꾹 참고 꼼짝도 하지 않았다.

공주의 음성이 더욱 부드럽게 변했다.

"제발 부탁이야. 날… 겁주지 마. 난… 널 죽일 생각이 없었어. 그냥 무공을 겨루고 재미있게 놀려고 한 거야. 한데 왜… 멍청이같이… 나한테 맞아가지고….”

그렇게 말을 하는데 갑자기 위소보의 코를 통해 미약한 숨소리가 들리는 것 같았다. 그녀는 반색을 하며 얼른 가슴을 더듬어보았다. 역시 심장이 뛰고 있었다. 이내 입가에 미소가 번졌다.

"요런 고약한 녀석! 죽지 않았잖아. 용서해줄 테니 얼른 눈을 떠!"

위소보는 여전히 눈을 뜨지 않았지만, 공주는 이번엔 속지 않고 호통을 쳤다.

"계속 죽은 척을 하면 눈깔을 파버릴 거야! 그럼 죽어서 귀신이 되더라도 앞을 보지 못하니까 날 찾지 못하겠지!"

그러고는 비수의 등으로 살짝 위소보의 눈까풀을 건드렸다. 위소보는 기겁을 하며 몸을 굴렸다. 공주가 화를 냈다.

"요런 못된 녀석을 봤나! 감히 날 겁주다니, 내… 네놈의 눈을 정말 못 보게 할 것이다!"

그러더니 펄쩍 뛰다시피 달려들어 위소보의 가슴을 세게 밟으며 비수로 다짜고짜 눈을 향해 찔러왔다. 결코 장난이 아니었다. 그녀의 사나운 기세로 봐서 눈뿐만 아니라 머리까지 찌를 것 같았다. 위소보는 잽싸게 두 다리를 구부려 무릎으로 그녀의 가슴팍을 걷어찼다. '퍽!' 하는 소리와 함께 가슴에 일격을 맞은 공주는 몸이 휘청거리더니 뒤로 자빠졌다.

위소보는 내친김에 몸을 구부려 신발 속에 있는 비수를 꺼내서 우선 두 발을 묶은 허리띠부터 끊었다. 그리고 벌떡 일어나 냅다 공주의 머리를 아주 세게 걷어찼다. 기절시켜 당분간 깨어나지 못하게 할 심산이었다. 그리고 묶인 손으로 비수를 집어 탁자 모서리에 꽂고, 몸을 뒤로 돌려 손목을 묶은 옷자락을 조심스럽게 천천히 칼날에 문질렀다. 두 번 문질렀을 뿐인데 바로 끊어졌다.

그는 안도의 숨을 길게 내쉬었다. 벼랑 끝에서 살아돌아온 기분이라 말할 수 없이 기뻤다. 그러나 상처 부위는 여전히 심하게 아팠다. 그래도 참을 수밖에 별도리가 없었다. 생각을 정리할 필요가 있었다.

'이 빌어먹을 계집애를 어떻게 처리할 것인지도 아주 큰 골칫거리네. 말을 들어보니 정말 나랑 심하게 장난을 친 것 같아. 만약 태후가 날 죽이라고 보냈다면, 내가 죽은 척했을 때 겁먹을 이유가 없잖아? 하지만… 나이도 어린 것이 어떻게 장난을 이렇듯 잔인하고 악랄하게 할 수가 있지? 아, 맞아! 이 계집은 공주야. 내관이나 궁녀 따위는 사람

취급도 하지 않지. 죽든 말든, 그냥 개미새끼를 밟아 죽이는 것과 다를 바가 없어.'

생각할수록 화가 치밀어 다시 그녀의 가슴을 걷어찼다.

그런데 걷어차이는 바람에 막혔던 기가 뚫렸는지, 공주는 신음을 하며 깨어나서는 천천히 몸을 일으키며 욕을 했다.

"이런 고약한 녀석! 감히…!"

위소보는 그렇지 않아도 울화가 치밀던 차라 대뜸 손을 뻗어 그녀의 뺨을 철썩철썩 후려갈겼다. 이어서 가슴에 주먹을 날리고 오른발을 가로 쓸어차서 공주를 다시 엎어뜨렸다. 그러고는 숨 돌릴 틈도 주지 않고 바로 등에 거꾸로 올라타서 등허리고 엉덩이고 마구 두들겨팼다. 욕이 절로 나왔다.

"이런 썩을 년! 똥물에 튀겨죽일 년! 화냥년이 낳은 썩어문드러질 계집아! 내 손에 한번 죽어봐라!"

공주는 악을 쓰듯 소리를 질렀다.

"그만, 그만해! 이런 무엄한 놈! 태후더러 널 죽이라고 할 거야! 널… 황상이 널 죽일 거다! 이런 능… 능지처참할 놈!"

위소보는 흠칫해 바로 손을 거뒀다. 그러나 바로 생각을 바꿨다.

'에라! 이왕 후려패기 시작했으니 죽을 때 죽더라도 속이라도 시원하게 실컷 두들겨패야지!'

주먹을 휘둘러 계속 때리면서 욕을 했다.

"난 네 18대 조상을 다 끄집어내서 능지처참하겠다! 어쩔래? 이 썩어문드러질 년아!"

몇 대를 더 두들겨맞더니 공주는 갑자기 '풋!' 하고 웃었다. 위소보는 멍해졌다.

'아니, 두들겨맞으면서 울기는커녕 왜 웃는 거지?'

그는 탁자 모서리에 꽂혀 있는 비수를 뽑아 그녀의 뒷덜미를 겨냥하며 왼손으로 몸을 뒤집었다. 그러고는 다그쳤다.

"왜 웃는 거지?"

공주는 만면에 웃음을 띠었다. 눈에선 요염한 기운이 감돌았다. 일부러 꾸며낸 표정이 아니라 정말로 기분이 아주 좋은 것 같았다. 목소리마저 간드러지고 부드러웠다.

"그렇게 세게 때리면 안 돼… 하지만… 그렇다고 너무 가볍게 때리는 것도 싫어….'

위소보는 어리둥절했다. 또 무슨 엉뚱한 수작을 부리는 건지 알 수 없어, 오른발로 가슴을 밟고 호통을 쳤다.

"지금 무슨 수작을 부리는 거야? 다신 너한테 속지 않아!"

공주는 버둥거리며 일어서려 했다. 위소보가 다시 호통을 쳤다.

"꼼짝 마!"

그러면서 이마를 힘껏 밀자 공주는 다시 자빠졌다. 힘을 쓰는 바람에 상처 부위가 또 꾹꾹 쑤셔오자, 그는 다시 화가 치밀어 찰싹찰싹 좌우로 손을 휘둘러 뺨을 네 대나 때렸다.

공주는 '음음…' 야릇한 신음을 내며 가슴이 가볍게 일렁였다. 아주 황홀해하는 듯한 표정이었다. 그녀는 나직한 목소리로 말했다.

"정말 얄미워. 얼굴은 때리지 마. 상처가 나면, 나중에 태후가 물을 때 대답하기가 곤란해."

위소보는 욕을 해댔다.

"이런 썩어문드러질 계집을 봤나! 아주 형편없는 년이군! 맞을수록 기분이 좋아지는 것 같은데… 정말 그러냐?"

손을 뻗어 그녀의 왼쪽 어깻죽지를 몇 번 꼬집었다. 공주는 비명을 질렀다.

"아야! 아야…."

눈살을 찌푸리면서도 눈에는 웃음이 가득했다. 위소보는 그야말로 어이가 없었다.

"빌어먹을 계집! 그렇게도 기분이 좋으냐?"

공주는 대답을 하지 않고 눈을 스르르 감더니 별안간 발을 날려 위소보의 허벅지를 걷어찼다. 공교롭게도 칼에 상처를 입은 부위였다. 위소보는 극심한 통증을 느끼며 그녀에게 덮쳐가 어깨를 누르고 팔과 가슴, 어깨 등을 마구 꼬집었다.

공주는 까르르까르르 웃으며 소리쳤다.

"이 고약한 녀석! 못돼먹은 놈! 아… 공공, 오빠, 살려줘! 아… 못 참겠어! 그만…!"

그녀가 나중에 부드러운 목소리로 소리치자 위소보는 절로 가슴이 두근거렸다.

'공공이니 오빠니 하고 부르니, 방이 낭자가 배에서 나한테 다정다감하게 대하던 것과 비슷하네….'

이내 화가 많이 풀렸다. 하지만 그녀가 또 무슨 수작을 부릴지 종잡을 수가 없어, 자기가 당한 것처럼 그녀의 허리띠를 풀어 두 손과 두 발을 다 묶어버렸다.

공주가 웃으며 말했다.

"이런 고약한 것! 지금 뭐 하는 짓이야?"

위소보가 말했다.

"또 엉뚱한 짓을 하지 못하게 하는 거야!"

그러면서 몸을 일으켰는데 숨이 가쁘고 삭신이 쑤셔 까무러칠 것만 같았다. 공주가 계속 웃으며 말했다.

"소계자라고 했지? 오늘 정말 재밌게 놀았어. 날 더 때릴 거야?"

위소보가 다시 말했다.

"네가 날 때리지 않으면 내가 왜 감히 널 때리겠어?"

공주가 말했다.

"난 움직일 수 없잖아. 그러니 때려도 난 어쩔 수 없어."

위소보는 '퉤!' 하고 침을 뱉었다.

"넌 공주가 아니라 화냥년 같아!"

욕을 하면서 엉덩이를 걷어찼다.

"아야!"

공주는 가볍게 비명을 지르고 나서 말했다.

"우리 좀 더 놀아볼까?"

위소보는 눈꼬리를 치켜세웠다.

"노는 건 줄 알았다가 맞아죽을 뻔했는데, 이제 겨우 목숨을 건졌는데, 또 놀자고? 좋아! 이번엔 내가 제갈량이 돼서 등갑병을 불태워죽일게! 네 머리카락과 옷을 다 불질러버릴 거야!"

공주가 다급하게 말했다.

"머리카락은 태우면 안 돼!"

그리고는 히히 웃으며 말을 이었다.

"그냥 옷을 불태워. 불에 데서 몸에 물집이 생겨도 난 겁나지 않아."

그 말에 위소보는 어이가 없어 입이 딱 벌어졌다.

"퉤! 넌 겁나지 않는다고 해도, 난 그런 미친 지랄을 하고 싶지 않아. 우선 상처부터 치료해야겠어. 상처에다 소금을 뿌리는 게 그렇게도 재미있었냐?"

이젠 태후가 자기를 죽이기 위해 그녀를 보낸 게 아니라는 확신이 들어 손발 묶은 것을 풀어주었다.

공주는 못내 아쉬운 모양이었다.

"정말 더 놀지 않겠다고? 그럼 우리 내일 다시 놀자, 괜찮지?"

말투에 간곡함이 묻어 있었다. 위소보는 그녀에게 아주 질려버렸다.

"관둬! 태후마마나 황상께서 알면 내 목숨이 붙어나겠어?"

공주는 천천히 일어났다.

"내가 말을 안 하면 태후와 황상이 어떻게 알겠어? 내일은 내 얼굴을 때리지 마. 몸엔 상처가 많이 나도 상관없어."

위소보는 얼른 고개를 내둘렀다.

"내일은 안 돼. 난 너무 얻어터져서 상처가 심해. 한두 달은 치료를 해야 상처가 다 아물 거야."

공주는 코웃음을 날렸다.

"흥! 내일 안 오겠다고? 아까 나한테 뭐라고 욕했지? 분명히 내 18대 조상까지 다 끄집어내서 능지처참한다고 했지? 내 18대 조상은 바로 황상의 18대 조상이고, 부황의 17대 조상이자, 태종 황제의 16대 조상이며, 태조 황제의 15대 조상이라고!"

그 말에 위소보는 눈이 왕방울만 해지고 입이 딱 벌어졌다. 대역무도도 그런 대역무도가 없었다. 뭔가 둘러대야만 했다.

"넌 노황야가 낳은 게 아니야! 내가 네 조상을 욕한 건 황상과 아무 상관이 없어. 당연히 노황야와 그 무슨 태조 황제, 태종 황제와도 상관이 없다고!"

공주는 화를 내며 소리쳤다.

"내가 왜 노황야가 낳은 게 아니야? 이 빌어먹을 내관 새끼가 누구 앞에서 함부로 헛소릴 지껄이는 거야? 내일 여기서 기다릴 거야! 네놈이 오지 않으면 날 때렸다고 바로 태후께 고자질할 거다."

그러면서 소매를 걷어올렸다. 백옥처럼 희디흰 팔 여기저기에 시퍼렇게 멍이 들어 있었다. 위소보는 속으로 아뿔싸 했다.

'제기랄, 내가 아까 너무 세게 꼬집었군.'

공주가 윽박질렀다.

"흥! 내일 오지 않으면 네가 살아남을 것 같으냐?"

이런 상황에서 위소보는 굴복하지 않을 수가 없었다. 어쩔 수 없이 고개를 끄덕였다.

"그럼 내일도 와서 함께 놀게. 대신 날 또 때리면 안 돼!"

공주는 몹시 좋아했다.

"오기만 하면 돼. 내가 때리면, 너도 날 때리면 되잖아. 우린 강호 호한들이라 주거니받거니, 은원이 확실해야 해."

위소보는 쓴웃음을 지었다.

"또 얻어터지면 이 호한은 죽어서 악귀로 변할 거야!"

공주는 까르르 웃었다.

"걱정 마, 정말 널 때려죽이진 않을 거야."

멈칫하더니 다시 말했다.

"기껏해야 그냥 초죽음 정도로만 끝내줄게."

그녀는 표정이 야릇하게 변하며 생긋 웃더니 음성도 아주 나긋하게 바뀌었다.

"소계자, 궁 안에 내관들이 많은데 내가 좋아하는 건 너뿐이야. 다른 녀석들은 줏대가 없어. 나한테 맞아죽어도 '똥물에 튀겨죽일 년!'이나 '빌어먹을 계집!' 같은 욕은 감히 하지 못해…."

그녀는 위소보의 말투를 흉내 냈다.

"그리고 '화냥년이 낳은 썩어문드러질 계집!'이라고? 히히… 누구도 나한테 그런 욕을 한 적이 없어."

위소보는 어이가 없어 웃음이 나왔다.

"욕먹는 것도 좋아하나 보지?"

공주가 웃으며 말했다.

"너처럼 욕해야 좋지. 태후가 얼굴을 찡그리며 잔소리를 하는 건 정말 듣기 싫어!"

위소보가 말했다.

"그럼 여춘원에 가면 딱 좋겠네!"

그러면서 속으로 시부렁댔다.

'가서 기녀가 되면 욕하는 사람이 수두룩해. 우선 주인여편네, 주모가 욕하고 때릴 거고, 난봉꾼들도 걸핏하면 화를 내고, 욕은 다반사에 주먹을 날리는 경우도 있어.'

공주는 눈이 반짝 빛났다.

"여춘원이 뭐 하는 덴데? 재미있는 곳이야?"

위소보는 속으로 몰래 웃으며 너스레를 떨었다.

"아주 재미있는 곳이지. 하지만 강남에 있기 때문에 쉽게 갈 수가 없어. 여춘원에 가서 한 석 달만 살면 너무 좋아서 기분이 째져, 공주도 하지 않으려 할 거야."

공주는 한숨을 내쉬며 아쉬운 표정을 지었다.

"나중에 기회가 되면 꼭 가보고 싶어."

위소보가 정색을 하고 말했다.

"좋아, 좋아! 나중에 내가 꼭 데리고 갈게. 대장부일언중천금, 한번 내뱉은 말은 죽은 말도 쫓아오지 못해!"

그는 '네 마리 말이 끄는 사두마차도 쫓아오지 못한다'는 사자성어 사마난추駟馬難追를 제대로 기억하지 못하고 자꾸 까먹었다. 그렇다고 전에 즐겨 쓰던 '어떤 말도 쫓아오지 못한다'는 말은 쓰기 싫어서 '죽은 말도 쫓아오지 못한다'로 바꾼 것이다.

공주는 그의 손을 꼬옥 잡았다.

"그 시위들이나 내관들하고 싸우면 항상 나한테 양보를 하니까 정말 재미가 없었어. 어제 황상 오라버니도 마찬가지였지. 그냥 때리는 시늉만 하니까 아무리 때려도 아프지 않아. 소계자, 너만이 진짜로 날 때려줬어. 고마워, 그리고 걱정하지 마. 절대 널 죽이지 않을 거야."

갑자기 입을 쭉 내밀어 위소보의 입에다 뽀뽀를 했다. 그러고는 얼굴이 빨개져 밖으로 뛰어나갔다.

위소보는 한순간 머리가 빙 돌았다. 어지러워서 그 자리에 주저앉고 말았다.

'공주가 혹시 미쳐버린 게 아닐까? 왜 내가 때리고 욕할수록 더 좋

아하지? 빌어먹을, 그 늙은 화냥년이 낳은 계집이 정말 이 가짜 내관을 좋아한단 말인가?'

그녀의 달덩어리 같은 얼굴과 요염한 눈빛을 생각하니 가슴이 두근두근 설레었다. 그는 천천히 일어나 간신히 몸을 지탱한 채 거처로 돌아왔다. 너무 지쳐서 침상에 눕자마자 바로 곯아떨어졌다.

위소보가 잠에서 깨어난 것은 다섯 시진 후였다. 정신을 차려보니, 날은 이미 어두워졌다. 온몸이 빠개지는 것같이 쑤시고 아팠다. 절로 신음이 나왔다. 간신히 몸을 일으켜 우선 상처에 남아 있는 소금기를 씻어내려 했다. 그런데 옷을 벗어보니 상처의 피가 엉겨 옷에 달라붙어 있었다. 옷을 살살 뜯어내자 다시 극심한 고통이 느껴졌다. 절로 욕이 나왔다.

"이런 썩어문드러질 년! 빌어먹을 계집!"

한바탕 욕을 하고 나서 소금기를 씻어내고 약을 발랐다.

다음 날, 위소보는 소황제를 만나러 갔다. 강희는 그의 얼굴이 불그죽죽 팅팅 부어 있고 머리카락이 타서 엉망진창인 것을 보고 깜짝 놀랐다. 그러나 이내 누구의 '걸작'인지 알아차렸다.

"공주한테 당한 모양이군. 많이 다쳤느냐?"

위소보는 쓴웃음을 지었다.

"괜찮아요. 사부님, 제자가 사부님의 체면을 구겼습니다. 아마 다시 3년 동안 열심히 무공을 연마해야만 이 수모를 만회할 수 있을 것 같습니다."

그가 화를 내며 자기를 대신해 공주를 혼내주라고 간청할 줄 알았던 강희는 그나마 다행이라고 생각했다. 따지고 보면, 상전이 아랫것들을 마음대로 혼내주는 것은 당연한 일일 수도 있었다. 그렇다고 모르는 척 시치미를 딱 떼면 오대산에 가서 노황야를 모시지 않겠다고 버틸지도 모르는 일이었다. 어쨌든 위소보가 아무런 원망도 하지 않자 내심 좋아하며 말했다.

"소계자, 넌 정말 착하구나. 아주 후한 상을 내려야겠어. 원하는 게 뭔지 말해봐라."

위소보가 말했다.

"사부님이 저의 부족한 무공을 나무라지 않는 것만도 그저 감사할 따름인데, 뭘 더 바라겠습니까?"

약간 멈칫하더니 말을 이었다.

"그래도 뭔가를 주시겠다면… 이 제자가 나중에라도 남한테 쉽사리 당하지 않게, 사부님께서 묘수를 몇 가지만 가르쳐주십시오."

강희는 하하 웃었다.

"좋아, 좋아!"

그는 곧 태후한테 배운 몇 가지 정교한 초식을 위소보에게 가르쳐주었다. 주로 금나수법 위주였다. 물론 평범한 초식은 아니지만 홍 교주나 홍 부인이 전수해준 그 여섯 초식에 비하면 차이가 컸다. 위소보는 전에 그와 자주 무공을 겨뤘기 때문에 그 초식을 사용하는 것을 여러 번 봤다. 그래서 몇 번 자세히 설명해주자 쉽게 터득했다.

위소보는 속으로 생각했다.

'전에 함께 씨름을 할 때는 친구나 다름없었어. 그러나 지금 그는 황제의 신분이고 난 내관 나부랭이야. 친구 사이를 오랫동안 지속할 수는 없어. 이번에 북경에 돌아와보니, 몸집은 별로 더 커지지 않았는데 훨씬 위엄이 있어 보여. 소현자라고는 도저히 더 부를 수 없으니, 칭호를 바꿀 바엔 사부라고 불러서 알랑방귀를 뀌는 게 좋겠지.'

그는 곧 무릎을 꿇고 큰절을 여덟 번 올렸다.

"제자 위소보가 사부님께 인사 올립니다. 저는 이제 정식으로 사부님의 수제자가 되었습니다."

강희는 처음엔 멍해졌으나 이내 그의 뜻을 알아차렸다. 재미있기도 하고, 또한 위소보가 계속 '소현자'라고 부르는 것도 못마땅하던 차였다. 그래서 웃으며 말했다.

"군주는 결코 희언戲言을 하지 않는다. 내가 먼저 '사부'라고 말했으니 널 제자로 거둬들일 수밖에!"

이어 소리쳤다.

"여봐라!"

바로 두 명의 내관과 시위 두 명이 달려왔다. 강희는 바로 분부했다.

"몸을 돌려라."

네 사람은 일제히 대답했다.

"네!"

궁중 법도에 따르면, 신하는 절대 군주에게 등을 돌리면 안 된다. 그것은 크나큰 불경죄다. 네 사람은 강희의 말뜻을 몰라 그저 엉거주춤 몸을 살짝 옆으로만 돌렸다.

강희는 탁자에서 가위 하나를 집어들고는 네 사람 앞으로 걸어갔다. 네 사람은 몸을 살짝 돌렸어도 강희는 그들의 변발을 자세히 볼 수 있었다. 넷 중 내관 한 사람의 변발이 유난히 거무스름하니 윤기가 흘렀다. 강희는 왼손으로 그 변발을 잡고 머리뿌리 부분에서부터 싹둑 잘라버렸다. 그 내관은 혼비백산해 바로 무릎을 꿇고 바닥에 연신 이마를 찧었다.

"소인이 죽을죄를 지었습니다. 소인이 죽을죄를 지었습니다."

강희가 웃으며 말했다.

"겁내지 마라. 네게 은자 열 냥을 내리겠다. 다들 나가봐라."

네 사람은 영문을 몰라 어리둥절해했다. 그러나 황명이고 황제의 마음을 헤아릴 길이 없으니, 그저 서둘러 물러났다.

강희는 변발을 위소보에게 건네주고는 웃으며 말했다.

"넌 바로 가서 출가를 해야 하니… 공주가 머리카락을 태운 것도 하늘의 뜻인 듯싶다. 하늘이 공주의 손을 빌려 너에게 삭발을 해준 거라고 생각해라. 정식으로 출가하기 전에는 보기가 흉하니 우선 그 변발을 머리에 묶도록 해라."

위소보는 무릎을 꿇었다.

"네, 제자에 대한 사부님의 보살핌이 하해와 같습니다."

강희가 웃으며 말했다.

"날 사부로 모셨다는 말을 남한테는 하지 마라. 물론 네가 입이 무겁다는 걸 잘 알기 때문에 윤허를 한 것이다. 네가 만약 함부로 떠들고 다니면 장문인으로서 당장 네 무공을 폐하고 문중에서 축출할 테니 그리 알아라!"

위소보는 연신 대답했다.

"네, 네! 사부님의 말씀 늘 명심하겠습니다."

강희와 위소보가 무공을 겨뤘던 일은 태후와 해대부 외에 궁에서 아는 사람이 없었다. 처음에 농담 삼아서 위소보가 제자라고 했는데, 그건 황제 체면에 크게 손상되는 일은 아니지만, 그래도 매사에 신중을 기하는 성품이라 특별히 당부를 한 것이다.

강희는 자리에 앉으며 나름대로 생각했다.

'태후는 워낙 음험하고 악랄해 나한테도 무공을 제대로 가르쳐주지 않았을 거야. 그렇지 않고서야 전신의 뼈마디를 토막토막 부러뜨리는 그런 무서운 무공은 왜 전수해주지 않았겠어? 난 비록 소계자의 사부라 하지만 쟤보다 실력이 더 뛰어나지도 않고, 특별히 전수해줄 무공도 별로 없어. 소림사의 화상들이야말로 무공이 아주 고강하겠지. 이번에 부황이 어려움에 처했을 때도 도와줬고….'

생각이 여기에 미치자 한 가지 결심을 하게 되었다.

"이제 그만 가서 상처를 치료하고, 내일 다시 나한테 와라."

거처로 돌아온 위소보는 아래 내관들을 시켜 어의를 불러다 상처를 치료받았다. 상처는 비록 아프지만 뼈가 상하지는 않았다. 어의는 보름이나 열흘 정도만 치료받으면 나을 테니 걱정하지 말라고 했다.

밥을 먹고 나니 공주와의 약속시간이 다 된 것 같았다. 가야 하나, 말아야 하나… 갈등이 일었다. 가자니 또 얻어터질 것 같고, 안 가자니 자신도 모르게 은근히 그녀가 보고 싶었다. 결국 가기로 했다.

문을 열고 들어가니 공주가 소리를 지르며 그에게 덮쳐왔다. 위소보는 이미 준비가 돼 있던 터라 왼팔로 막으며 오른발로 장딴지를 걸었다. 쓰러지는 그녀의 뒷덜미를 낚아채 몸이 구부러지게 눌렀다.

공주는 웃으며 욕을 했다.

"이런 죽일 놈! 오늘은 제법인데!"

위소보는 그녀의 왼팔을 비틀며 나직이 말했다.

"어서 사랑스러운 소계자나 오라버니라고 불러봐. 그러지 않으면 팔을 부러뜨릴 거야."

공주는 막무가내로 욕을 했다.

"쳇! 이런 고얀 놈을 봤나?"

위소보는 팔을 좀 더 세게 비틀면서 호통을 쳤다.

"이래도 안 부를 거야? 정말 팔을 부러뜨린다!"

공주는 웃었다.

"안 부를 거야! 어쩔래?"

위소보는 속으로 시부렁댔다.

'이런 빌어먹을 계집이 있나! 정말 때릴수록 좋아하나 봐.'

왼손으로 그녀의 등허리를 꽉 내리치고 볼기짝을 때렸다. 공주는 개구리처럼 펄쩍펄쩍 뛰며 까르르 웃어댔다. 위소보는 어이가 없었다.

"빌어먹을! 정말 맞는 게 좋은가 봐!"

이번엔 볼기짝이고 등허리고 마구 두들겨팼다. 공주는 바닥에 엎어진 채 몸을 웅크리고 일어나질 못했다. 위소보는 그제야 손을 멈췄다.

공주가 숨을 헉헉 몰아쉬며 말했다.

"됐어! 이번엔 내가 때릴 차례야!"

위소보는 고개를 흔들었다.

"안 돼! 난 맞기 싫어!"

속으로 오늘은 맞지 않겠다고 다짐했다. 이 계집은 아주 독해서 그냥 맞다가는 목숨을 잃을 수도 있다고 생각했다. 공주는 사정하는 투로 여러 번 말했지만 위소보는 절대 넘어가지 않았다.

공주는 결국 화가 나서 갑자기 덮쳐오더니 마구 주먹질을 하며 깨물었다. 위소보는 그녀의 뺨을 후려갈겨 간신히 바닥에 쓰러뜨렸다. 그러고는 머리카락을 움켜쥐고 볼기짝을 연신 때렸다. 그러다가 볼기짝까지 때렸는데 더 꺼릴 게 뭐 있냐는 생각으로 등이고 엉덩이고 마구 주물렀다.

공주는 그의 발밑에 엎어져 두 다리를 끌어안고 얼굴을 다리 사이에 비벼댔다. 그러면서 간드러지게 소리쳤다.

"사랑스러운 소계자 오라버니, 나도 때리게 좀 해줘. 아프게 때리지 않을게!"

위소보는 그녀가 품 안에 안긴 새처럼 지저귀며 다정하게 부르자 마음이 흔들려 막 허락하려는데, 공주가 다시 말했다.

"사랑스러운 오라버니 몸에서 피가 흐르는 것을 보면, 너무 짜릿하고 기분이 좋아."

그 말에 위소보는 기겁을 해 호통을 쳤다.

"안 돼!"

그러고는 발로 그녀의 머리를 걷어차며 말했다.

"어서 손을 놔! 난 갈 거야. 너한테 시달리다 보면 언젠가는 죽고 말 거야!"

공주는 매우 아쉬운 듯 한숨을 내쉬었다.

"정말 나랑 놀지 않을 거야?"

위소보가 말했다.

"너무 위험해. 난 아직 죽고 싶지 않아."

공주는 까르르 웃으며 일어났다.

"좋아! 그럼 날 방까지 부축해줘. 너무 맞아서 걷지를 못하겠어."

위소보는 겁부터 났다.

"싫어!"

공주는 손으로 벽을 짚어가며 천천히 밖으로 나갔다.

"소계자, 내일 다시 와서 놀자. 알았지?"

그러더니 갑자기 무릎이 꺾이며 하마터면 쓰러질 뻔했다. 위소보가 얼른 가서 부축하자, 공주가 말했다.

"착한 소계자, 그럼 수고스럽지만 내관 둘을 불러와서 날 부축하라고 해줘."

위소보는 판단을 잘 해야만 했다. 만약 내관을 불러오면 누가 공주를 제대로 걷지도 못하게 이 지경으로 만들었는지 알게 될 것이고, 자연히 태후의 귀에까지 들어갈 것이다. 그럼 모가지가 달아날 게 뻔했다. 어쩔 수 없이 자기가 그녀를 부축해주는 수밖에 없었다.

"내가 방까지 부축해줄게."

공주는 무척 좋아했다.

"사랑스러운 소계자 오라버니, 고마워!"

그러고는 위소보의 어깨에 기대 서쪽으로 걸어갔다. 공주의 거처 영수궁寧壽宮은 바로 자령궁 서쪽 수강궁壽康宮 옆에 있었다.

두 사람은 차츰 자령궁 화원 가까이 다가갔다. 위소보는 태후의 모습이 떠오르자 온몸에 소름이 끼쳤다. 긴 회랑을 지나게 됐는데, 공주가 갑자기 위소보의 귀뿌리에 대고 가볍게 입김을 불었다. 위소보는 얼굴이 화끈 달아올라 고개를 틀었다.

"아, 안 돼…."

공주가 부드럽게 말했다.

"뭐가 안 돼? 때리는 것도 아니잖아."

그러고는 그의 귓불을 잘근잘근 깨물며 혀로 살살 핥았다. 위소보는 간지러워 죽을 지경이었다. 그는 나직이 말했다.

"만약 내 귀를 아프게 깨물면 영원히 널 보지 않을 거야. 대장부일언중천금이야, 죽은 말도 쫓아가지 못해!"

공주는 그렇지 않아도 그의 귓불을 꽉 깨물어 살점을 뜯어낼 심산이었다. 그런데 위소보의 말을 듣자 생각을 바꿔 혀를 놀리며 야릇하게 웃었다. 위소보는 얼굴이 새빨개지면서 온몸의 뼈마디가 녹아내리는 것 같았다.

공주의 침궁에 다다르자 위소보는 바로 몸을 돌려 돌아가려 했다. 그러자 공주가 말했다.

"들어와, 아주 재미있는 걸 보여줄게."

지금 영수궁의 내관 네 명과 궁녀 넷이 문밖에서 대기하고 있었다. 위소보는 감히 버릇없는 행동을 할 수가 없었다. 그는 어쩔 수 없이 따라들어갔다.

공주가 그의 손을 잡고 곧장 침실로 들어가자 궁녀 둘이 따라들어와 공주가 얼굴을 닦을 수 있도록 뜨거운 수건을 바쳤다. 공주는 수건 하나를 위소보에게 건네주었다. 위소보는 그걸 받아서 얼굴의 땀을 닦았다. 두 궁녀는 공주가 일개 어린 내관을 이렇게 예우해주자 이상하게 생각했다. 공주는 태후한테도 이렇듯 살뜰히 대한 적이 없었다. 게다가 저 어린 내관은 무례하게도 거리낌 없이 공주의 친절을 받아들이니, 그저 어안이 벙벙할 뿐이었다.

　공주는 곁눈질로 궁녀들의 표정을 살피더니 바로 눈을 부라렸다.

　"지금 뭘 보는 거야?"

　두 궁녀는 기겁을 하며 고개를 숙였다.

　"아니옵니다."

　그러고는 바로 뒷걸음질로 물러나려 했다. 그러나 한발 늦고 말았다. 공주가 잽싸게 손을 뻗어 가까이 있는 궁녀의 눈을 후볐다. 그 궁녀는 살짝 몸을 피하며 처절한 비명을 내질렀다. 눈알은 간신히 보존했지만 얼굴과 목을 타고 붉은 피가 주르르 흘러내렸다. 얼굴엔 손톱자국이 선명했다. 두 궁녀는 혼비백산해서 밖으로 물러나왔다.

　공주가 웃으며 말했다.

　"봤지? 저 쌍것들은 그냥 비명만 지르고 애원만 하니까 아무 재미가 없어."

　위소보는 내심 치를 떨었다. 공주의 잔인함은 어미인 그 '늙은 화냥년'에 비해 전혀 손색이 없어 보였다. 일찌감치 여기서 빠져나가는 게 상수라고 생각했다.

　"공주마마, 황상께서 소인에게 분부한 일이 있어 지금 가봐야겠습니다."

　공주가 말했다.

　"뭐가 그리 급해?"

　그러고는 문을 닫고 빗장을 걸었다. 위소보는 가슴이 뛰기 시작했다. 또 무슨 해괴한 일이 일어날지 알 수 없었다.

　공주가 다시 웃으며 말했다.

"난 상전으로 15년 동안 지내오면서 늘 남한테 시중을 받기만 하니까 아무 재미도 없어. 오늘 한번 입장을 바꿔보자고. 네가 상전이 되고 내가 시중드는 종이 될게."

위소보는 연신 손사래를 쳤다.

"안 돼요, 안 돼!"

공주는 얼굴을 찡그리며 협박했다.

"하기 싫다는 거야? 좋아! 그럼 소리칠 거야. 네가 나한테 무례하게 굴고, 얼굴이 붓도록 막 때렸다고 할 거야!"

그러고는 진짜 소리를 질렀다.

"아야! 아파 죽겠다!"

위소보는 당황해서 손을 모아 몸을 숙이며 연신 굽실거렸다.

"제발, 제발 소리치지 말아요. 뭐든 시키는 대로 할게요."

이곳은 알다시피 공주의 침궁이다. 좀 전에 무공을 겨루던 그 작은 방과는 전혀 달랐다. 그 방은 주위에 아무도 없었지만, 여기선 공주가 살짝 소리만 질러도 밖에 대기하고 있는 내관이고 궁녀들이 우르르 몰려올 것이었다.

공주는 생긋이 웃었다.

"이런 천박한 것 같으니라고! 좋게 말할 때 들어야지, 꼭 이런 식으로 윽박질러야 고분고분해지냐?"

위소보는 속으로 시부렁댔다.

'천박한 건 바로 너야! 상전을 마다하고 종이 되겠다니…!'

공주는 바로 무릎을 꿇고 정중히 문안의 예를 올리며 말했다.

"패륵貝勒님, 이제 그만 취침하셔야죠. 소인이 의복을 벗겨드리겠사

옵니다."

위소보는 어쩔 도리가 없었다. 정말 왕손인 양 코웃음을 치며 자못 근엄하게 말했다.

"흥! 난 자고 싶지 않으니 그냥 다리만 주물러라."

공주는 공손하게 대답했다.

"네."

그러고는 바닥에 앉아 그의 오른발을 들어올려 주무르기 시작했다. 상처를 건드리지 않고 아주 세심하게 주물렀다. 그가 칭찬을 했다.

"어린 계집이 제법이구나. 아주 시원하다."

그러면서 손을 뻗어 그녀의 볼을 살짝 꼬집었다. 공주는 너무 좋아하며 나직이 말했다.

"과분한 칭찬에 황송할 따름이옵니다."

이어 한쪽 신발을 벗겨 발을 주무르고 나서 다른 쪽 신발도 벗겨 정성껏 주물렀다.

"주인님, 이젠 침상에 누우세요. 등을 주물러드릴게요."

위소보는 안마를 받으니 온몸이 개운했다. '이 계집'은 종노릇을 실컷 해보기 전에는 절대 자기를 보내줄 것 같지 않았다. 그래서 침상에 엎드렸다. 그윽한 향기가 코를 자극했다.

'이 계집의 침상은 아주 화려하네. 여춘원의 아주 잘나가는 기녀도 이런 좋은 이불과 베개를 갖지 못할 거야.'

공주는 얇은 이불을 끌어다가 덮어주고 등을 가볍게 두드리기 시작했다. 위소보는 '이게 웬 호강이냐' 싶었다. 한창 왕손이 된 기분을 만끽하고 있는데, 별안간 문밖에서 외치는 소리가 들렸다.

"태후마마 납시오!"

위소보는 혼비백산, 기절초풍할 수밖에 없었다. 침상에서 벌떡 일어났다. 공주도 적이 당황한 기색이었다. 음성마저 떨렸다.

"도망가기엔 늦었어! 움직이지 말고 어서 이불 속으로 기어들어가!"

위소보는 그녀가 시키는 대로 이불 속으로 쏙 들어갔다. 문을 두드리는 소리를 들으며 그는 까무러칠 것만 같았다.

공주는 침상에 휘장을 내리고 가서 빗장을 풀고 문을 열었다. 태후가 성큼 들어와 바로 꾸중을 했다.

"벌건 대낮에 문을 닫아걸고 안에서 뭐 하는 것이냐?"

공주는 헤벌쭉 웃으며 말했다.

"너무 피곤해서 한숨 자려고 했어요."

태후는 의자에 앉으며 물었다.

"또 무슨 해괴망측한 짓을 하고 있는 것이냐? 왜 얼굴에 혈색이 하나도 없지?"

공주가 변명했다.

"피곤하다고 했잖아요!"

태후는 고개를 숙이다가 침상 앞에 신발 한 쌍이 벗겨져 있는 것을 발견했다. 휘장 너머 이불도 약간 들썩거리는 것 같았다. 아무래도 뭔가 이상했다. 그녀는 바로 내관과 궁녀들에게 말했다.

"너희들은 나가서 기다려라."

다들 대답을 하고 밖으로 물러나가자, 공주에게 말했다.

"문을 닫고 빗장을 걸어라."

공주는 웃으며 말했다.

"태후마마께서도 이상야릇한 놀이를 하시려는 건가요?"

그러면서도 시키는 대로 안 할 수 없어 문을 닫고 빗장을 걸었다. 그리고 태후의 눈길을 따라 시선을 돌리니, 그곳에 위소보의 신발이 놓여 있었다. 공주는 절로 안색이 크게 변해 억지웃음을 지어 보였다.

"저는 남자 옷을 입고 사내로 변장하면 얼마나 멋있는지, 한번 보여드리려고 했어요."

태후가 냉랭하게 말했다.

"우선 침상에 있는 녀석이 얼마나 멋있는지 확인해봐야겠다!"

그러더니 벌떡 일어나 침상으로 향했다. 공주는 소스라치게 놀라 태후의 손을 잡으며 소리쳤다.

"마마, 그냥 장난을 치려고…."

태후는 거세게 공주의 손을 뿌리쳤다. 그 바람에 공주는 뒤로 몇 걸음 밀려났다. 태후는 다짜고짜 이불을 들춰 위소보의 뒷덜미를 낚아채더니 번쩍 들어올렸다.

위소보는 침상에 얼굴을 파묻고 있던 터라 감히 태후를 쳐다보지 못하고, 너무 놀라 그저 부들부들 떨고 있었다.

공주가 소리쳤다.

"마마! 걔는 황상 오라버니가 가장 아끼는 내관이에요. 제발… 죽이면 안 돼요."

태후는 '흥!' 하고 코웃음을 날렸다. 딸내미가 이젠 나이도 어느 정도 됐으니 이성에 대해 호기심을 가질 수도 있다. 어린 내관을 데려와 장난을 치는 것쯤은 그리 크게 나무랄 일도 아니었다. 태후는 그 내관의 얼굴을 돌려 찰싹찰싹 뺨을 두 대 후려갈기며 호통을 쳤다.

"당장 꺼져라! 공주와 어울리는 게 다시 내 눈에 띄면…."

그러다가 마침내 위소보의 얼굴을 알아보고 깜짝 놀랐다.

"너였구나!"

위소보는 얼른 고개를 돌렸다.

"내가 아녜요!"

내가 아니라니, 실로 얼토당토않은 소리였다. 그러나 지금은 너무 놀라 혼이 달아난 상태인데, 무슨 말을 할 수 있겠는가?

태후는 그의 뒷덜미를 꽉 움켜쥐고 천천히 말했다.

"천당으로 가는 길이 있는데도 가지 않고, 제 발로 지옥을 찾아오다니! 잘됐다, 공주한테 무례를 범했으니 날 원망진 못하겠지!"

공주가 다급하게 소리쳤다.

"마마! 그는 잘못이 없어요. 내가 여기 누우라고 한 거예요!"

태후는 왼손으로 그의 뒤통수를 팍 치더니 손을 다시 번쩍 들어올렸다. 이번에는 손에 공력을 잔뜩 주입해 일장을 내리쳐서 그를 죽일 작정이었다.

절체절명의 순간, 위소보는 홍 교주가 가르쳐준 그 적청항룡狄靑降龍 초식이 불현듯 떠올랐다. 바로 두 손을 뒤로 해 태후의 가슴을 확 움켜쥐었다.

태후는 깜짝 놀라 반사적으로 몸을 뒤로 움츠리며 소리쳤다.

"이런 죽일 놈!"

위소보는 두 발로 침상 모서리를 박차며 공중제비를 돌아 태후의 어깻죽지에 올라탄 다음, 두 손의 식지로 눈을 누르고 엄지로 태양혈을 눌렀다. 그러고는 소리쳤다.

"움직이면 눈을 파버릴 것이다!"

그는 원래 이 초식을 제대로 익히지 못해 전개하기가 어려웠다. 그런데 마침 그는 침상 위에 있었고, 태후는 바닥에 있었기 때문에, 높고 낮음의 이점을 이용해 어깨에 올라타기가 쉬웠던 것이다. 그리고 원래는 중지로 눈을 눌러야 하는데 식지로 바뀌었고, 공중제비를 돌면서도 발끝이 휘장에 걸려 엉성했다. 만약 홍 교주가 곁에서 지켜봤다면 울화통이 터졌을 것이다.

비록 수법이 틀리고 초식의 전개가 매끄럽지 못했지만, 태후는 창졸간에 제압당했다. 공주는 뭐가 재미있는지 까르르 웃으며 소리쳤다.

"소계자, 이게 무슨 무례야? 어서 어깨에서 내려와!"

그녀가 끌어당기는 바람에 위소보는 태후의 어깨 위에서 미끄러져 내려왔다. 그때 팍 하는 소리가 들리며 위소보의 몸에서 오색창연한 물체가 바닥에 떨어졌다. 바로 신룡교의 오룡령이었다.

그것을 본 태후는 소스라치게 놀랐다.

"아니… 그건… 어디서 난 것이냐?"

위소보는 태후와 신룡교의 가짜 궁녀 등병춘, 그리고 유연의 묘한 관계가 순간적으로 뇌리에 떠올랐다. 어쩌면 이 오룡령으로 태후를 겁줄 수 있을지도 모르겠다는 생각이 들었다.

"이건 본교의 오룡령인데 모른단 말이오? 정말 무엄하군!"

태후는 너무 놀라 제정신이 아닌 것 같았다.

"아, 네! 네…."

연신 머리를 조아렸다. 위소보는 그녀의 언동이 고분고분하게 변한 것을 보고 자신감이 생겨, 목에 힘을 주며 말했다.

"교주님을 상징하는 오룡령이오! 홍 교주는 홍복영락, 천수만세하리라!"

태후는 떨리는 음성으로 따라 외쳤다.

"홍 교주는 홍복영락, 천수만세하리라!"

그러고는 몸을 숙여서 오룡령을 주워 머리 위로 높이 들어올렸다. 위소보는 그것을 받아들고 다그쳤다.

"오룡령의 명에 따를 거요?"

태후가 공손히 대답했다.

"네, 분부에 따르겠습니다!"

위소보가 말했다.

"교주님의 훈시를 명심하면 천하무적, 만사형통하리라!"

태후가 다시 따라 외쳤다.

"교주님의 훈시를 명심하면 천하무적, 만사형통하리라!"

위소보는 비로소 안도의 숨을 내쉬었다. 그는 신발을 신고 거드름을 피우며 침상에 걸터앉았다.

태후가 공주에게 엄히 말했다.

"넌 밖에 나가 있어라. 아무 말도 하지 말아야 한다. 그러지 않으면 당장 널 죽일 것이다!"

공주는 모든 것이 그저 놀랍기만 했다.

"네!"

일단 대답을 하고는 위소보를 힐끗 쳐다보고 나서 고개를 갸웃하며 물었다.

"마마, 황상의 성지聖늘인가요?"

강희는 나이를 먹어감에 따라 권위도 점점 높아졌다. 내관이나 궁녀, 시위들도 황제에 대한 경외감이 날이 갈수록 커졌다. 공주는 태후가 차츰 황상을 두려워한다는 것을 어렴풋이나마 느끼고 있었다.

태후가 고개를 끄덕였다.

"그래, 그는 황상의 심복이다. 나한테 긴요하게 전할 일이 있는데, 절대 외부에 누설돼선 안 된다. 너도 모르는 척하고, 황상 앞에서 아무 말도 하지 마라. 황상이… 노여워할 수도 있어."

공주가 말했다.

"네, 알았어요. 저도 그렇게 미련하진 않아요."

그러면서 밖으로 나가 문을 닫았다.

태후와 위소보는 마주 보고 앉았지만 상대방이 지금 무슨 생각을 하고 있는지 서로 종잡을 수가 없었다. 잠시 탐색의 침묵이 흐른 후, 태후가 먼저 입을 열었다.

"여기선 혹시 누가 엿들을 수도 있으니 장소를 옮기는 게 어떻겠어요? 자령궁으로 모실게요."

그녀는 '어떻겠냐'고 상의하는 투로 말할 뿐 아니라 '모신다'고 했다. 무소불위한 태후였는데… 위소보로선 상상도 할 수 없는 일이었다. 마음이 좀 놓였지만, 안심은 할 수 없었다.

'이 늙은 화냥년은 아주 악랄해. 날 자령궁으로 유인해가서, 또 무슨 수작을 부리거나 날 죽이려는 게 아닐까?'

위소보가 믿을 수 있는 건 오룡령뿐이었다. 그래서 고개를 끄덕이며 말했다.

"난 본교의 새로 임명된 백룡사요. 이번에 교주님께서 직접 오룡령을 내려, 중요한 일을 처리하라고 명하셨소."

태후는 바로 자리에서 일어나 정중하게 몸을 숙였다.

"속하 백룡사께 인사 올립니다."

위소보는 태후가 신룡교 흑룡문의 제자들과 뭔지 모르게 서로 얽혀 있으니, 홍 교주에 대해서도 어느 정도 존경심을 갖고 있을 거라고 생각했다. 그래서 오룡령으로 일단 겁을 주려고 한 건데, 그녀가 스스로를 '속하'라고 하지 않는가? 그녀도 신룡교의 교도일 줄은 정말 상상도 못해본 일이었다.

황태후는 존귀한 몸이다. 그가 원한다면 이 세상에서 못할 일이 없을 것이었다. 그런데 신룡교에 들어갔고, 신분이 자기보다 훨씬 낮을 줄이야… 위소보로선 정말 불가사의했다. 그녀가 공손하게 자기한테 절을 하는 모습을 지켜보면서도 도저히 믿기지 않았다. 너무 당황스럽고, 어찌해야 할지 알 수 없었다.

태후는 그가 아무 말도 하지 않자, 전에 있었던 일로 원한을 품고 있는 줄로 알았다. 그녀는 겁먹은 표정으로 나직이 말했다.

"속하는 전에 백룡사의 신분을 모르고 많은 죄를 저질러 황송합니다. 너그러운 아량으로 용서해주십시오."

그러면서도 속으론 나름대로 생각을 굴렸다. 이렇게 어린 녀석이 교에서 장문사라는 높은 자리를 차지한 게 아무래도 믿기지 않았다. 그러나 근래에 와서 교주와 영부인이 젊은 신진 세력을 대대적으로 중용하고 옛 부하들을 배척하거나 죽이는 경우가 자주 있었다. 그런 면에서 보면, 어린것을 백룡사에 임명한 건 충분히 있을 수 있는 일이기도 했다. 결론적으로 태후는 마음을 독하게 먹기로 작정했다.

'이놈이 진짜 백룡사라고 해도 지금 이 자리에서 죽여버리면 아무도 모를 거야. 요 생쥐 같은 녀석은 나한테 깊은 원한을 갖고 있으니 살려두면 큰 후환이 따를 거야.'

작심을 하자 절로 안색이 굳고 눈에 살기가 번졌다.

위소보는 이내 눈치를 채고 속으로 큰일이라고 생각했다.

'아뿔싸, 이년이 날 죽일 모양인데!'

그는 나직이 말했다.

"내가 좀 전에 제압한 수법을 누구한테 배웠는지 아시오?"

태후는 흠칫했다. 돌이켜보면 녀석이 좀 전에 전개한 초식은 좀 해괴했다. 단번에 자기를 제압한 것을 보면, 교주의 수법일 가능성이 컸다. 그녀의 목소리가 떨렸다.

"그럼… 교주님께 직접 배웠단 말이… 말인가요?"

위소보는 빙긋이 웃었다.

"교주님이 내게 직접 30초식의 살수를 가르쳐주셨고, 부인께선 30초식의 금나수를 전수해주셨소. 교주님이 가르쳐주신 수법은 단번에 상대의 목숨을 빼앗을 수 있는데, 난 굳이 죽일 생각이 없어 부인께서 전수해준 비연회상飛燕迴翔을 썼을 뿐이오."

허풍을 치는 데는 본전이 들어가지 않으니, 3초식을 30초식으로 늘린 것이다. 태후는 그의 말을 곧이곧대로 믿었다. 홍 부인이 사용하는 초식에 고대 미인의 이름이 붙는다는 건, 틀림없는 사실이었다. 태후는 절로 식은땀이 났다. 한편으로는 가슴을 쓸어내렸다.

'홍 부인의 초식으로 날 상대해서 그나마 다행이군. 만약 교주님이

전수해준 초식을 썼더라면 아마 목숨을 잃었을지도 몰라.'

어떻게 위소보를 해칠 생각을 할 수 있겠는가? 바로 꼬리를 내리고 공손하게 말했다.

"장문사께서 목숨을 살려주셔서 감사합니다."

위소보는 의기양양했다.

"그나마 눈알을 뽑지 않은 것은 영부인께서 가르쳐준 초식을 절반밖에 쓰지 않았기 때문이오."

이 말은 거짓이 아니었다. 아까 마음만 먹었으면 눈알을 뽑아버릴 수도 있었다. 그러나 태후도 그냥 당하고만 있지는 않을 것이었다. 비록 중상을 입어 요양 중이나 죽을힘을 다해 반격했다면 위소보도 목숨을 잃었을지 모른다. 아무튼 태후는 생각할수록 겁이 났다.

"목숨을 살려주셔서 감사합니다. 속하는 장문사의 이 은혜를 반드시 보답하겠습니다."

위소보는 원래 태후만 보면 고양이 앞의 쥐가 돼버린다. 몸을 벌벌 떨기 일쑤인데, 지금은 입장이 완전히 뒤바뀌었다. 태후는 자기 앞에서 그저 고분고분하니 아주 깍듯했다. 정말이지 뭐라고 말할 수 없을 정도로 기분이 좋았다. 그는 왼쪽 다리를 들어 오른쪽 다리 위에 포개며 나직이 말했다.

"이번에 신룡교에서 날 수행하기 위해 반 두타와 육고헌도 왔소."

태후는 얼른 고개를 숙였다.

"아, 네! 네⋯."

반 두타와 육고헌은 신룡교의 고수 중 고수인데 지금은 그의 밑에 있다. 좀 전에 경솔한 행동을 하지 않은 게 천만다행이라 생각했다. 만약 위소보를 죽였다면, 설령 교주가 직접 문책하지 않고 반 두타와 육고헌만 보내도 자기는 영락없이 죽을 것이다. 지금 위소보의 얼굴이 자기한테 뺨을 맞아 부어 있는 것을 보고, 떨리는 음성으로 말했다.

"속하가 저지른 여러 가지 과오는 죽어 마땅합니다. 백룡사께서 너그러운 은총을 베풀어주셔서 그저 감사할 따름입니다. 부디 무궁한 복록을 누리십시오."

위소보는 빙긋이 웃었다.

"전 백룡사 종지령은 교주님을 배신해, 교주님과 영부인이 바로 그를 죽이고 날 백룡사에 임명한 거요. 그리고 흑룡사 장담월은 일을 제대로 처리하지 못해 교주님과 영부인이 매우 노여워하셨소. 그래서 경전에 관한 임무도 나한테 맡겼소."

태후는 온몸을 바들바들 떨었다.

"아, 네! 네…."

그렇지 않아도 경전 몇 부를 수중에 넣었다가 다시 잃어 요즘 잠이 제대로 오지 않았다. 그런데 그 우려했던 일이 지금 현실로 닥쳐버리고 만 것이다.

"경전에 관한 일을 얘기하자면 길어집니다. 자령궁으로 모실 테니, 거기 가서 자세히 이야기를 나누시죠."

위소보가 고개를 끄덕였다.

"좋아요."

그는 경전에 관해 아직 잘 모르는 부분이 많아 자세히 물어보고 싶었다. 그래서 몸을 일으켰다. 태후는 가서 문을 열고는 한쪽으로 비켜서며 위소보가 먼저 나가도록 배려했다. 그가 얼른 큰 소리로 외쳤다.

"태후마마 행차요!"

태후가 나직이 말했다.

"그럼 실례를…."

그러고는 문밖으로 나갔다. 위소보는 그녀의 뒤를 따랐다. 수십 명의 내관과 궁녀들이 멀리 떨어져 따라왔다.

두 사람은 곧 자령궁에 다다랐다. 태후는 그를 침실로 안내하고 궁녀들을 내보냈다. 문을 잠그고는 직접 두 손으로 인삼탕을 올렸다. 위소보는 그걸 받아 몇 모금 마시고 속으로 생각했다.

'지난날 순치 노황야만 누릴 수 있었던 위세를 내가 지금 누리는군. 소황제라 하더라도 태후가 이렇게 깍듯이 대해주진 않을 거야.'

그는 속으로 아주 흐뭇했다.

태후가 상자 하나를 열어 금합錦盒을 꺼냈다. 그 속에는 작은 옥병이 들어 있었다.

"이 병 속엔 설삼옥섬환雪參玉蟾丸 서른 알이 들어 있습니다. 조선 국왕이 진상한 아주 진귀한 환약입니다. 복용하면 건강에 도움이 될 뿐 아니라 백독불침百毒不侵의 효능도 있습니다. 그중 열두 알은 교주님께 전해드리고, 열 알은 영부인께 드리십시오. 그리고 여덟 알은 장문사가 복용하세요. 속하의… 작은 성의입니다."

위소보는 가볍게 고개를 끄덕였다.

"고맙군. 한데 이 약은 혹시 표태역근환과 상충되는 게 아니오?"

태후가 얼른 말했다.

"절대 그럴 리 없습니다. 장문사도 교주님의 은총을 입어 표태역근환을 복용했군요. 한데… 교주님이 혹시 올해의 해약을 장문사를 통해

보내주시지 않았습니까?"

위소보는 무슨 말인지 몰라 멍해졌다.

"올해의 해약이라뇨?"

그러나 이내 깨달았다. 태후도 표태역근환을 복용한 게 분명했다. 그래서 매년 교주로부터 해약을 받아온 것이다. 그리고 그 해약은 한 번 복용해서 독이 말끔히 해소되는 게 아니라, 매년 복용해야 독성이 발작하지 않는 모양이었다.

태후가 왜 신룡교주를 두려워하고, 백룡사가 된 위소보에게 쩔쩔매는지 이제야 이해가 갔다. 그렇지 않고서야 태후는 구중궁궐 안에 있고, 주위에 무공이 고강한 시위들이 수두룩한데, 신룡교주가 제아무리 뛰고 난다고 해도 굳이 두려워할 이유가 없었다. 결국 신룡교주가 그녀의 생명줄을 쥐고 있기 때문인 것이다.

위소보는 웃으며 말했다.

"우리 둘 다 표태역근환을 복용했는데, 교주님이 날 시켜 해약을 갖다주라고 할 리가 있겠소?"

태후는 실망하며 고개를 끄덕였다.

"그렇네요… 그러나 장문사가 입은 은총은 속하와 비교가 안 되겠지요."

위소보는 속으로 생각했다.

'겁을 잔뜩 먹은 게 좀 불쌍해 보이네. 몇 마디 위로를 해줘야겠어.'

그래서 말했다.

"교주님과 영부인께서, 딴마음을 품지 않고 계속 교주님께 충성을 다해 맡은 임무를 완수하면, 반드시 그 대가가 있을 거라고 하셨소. 그러니 너무 걱정하지 마시오."

태후는 몹시 기뻐했다.

"교주님의 태산 같은 은혜는 만 번 죽어도 다 보답하지 못할 겁니다. 교주님의 홍복영락, 천수만세를 기원할 뿐입니다."

위소보는 속으로 생각했다.

'넌 원래 황후였고, 지금은 황태후야. 황상을 제외하고는 천하에서 가장 높은 자리에 앉아 있어. 신룡교가 제아무리 무서워도 절대 너하고는 비교가 안 돼. 한데 왜 신룡교에 들어가 홍 교주의 명에 목을 매고 따르게 됐지? 이보다 더 천박한 짓이 어딨어? 맞다, 맞아! 너도 딸년처럼 천박한 천성을 타고났구나! 남한테 욕을 먹고 얻어맞아야 짜릿짜릿 쾌감을 느끼고 직성이 풀리는 모양이야.'

위소보는 아직 나이가 어려서 복잡미묘한 인간사와 세상물정에 대해 잘 알지 못했다. 그러니 태후와 신룡교 사이에 어떤 미묘한 관계가 얽혀 있는지 도무지 추측할 수가 없었다.

태후는 그가 말없이 잠자코 있자 경전에 대해 물으려는 줄 알고, 아무래도 먼저 이야기를 꺼내는 게 좋을 것 같아 조심스레 입을 열었다.

"그 경전 세 부는 속하가 등병춘과 유연을 시켜 교주님께 올리라고 했는데, 교주님이 이미 받아보셨겠죠?"

위소보는 멍해졌다.

'가짜 궁녀 등병춘은 내 손에 죽었고, 유연은 방 낭자의 검에 목숨을 잃었어. 언제 그들을 시켜 경전을 교주한테 전해주라고 했다는 거야?'

그는 태후의 속셈을 알 수 없어 고개를 갸웃했다.

"경전 세 부를 교주님께 바치라고 했다고요? 그런 얘기는 못 들었는데… 교주님은 경전을 찾는 일이 오랫동안 결과가 없어 몹시 노여워하시며 흑룡사를 다그쳤어요. 그 바람에 흑룡사는 궁지에 몰려 하마터면 자결할 뻔했는데요."

태후의 얼굴에 간교한 빛이 스쳤다.

"거참 이상하네요. 분명히 등병춘과 유연에게 경전 세 부를 신룡도로 보내라고 했는데요. 물론 장문사가 유연을 처단하기 전의 일이죠."

위소보는 고개를 끄덕였다.

"어… 그런 일이 있었군요. 등병춘이라면… 바로 그… 대머리 사형을 말하는 건가요?"

태후가 대답했다.

"네, 그래요. 나중에 신룡도로 돌아가거든 그에게 물어보면 금방 다 알게 될 겁니다."

위소보는 이내 모든 걸 깨닫고 속으로 시부렁댔다.

'맞아! 이 화냥년은 내가 등병춘을 죽인 걸 전혀 모르고 있어. 경전 세 부를 다 잃어버렸으니 교주가 문책할까 봐 모든 책임을 그 죽은 두 사람한테 다 미루려는 속셈이야. 죽어버렸으니 대질할 수도 없고, 끝까지 시치미를 떼면 되니까! 제법 똑똑한데! 하지만 그 세 부의 경전은 내 손에 있어. 그따위 거짓말로 다른 사람을 속인다면… 빌어먹을, 그야말로 짝짜꿍이 맞는 사람에게는 통할지 모르겠지만, 나한테는 어림도 없지! 지금은 일단 모르는 척하고 그냥 넘길게.'

그는 점잖게 말했다.

"경전을 세 부씩이나 찾아냈으니 그건 정말 대단한 공로요. 나머지 다섯 부도 애써주길 바라오."

태후가 대답했다.

"네! 속하는 밤낮으로 그 나머지 경전을 찾아낼 궁리를 하고 있습니다. 반드시 찾아내 교주님의 은덕에 보답하겠습니다."

위소보가 다시 말했다.

"좋아요, 충성심이 아주 대견하군요. 그 충성심을 봐서라도 표태역 근환의 독성을 한 번에 제거할 수 있는 해약을 내줘도 상관없을 것 같소. 돌아가서 교주님을 뵈면 칭찬을 많이 해주리다."

태후는 몹시 기뻐하며 연신 몸을 숙였다.

"장문사의 은혜는 영원히 잊지 않겠습니다. 나중에 기회가 되어 백룡문으로 들어가 장문사를 받들 수 있다면 정말 큰 영광이겠습니다."

위소보는 고개를 끄덕였다.

"그거야 뭐 어려운 일이 아니죠. 대신 어떻게 신룡교에 들어오게 됐는지, 그 경위를 숨김없이 내게 말해주시오."

태후가 대답했다.

"네! 속하는 장문사께 숨김없이 모든 걸 솔직하게 말씀드리고…."

이때 갑자기 문밖에서 걸음 소리가 들리는가 싶더니 한 궁녀가 헛기침을 하며 아뢰었다.

"태후마마께 아뢰옵니다. 황상께서 급한 일로 계 공공을 부르십니다. 바로 알현하러 오라는 분부가 있었습니다."

위소보가 고개를 끄덕이며 나직이 말했다.

"아무 걱정 마시오. 자세한 건 나중에 얘기합시다."

태후도 나직이 말했다.

"네, 감사합니다."

이어 낭랑한 음성으로 말했다.

"황상께서 부르시니 어서 가봐라!"

위소보도 큰 소리로 대답했다.

"네, 태후마마! 이만 물러가겠습니다."

나가보니 시위 여덟 명이 자령궁 밖에 대기하고 있었다. 위소보는 약간 놀랐다.

'무슨 일이 생겼나?'

급히 시위들을 따라 상서방으로 가자, 강희가 반색을 하며 말했다.

"좋아, 아무 일도 없군. 그 천박한 것이 널 데려갔다고 하기에, 혹시 해칠까 봐 몹시 걱정을 했다."

위소보가 말했다.

"사부님께서 그렇게 염려를 해주시니 감사합니다. 그 화… 화… 그는 그동안 제가 보이지 않던데 어디 갔었냐고 묻더군요. 저는 노황야에 대해 얘기할 수가 없어서, 산서 오대산에 갔던 일도 입 밖에 낼 수가 없었죠. 저는 원래 거짓말을 잘 못하는데 계속 다그치기에 꾀를 부려서, 황상이 저를 강남으로 보냈다고 둘러댔습니다. 강남에 가서 무슨 재미있는 장난감이 있으면 사오도록 시켰다고요. 그리고 태후마마가 알면 아직도 어린애처럼 장난감을 좋아하냐고 나무랄지 모르니, 태후마마가 모르게 하라고 황상께서 신신당부를 했다고 말했어요."

강희는 깔깔 웃으며 그의 어깨를 툭툭 쳤다.

"정말 잘했어. 그 천박한 것이 내가 아직도 어린애라고 생각하면 경계를 소홀히 할 거야. 네가 거짓말을 잘 못한다고? 아주 잘하는데!"

위소보는 너스레를 떨었다.

"제가 정말 잘한 건가요? 그렇게 말하면 행여 사부님이 화를 내실까 봐 얼마나 걱정을 했는지 몰라요."

강희는 흐뭇해했다.

"아니야. 잘했다, 잘했어! 그 천박한 것이 널 해칠까 봐 빨리 시위 여덟 명을 자령궁으로 보낸 거야. 만약 널 뇌주지 않으면 바로 뛰쳐들어가서 구해오라고 했지. 어차피 언젠가는 서로 등을 돌려야 하니까!"

위소보는 바로 무릎을 꿇고 큰절을 올렸다.

"황상 사부님의 하해와 같은 은덕은 제자 소인이 분골쇄신을 해도 다 보답하지 못할 겁니다!"

강희가 말했다.

"가서 노황야를 잘 모시는 것이 바로 내 은혜에 보답하는 길이야."

위소보가 대답했다.

"네!"

강희는 책상에 놓여 있는 노란 봉투를 집어들었다.

"이건 소림사 승려들에게 내리는 성지다. 넌 어전 시위 40명을 선발하고, 효기영驍騎營 병사 2천 명을 이끌고 소림사로 가서 성지를 전해라. 무슨 일을 해야 되는지는 성지에 명시돼 있으니, 소림사에 도착한 후 뜯어서 읽어보면 알 것이다. 넌 그냥 성지만 전하면 된다. 지금 너를 승진시켜 효기영이 속한 정황기正黃旗 부도통副都統에 임명한다. 그건 정이품의 아주 높은 벼슬이야. 넌 원래 한인漢人이지만 만주인이 되는 영예를 하사하겠다. 우린 그것을 '입만주태기入滿洲抬旗'라 한다. 정황기는 황제가 직접 통솔하는 기병旗兵이고, 효기영도 황제의 친위병이다. 어전 시위 부총관의 벼슬도 함께 겸해라.”

강희는 위소보가 학식이 없고 나이도 어려서 큰 벼슬을 내려도 맡은 업무를 제대로 해낼 수 없기 때문에, 두 자리 모두 차석次席에 임명한 것이었다.

위소보가 말했다.

“저는 황상 사부님만 곁에서 모실 수 있다면 벼슬이 크든 작든 아무 상관이 없습니다.”

그러면서 무릎을 꿇고 황은에 감사했다. 그러나 속으로는 투덜댔다.

'난 멀쩡히 한인으로 태어나 살아왔는데, 한순간에 만주 오랑캐가 돼버렸네!'

생각이 이어졌다.

'황상 사부가 나더러 청량사에 가서 사미승이 되라고 하지 않고, 병사들을 이끌고 가서 성지를 전하라고 하는 건 무슨 속셈일까? 노황야를 호가하는 승려들에게 일단 포상을 내려 내 존재를 띄워주려는 거군. 이게 바로 단맛 뒤에 쓴맛을 보여주는 거야. 일단 치켜세웠다가 볼기짝을 때리는 격이지!'

강희는 효기영이 속한 정황기 도통 찰이주察爾珠를 불러왔다. 그에게 소계자는 사실 내관이 아니라 어전 시위 부총관이며 진짜 이름은 위소보라고 알려줬다. 오배를 제거하기 위해, 자신이 내관 노릇을 하도록 시켰다고 했다. 물론 지금은 만주인의 영예를 하사받아 정황기의 부도통으로 승진했다는 사실도 알려주었다.

찰이주는 오배가 국정을 농단하던 때에 억압을 받아 감옥에 갇혔다. 언제 목숨을 잃을지 모르는 처참한 상황에 놓여 있었는데, 다행히 오배가 제거돼 석방된 후 복직을 했다. 그는 오배를 제압한 위소보에 대해 무한한 감사를 느끼고 있던 차에, 황상이 그를 자신의 차석에 임명한 것을 알고 내심 매우 기뻤다. 바로 축하를 해주었다.

"위 형제, 함께 일하게 돼서 무척 기쁘네. 자네 같은 소년영웅이 우리 효기영에 들어왔으니 이보다 더 큰 영광은 없을 걸세."

위소보는 그동안 다져온 말재주로 겸허한 말을 늘어놓아 답례를 했다. 찰이주는 단단히 마음을 먹었다. 위소보는 비록 자신의 차석이지만 황상의 총애를 한 몸에 받고 있으니 그의 환심만 사면 나중에 욱일승천, 출셋길은 떼놓은 당상이었다. 따지고 보면 자신이 위소보의 차석이 되는 셈이었다.

강희가 말했다.

"짐은 위소보에게 중요한 임무를 맡겼으니 두 사람은 바로 가서 필요한 인마人馬를 잘 점검하시오. 위소보는 오늘 밤에 바로 경성을 떠나도록 하고… 작별인사는 생략해도 좋다."

위소보는 금패를 받고 큰절을 올려 작별을 고했다. 그리고 속으로 생각했다.

'태후가 신룡교에 들어가게 된 경위를 아직 알아내지 못했는데… 보나마나 천박한 천성 때문이었겠지. 나중에 궁으로 돌아오면 다시 물어봐야겠군.'

생각은 다른 데로 이어졌다.

'어제 공주한테 얻어터져 온몸이 쑤시고 아파서 늦잠을 자다 보니 도홍영 고모도 찾아가지를 못했네. 궁에서 어떻게 잘 지내고 있는지 모르겠는데… 다음에는 꼭 만나봐야지.'

위소보는 찰이주와 함께 바로 어전 시위 총관 다륭을 만났다. 그는 위소보가 자신의 차석이라는 것을 벌써 알고 있었기 때문에 유난히 친절하게 대했다.

"위 형제, 원하는 시위를 마음대로 선발해가게. 황상께서 허락만 하신다면 나도 정말 자네와 함께 가고 싶네."

위소보는 웃으며 말했다.

"아닙니다. 황상을 보호하는 책임이 더 중요하죠. 다 총관께서 경성을 벗어나 한가로이 돌아다니기는 아마 쉽지 않을 것입니다."

다륭도 웃으며 말했다.

"다음에 황상께 아뢰어 우리 형제끼리 직책을 바꿔야겠네. 자네가 총관이 되고 내가 부총관이 되면, 나도 경성을 벗어나 바람을 쐴 기회가 생길 게 아닌가?"

위소보는 우선 장강년과 조제현 두 시위를 지명했다. 그리고 두 시위는 곧 가까운 시위들을 소집했다. 찰이주는 효기영의 병사 2천 명을 대기시켰다. 효기영 휘하 각 참령參領과 좌령佐領들은 모두 신임 부도통에게 정식으로 인사를 올렸다.

황제가 소림사 승려들에게 내릴 하사품도 바로 준비돼 수십 대의 마차에 실렸다. 황제가 하는 일이라 일사천리 신속하게 진행됐고, 두 시진도 못 되어 이미 준비가 완료됐다.

위소보는 원래 효기영의 군장을 입어야 하는데, 그의 몸에 맞는 의복이 없었다. 새로 맞추자니 시간이 너무 촉박했다. 그래서 찰이주는 고심 끝에 자신이 입던 군장을 위소보에게 내주었다. 그리고 솜씨 좋은 재봉사 네 명을 불러, 대군의 행렬을 따라가며 밤을 새워 위소보의 몸에 맞게 고치라고 명했다. 다 고치기 전엔 경성으로 돌아오지 못하게 했고, 게으름을 피우면 곤장을 치겠다고 으름장을 놓았다.

위소보는 틈을 내 두발 골목으로 가서 육고헌과 반 두타를 만났다.

"오늘 궁으로 잠입했고, 경전에 관해서도 웬만큼 윤곽을 잡았소."

그는 두 사람더러 기밀이 누설될 우려가 있으니 가능한 한 외출을 삼가라고 당부했다. 반 두타와 육고헌은 일이 순조롭게 진행되는 것을 알고 모두 좋아하며 그러겠노라고 대답했다.

위소보는 쌍아에게 남장을 시켜 소군사小軍士로 분장해서 동행하도록 했다.

소림의 괴짜 노승

"행동 개시!"

20여 명의 기녀들이 우르르 뒷문 쪽으로 몰려나갔다.

그중에는 위소보도 섞여 있었다.

그 녹의 소녀는 유엽도를 들고 문 옆에 서서 지키고 있다가 기녀들이 우르르 몰려

나오는 것을 보자 무슨 영문인지 몰라 눈이 휘둥그레졌다.

위소보가 출발할 때 날은 이미 어두워져 있었다. 그러나 오늘 바로 경성을 떠나라는 황명을 받았기 때문에 길을 나서야만 했다. 영정문永定門을 벗어나 20여 리쯤 가서 바로 야영을 하기로 했다.

　　효기영은 황제를 호위하는 친위병이라 모두 만주 귀족들의 자제였다. 그래서 먹는 음식도 일반 병사들에 비해 열 배는 더 푸짐했다. 게다가 모두들 경성에만 오래 있었던 터라 모처럼 경성을 벗어나 새로운 환경을 접하게 되자 신바람이 났다. 더구나 목숨을 걸고 싸우러 가는 길도 아니라 여유가 있었다. 황명을 받들고 하남까지 조정의 돈으로 요산요수樂山樂水하는 셈이니 그야말로 특혜 중의 특혜가 아닐 수 없었다.

　　위소보는 식사를 마치고 술도 한잔 걸쳤다. 취침하기엔 아직 이른 시간이라 장강년과 조제현 등 가까운 시위들과 효기영의 참령, 좌령 군관들을 중앙 군막에 불러모았다.

　　부름을 받은 사람들의 생각은 거의 비슷했다.

　　'황상이 위 부도통에게 무슨 엄중한 임무를 맡겼는지 알 수 없지만, 우리를 불러모아 앞으로 할 일 등 지시사항을 내리려는 모양이군.'

　　모두 인사를 올리고 나자 위소보가 말했다.

　　"다들 할 일 없이 심심할 텐데, 빌어먹을! 내가 물주를 할 테니 노름이나 한판 벌입시다!"

군관들은 순간 멍해졌다. 그가 농담을 하는 줄 알았다. 그런데 위소보는 품속에서 바로 주사위 네 알을 꺼내더니 나무탁자에 던졌다. 주사위는 탁자 위에서 데구루루 굴렀다. 군관들은 그제야 일제히 우레 같은 환호성을 질렀다.

사실 당시 군사들은 십중팔구 노름을 좋아했다. 단지 행군하거나 출정할 때는 군심의 동요를 막고 의외의 불상사를 미연에 방지하기 위해 노름을 엄히 금했다. 위소보가 그걸 알 리가 있겠는가? 효기영의 참령과 좌령은 물론 그 기율을 잘 알고 있었지만 이번에는 싸우러 가는 것이 아니라 굳이 부도통의 홍취를 깰 이유가 없었다.

위소보는 다시 품속에서 은표 한 다발을 꺼내 탁자에 놓았다. 족히 5~6천 냥은 될 것 같았다. 그가 말했다.

"누구든 자신이 있으면 이 돈을 따가시오!"

군관들은 은자를 가져오기 위해 앞다퉈 자기 막사로 달려갔다. 효기영의 군사들은 비록 직위가 낮지만 집은 모두 부자였다. 위 부도통이 물주 노릇을 한다는 말을 듣고는 모두 슬그머니 중앙 군막으로 몰려들었다.

위소보가 소리쳤다.

"자, 노름에는 직위의 고하가 없고, 무조건 돈 놓고 돈 먹기! 영웅호한은 잃을수록 웃고, 따먹고 튀면 졸장부 개똥쇠다!"

손에 쥔 주사위 네 알에다 입김을 훅 불어넣고 바로 뿌렸다. 양주에 있을 때 가장 부러웠던 것이 바로 위풍당당해 보이는 노름판의 물주였다. 지금 그 무슨 부총관, 부도통이 되어 수천 군사를 이끌고 있지만

다 개나발이고, 물주가 된 것이야말로 여태껏 살아오면서 가장 기분이 좋은 일이었다.

주사위 네 개를 던져 같은 숫자 두 개가 나오면 '땡'이고, 땡이 아닐 경우에는 숫자의 합을 가지고 끗발을 따진다. 군관들은 앞다퉈 돈을 걸었다. 따는 사람도 있고, 잃는 사람도 있었다. 잠시 시간이 흐르자 다들 신이 나거나 열이 받쳐서 판이 커졌다. 뒤쪽에 몰려 있던 군사들도 판에다 돈을 걸었다. 시위 중 조제현과 만주 좌령이 위소보 곁에 서서 들어오고 나가는 돈을 정리해줬다.

한 시진쯤 됐을까, 판돈이 2만 냥 넘게 불어났다. 몽땅 잃은 사람은 본전을 찾기 위해 자기 막사로 가서 노름을 안 하는 친구들에게 다시 돈을 꿔왔다.

위소보는 또 주사위를 던졌다. 네 개의 주사위가 다 같은 숫자가 됐다. 전홍全紅이다. 다른 사람들이 건 판돈을 싹쓸이할 수 있었다. 다들 김이 새고 풀이 팍 죽었다. 시부렁대며 욕을 하는 사람도 있고, 한숨을 푹푹 내쉬는 사람도 있었다. 조제현이 손을 뻗어 판돈을 싹 긁어오려는데 위소보가 소리쳤다.

"잠깐! 오늘 내가 물주가 돼서 한밑천 잡았으니 이번 판은 먹지 않고 모두에게 돌려드리겠소!"

군사들은 일제히 환호성을 질렀다.

"우아! 부도통은 정말 영웅호한입니다!"

위소보가 말했다.

"자, 돈을 걸어요!"

다들 잃었던 돈을 다시 건졌으니 운이 좋다고 생각해 왕창 걸었다.

탁자에 돈이 잔뜩 쌓였다.

이때 갑자기 낭랑한 음성이 들려왔다.

"천문天門에 걸겠다!"

그러면서 수박만 한 물건을 천문에다 놓았다. 뭇사람들은 그것을 보자 모두 눈이 휘둥그레지며 입이 딱 벌어졌다. 그것은 놀랍게도 선혈이 낭자한 머리통, 수급首級이었다. 그 수급은 관모를 쓰고 있었는데, 바로 어전 시위였다. 조제현이 놀란 외침을 토했다.

"갈통葛通!"

그는 수급의 주인을 대번에 알아볼 수 있었다. 어전 시위 갈통은 당직으로 군막 밖에서 순시하다가 변을 당한 모양이었다. 위소보가 고개를 들어보니 군막 입구에 10여 명의 남색 장삼을 입은 사람들이 제각기 장검을 들고 서 있었다. 군관들은 노름에 정신이 팔려 그들이 언제 나타났는지 전혀 몰랐다. 게다가 지금 다들 무기를 휴대하지 않아 일순 어찌할 바를 몰라 했다.

도박 탁자 앞에 서 있는 스물다섯 살가량의 청년은 빈손이었는데, 그가 입을 열었다.

"도통 대인, 목을 걸었는데 받아주겠소?"

조제현이 소리쳤다.

"잡아라!"

그 즉시 네 명의 어전 시위가 그 청년에게 덮쳐갔다. 그자는 양팔을 좌우로 뻗어 시위 두 명의 멱살을 움켜잡았다. 다음 순간, 퍽 하는 소리가 들리는가 싶더니 두 시위는 서로 머리를 부딪혀 그 자리에서 기절해버렸다. 이어 남색 장삼이 펄럭이며 흰 광채가 번뜩이더니, 두 자루의 장검이 뻗쳐와 다른 두 시위의 등을 찔러 가슴 앞으로 관통시켰다. 두 명의 시위는 단말마의 비명을 지르며 그 자리에 쓰러져 죽었다. 검을 사용한 사람은 중년 사내와 도인이었다. 두 사람은 동시에 검을 뽑아 시위들을 죽였고, 동시에 검을 다시 날렸다. 팍팍! 두 자루의 검이 탁자에 꽂혔다.

중년 사내가 외쳤다.

"상문上門에 걸겠다!"

도인도 소리쳤다.

"난 하문下門!"

두 자루의 장검은 정말 정확하게 상문과 하문 자리에 꽂혀 있었다.

그 청년이 손을 한 차례 휘두르자 다시 네 명의 남색 장삼을 입은 자들이 달려와 위소보를 좌우에서 겨냥했다.

조제현이 떨리는 음성으로 다그쳤다.

"너희들은 누구냐? 정말… 무엄하구나! 감히 군영에 잠입해 관병을 죽이다니, 다들… 참수를 당할 텐데 두렵지도 않으냐?"

검으로 위소보를 겨냥하고 있는 네 사람 중 하나가 갑자기 '풋!' 하고 웃으며 말했다.

"우린 두렵지 않은데, 넌 두렵지 않으냐?"

간드러진 여자의 음성이었다. 위소보가 고개를 돌려보니 열네댓 살 정도로 보이는 어린 계집이었다. 둥그스름한 얼굴에 아주 예쁘장하게 생겼다. 유난히 큰 시커먼 눈이 반짝반짝 빛나고, 입가엔 미소가 걸려 있었다. 위소보는 본디 놀라서 혼비백산했는데, 이 아리따운 소녀를 보자 어디서 용기가 생겼는지 웃으며 말했다.

"검으로 낭자 혼자서 날 겨냥해도 바들바들 떨리는데…."

소녀는 검 끝을 위소보의 어깻죽지에 갖다 대면서 물었다.

"두렵다면서 왜 웃는 거지?"

위소보는 이내 침울한 표정으로 바꿨다.

"난 여자의 말을 잘 들어요. 낭자가 웃지 말라면 웃지 않을게요!"

정말 웃음기를 전혀 찾아볼 수 없는 진지한 표정이었다. 소녀는 그의 넉살스러움에 그만 피식하고 웃음을 터뜨리고 말았다.

인솔자인 듯한 청년이 눈살을 찌푸리며 냉소를 날렸다.

"만주 오랑캐도 이젠 종말이 가까워진 모양이군. 젖비린내 나는 애송이에게 장군을 시키다니! 이봐, 머리통과 검 두 자루를 걸었는데, 왜 주사위를 던지지 않지?"

위소보는 예쁜 소녀에게 관심이 있고, 또한 주사위 노름을 하자고 하니, 얼른 정신을 차리고 물었다.

"내가 지면 뭘로 물어줘야 하지?"

청년이 대답했다.

"그야 물으나마나지. 검에는 검, 목에는 목을 물어줘야겠지!"

그는 어린 장군이 틀림없이 살려달라고 애원할 줄 알았다. 그런데 위소보는 무공을 겨루거나 싸울 경우엔 지면 바로 항복하지만, 노름판에선 때려죽여도 쉽게 패배를 인정하고 손을 떼지 않았다. 더구나 아름다운 낭자가 지켜보고 있지 않은가! 남자대장부가 어찌 미녀 앞에서 '체면이 깎이는' 짓을 할 수 있단 말인가? 그리고 그의 생각은 아주 단순했다.

'네놈들이 검 네 자루로 날 겨냥하고 있는데, 정말 날 죽일 작정이라

면 지든 이기든 죽일 게 아니냐! 이래도 죽고, 저래도 죽을 바엔 말로 나마 너희한테 꿀릴 이유가 없지!'

그는 곧 주사위를 집어들고 말했다.

"좋아, 기꺼이 받지! 검에는 검, 목에는 목! 바지를 걸어서 지면 바지를 벗지! 자, 먼저 던지시오!"

청년은 이 어린 장군이 이렇게 배짱이 좋을 줄은 몰랐다. 그가 오히려 멍해졌다. 그러자 중년 사내가 나직이 말했다.

"밖에 대군이 있으니 지체해선 안 되오."

쓸데없이 여기서 시간을 지체했다가 대군이 몰려오면 도저히 상대할 수 없을 것이었다. 청년은 위소보를 힐끗 쳐다보았다. 전혀 두려워하는 기색이 없었다.

"내가 상대해주지 않으면 죽어서도 승복하지 않겠군!"

그는 주사위를 던져 6점이 나왔다. 중년 사내와 도인도 던졌다. 결과는 모두 8점이었다.

위소보는 주사위를 쥔 손을 소녀 앞으로 쭉 내밀었다.

"낭자, 입김을 한번 불어주시오."

소녀는 미소를 지었다.

"왜요?"

그러면서도 혹 하고 살짝 입김을 불었다. 위소보가 웃으며 말했다.

"고맙소, 미녀가 입김을 불어넣었으니 틀림없이 딸 거요!"

그가 손에 있는 주사위를 몇 번 흔들고 막 던지려는데, 조제현이 소리쳤다.

"잠깐! 위 부도통, 저들이 뭘… 뭘 원하는지 물어봐야죠."

그는 은근히 걱정이 됐다. 만약 위소보가 주사위를 던져 6점 이하의 숫자가 나오면, 목숨을 잃을 수도 있었다. 문제는 위소보가 죽기 싫어서 자기의 목을 내준다면 큰일이 아니겠는가? 왜 위소보 곁에 서서 물주를 도왔는지 후회막급이었다.

청년이 냉소를 날리며 말했다.

"죽는 게 겁나면 무릎을 꿇고 살려달라고 빌어라."

위소보가 말했다.

"후레자식이나 겁을 내지!"

손재주를 살짝 부리기만 하면 되는데, 아무래도 지금은 당황해 수법이 제대로 먹히지 않을 것 같았다. 주사위 네 알을 던지자 데구루루 구르더니 멈췄다. 같은 숫자의 땡은 없고, 6점이 나왔다.

위소보는 아주 좋아하며 소리쳤다.

"육은 육을 먹으니, 천문은 먹고! 위아래 집은 물어줘야지!"

그는 갈통의 수급을 가져와 자기 앞쪽에 놓고 다시 말했다.

"조 대형, 가서 검 두 자루를 가져와 물어주시오."

조제현이 '네!'라고 대답하고는 바로 군막 밖으로 나가려 했다. 그러자 남색 장삼을 입은 사내 하나가 검으로 그의 가슴을 겨냥하며 호통을 쳤다.

"멈춰라!"

그것을 본 위소보가 말했다.

"물어줄 검을 가져오지 말라고? 좋아! 그럼 검 한 자루에 천 냥씩 쳐서 주지!"

그는 쌓아놓은 은자 중에서 2천 냥을 추려 장검 양쪽에 내줬다.

남색 장삼 사내들이 난데없이 군막 안으로 들어와 좌장 격인 위소보를 제압하자 군관들은 모두 속수무책이었다. 상대방은 무공도 고강하거니와 사람을 죽이는 데 거리낌이 없었다. 물론 아군이 수적으로 월등하게 많지만 아직은 소식을 전해듣지 못해 대부분 멀리 있었다. 설령 소식을 듣고 달려온다 해도 혼전이 벌어질 것이고, 지금 빈손으로 이곳에 있는 자신들은 모두 목숨을 잃기 십상이어서 다들 전전긍긍할 수밖에 없었다. 그런데 위소보는 적과 농담을 섞어가며 태연하게 노름을 하니, 그 배짱에 탄복을 하지 않을 수가 없었다. 물론 일부는 달리 생각하기도 했다.

'하룻강아지 범 무서운 줄 모른다더니, 어린것이 멋모르고 비적들과 놀고 있군.'

그때 청년이 냉소를 날리며 낭랑한 음성으로 말했다.

"우리 보검의 가치가 어찌 2천 냥밖에 안 되겠어? 몽땅 가져가라!"

말이 떨어지기 무섭게 예닐곱 명이 달려와 은자를 싹 쓸어갔다.

청년은 검 끝으로 위소보의 목을 겨냥하며 다그쳤다.

"이놈! 넌 한인이냐, 만주인이냐? 이름이 무엇이냐?"

위소보는 잽싸게 생각을 굴렸다.

'내가 항복할 거면 네놈들이 들어왔을 때 이미 했을 것이다. 지금에 와서 항복하면 모든 게 도로아미타불이 되잖아! 사내대장부가 이왕이면 끝까지 버텨야지!'

그는 하하 웃으며 말했다.

"이 어르신은 정황기 부도통이고, 이름은 아차아차소보요. 죽이려면 죽이고, 한판 붙을 거면 붙자고! 흐흐… 어리다고 깔보고 이러면 대장부가 아니지!"

마지막 말은, 따지고 보면 좀 봐달라는 뜻인데, 제법 영웅의 기개가 풍겼다. 청년은 빙긋이 웃었다.

"어리다고 깔보면 대장부가 아니라고? 틀린 말은 아니군. 소사매, 사매는 저 친구와 나이가 비슷하니 한번 겨뤄봐!"

소녀는 거침이 없었다. 그녀가 웃으며 말했다.

"좋아요!"

바로 검을 쥐고 앞으로 나섰다.

"이봐요, 아차아차소보 장군! 나랑 한 수 겨뤄봐요!"

위소보 곁에 있는 세 사람이 검 끝으로 살짝 옷자락을 건드리면서 입을 모아 말했다.

"어서 출수하시지!"

청년이 손을 떨치자 장검이 날아와 위소보 앞 탁자에 꽂혔다.

위소보는 생각을 굴렸다.

'난 검술을 배우지 않았으니 검으로 싸우면 이 계집을 당해낼 수 없 겠지.'

그래서 말했다.

"어리다고 깔보면 안 되는데, 나보다 어린 낭자를 어떻게 깔아뭉갤 수 있겠소?"

청년은 대뜸 그의 뒷덜미를 움켜잡고 번쩍 들어올렸다. 그러고는 호통을 쳤다.

"겨룰 자신이 없으면 소사매한데 무릎을 꿇고 빌어라!"

위소보는 웃으며 말했다.

"좋아요, 꿇으라면 꿇지! 영웅은 미인에게 약한 법, 무릎을 꿇을 수도 있죠!"

그러더니 바로 소녀 앞에 무릎을 꿇었다. 남색 장삼을 입은 사람들이 일제히 웃음을 터뜨렸다.

그 순간, 위소보는 몸을 번뜩이는가 싶더니 어느새 그 청년 뒤로 돌아가 수중의 비수로 등을 겨냥했다. 그러고는 웃으며 말했다.

"항복할 거냐, 안 할 거냐?"

창졸간에 일어난 일이었다. 청년은 비록 무공이 고강하지만 전혀 예상을 못한 채 당하고 말았다. 이게 다 위소보의 잔꾀에서 나온 이변이었다.

위소보는 신룡도에서 배운 절묘한 여섯 초식을 아직 제대로 익히지 못했다. 그래서 어릿광대인 양 히죽거리며 어수룩하게 굴어 상대방의 웃음을 짜냈다. 그리고 무릎을 꿇는 동시에 비수를 뽑아들고 잽싸게 귀비회모貴妃回眸의 초식을 전개해 한순간에 상황을 뒤집은 것이다. 이 초식은 워낙 절묘해 그가 비록 정확하게 전개하지 못했지만 그래도 위력이 있었다. 그리고 청년은 어릿광대 같은 이 소년이 이런 절묘한 초식을 구사하리라곤 전혀 예상을 하지 못해 당하고 만 것이다.

남색 장삼을 입은 사람들은 대경실색했다. 예닐곱 자루의 장검이 일제히 뻗쳐와 위소보를 겨냥하며 소리쳤다.

"칼을 치워라!"

그러나 위소보의 비수는 정확하게 청년의 등을 바싹 겨냥하고 있었다. 설령 그 예닐곱 자루의 장검으로 위소보를 찔러죽인다 하더라도, 그 비수를 살짝 앞으로 밀기만 해도 청년 역시 목숨을 잃게 될 것이었다. 그래서 검 끝을 전부 위소보에게서 한 자 남짓 간격을 두고 더 이상 앞으로 내뻗지 못했다.

위소보는 여유 있게 웃었다.

"칼을 치우라면 못 치울 것도 없지!"

그러면서 비수를 휙 떨쳐 원을 그렸다. 순간 챙, 챙, 챙… 맑은 금속성이 울리며 예닐곱 자루의 장검 앞부분이 전부 잘려나갔다. 그리고 원을 그렸던 비수는 다시 청년의 등을 겨냥했다. 남색 장삼을 입은 사람들은 기겁을 하며 뒤로 물러났다.

위소보가 말했다.

"은자를 돌려주면 우두머리를 살려주겠다."

은자와 은표를 갖고 있던 몇몇 사람이 그것을 다시 탁자에 내려놓았다. 이때 밖에서 수백 명의 고함 소리가 들려왔다.

"비적들을 모조리 체포해라!"

"다들 투항해라!"

"포위해라!"

조금 전의 혼란을 틈타 두 명의 군관이 빠져나가 부하들을 이끌고 온 것이었다. 그들이 중앙 군막을 완전히 포위했다.

도인이 소리쳤다.

"도망가자!"

그러면서 탁자에 꽂혀 있던 장검을 잽싸게 뽑았다. 흰 광채가 번뜩이는 순간, 퍽 하고 그 장검이 위소보의 오른쪽 가슴을 찔렀다. 그가 기습적으로 전개한 이 일검은 계산이 아주 치밀했다. 일단 '도망가자' 고 소리치며 주의를 분산시키고, 비스듬히 검을 뻗어 앞에서 뒤로 찔렸다. 위소보가 그렇게 검을 맞으면 분명 뒤로 넘어질 것이고, 그럼 비수도 청년의 등에서 떨어질 거라고 예상한 것이다.

그러나 그의 예상은 빗나가고 말았다. 위소보의 가슴을 찌른 장검은 휘어지면서 팍 부러졌다. 위소보가 소리쳤다.

"어이구, 죽을 뻔했네!"

남색 장삼을 입은 사람들은 그가 검을 맞고도 끄떡없자 모두 놀라서 입이 딱 벌어졌다. 특히 그 도인은 검 끝이 무슨 강철로 된 갑옷이 아니라 부드러운 물체를 찌른 느낌이 손에 전해져왔던 터라 도무지 이해가 가지 않았다. 물론 위소보가 창검에도 손상을 입지 않는 보의를 입고 있다는 사실을 알 리가 없었다.

이때 수많은 군사들이 이미 군막 안으로 몰려들어왔다. 모두들 긴 창과 도검을 들고 주위를 완전히 포위했다. 앞서 도박을 하던 군관들과 시위들도 무기를 받아들었다. 그 10여 명의 남색 장삼을 입은 사람들은 제아무리 무공이 고강해도 이 포위망을 뚫지 못할 것이었다. 더구나 몇몇은 장검이 부러지고, 통솔자도 제압당한 상태였다. 원래 우위를 차지했으나 순식간에 역전돼 도마 위에 오른 생선 신세로 전락하고 만 것이다.

그 청년이 소리쳤다.

"내 걱정 말고 다들 포위를 뚫고 나가라!"

시위와 군관들이 몰려와 예닐곱 명이 한 명씩 에워쌌다. 남색 장삼을 입은 사람들이 조금이라도 움직이면 바로 난도질을 당하게 될 터였다. 누가 먼저랄 것도 없이 모두 무기를 버리고 항복했다.

위소보는 속으로 생각을 굴렸다.

'이 사람들은 무공도 고강하고 조정에 맞서는 것으로 미루어 어쩌면 천지회와도 연관이 있을 거야. 무슨 수를 써서라도 살려보내야 하는데… 어떡하지?'

그는 곧 웃으며 말했다.

"노형, 아까 날 죽일 수도 있었지만 결국 손을 쓰지 않았는데 내가 만약 지금 당신한테 본전을 찾을 기회도 주지 않고 그냥 죽여버린다면 그건 영웅호한이 할 짓이 아니지. 따고서 바로 튀는 개똥쇠나 다를 바가 없어. 이렇게 하죠. 우리 다시 머리통을 걸고 한판 벌입시다!"

이때 여러 사람이 청년을 에워싸고 창검을 겨눴다. 위소보는 비수를 거두고 싱글싱글 웃으며 물주 자리에 앉았다.

청년이 성난 음성으로 말했다.

"날 조롱하지 말고 어서 죽여라!"

위소보는 주사위 네 개를 손에 쥐고 웃으며 말했다.

"내가 물주를 할 테니 다들 목을 거시오. 한 사람씩 나와서 이기면 노잣돈 100냥과 함께 바로 보내주겠소. 대신 만약 지면… 조 대형! 칼을 들고 대기하고 있다가 바로 목을 내리치십시오. 갈 대형을 위해 복수를 해야죠."

그가 상대방의 인원수를 파악해보니 모두 열아홉 명이었다. 곧 은자를 100냥씩 묶어서 열아홉 꾸러미를 만들었다.

남색 장삼을 입은 사람들은 관병을 죽이고 소란을 피우다가 제압당했으니 영락없이 처형될 거라고 생각했다. 결코 요행을 바랄 수 없는 상황이었다. 그런데 이 소년장군이 영웅호한을 흉내 내려는 건지, 살길을 열어주겠다고 하니 귀가 쫑긋했다. 설령 주사위를 잘못 던져 죽는다고 해도 밑질 게 없었다.

그 도인이 소리쳤다.

"좋소이다! 대장부일언중천금이니 한번 한 약속은…."

위소보가 바로 그의 말을 이었다.

"죽은 말도 못 쫓아가지! 이 아차아차소보는 은원이 분명해서 빚지고는 못 사는 사람이오. 한데 좀 전에 저 누이가 주사위에 입김을 불어넣어서 내가 목숨을 부지하도록 도와줬으니 내기를 할 필요가 없소! 그의 작은 머리통은 내가 딴 돈 중에서 내주는 개평으로 간주하고, 100냥을 줄 테니 먼저 떠나시오. 내 명령이니, 어느 누구도 그녀를 가로막지 말라!"

좌령 한 사람이 바로 큰 소리로 명을 전달했다.

"부도통의 명이다! 군막 밖으로 나가는 사람은 절대 막지 말고 떠나도록 내버려둬라!"

밖에서 일제히 대답이 들려왔다.

"네! 명을 받들겠습니다!"

위소보는 50냥짜리 원보元寶 두 개를 소녀 앞으로 밀어주었다. 소녀는 얼굴이 창백해졌다가 불그스름해지며 천천히 고개를 흔들었다. 그리고 나직이 말했다.

"난 싫어요. 우린… 우리 동문은 공… 공생공사할 거예요."

위소보가 말했다.

"좋아요, 아주 의리가 있군. 정녕 공생공사를 하겠다면 한 사람씩 나올 필요 없이 낭자가 대표로 나랑 한판 붙읍시다. 낭자가 이기면 각자 100냥씩 챙겨서 떠나고, 지면 열아홉 명의 목을 한꺼번에 치겠소.

아주 깔끔하잖소?"

소녀는 그 청년을 쳐다보며 지시를 기다렸다.

청년은 선뜻 결정을 내리지 못했다. 만약 열아홉 명이 개별적으로 소장군과 내기를 한다면 질 수도 있고 이기는 경우도 있을 것이다. 만약 상대가 약속을 지킨다면, 열아홉 중 절반가량은 살아 돌아갈 확률이 있으니, 그들이 복수를 기약하면 된다. 그런데 소사매 혼자 주사위를 던져 이기면 물론 전부 살아서 떠날 수 있겠지만, 만약 진다면 전멸할 테니 너무 흉험凶險하다. 그는 결정을 내리지 못하고 천천히 일행을 훑어보았다.

일행 중 한 사나이가 목청을 높여 말했다.

"소사매의 말이 맞소! 우린 공생공사할 거요. 소사매, 걱정 말고 주사위를 던져! 내가 던져서 이긴다 해도 죽은 형제들을 놔두고 나 혼자서는 절대 살아 돌아가지 않을 거야!"

예닐곱 명이 그의 말에 동조했다.

위소보가 웃으며 말했다.

"좋아요! 낭자, 먼저 던지시오."

그는 주사위가 담긴 종지를 그녀에게 내밀었다.

소녀는 다시 청년을 쳐다봤다. 그의 눈치를 살피는 것이다. 청년은 마침내 고개를 끄덕였다.

"소사매, 인명재천人命在天이라 했어. 걱정 말고 던져. 어쨌든 우린 공생공사해야 하니까!"

소녀는 종지 안에 있는 주사위 네 개를 집었다. 긴 속눈썹이 아래로 처졌다가 갑자기 고개를 들어 위소보를 힐끗 쳐다보았다. 주사위를 쥔 손이 가볍게 떨렸다. 그녀가 손을 놓자 주사위는 종지에 떨어져 맑은 소리를 내며 데구루루 굴렀다.

소녀는 감히 결과를 지켜볼 용기가 없어 아예 눈을 감아버렸다. 곧이어 그녀의 귓전에 왁자지껄한 고함 소리가 들렸다.

"삼! 삼! 삼! 3점이다!"

시끄러운 소리 속엔 시위와 관병들의 욕지거리와 환호성도 섞여 있었다. 소녀는 주사위노름을 할 줄 모르지만 적이 환호와 함께 욕을 하는 것을 듣고 자신이 던진 숫자가 아주 형편없다는 것을 직감할 수 있었다. 천천히 눈을 떠보니, 역시 동문들의 안색이 전부 창백하게 변해 있었다.

주사위노름에서 가장 높은 끗발은 6점이 둘, 3점이 둘 나오는 지존至尊이다. 그다음은 천대天對, 지대地對, 인대人對, 화대和對, 매화梅花, 장삼張三, 판등板凳, 우두牛頭 등이다. 그 족보를 제외하고 4점에서 9점까지, 전부 3점보다 높다.

소녀가 던져 나온 점수가 3점이니, 이는 십중팔구 진 것이나 다름이 없었다. 설령 위소보가 3점을 던진다고 해도 물주이기 때문에 3점도 3점을 먹는다. 다시 말해 열아홉 명의 목을 다 칠 수 있는 것이다.

남색 장삼을 입은 사내 하나가 별안간 소리를 질렀다.

"내 모가지는 내가 주사위를 던져서 결정할 거요! 다른 사람이 던진 건 무효요!"

도인이 버럭 화를 냈다.

"사내대장부가 비겁하게 죽음을 그렇게 겁내서야 되겠느냐? 우리 왕옥파王屋派의 명성을 더럽히지 마라!"

위소보가 고개를 끄덕였다.

"음… 여러분은 모두 왕옥파요?"

도인이 대꾸했다.

"어차피 다들 죽게 될 몸이니 다 털어놔도 상관없어!"

앞서 그 사내가 다시 소리쳤다.

"난 부모님이 낳아줬으니 부모님 외에 아무도 내 생사를 결정할 수 없어!"

도인이 다시 화를 내며 소리쳤다.

"이런… 소사매가 주사위를 던지기 전에는 왜 그런 말을 하지 않고, 3점을 던지고 나니까 지랄하는 것이냐? 우리 왕옥파에 너 같은 겁쟁이는 없어!"

사내는 자신의 목숨이 무엇보다도 중요한지 다시 대들었다.

"부오符五 사숙님! 난 왕옥파의 제자가 아니래도 상관없어요!"

다른 한 사내가 냉랭하게 말했다.

"목숨을 구걸하기 위해 다른 것은 다 팽개치겠다는 거냐?"

그 사내가 대꾸했다.

"저 소년장군께서 처음에 분명히 일대일로 붙자고 했는데, 소사매가 대신 나선 거 아니오? 다들 좋다고 승낙했을 때, 난 아무 말도 안 했잖아요?"

그 청년이 차갑게 말했다.

"좋소! 원元 사형은 이제부터 왕옥파의 제자가 아니오! 직접 내기를 하든 말든 맘대로 하시오!"

그 원가가 말했다.

"그래, 내가 알아서 할게."

위소보가 그에게 물었다.

"성이 원씨라는데 이름은 뭐요?"

원가는 약간 머뭇거렸다. 동문이 이제 다 원수로 변했으니 가명을 대면 금방 들통날 게 뻔했다. 그래서 솔직히 말했다.

"난 원의방元義方이라 하오."

청년이 코웃음을 날렸다.

"이름을 바꿔 그냥 원방元方이라 하시지!"

위소보가 그의 말을 받았다.

"왜 이름을 고치라는 거지? 음… 원방이라, 원방… 가운데 '의義' 자가 없어졌네. 의리가 없다고 욕하는 거군. 이봐요, 왕옥파의 친구들 중에서 또 개별적으로 내기를 할 사람 있소?"

그러고는 왕옥파 제자들을 훑어보았다. 한두 명 정도는 입술을 움쩍거리며 무슨 말을 하려는 듯했지만, 결국은 입을 열지 않았다.

위소보가 말했다.

"좋아요, 왕옥파 제자들은 모두 영웅호걸이고 의리가 있구면! 이 원형은 이제 왕옥파가 아니니 의리가 있든 없든 왕옥파와는 아무 상관이 없소."

그 청년이 위소보를 향해 빙긋이 웃었다.

"고맙구려."

위소보가 분부를 내렸다.

"이건 명령이니, 어서 술을 가져오시오! 이 열여덟 명의 친구들과 한잔 나눠야겠소. 잠시 후에 지든 이기든 이별 혹은 사별을 하게 될 테니, 의리 있는 친구들과 이별주를 나누지 않을 수가 없지!"

수하들이 바로 술을 열아홉 잔 가져왔다. 위소보 앞에 한 잔을 내려 놓고, 나머지는 열여덟 명에게 각각 나눠줬다. 왕옥파 제자들은 그 청년이 받는 것을 보고, 모두 술잔을 받아들었다.

그 청년이 낭랑한 목소리로 말했다.

"우린 만주 사람과 친구로 사귀지 않는데, 소장군은 호기가 있고 우리 왕옥파를 인정해주니 함께 잔을 나눠도 상관없지!"

위소보가 응했다.

"좋소이다! 자, 건배!"

그러고는 술을 단숨에 들이켰다. 그 열여덟 명도 다 술잔을 비우고 앞다퉈 잔을 바닥에 던졌다.

원의방은 안색이 파랗게 변해, 고개를 돌려 애써 쳐다보지 않았다.

위소보가 소리쳤다.

"쾌도快刀 열여덟 자루를 갖고 대기하시오! 내가 주사위를 던져 3점 이상이 나오면 열여덟 명의 목을 바로 내리치시오!"

군관들은 일제히 우렁차게 대답했다. 그리고 열여덟 명이 도검을 들고 그 열여덟 명 뒤에 각각 섰다. 위소보는 속으로 생각했다.

'이 주사위는 내가 이미 조작을 해놨기 때문에 1점이나 2점이 나오게 하는 건 원래 어려운 일이 아닌데, 요즘 연습을 게을리 해서 자신이 없단 말이야. 아까도 천대를 던지려다가 6점이 나왔잖아. 조금만 실수하면 열여덟 목숨이 이슬로 사라지고 말 테니 주의해야 해. 저 빌어먹을 사내놈들은 죽어도 별것 아니지만, 꽃다운 낭자가 죽으면 너무 아깝잖아?'

그는 주사위 네 개를 손에 쥐고 흔들더니 자신의 입김을 불어넣어 종지에 던지고는 바로 왼손으로 종지를 가렸다. 데구루루 굴러가는 소리가 들리더니 곧 멎었다.

위소보는 자신이 없어 손가락을 살짝 벌려 그 틈새로 결과를 살펴보았다. 주사위 네 개 중 하나는 2점, 하나는 3점, 하나는 1점, 그리고 마지막 하나는 4점이었다. 합치면 10점이 된다. 합계한 점수 중에서 10을 뺀 나머지 수를 끗발로 치니, 10점에서 10을 빼면 0점이다. 즉, 끗발이 '망통'이 되는 셈이다. 더 이상 작은 점수는 없다.

위소보는 미리 꼼수를 다 생각해놓았다. 만약 손재주가 원하는 대로 되지 않아 3점 이상이 나오면 바로 2점 아니면 1점이 나왔다고 말하고 종지를 흔들어버릴 작정이었다. 그렇게 증거를 인멸해버리면, 상대방은 당연히 날 듯이 기뻐할 것이고, 자기 부하들은 기껏 속으로 좀 의심하며 투덜댈 뿐 감히 공공연히 따지지는 못할 것이었다. 그런데 따로 수고를 할 필요도 없이 의도했던 대로 결과가 나왔다.

위소보는 속으로 기뻐하며 겉으론 욕을 내뱉었다.

"이런 빌어먹을, 내 손목을 잘라버리든지 해야지, 정말 쪽팔리네!"

그러고는 모두에게 주사위의 점수를 보여주었다.

그것을 확인한 사람들은 일제히 소리쳤다.

"망통이다, 망통!"

왕옥파의 제자들은 벼랑 끝에서 기사회생을 했으니 절로 환호성을 질렀다. 그러나 그 인솔자 청년은 표정이 그리 밝지만은 않았다.

'오랑캐가 과연 신의를 지킬지 의문이야. 약속대로 정말 우리를 놔줄까?'

위소보는 탁자 위에 있는 은자를 앞으로 쓱 밀며 말했다.

"자, 땄으니 은자를 가져가시오! 노름을 더 하자고 하진 않겠지?"

그 청년이 말했다.

"은자는 받을 수 없소. 귀하께서 약속을 지켜주시니 영웅답구려. 훗날 기회가 닿으면 다시 만납시다."

그러고는 공수의 예를 취하고 몸을 돌려 떠나려 했다.

위소보가 그를 불러세웠다.

"딴 돈을 안 가져가겠다니, 이 아차아차소보를 무시하는 거요?"

청년은 속으로 생각했다.

'얼른 이곳에서 벗어나야 해.'

그는 고개를 끄덕이며 말했다.

"그럼 고맙게 받겠소!"

열여덟 명은 은자를 챙겨서 바로 군막 밖으로 걸어나갔다.

위소보는 줄곧 그 소녀의 얼굴을 뚫어지게 쳐다봤다. 그녀도 은자를 챙기고 나서 위소보를 힐끗 쳐다보았다. 눈빛이 서로 마주치자 얼굴이 빨개지며 미소를 지었다. 그러고는 나직이 말했다.

"고마워요."

두 걸음 옮기다가 고개를 돌려 다시 말했다.

"소장군, 그 주사위를 나한테 주면 안 되나요?"

위소보가 웃으며 말했다.

"되죠, 안 될 이유가 없잖아요. 가지고 가서 사형들하고 노름을 하려고요?"

소녀는 미소를 지었다.

"아녜요, 그냥 간직하려고요. 아까 너무 놀라 까무러칠 뻔했어요."

위소보는 주사위 네 알을 그녀의 손에 쥐여주면서 손바닥을 살짝 간지럽혔다. 순순히 주는 대신 나도 뭔가 기쁨을 좀 느껴야겠다는, 짓궂은 심보였다.

소녀는 더욱 얼굴을 붉히며 기어들어가는 목소리로 말했다.

"고마워요."

그러고는 도망치듯 밖으로 나갔다.

다들 밖으로 나가자 원의방도 뒤따라나가려 했다. 위소보가 그를 불러세웠다.

"이봐요! 너하고는 내기를 하지 않았는데!"

원의방의 안색이 창백해졌다.

'젠장, 이거 큰일났네! 그가 망통을 던질 줄 알았다면 굳이 소인배가 되지 않아도 되었는데….'

그는 겁먹은 표정으로 말했다.

"저… 장군님은 이제 주사위도 없는데, 그래서 난… 내기를 그만하는 줄 알았어요."

위소보가 말했다.

"그럴 리가 있나? 주사위가 없어도 내기는 얼마든지 할 수 있지. 가위바위보도 있고, 동전 굴리기도 있고…."

그러면서 자기 앞에 있는 은표를 한 움큼 집었다.

"한번 알아맞혀봐, 이걸 은자로 계산하면 얼마나 될까?"

원의방은 눈살을 찌푸렸다.

"그걸 어떻게 알아요?"

위소보는 바로 탁자를 내리치며 호통을 쳤다.

"저런 고약한 놈을 봤나! 감히 본 장군에게 버르장머리 없이 뭐라고? 당장 끌어내 목을 쳐라!"

"네!"

군관들이 일제히 대답했다. 원의방은 너무 놀라 안색이 백지장처럼 하얘졌다. 그는 바로 무릎을 꿇고 애원했다.

"소… 소인이 죽을죄를 지었습니다. 대장군님… 대장군님, 살려주십시오."

위소보는 내심 흐뭇했다.

'이 새끼가 나보고 대장군이라네.'

다시 호통을 쳤다.

"내가 묻는 말에 솔직히 대답해야 한다. 조금이라도 거짓말을 하면 당장 목을 쳐버릴 것이다!"

원의방은 연신 머리를 조아렸다.

"네, 네! 네…."

위소보는 부하들을 시켜 원의방의 발목과 손목에 사슬을 채웠다. 그리고 노름에서 돈을 잃은 군관들에게 본전을 챙겨서 물러가라고 했다. 이제 군막에 남은 사람은 장강년, 조제현 두 시위와 효기영의 참령 부춘富春뿐이었다. 잠시 후 장강년이 심문을 시작했고, 원의방은 거짓 없이 솔직하게 대답했다.

원래 왕옥파의 장문인은 사도백뢰司徒伯雷였다. 그는 명나라 말엽 명군明軍의 부장副將으로 산해관을 지키는 총병 오삼계의 휘하에서 만주

군의 침공을 막는 데 선전하여 많은 공을 세웠다. 나중에 이자성이 북경을 함락시키고 오삼계가 청병을 산해관 안으로 끌어들이자, 사도백뢰는 군사를 이끌고 이자성에 맞서싸워 북경을 되찾았다. 당시만 해도 청병이 숭정 황제의 복수를 하려고 중원에 들어온 줄로만 알았다. 그런데 뜻밖에도 청병은 한인들의 강산을 차지했고, 오삼계는 매국노가 돼버렸다.

사도백뢰는 대로하여 즉시 관직을 버리고 왕옥산에 은거했다. 그를 따르던 옛 부하들 중에서도 많은 사람이 만청에 투항하기 싫어 다 함께 왕옥산에 모여 살았다. 사도백뢰는 본디 무공의 고수였다. 그는 옛 부하들에게 무공을 전수했고, 세월이 흘러가면서 자연히 왕옥파가 형성된 것이었다. 다른 문파와는 달리, 먼저 사부와 제자들이 모여서 나중에 문파가 생겨난 것이다. 장강년 등도 사도백뢰의 이름을 들어본 적이 있었다.

원의방의 말에 의하면, 일행을 이끌고 온 청년은 사도백뢰의 아들 사도학司徒鶴이고, 나머지는 동문 사형제며, 몇몇 나이 많은 사람들은 사숙이었다. 그리고 그 소녀는 이름이 증유曾柔라 하며, 부친이 사도백뢰의 옛 부하인데 몇 년 전에 별세했다고 했다.

그들은 최근 오삼계의 아들 오응웅이 북경에 왔다는 소식을 듣고, 사도 장문이 그를 만나보라고 해서 강호로 나온 길이었다. 그런데 이곳을 지나다가 청병의 군영을 발견하자, 사도학이 일행을 이끌고 잠입한 것이다. 그리고 노름을 하는 걸 보고는 돈을 싹 쓸어가기로 작정했다. 돈에 욕심이 났다기보다는 청병의 코를 납작하게 만드는 게 주목적이었다.

위소보가 물었다.

"오삼계의 아들을 만나러 가는 목적이 뭐지?"

원의방이 대답했다.

"사부님의 분부인데, 우리더러 그를 왕옥산으로 잡아와서 오삼계를 협박해 그가… 그가….”

위소보가 다그쳤다.

"왜 말을 못해? 그로 하여금 병란兵亂을 일으켜 역모를 꾀하도록 하려는 거지?"

원의방이 말했다.

"그건 사부님의 말이지 저하고는 아무 상관이 없습니다. 소인은 오로지 대청에 충성할 뿐, 절대 역모를 꾀할 생각이 없습니다. 소인이 오늘 왕옥파와 인연을 끊은 것도, 역모에 가담하지 않고 지난날 어두웠던 과거를 청산해 새로운 삶을 살아가기 위함입니다.”

위소보는 그를 뻥 걷어차며 욕을 했다.

"이런 빌어먹을 놈을 봤나! 아주 거룩하신 의사義士가 났네!"

원의방은 전혀 피할 생각을 않고 그가 걷어차는 대로 맞았다.

"네, 네! 앞으로도 대장군님이 잘 좀 이끌어주십시오. 소인은 대장군님을 위해 물불을 안 가리고, 충복이 되어 뭐든지 시키는 대로 다 하겠습니다!"

위소보는 나름대로 생각을 굴렸다. 왕옥파는 어전 시위를 세 명이나 죽였는데, 자기는 사도학과 증유 등을 놓아줬으니 장강년 등 시위들은 배알이 꼴릴 것이다. 최소한 자기가 주사위를 잘못 던졌다고 원망할 게 뻔했다. 그러니 시위들에게 무언가로는 보상을 해줘야 될 것이었다. 그게 '큰 물주'로서 해야 될 일이기도 했다. 잠시 잔머리를 굴리니 계책이 섰다. 그래서 탁자를 팍 내리치며 다그쳤다.

"이런 무엄한 역도를 봤나! 보나마나 오삼계를 만나 함께 역모를 꾀하려던 게 분명한데, 그의 아들을 납치하러 왔다고 거짓말을 하다니! 오삼계한테 무슨 떡고물을 얻어먹었기에 그를 감싸주려고 생난리냐? 이런 고약한 개뼈다귀 같으니라고! 여봐라, 이놈을 매우 쳐라!"

군막 밖에서 바로 예닐곱 명의 시위가 들어와 원의방을 바닥에 엎어뜨리고 군곤軍棍으로 엉덩이가 찢어지도록 곤장을 쳤다.

위소보가 다시 다그쳤다.

"이실직고하지 못하겠느냐! 넌 오삼계의 아들을 납치하러 왔다면서 왜 우리 군영에 들어와 어전 시위를 죽였느냐? 어전 시위와 효기영은 모두 황상께서 가장 신임하는 사람들이다. 그들에게 맞서는 것은 바로 황제에 대한 불충이라는 것을 모르느냐?"

장강년과 부춘 등은 그 말을 듣자 속이 후련해졌다. 모두 소리를 질러 원의방에게 겁을 주었다. 원의방은 그저 어리둥절한 데다 맞은 데가 너무 아파 혼이 빠져 있었다.

위소보가 다시 소리쳤다.

"저놈은 우릴 속이기 위해 교언이설로 거짓말을 꾸미고 있다. 저런 역도는 혼쭐이 나지 않고는 절대 이실직고를 하지 않는다. 다시 호되게 쳐라!"

군사들은 일제히 고함을 지르며 곤장으로 마구 내리쳤다.

원의방은 비명을 질러댔다.

"아야… 그만! 그만 때려요! 다 솔직히 말할게요!"

위소보가 물었다.

"왕옥산에 몇 명이 살고 있느냐?"

원의방이 대답했다.

"아마 400명쯤 될 겁니다."

위소보가 다시 물었다.

"가족들까지 합치면 얼마나 되느냐?"

원의방이 다시 대답했다.

"2천 명은 될 겁니다."

위소보는 탁자를 내리치며 욕을 했다.

"이런 빌어먹을 놈을 봤나! 왜 그것밖에 안 돼? 다시 쳐라!"

원의방이 소리쳤다.

"그만! 때리지 말아요. 아마… 4천… 5천 명은 될 것 같아요."

위소보가 다시 욕을 했다.

"이런 썩어문드러질 놈! 입은 삐뚤어졌어도 말은 바로 해야지! 9천 이면 9천이지! 왜 4천하고 5천으로 나눠서 말을 하느냐?"

원의방은 연신 고개를 끄덕였다.

"네! 네, 9천 명쯤 됩니다."

위소보가 말했다.

"너희 같은 역도들이 사실대로 말할 리가 있겠느냐? 9천 명이라고 했으니 최소한 1만 9천 명은 되겠지!"

그러고는 다시 탁자를 팍 치며 으름장을 놨다.

"왕옥산에 모여 역모를 꾀하려는 자들이 대체 몇 명이나 되느냐?"

원의방은 그의 말투를 보니, 숫자가 많다고 얘기할수록 좋아할 것 같았다.

"듣자니… 듣자니 3만 명쯤 된다고 합니다."

위소보는 과연 좋아했다.

"그렇지! 아마 그 정도는 될 거야!"

이어 부춘에게 고개를 돌렸다.

"이 천박한 놈은 맞지 않으면 사실대로 말하지 않을 거요."

부춘이 맞장구를 쳤다.

"네, 그래요. 호되게 두들겨패야 합니다!"

원의방이 소리쳤다.

"아닙니다! 대장군께서 물으면 뭐든 사실대로 대답할 겁니다."

그는 이미 속으로 작정했다. 무조건 이 꼬마장군이 묻는 말에 따라서 대답을 해야만 얻어맞지 않을 것이었다.

위소보가 물었다.

"너희 3만 명은 모두 무공을 연마했지, 그렇지? 아까 그 어린 소녀도 겨우 열댓 살인데도 무공을 연마했더군. 너희는 모두 오삼계의 옛 부하들이고, 젊은 애들은 그들의 자녀들이지?"

원의방이 대답했다.

"네! 네, 모두 다… 무공을 익혔고, 다 오삼계의 옛 부하들입니다."

위소보가 다시 물었다.

"너희 우두머리 사도백뢰는 전에 오삼계가 아끼는 부장이었고, 싸움도 아주 잘했지, 그렇지? 그리고 우리 만주 사람들을 모조리 죽이겠다고 말했지, 맞지?"

원의방이 떠듬거리며 대답했다.

"그는 그런 대역무도한 말을 했는데, 그건 아주… 잘못된 겁니다."

위소보가 말했다.

"그는 역모를 꾸미기 위해 너희더러 북경에 있는 오삼계의 아들을 찾아가라고 했다는데, 왜 직접 운남으로 가서 오삼계를 만나 상의를 하지 않았지?"

원의방은 선뜻 대답을 하지 못하고 말을 더듬었다.

"그건… 그건… 아마… 무슨 다른 이유가 있는 것 같습니다."

사실 그들은 당시 오삼계의 아들 오응웅을 납치하는 게 목적이었기 때문에 위소보가 묻는 말에 어떻게 대답해야 좋을지 전혀 몰랐다.

위소보가 버럭 화를 냈다.

"닥쳐라! 무슨 빌어먹을 다른 이유가 있다는 것이냐? 너희의 우두머리 사도백뢰가 이미 직접 운남으로 가서 오삼계를 만나 역모에 대한 협의를 다 마쳤잖아, 안 그러냐?"

원의방이 대답했다.

"네! 아마… 그랬던 것 같아요."

위소보가 다시 욕을 했다.

"그랬던 것 같기는 무슨 우라질 놈의 같기냐? 빌어먹을, 그랬으면 그런 거지!"

원의방이 바로 대답했다.

"네, 그래요. 그… 그랬습니다!"

장강년과 조제현, 부춘 세 사람은 위소보가 계속 상대방의 말을 유도해 평서왕 오삼계를 대역무도한 죄인으로 몰고 가자, 위소보의 진짜 의도가 뭔지 몰라 서로 마주 보며 가슴을 졸였다.

위소보가 물었다.

"사도백뢰는 오삼계가 가장 신임하는 옛 부하고, 3만 정예군을 거느리고 있는데, 왜 운남에 주둔하지 않지? 제기랄! 그 왕옥산은 대체 어디에 박혀 있는 것이냐?"

그렇게 물으면서도 속으론 걱정을 했다.

'만약 왕옥산이 바로 운남 가까이 있다면 잘못 물은 게 되잖아….'

다행히 원의방의 대답이 그를 걱정에서 벗어나게 해주었다.

"하남성 제원현濟源縣에 있습니다."

사실 위소보는 제원현이 어디 붙어 있는지 전혀 알지 못했다.

"그럼 북경에서 가깝겠군, 그렇지?"

원의방이 대답했다.

"멀지는 않습니다."

위소보의 욕이 바로 뒤따랐다.

"이런 개불알 같은 놈을 봤나! 가까우면 가까운 거지, 멀지 않다는 건 또 무슨 개 같은 소리냐?"

원의방이 바로 고쳐 말했다.

"네! 네, 아주 가깝습니다, 가까워요!"

위소보가 말했다.

"좋아, 북경에서 아주 가깝다는 거지! 이런 육시할 놈들, 악랄해도 너무 악랄하구먼! 북경 가까운 곳에 3만 정예군을 매복시켜놨다가, 오삼계가 운남에서 병란을 일으키면 즉시 산에서 뛰쳐나와 바로 북경을 공격하겠군! 우리 같은 어전 시위와 효기영의 친위병들을 닥치는 대로 수박 쪼개듯이 머리통을 자르고 목을 베서, 피가 강을 이루고 시체가 산처럼 쌓이게 만들어, 세상천지를 온통 피바람으로 뒤덮어놓을 생각이군, 그렇지?"

원의방은 연신 절을 했다.

"그건 오삼계와 사도백뢰, 두 역도의 음모지 소인하고는… 아무… 아무 상관이 없습니다."

위소보는 빙긋이 웃으며 속으로 흡족해했다.

'이 녀석은 아주 고분고분하군.'

그가 물었다.

"그럼 왕옥파 중에 지난날 오삼계 휘하에서 군관이나 병졸을 하던 사람은 몇 명이나 되느냐? 어서 이실직고해라!"

원의방이 대답했다.

"아주 많습니다."

곧 그들의 이름을 생각나는 대로 다 밝혔다. 이건 그가 날조한 게 아니라 사실이었다.

위소보가 말했다.

"좋아! 그들의 이름을 다 적어라. 지난날 오삼계 밑에서 무슨 관직을 맡았는지도 빠짐없이 다 써야 한다."

원의방은 고개를 갸웃했다.

"어떤… 어떤 사람들은 자세히 모르는데요."

위소보가 성난 목소리로 다그쳤다.

"잘 모르겠다고? 곤장을 30대 정도 더 맞으면 아마 기억이 날걸!"

원의방이 얼른 대답했다.

"네! 때리지 않아도 소인은… 다 생각이 났습니다."

곧 지필묵을 가져다주자, 원의방은 명단을 써내려가기 시작했다. 위소보는 그가 다 쓰려면 시간이 한참 걸릴 것 같아 장강년에게 말했다.

"사야師爺더러 이자의 진술을 다 받아적으라고 하세요."

이어 원의방에게 호통을 쳤다.

"네가 말한 것을 사야께 다시 진술해라. 한 마디라도 빠진 부분이 있으면 바로 목을 치겠다!"

두 명의 군관이 그를 끌고 갔다.

위소보는 히죽히죽 웃으며 장강년 등 세 사람에게 말했다.

"세 분은 이번에 운수대통한 것 같습니다. 엄청난 역모를 파헤쳤으니 승진은 떼놓은 당상일걸요."

장강년 등은 놀라는 한편 은근히 좋기도 했다. 조제현이 말했다.

"이게 다 도통 대인이 영명하시기 때문이지, 저희들이 무슨 공로가 있겠습니까?"

위소보가 말했다.

"이 자리에 다 함께 있었으니 모두의 공로죠."

장강년이 눈치를 살피며 말했다.

"평서왕이 모반을 꾀한다는 증거가 확실한지 모르겠네요?"

위소보가 갖다붙였다.

"왕옥파의 역도들이 모반을 계획하고 있는 건 틀림없는 사실이잖아요? 그들이 오삼계의 아들을 만나러 북경에 간다는데, 무슨 좋은 일을 하러 갈 리가 있겠어요?"

장강년이 말했다.

"그 원가의 말에 의하면, 평서왕이 모반을 하도록 협박하기 위해 그의 아들을 납치하러 간다고 했는데, 그렇다면 왕옥파가 사전에 그들과 모의를 하지 않았다는 얘기죠."

위소보가 생각해도 장강년의 분석이 맞았지만, 끝까지 떼를 썼다.

"장 대형은 평서왕부의 사람들과 그동안 왕래가 많았나 보죠? 그러니 그렇게 세세히 알고 있죠. 만약 그들이 모반에 성공해 평서왕이 황제가 되면, 흐흐…."

그가 삐딱하게 말하자 장강년은 흠칫 놀라며 얼른 변명을 했다.

"평서왕부 사람을 난 한 명도 몰라요. 도… 도통 대인의 말이… 말이 맞아요. 오삼계 그놈은… 대역무도해요. 우린 즉시… 황상께 이 사실을 고해야 합니다!"

위소보가 느긋하게 말했다.

"그럼 세 분은 돌아가서 상소문을 어떻게 작성할지, 사야와 상의해보세요."

장강년 등은 군중軍中의 서류를 맡고 있는 사야와 함께 상소문을 작성해 위소보에게 읽어주었다. 그 내용은 원의방이 말한 그대로였다. 오삼계의 옛 부하였던 왕옥파의 명단도 첨부했다. 그뿐만 아니라 '과대포장'도 잊지 않았다.

위소보가 낮에 역도들을 발견했는데도 모른 척하고 그들이 야밤에 군영을 기습하도록 유도해 일망타진하려 했는데, 역도들이 생각했던 것보다 훨씬 흉악해 위소보가 직접 진두지휘해서 역도의 우두머리인 원의방을 생포해 모든 음모를 낱낱이 파헤치게 되었다고 했다. 그리고 어전 시위 갈통 등 세 사람이 적과 싸우다가 장렬히 희생됐으니 황상께서 은총을 베풀어 그들의 가족에게 후한 포상을 내려주길 앙망한다는 내용도 담겨 있었다.

위소보는 다 듣고 나서 말했다.

"부춘 참령과 장강년, 조제현 두 시위의 공로도 좀 더 많이 거론해주시오."

부춘 등은 모두 좋아하며 고맙다는 인사를 올렸다.

위소보가 어깨에 힘을 주며 다시 말했다.

"그리고 이 말은 꼭 첨부해주시오. 우린 열아홉 명의 역도를 생포했는데, 그들이 한사코 역모의 진실을 실토하지 않으려 하므로, 난 황상께서 미리 알려준 방책에 따라 그들 중 열여덟 명을 일부러 석방해, 비로소 음모의 전모를 낱낱이 밝혀낼 수 있었다고요."

세 사람이 일제히 말했다.

"열여덟 명의 역도를 석방한 것은 황상께서 미리 알려주신 방책이었군요?"

위소보가 대답했다.

"당연하죠. 나이도 어린 내가 그렇게 똑똑할 리가 있겠습니까? 만약 황상의 선견지명이 없었다면 이 엄청난 역모를 어떻게 밝혀낼 수 있었겠어요?"

위소보는 전에 황궁에 침입한 역도들의 배후를 밝혀내기 위해 황제가 오입신 등 세 사람을 풀어준 일을 이야기한 것이다. 그러나 장강년 등은 위소보의 말을 듣고 황제가 왕옥파의 기습을 미리 알고 있었던 것으로 생각했다. 그럼 오삼계를 모함하는 것도 역시 황제의 뜻일 것이었다. 이제 부귀영화를 누리게 될 것은 명약관화한 일이었다. 모두 뛸 듯이 기뻐하며 위소보에게 거듭 고맙다는 인사를 했다.

청궁清宮의 규칙에 의하면, 장군이 출정했을 때에는 따로 성지가 없는 한 임의로 돌아갈 수 없었다. 위소보는 비록 경성에서 불과 20여 리를 벗어났지만 역시 궁으로 되돌아가 황상께 직접 아뢸 수가 없었다. 그래서 좌령 두 명과 어전 시위 열 명을 시켜 1우록牛彔[2] 300명을 이끌고 밤을 새워 원의방을 경성으로 압송해, 황상께 상소문을 올리도록 명했다.

위소보는 내심 흡족했다.

'이번에 오삼계는 된똥을 싸겠군! 목왕부와 우리 천지회는 누가 먼저 오삼계를 무너뜨리는지 겨루고 있는데, 난 오늘 두 분 사부님을 위해 큰 공을 세운 셈이야. 천지회의 진 사부님도 좋아할 거고, 황제 사부도 기뻐하겠지.'

다음 날, 천천히 남쪽으로 행군을 계속했다. 정오 무렵에 두 명의 어전 시위가 쾌마를 몰고 경성에서 달려와 보고했다.

"황상의 어지요!"

위소보는 크게 기뻐하며 즉시 어전 시위들과 효기영 군관들을 중앙 군막에 소집해 성지를 받았다. 경성에서 달려온 어전 시위가 한가운데 서서 낭랑한 음성으로 성지를 읽어 내려갔다.

"효기영 정황기 부도통 겸 어전 시위 부총관 위소보는 들어라. 짐이 그대를 소림사로 보내 중대한 임무를 수행하라 했거늘, 어이하여 중도에 쓸데없는 일에 개입했느냐? 소인배의 허무맹랑한 말을 믿고 함부로 공신을 모함하다니! 이와 같이 황당무계한 일은 실로 한심한 처사라 아니할 수 없다! 그런 터무니없는 허언을 다시는 거론하지 말도록 해라. 일언반구라도 외부에 누설되는 일이 있을 시에는 모두 참수형을 면치 못할 것이다.”

위소보는 너무 놀라 등에 식은땀이 흘렀다. 얼른 무릎을 꿇고 황은에 감사했다.

군막에 모인 사람들도 모두 풀이 죽어 낯을 제대로 들지 못했다. 부춘과 장강년 등은 찍소리도 하지 못했다. 속으로는 '어린것이 쫗고 까불더니 결국 황제의 노여움을 샀군! 엄벌을 내리지 않은 것만도 천만다행이야!'라고 생각했지만, 위소보가 똥을 씹은 표정이라 뭐라고 말해봤자 무안만 당할 게 뻔해, 각자 슬그머니 다 물러갔다.

성지를 읽은 시위가 위소보에게 다가와 귀엣말로 나직이 말했다.

“황상께서 매사에 신중할 것을 당부했습니다.”

위소보가 말했다.

“네! 황상의 은총에 그저 황공할 따름입니다!”

그는 시위에게 은자 400냥을 내주었다. 두 시위가 떠나자 속으로 곰곰이 생각해보았다.

'황상은 내가 일부러 오삼계를 모함한 것을 알고 있는 걸까? 아니면 그 원의방이란 놈이 경성으로 가서 내 고문에 못 이겨 거짓 진술을 했다고, 말을 뒤집은 걸까? 어쨌든 황상은 오삼계를 아주 좋아하시는 게 분명해. 그놈을 쓰러뜨리긴 그리 쉽지 않을 것 같은데….'

저녁 무렵에 원의방을 압송했던 시위들과 효기영 병사들이 다시 돌아왔다.

큰코다친 위소보는 더 이상 노름을 할 기분이 나지 않아 무언의 행군을 계속했다. 그리하여 이날, 드디어 송산 소림사에 당도했다.

주지승은 성지가 도착했다는 전갈을 받고 승려들을 이끌고 나와 위소보 일행을 절 안으로 안내했다.

위소보는 곧 성지를 꺼내 겉봉을 뜯어서 장강년에게 건네주어 읽게 했다. 장강년은 줄기차게 읽어 내려갔는데, 위소보는 무슨 뜻인지 잘 알지 못해, 들으면서도 골치가 아팠다.

법사등法師等 심오현기深悟玄機, 조식묘리早識妙理, 극건가유克建嘉猷, 협보황기夾輔皇畿. (소림 승려들은 심오한 불법을 깊이 깨우쳐, 절묘한 이치를 일찍이 간파하여 가상하게도 어려움을 이겨내고 황토皇土를 지켜내었도다.)

범천궁전梵天宮殿, 현일월지광화懸日月之光華, 불지원림佛地園林, 동연운지기색動煙雲之氣色. (하늘의 뜻을 받든 불전, 해와 달의 눈부신 빛이 서려 있고, 불문의 정원에는 운무의 기운이 움직이도다.)

운요숭악雲繞嵩岳, 만회소실彎迴少室, 초수선로草垂仙露, 임승불일林昇佛日, 탁언범중倬焉梵衆, 대유명철代有明哲. (구름이 숭산을 휘감고, 소실봉으로 되돌아오니, 고운 이슬 풀잎에 내려앉아, 숲에 부처님의 해가 떠오른다. 중생을 일깨우고 명석한 불리佛理를 세상에 널리 알리리라.)

이어 소림사 주지승 회총晦聰을 '호국우성선사護國佑聖禪師'에 임명한다고 했다. 그리고 오대산에서 공을 세운 소림 십팔 나한들에게도 모두 포상을 했다. 마지막으로 또 읽어 내려갔다.

"효기영 정황기 부도통 겸 어전 시위 부총관, 황마괘를 하사받은 위소보는 짐을 대신하여 소림사에서 출가해 승려가 될 것을 어명으로 명하는 바이다. 아울러 그에게 법기法器를 하사하니 즉시 삭발토록 하여라."

위소보는 앞의 어려운 문구를 이해하지 못했지만 뒤의 말은 알아들을 수 있었다. 절로 움찔하며 안색이 변했다. 일전에 강희가 자기더러 오대산에 가서 중이 되라고 하기에 그러겠노라고 대답했다. 그런데 소림사에서 머리를 깎고 불가에 입문하라니, 실로 뜻밖이었다. 물론 그 성지를 줄곧 자기 몸에 지니고 있었다. 그러나 소림사에 당도하기 전에는 몰래 뜯어볼 수 없었다. 하물며 뜯어봤다고 해도 일자무식이니 무슨 말인지 알 리가 만무했다.

회총 선사는 승려들을 이끌고 우선 황은에 감사를 올렸다. 군관들이 포상품을 가져와 승려들에게 나누어주었다. 그것을 지켜보면서 위소보는 마음이 씁쓸했다.

회총 선사가 말했다.

"위 대인이 황상을 대신해 출가를 하게 된 것은 본사로서도 크나큰 영광이오."

곧 사람을 시켜 삭발할 체도剃刀를 가져왔다.

"위 대인은 황상을 대신하여 출가하는 것이니 예사로운 일이 아니오. 하여 노납老衲도 사부로 나설 수가 없소. 선사先師를 대신하여 제자로 거둬들일 것이니 노납의 사제師弟가 되는 것이고, 법명은 회명晦明이오. 소림사에서 '회晦' 자 배분은 우리 두 사람뿐이오."

이렇게 된 이상 위소보는 어쩔 수 없이 눈물을 머금고 무릎을 꿇었다. 회총 선사가 먼저 그의 머리카락을 세 군데 잘랐다. 이어 삭발을 하는 체도승이 나섰다. 그렇지 않아도 불에 그슬려 듬성듬성해진 그의 머리카락을 깨끗하게 빡빡 밀어버렸다.

회총 선사가 읊조렸다.

"소림에 입문하여 황제를 대신해 출가하니 모든 부귀영화 한낱 티끌이며 뜬구름 같은 것, 어두웠던 지난날을 참회하고 참된 빛을 찾도다. 과거와 미래 다 부질없으니 무엇을 잃고 무엇을 더 가지리."

그는 황제가 하사한 법기에다 '회명'이란 두 글자를 써넣었다. 그러고는 위소보를 여래如來 앞으로 인도하여 뭇승려들과 함께 불호를 외웠다.

위소보는 속으로 욕을 해댔다.

'이런 빌어먹을 땡추들아, 18대 조상들이 음덕을 쌓은 것도 내 머리를 빡빡 밀어 도로아미타불이 돼버렸다. 너희들이 아미타불을 외울 때마다 난 빌어먹을, 제기랄… 욕으로 대신하겠다!'

갑자기 서러움이 북받쳐 방성통곡을 했다. 대전 안을 가득 메운 군관들은 그의 돌발행동에 놀라서 모두 입이 딱 벌어졌다. 승려들은 저마다 불호를 외우며 그를 외면했다.

위소보는 한참 울고 나서 스스로 눈물을 그쳤다.

회총 선사가 말했다.

"사제, 본사의 승려들은 '대각관회大覺觀晦, 징정화엄澄淨華嚴' 여덟 글자 순서대로 항렬이 나뉘어 있네. 나의 스승이신 관증觀證 선사께선 이미 28년 전에 원적하셨고, 사내寺內에서 '징澄' 자 배분의 모든 승려는 다 자네의 사질師姪이네."

승려들이 곧 순서에 따라 앞으로 나와서 위소보에게 깍듯이 인사를 올렸다. 그중에 징심, 징광, 징통 등과는 교분이 있었다.

위소보는 허연 수염의 '징' 자 배분 노승들이 모두 자기를 '사숙'이라 칭하고, 정淨 자 항렬의 승려들도 나이가 제법 많은데 자신을 '사숙조師叔祖'라 칭하자 너무 재미가 있었다. 그리고 화華 자 항렬의 승려들도 30~40대인데 인사를 올리면서 '태사숙조太師叔祖'라고 칭하자 너무 웃겨서 깔깔 웃고 말았다. 사람들은 그의 얼굴에 눈물자국이 마르기도 전에 갑자기 깔깔 웃자 모두 겸연쩍어했다.

강희가 어전 시위들과 효기영 친위병들을 소림으로 딸려보낸 것은 단순히 위소보를 호위하는 데만 그 목적이 있는 게 아니었다. 황제를 대신해 출가하는 것은 예사스러운 일이 아니었다. 이렇듯 거창하게 격식을 갖추지 않으면, 소림사 승려들이 과연 이번 행사를 엄중하게 다룰지 걱정스러웠던 것이다.

효기영 참령 부춘과 어전 시위 조제현, 장강년 등은 위소보에게 작별을 고했다. 위소보는 은자 300냥을 꺼내 장강년에게 주면서, 하산하거든 민가를 빌려 쌍아가 당분간 그곳에 머물 수 있도록 조치를 해달라고 당부했다. 소림사는 자고로 여시주가 사내로 들어오는 것을 허락하지 않았다. 쌍아는 비록 남장을 했지만 달마원의 십팔 나한은 그녀가 위소보의 시종이라는 것을 다 알고 있었다. 그래서 소림사로 오기 전 산 아래서 기다리라고 했던 것이다. 성지를 전해주고 하사품을 나눠준 후에 바로 하산해서 함께 북경으로 돌아갈 생각이었다. 그런데 소림사에서 바로 출가하게 될 줄이야, 정말 뜻밖이었다.

위소보는 황제를 대신해 출가했고, 또한 '회' 자 항렬의 '고승高僧'이라 사내에서 신분이 숭고崇高한 것은 당연한 일이었다. 회총 선사는 그에게 아주 큼지막한 선방禪房을 내주었다.

회총 장문인이 말했다.

"사제는 사내에서 어떤 제약도 받지 않고 자유롭게 행동할 수 있네. 조석으로 드리는 불공과 공부도 스스로 알아서 하게. 살생과 절도, 사음邪淫, 망언, 음주, 이 다섯 계율을 제외하고 사소한 법칙은 지켜도 되고 안 지켜도 상관없네."

이어 불문 오계五戒에 대해 대충 설명해주었다.

위소보는 속으로 생각했다.

'이 오계 중에 망언 일계는 때려죽여도 지킬 수 없을 거야.'

그는 넌지시 물었다.

"그럼 도계賭戒는 상관없나요?"

회총 방장은 순간 멍해졌다.

"도계라니…?"

위소보가 말했다.

"노름 말이에요."

회총은 빙긋이 웃으며 말했다.

"오계 중에 도계는 없네. 그래도 다른 사람은 지켜야 하지만 사제는 알아서 하게."

위소보는 속으로 투덜댔다.

'빌어먹을! 상대가 없는데 나만 노름을 할 수 있으면 무슨 소용이 있어? 나 혼자서 주고받고 도박을 하란 말이야?'

이후 며칠간 사내에서 머물러보니 너무 무료했다.

'소현자는 처음에 나더러 오대산에 가서 노황야의 시중을 들라고 해놓고는, 소림사로 보내 중으로 만들어버렸어. 언제 오대산으로 갈 수 있는 거지?'

그는 어슬렁어슬렁 걷다가 나한당羅漢堂 앞에 이르렀다. 그곳에서 징통이 승려 여섯 명을 데리고 무공을 연마하고 있었다. 승려들은 그를 보자 일제히 몸을 숙여 인사를 올렸다.

위소보는 손을 가볍게 저었다.

"예는 생략하고 어서 연마나 계속하세요."

가만히 보니 이들 '정' 자 항렬의 승려들은 권각拳脚의 놀림이 아주 매섭고 민첩하며, 초식을 펼치고 막는 동작도 변화무쌍했다. 사숙조인 자기에 비해 실력이 월등하게 뛰어났다.

징통은 세세하게 지적을 했다. 주먹을 뻗을 때 속도가 강맹하나 내공이 부족하다느니, 다리의 각도가 좀 빗나갔고 너무 높다느니… 위소보는 들어도 잘 이해가 가지 않았다. 좀 더 보다가 재미가 없어 그냥 와버렸다. 그는 속으로 궁리를 했다.

'남들은 소림의 무공이 천하제일이라고 하는데, 이왕 소림에 왔으니 좀 배워두지 않으면 애석한 일이 아니겠어?'

이때 갑자기 뇌리를 스치는 생각이 있었다.

'그래, 맞아! 해대부 그 늙은 개뼈다귀가 나한테 가르쳐준 그 개똥 소림 무학은 다 짜가였어. 아무 쓸모가 없었지. 소현자가 나더러 소림에서 출가하라고 한 것은, 노황야를 보호하기 위해 소림의 진짜 무공을 배우라는 뜻이 아닐까? 하지만 나의 사부는 28년 전에 죽었다고 했는데, 누구한테 배우지?'

잠시 생각을 굴리다가 스스로 고개를 끄덕였다.

'주지승이 나더러 자기 사제가 되라고 한 것은, 이제 보니 무공을 배울 사부가 없게끔 만들려는 속셈이었군. 정말 악랄하구먼! 음… 맞아!

내가 황제의 신복臣僕이니 당연히 만주 사람이라고 생각해서, 상승 무공을 꼬마 오랑캐한테 전수해주지 않으려는 거야. 흥! 네가 안 가르쳐준다고 내가 못 배울 것 같으냐?'

무림에서 어느 문파든 무공을 전수해줄 때 옆에서 지켜보는 것은 큰 금기였다. 그러나 이 회명 선사는 본사의 '왕선배 고승'이 아닌가! 본파의 한참 아래 제자들이 무공을 연마하는 것을 지켜본다고 해서 누구도 감히 이의를 제기할 수 없을 것이었다.

그때부터 위소보는 여기저기 돌아다니며 주위를 두리번거렸고, 무공을 연마하는 광경을 보면 멈춰서서 지켜보곤 했다. 그러나 이 '고승'은 무공 기초가 너무 미약했다. 지난날 해대부가 전수해준 것은 진짜 무공이 아니었고, 진근남이 준 그 내공 비급도 별로 들여다보지 않아 제대로 익히지 못한 상태였다.

소림의 무학은 그 깊이가 심후하다. 그런데 이렇듯 주마간산, 수박 겉핥기 식으로 힐끗힐끗 들여다봐서 뭘 배울 수 있겠는가? 더군다나 그는 오래 지켜볼 끈기도 없었다.

소림에서 달포 정도 거들먹거렸는데 무공이라곤 전혀 배우지 못했다. 그러나 그는 성격이 활달하고 친구를 쉬이 잘 사귀었다. 신분이 장문인 바로 아래의 대선배이면서도 아랫사람들과 자주 교분을 나누다 보니, 승려들이 다 그와 친해졌다.

이날은 춘풍이 살랑살랑 부는 화창한 날씨였다.

위소보는 뼈마디가 나른하고 심심해서 몸이 근질근질했다. 사내에서 승려들과 어울리자니 별 재미가 없어, 산문 밖으로 나가 터벅터벅 걸어서 하산했다. 쌍아를 못 본 지도 오래되어 혼자서 어떻게 살고 있는지 궁금해 한번 만나볼 생각이었다.

그리고 허구한 날 절 안에서 채식만 하다 보니, 배추와 두부의 조상들에게 욕을 수천 번 넘게 했다. 쌍아를 만나면 닭, 오리, 생선, 고기… 닥치는 대로 사서 실컷 먹을 작정이었다.

산문 밖 가까운 곳에 사찰을 찾아오는 손님들을 맞이하는 영객정迎客亭이 있는데, 입구에 들어서자 왁자지껄한 소리가 들려왔다. 누군가 서로 다투고 있는 것 같았다.

위소보는 구경거리가 생겨서 신이 났다.

'아싸! 싸움이 벌어졌구먼, 신나겠는데!'

가까이 가보니, 정자 안에서 젊은 여자 둘이 승려 네 명과 입씨름을 벌이고 있었다. 승려들은 위소보를 보자 모두 인사를 올렸다.

"사숙조님이 오셨군요. 누가 옳고 그른지 판단을 좀 해주십시오."

그들은 정자에서 나와 합장을 하며 몸을 숙였다. 네 명 모두 '정' 자 항렬이었다. 위소보는 그들이 사찰을 찾아오는 손님들을 맞이하는 일을 하기 때문에, 늘 웃는 낯으로 친절하다는 것을 잘 알고 있었다. 그런데 오늘 무슨 일로 두 젊은 여자와 입씨름을 하게 되었는지 알 수 없었다.

위소보는 두 여인을 살펴보았다. 한 사람은 스무 살가량에 남색 옷을 입었는데 용모가 수려했다. 그리고 또 한 여인은 나이가 열예닐곱에 불과한 듯싶은데 엷은 녹색 옷을 입고 있었다. 그는 이 소녀를 보는 순간, 마치 보이지 않는 철퇴에 가슴을 가격당한 듯 심장이 쿵쾅거렸다. 입술이 바싹 타고 눈이 휘둥그레진 채 입이 딱 벌어졌다.

그는 속으로 소리쳤다.

'나 죽는다, 나 죽어! 어디서 이런 미녀가 왔지? 이 미녀가 내 마누라가 된다면, 소황제 자리와도 바꾸지 않을 거야! 이 위소보는 한번 물고 늘어지면 절대 놓지 않아! 천상지하, 화산빙해火山氷海, 천당연옥天堂煉獄… 이 세상 끝이라도 따라가서 기필코 내 마누라로 삼고 말 테다!'

두 여인은 승려들이 위소보를 '사숙조'라 칭하며 깍듯이 대하는 것을 보고 놀라면서도 이상하게 생각했다. 그런데 그가 넋이 나간 표정으로 헬렐레해서는 녹의 소녀를 응시하고 있는 게 아닌가! 설령 일반 남자라 해도 이렇듯 소녀를 쳐다보는 것은 큰 무례인데, 하물며 상대는 출가한 승려이니 기가 막힐 노릇이었다.

녹의 소녀는 얼굴이 빨개져 얼른 고개를 돌렸고, 남의 여인은 잔뜩 화가 난 표정이었다.

위소보는 아랑곳하지 않고 생각을 굴리는 데 여념이 없었다.

'왜 고개를 돌려버렸지? 얼굴이 살짝 빨개지니까 더 예쁘네. 여춘원의 여인 100명을 합쳐도 아마 그녀의 속눈썹 하나만큼도 따라오지 못할 거야! 한번 생긋이 웃어만 준다면 당장 은자 만 냥을 줘도 아깝지 않아.'

생각은 계속 이어졌다.

'방 낭자, 소군주, 홍 부인, 건녕 공주, 쌍아, 그리고 주사위를 던지던 그 중 낭자… 하나같이 빼어난 미인인데, 그들을 다 합쳐도 이 선녀 같은 소녀의 미모를 따라가지 못할 거야. 이 위소보는 황제고 나발이고 다 싫어! 신룡교도 안 할 거고, 천지회 총타주도 싫어! 그 무슨 황마괘니 화령花翎(청나라 때 황족이나 높은 벼슬아치에게 하사하던, 모자 뒤에 늘어뜨리는 공작의 꽁지)이니, 1품·2품 고관대작 따위도 다 필요 없어! 난 오로지… 이 소녀의 낭군이 되고 말 거야!'

순식간에 오만가지 생각이 그의 뇌리를 스쳤다. 그가 마침내 물불을 가리지 않고, 백만 번 죽어도 좋다는 결심을 하자, 안색이 이상야릇하게 변했다.

네 명의 승려와 두 여인은 그가 헤벌쭉 웃다가 갑자기 이를 악무는 모습을 지켜보며, 혹시 미친 게 아닌가 하는 생각이 들 정도였다.

소림 승려 정제淨濟와 정청淨淸이 그를 불렀다.

"사숙조님, 사숙조님!"

넋이 빠진 위소보는 못 들은 모양이었다. 한참 후에야 꿈에서 깨어난 듯 길게 숨을 뱉어냈다.

남의 여인은 처음엔 위소보가 여색을 탐하는 경박한 사람이라고 생각했는데, 가만히 지켜보니 그런 것 같지는 않았다. 아무래도 이 어린 화상이 좀 실성한 것 같기도 해서, 속으로 웃음이 나왔다. 그녀는 승려들에게 물었다.

"저 어린 사람이 정말 사숙조가 맞나요?"

정제가 얼른 나섰다.

"무례한 말을 삼가시오. 저 고승은 법명이 회 자, 명 자로서 본사 회 자 항렬 두 분 중 한 분으로, 바로 주지 방장의 사제이시오!"

두 여인은 약간 놀란 표정이었는데, 곧 우습게 느껴졌는지 고개를 설레설레 흔들며 믿으려 하지 않는 눈치였다.

녹의 소녀가 웃으며 말했다.

"사저, 우릴 놀리려는 거예요. 절대 속지 말아요. 저 어린… 어린 법사가 어떻게 고승이라 할 수 있겠어요?"

간드러진 음성에 절로 애교가 배어 있고 아주 부드러웠다. 위소보는 넋이 달아나고 애간장이 녹아내렸다. 자신도 모르게 그녀의 말을 흉내 냈다.

"저 어린… 어린 법사가 어떻게 고승이라 할 수 있겠어요?"

간드러진 여자 목소리를 어설프게 흉내 내는 바람에 천덕꾸러기의 본성과 경박함이 여실히 드러났다.

두 여인은 이내 안색이 차갑게 굳었다. 승려 네 명도 상식에서 벗어난 사숙조의 행동에 수치스러워했다.

남의 여인이 코웃음을 날리며 위소보에게 직접 물었다.

"정말 소림사의 고승인가요?"

위소보는 퉁명스레 대답했다.

"승려일 뿐 고승高僧은 아니오. 보시다시피 이렇게 왜소하니 왜승矮僧이겠죠."

남의 여인은 눈꼬리를 치켜세웠다.

"소림사가 천하 무학의 총본산으로서 72반 절예絶藝에 능통하다는 소문을 듣고, 우리 자매는 흠모의 마음을 갖고 찾아왔는데, 무공이 아주 평범하군요. 게다가 승려랍시고 수심修心은커녕 천박한 말장난만 늘어놓는 게 시정잡배와 다를 바가 없으니, 정말 실망했어요."

이어 녹의 소녀에게 고개를 돌려 말했다.

"사매, 우린 가자!"

그러면서 정자 밖으로 걸어나갔다.

정청이 그녀의 앞을 가로막았다.

"여시주는 소림사에 와서 함부로 손찌검을 하고 그냥 떠나려 하다니… 존사尊師의 명호名號는 밝혀줘야 하지 않겠소?"

위소보는 그녀들이 손찌검을 했다는 말을 듣자 속으로 생각했다.

'그래서 서로 왁자지껄 입씨름을 벌인 거군.'

아니나 다를까, 정청과 정제 두 사람의 왼쪽 볼에 손자국이 붉게 나 있었다. 뺨을 얻어맞은 게 분명했다.

위소보는 평상시 승려들과 한담을 많이 나눴다. 그래서 지금 이곳에 있는 네 명의 지객승知客僧은 사내에서 무공이 가장 약한 축이라는 것을 알고 있었다. 방장은 그들이 무공은 약하지만 말주변이 좋아 시주들을 맞이하는 직책을 맡긴 것이었다.

소림사는 무림에서 1천여 년 동안 명성을 떨쳐왔다. 당연히 무공을 겨뤄보겠다고 찾아오는 사람이 부지기수였다. 지객승은 무공이 약하니 무슨 핑계를 대서라도 그들과 겨루는 것을 피했다. 만약 그렇게 하지 않으면 소림사는 매일 무공을 겨루는 비무장比武場으로 변할 것이었다. 그럼 수양하는 데도 지장이 있을 뿐 아니라, 불가에서 근본으로 삼는 무욕無慾, 무쟁無爭, 자비에 어긋나고 체통을 잃게 된다.

모름지기 남의 여인은 소림의 그런 근본을 알지 못하고 자신들의 실력을 과시하기 위해 다짜고짜 승려들의 뺨을 때린 모양이었다. 그녀는 의기양양해하며 말했다.

"그런 형편없는 실력을 갖고 본 낭자더러 사부님의 명호를 대라는 건가요? 흥! 과연 그럴 자격이 있을까요?"

정제는 이미 혼이 났기 때문에 지금 여기 있는 다섯 명의 실력으로는 그녀들을 막을 수 없다는 것을 알고 있었다. 이 두 여인이 이대로 하산하여, 소림에 가서 승려 둘을 혼내줬다고 소문을 내면, 그야말로 망신이 아닐 수 없었다. 게다가 상대의 내력도 알아내지 못하고 내려보내면 그동안 쌓아올린 소림의 명성이 어찌 되겠는가?

정제가 말했다.

"우리 네 사람은 시주들을 접대하는 직책을 맡고 있어 무공이 미천하오. 그리고 불문에선 자비와 화합을 근본으로 삼는데 어떻게 함부로 시주들과 싸울 수 있겠소? 정녕 본사의 무공을 가르침 받고 싶다면, 가서 몇 분의 사숙이나 사백님을 모셔와 두 분을 대면시키겠소."

말을 마치고 몸을 돌려 사내로 달려갔다. 그런데 갑자기 남색 그림자가 번뜩이더니 정제의 성난 외침이 뒤따랐다.

"이런…!"

픽 하는 소리와 함께 그는 비칠거리며 곤두박질쳤다. 남의 여인이 달려와 그의 다리를 걸어 넘어뜨린 것이었다.

정제는 몸을 일으키며 소리쳤다.

"여시주! 어떻게 이런 짓을…?"

남의 여인은 까르르 웃으며 잽싸게 오른쪽 주먹을 뻗어냈다. 정제는 얼른 팔로 그녀의 공격을 막았다. 우둑 하는 소리와 함께 정제의 팔 관절이 탈골됐다. 이어 다시 우둑 하는 소리가 연신 들렸다. 그녀가 삽시간에 나머지 세 명의 손목을 부러뜨린 것이다. 비명이 잇따랐다.

"으악!"

"아야…."

네 승려는 뒤로 물러났다. 더 이상 저항할 힘이 없었다. 정제는 황급히 몸을 돌려 이 사실을 사내에 알리기 위해 달려갔다.

위소보는 갑작스러운 상황에 놀라서 어찌할 바를 몰라 하는데, 갑자기 뒷덜미가 조여왔다. 누군가 자기의 뒷덜미를 혈도와 함께 낚아채 쥐어튼 모양이었다. 그 즉시 온몸이 솜처럼 풀리며 힘을 쓸 수 없게 되었다.

남의 여인은 위소보 앞쪽에 서 있었다. 그렇다면 뒷덜미를 낚아챈 것은 녹의 소녀일 터였다. 위소보는 당하고도 속으로 무척이나 좋아하면서 소리를 질렀다.

"잘됐군, 잘됐어!"

그녀에게 이렇게 붙잡혔으니 세상에 태어난 보람이 있었다. 이왕이면 그녀가 자기의 몸을 몇 번 걷어차고 머리통을 쥐어박아주길 바랐다. 그럼 당장 죽는다 해도 짜릿한 쾌감과 함께 굴러들어온 염복艶福을 만끽할 수 있을 것 같았다.

그는 코끝을 자극하는 그윽한 향기에 취해 소리쳤다.

"아, 정말 향기롭다…."

남의 여인이 호통을 쳤다.

"아주 고약한 땡추군! 사매, 그의 코를 베어버려!"

몸 뒤에서 바로 그 애교가 찰찰 넘치는 간드러진 음성이 들려왔다.

"좋아요! 우선 눈을 후벼 빼버릴게요!"

곧바로 부드러운 손가락이 왼쪽 눈꺼풀에 와닿는 것을 느낄 수 있었다. 위소보는 소리쳤다.

"천천히 후벼줘, 너무 빨리 하지 말고!"

소녀는 의아해했다.

"아니 왜…?"

위소보가 말했다.

"날 그냥 이대로 붙잡고 있어. 평생 놓지 말고 영원토록…."

소녀는 버럭 화를 냈다.

"이런 땡추가 죽음을 눈앞에 두고도 헛소릴 하는군!"

위소보는 왼쪽 눈에 극심한 통증을 느꼈다. 녹의 소녀가 정말 자신의 눈을 후벼서 빼버리려는 모양이었다. 그는 소스라치게 놀라 허리를 구부리고 머리를 숙였다. 설렘이고 짓궂은 장난을 치고 싶은 마음이고, 구만리 밖으로 다 떨어져나가버렸다. 두 손을 뒤로 뻗어 마구 휘저었다. 뒷덜미를 잡은 그녀의 손을 뿌리치기 위해서였다. 그러자 소녀가 그의 등을 향해 주먹을 내리쳤다. 위소보는 소리를 질렀다.

"어이구, 엄마야!"

뒤로 향해 있는 두 손을 닥치는 대로 더욱 휘저어댔다. 자신도 모르는 사이에 홍 교주한테 배운 그 적청항룡이란 초식을 전개한 것이다. 그러자 공교롭게도 두 손에 물컹한 느낌이 와닿았다. 소녀의 젖무덤을 주무르게 된 것이다.

원래 이 동작은 상대방으로 하여금 몸을 움츠리고 뒤로 물러나게끔 유도하는 허초였고, 그러면 바로 몸을 거꾸로 공중제비를 돌아서 상대방의 어깻죽지 위에 올라탈 수 있는 것이었다. 그런데 이 녹의 소녀는 적을 상대해 싸운 경험이 별로 없고, 또한 위소보가 가슴을 만지리라고는 꿈에도 생각지 못했다. 당황한 그녀가 몸을 피하지 않고 가슴을 만지는 바람에 위소보는 다음 동작으로 연결시키지 못했다. 적청항룡의 전반부가 이렇게 완전히 빗나가자, 이어져야 할 후반부를 제대로 펼칠 수가 없었다.

소녀는 놀라움과 수치심이 교차되면서 잽싸게 두 손을 바깥쪽에서 안쪽으로 뻗어 위소보의 두 팔을 낚아꿰었다. 우둑 하는 소리가 들리며 위소보는 양팔의 관절이 부러졌다. 그녀가 전개한 수법은, '어린 제비가 집으로 돌아간다'는 뜻의 유연귀소乳燕歸巢인데, 그 살가운 이름과는 달리 분근착골分筋錯骨 수법 중에서도 무서운 살초殺招였다.

녹의 소녀는 위소보에게 숨 돌릴 틈도 주지 않고 바로 발로 걷어찼다. 위소보는 1장 밖으로 날아가 쿵 하고 떨어졌다. 소녀는 그래도 분이 풀리지 않는지, 얇은 유엽도柳葉刀를 뽑아들고 달려와 위소보의 등을 향해 내리쳤다.

위소보는 기겁을 해 데굴 굴러서 정자 한가운데 있는 석탁石卓 아래로 쑥 들어갔다. 소녀의 칼은 바닥을 내리쳐 불꽃이 사방으로 튀었다. 그녀가 다시 발을 걷어차는 바람에 위소보는 탁자 밑에서 굴러나왔다. 이때 남의 여인이 소리쳤다.

"사람을 죽이면 안 돼!"

녹의 소녀는 아랑곳하지 않고 다시 위소보의 등에 칼을 내리쳤다.

위소보는 소리를 질렀다.

"아야! 엄마, 나 살려!"

소녀는 다시 칼을 두 번 내리쳤다. 위소보는 뼈가 으스러지는 듯한 고통을 느꼈지만 보의를 입고 있어 부상을 입지는 않았다.

소녀가 다시 위소보를 내리치려는데, 남의 여인이 달려와 칼로 막았다. 챙! 금속성이 들렸다.

"사매, 이 땡추는 결국 죽을 거야. 우린 빨리 여길 떠나야 돼!"

소림사에 와서 승려를 죽였으니, 큰 화를 저지른 것이다.

녹의 소녀는 이미 참을 수 없는 치욕감을 느꼈다. 게다가 자신이 이 어린 승려를 이미 죽였다고 생각해서 여러 가지 복잡한 감정이 끓어 올라 그만 울컥하고 울음을 터뜨렸다. 그녀는 손에 쥐고 있는 유엽도를 갑자기 떨치더니 자신의 목을 향해 그어갔다. 스스로 목숨을 끊으려고 한 것이다.

남의 여인은 대경실색, 칼을 휘둘러 그녀의 돌발행동을 막았다. 챙! 비록 그녀의 유엽도를 쳐냈으나 칼끝이 목을 스치고 지나갔다. 선혈이 확 뿜어졌다. 남의 여인이 놀라 소리쳤다.

"사매! 이게… 무슨 짓이야?"

녹의 소녀는 눈앞이 캄캄해지며 그 자리에 쓰러져 정신을 잃었다.

남의 여인은 칼을 내려놓고 그녀를 끌어안았다. 너무 놀라 음성이 떨렸다.

"사매! 안 돼… 죽으면 안 돼…."

홀연 몸 뒤에서 한 사람의 음성이 들려왔다.

"아미타불, 어서 구해야 하오."

남의 여인이 울먹였다.

"아… 살지 못할 것 같아요…."

손 하나가 등 뒤에서 쭉 뻗쳐와 녹의 소녀의 상처 입은 목 주위 혈도를 가볍게 찍었다.

"사람을 살리고 봐야 하니, 양해하시오."

이어 찌익 소리를 내며 옷자락을 찢어 녹의 소녀의 목을 감싸더니 몸을 숙여 그녀를 안아 일으켰다. 남의 여인은 어찌할 바를 몰라 하며 몸을 일으켰다. 그제야 상대가 흰 수염을 가슴까지 늘어뜨린 노승임을 확인했다.

　노승은 녹의 소녀를 안고 곧장 사내로 달려갔다. 남의 여인은 그저 뒤를 따랐다. 노승이 산문 안으로 들어가자 역시 따라서 들어갔다.

　위소보는 석탁 밑에서 기어나왔다. 양팔은 그의 소유가 아닌 듯 축 늘어져 있었다.

　'아… 아주 지독한 계집이군. 왜 스스로 목숨을 끊으려 했지? 만약 정말 죽으면 어떡해? 난… 빌어먹을, 삼십육계를 놔야겠네.'

　그러나 소녀의 절세미모를 생각하자 가슴이 뜨거워지며 생각이 달라졌다.

　'토끼기는 이미 글렀어. 일단 가서 어떻게 됐는지 봐야겠어.'

　양팔이 너무 아파 이마에서 콩알만 한 땀방울이 뚝뚝 떨어졌다. 그는 고통을 꾹 참고 산으로 올라갔다. 열댓 걸음쯤 걸었을까, 사내에서 10여 명의 승려들이 달려나와 그와 정제 등을 부축해주었다.

　네 명의 승려는 모두 관절이 탈골됐다. 추나推拿와 접골은 본디 소림의 특기였다. 곧 다른 승려들이 와서 접골을 해주었다.

　위소보는 무엇보다도 그 녹의 소녀가 걱정돼 직접 가서 보고 싶었다. 고통을 참으며 그녀가 있는 곳을 물어 동원東院 선방 쪽으로 향했다. 긴 회랑 하나를 끼고 돌자 계도를 손에 쥔 여덟 명의 승려가 그를 맞이했다. 모두 계율원戒律院 소속의 집사승執事僧이었다. 앞장선 자가 몸을 숙이며 말했다.

　"사숙조, 방장 대사께서 부르십니다."

　위소보가 말했다.

　"알았어요. 그 전에 우선 그 어린 낭자가 죽었는지 살았는지 좀 보러 가야겠어요."

그 승려가 말했다.

"방장 대사께서 계율원에서 기다리고 있습니다. 바로 가야 합니다."

위소보는 버럭 화를 냈다.

"빌어먹을! 난 그 낭자부터 만나봐야겠다고 했잖소! 내 말을 못 들은 거요?"

그는 여태껏 평소에 성질을 부리지 않았는데, 지금은 마음이 다급한 나머지 사찰 안인데도 불구하고 욕을 하고 말았다.

여덟 명의 승려는 서로 마주 볼 뿐 감히 그를 막지 못했다. 네 명은 위소보의 뒤를 따랐고, 나머지 넷은 정제 등을 데리러 갔다.

위소보는 동원 선방 앞에 이르러 넌지시 물었다.

"그 낭자는 죽지 않겠죠?"

안에서 한 노승이 대답했다.

"상처가 심해서 지금 치료 중입니다."

위소보는 다소 안심이 됐다.

문 앞에 서 있던 그 남의 여인이 위소보를 가리키며 소리쳤다.

"다 저 소화상 때문이에요!"

위소보는 그녀에게 혀를 날름 내밀어 약을 올렸다. 그러고는 잠시 머뭇거리며 망설였으나 결국 선방 안으로 들어가지 않고 몸을 돌려 계율원으로 향했다.

계율원의 대문은 활짝 열려 있고, 수십 명의 승려가 가사를 걸친 채 양쪽에 엄숙한 표정으로 쭉 나열해 있었다. 위소보를 데려온 네 명의 승려가 입을 모아 아뢰었다.

"방장께 아룁니다. 회명승이 왔습니다."

위소보는 주위를 훑어보며 속으로 투덜거렸다.

'이런 육시랄! 무슨 죄인을 심리하나? 빌어먹을, 왜 다들 이렇게 잔뜩 똥폼을 잡고 겁을 주는 거야?'

그는 대전 안으로 들어갔다. 커다란 불상 앞에 수십 자루의 촛불이 켜져 있었다. 방장 회총은 왼편 맨 앞에 서 있고, 오른편 앞쪽에는 몸집이 우람한 노승이 서 있었다. 그는 눈빛이 형형하니 보기만 해도 위압감이 느껴졌다. 바로 계율원의 수좌首座 징식澄識 선사였다. 정제, 정청 등 네 사람은 아래쪽에 서 있었다.

회총 선사가 입을 열었다.

"사제, 와서 부처님을 배알하게."

위소보는 불상 앞에 무릎을 꿇고 예불을 올렸다.

그가 예불을 마치자 회총 선사가 말했다.

"영객정에서 일어난 일을 계율원 수좌에게 소상히 말해보게."

위소보가 말했다.

"싸우는 소리가 들려 가봤을 뿐이지, 왜 싸우게 됐는지는 잘 알지 못합니다. 정제, 직접 말해보게."

정제가 '네!'라고 대답하고는 몸을 돌려 말했다.

"방장과 수좌 사숙께 아룁니다. 제자 등 넷은 영객정에 있는데 여시주 두 분이 찾아와서 사내로 들어가겠다고 하기에, 본사의 규칙상 여시주를 들여보낼 수 없다고 완곡하게 말씀드렸습니다. 그러자 나이가 비교적 많은 여시주가 '소문에 소림사는 무학의 정종正宗으로 자처하며 72반 무예가 전부 다 천하무적이라 하는데, 얼마나 대단한지 확인하러 왔어요' 하고 말하기에, 제자는 '폐사는 절대 무공이 천하무적이라고 자처한 적이 없으며, 천하 각 문파의 무학은 나름대로 장점이 있고, 소림은 참선예불에 치중할 뿐 무학에는 관심이 없습니다' 하고 말씀드렸습니다."

회총이 그의 말을 받았다.

"그래, 적절하게 잘 말했다."

정제가 말을 이었다.

"그러자 그 여시주는 '그렇다면 소림파의 무공은 그저 헛소문일 뿐이군요. 일고의 가치도 없는 하잘것없는 잔재주에 불과하단 말인가요?'라기에, 제자는 '두 분 여시주는 어느 문파에 속하며 어느 무림 고인에게 무공을 전수받았습니까?' 하고 물었습니다."

회총이 고개를 끄덕였다.

"그래, 젊은 여자 둘이 본사를 찾아와 생트집을 잡고 본파의 무공을 무시하는 것을 보면 대단한 내력이 있는 것 같으니, 당연히 어느 문파인지 확인해봐야겠지."

정제가 계속 말했다.

"그 여인은 '우리 문파의 내력을 알고 싶다면 아주 간단해요, 보면 바로 알 거예요' 하고는 갑자기 손을 뻗어 제자와 정청 사제의 뺨을 때렸습니다. 그녀의 출수가 워낙 빠르고 제자는 사전에 전혀 예상을 못했기 때문에 부끄럽게도 피하지 못했습니다. 정청 사제가 따졌습니다. '왜 이런 짓을 하는 거요?' 그러자 그 여인은 웃더군요. '우리의 내력을 물었으니 바로 무공을 보여준 거예요. 보면 바로 알 수 있잖아요.' 도무지 막무가내였습니다. 그때 회명 사숙조께서 오신 겁니다."

잠자코 듣고 있던 징식 선사가 물었다.

"그 여시주가 뺨을 때렸을 때 무슨 수법을 썼지?"

정제와 정청은 모두 고개를 떨궜다.

"제자는 자세히 보지 못했습니다."

징식은 다른 두 승려에게 물었다.

"너희는 맞지 않았으니 그 여시주들이 무슨 수법과 신법을 썼는지 보았겠지?"

두 승려 중 한 사람이 대답했다.

"그냥 찰싹찰싹 소리가 들리면서 두 사형은 뺨을 맞았습니다. 그 여자는 손과 몸을 움직이지 않았던 것 같습니다."

징식은 방장을 쳐다보며 그의 지시를 기다렸다.

회총은 잠시 생각하더니 집사승에게 말했다.

"가서 달마원과 반야당般若堂의 두 수좌를 불러오거라."

잠시 후 두 수좌가 앞서거니 뒤서거니 들어왔다. 달마원 수좌는 바로 오대산에 왔었던 십팔 나한의 맏이 징심이었다. 그리고 반야당의 수좌 징관澄觀 선사는 80세가량의 노승이었다.

두 승려가 방장에게 인사를 올리자 회총이 말했다.

"여시주 두 사람이 본사에 와서 행패를 부렸는데 어느 문파인지 알 수가 없소. 두 분은 견식이 넓으니 의견을 제시해줬으면 하오."

곧이어 경위를 이야기해주었다.

징심이 말했다.

"사질 네 사람은 그녀가 출수하는 것을 보지 못했는데 두 사람은 뺨을 맞았다고 하니… 그런 무공은 본파의 천엽수千葉手가 있고, 무당파에는 회풍장廻風掌이 있으며, 곤륜파의 낙안권落雁拳, 공동파의 비봉수飛鳳手도 그와 같은 수법이라 할 수 있죠."

회총이 말했다.

"그것만으론 문파를 알 수가 없군."

이어 위소보에게 물었다.

"사제, 사제는 그녀들과 어떻게 싸우게 됐지?"

위소보가 대답했다.

"그 남색 옷을 입은 낭자가 먼저… 네 사람의 팔을 부러뜨려서…."

회총은 네 승려에게 팔이 어떻게 부러졌는지 물었다. 네 사람은 말과 행동으로 그때 당한 일을 재연했다.

징심은 유심히 보고 나서 그 여자의 수법을 다시 소상히 물었다. 그리고 마지막으로 위소보에게 물었다.

"그 낭자는 어떻게 해서 사숙님의 팔을 부러뜨렸죠?"

위소보가 대답했다.

"그 미모가 뛰어난 낭자가 내 뒷덜미를 잡았는데 난 금방 전신이 마비되더라고요. 바로 여길 잡았어요."

그러면서 자신의 뒷덜미를 가리켰다.

징심이 고개를 끄덕였다.

"거긴 대추혈인데, 인체의 아주 중요한 혈도죠."

위소보가 다시 말했다.

"내가 팔을 뒤로 뻗어 그녀의 손을 뿌리치려고 하자 다시 주먹으로 등허리를 때려 아파 죽는 줄 알았어요. 난 다급한 나머지 뒤로 뻗은 손을 마구 허우적거리다가 가슴을 움켜쥐게 되었죠. 그 낭자는 당황했는지 내 팔을 부러뜨리고 바닥에 자빠뜨려 칼로 마구 찔러댔어요. 빌어먹을! 사람을 죽여도 밑천이 안 드니까요! 열심히 낭군님을 죽여 청상과부가 되고 싶었나 봐요."

승려들은 그의 얼토당토않은 말에 어안이 벙벙해져 서로 마주 보았다. 징심이 그의 등 뒤로 돌아가 자세히 보니, 입고 있는 승복에 정말 칼자국이 세 군데 나 있었다. 놀라 물었다.

"칼로 아주 세게 내리친 것 같은데, 상처는 괜찮나요?"

위소보는 의기양양해서 말했다.

"난 보의를 입고 있어 부상을 당하지 않았어요. 내 대머리를 내리치지 않은 게 천만다행이죠. 그녀는 내가 죽지 않은 것을 보고 아마 놀라서 혼비백산한 모양이에요. 무공으로는 도저히 날 당해낼 수 없을 것 같아서 절망했는지 그만 자신의 목을 벤 거예요. 사실 난 무공이 아주 평범하다는 걸 몰랐나 봐요. 설령 무공이 고강하다고 해도 그렇게 꽃처럼 아름다운 낭자를 내가 어떻게 하겠어요?"

회총은 그가 엉뚱한 말을 계속할까 봐 얼른 나섰다.

"사제, 그 정도면 충분하네."

주위의 승려들은 그제야 녹의 소녀가 왜 스스로 목숨을 끊으려 했는지, 그 이유를 알게 됐다. 위소보가 사람들이 보는 앞에서 손으로 가슴을 움켜쥐었기 때문에 참을 수 없는 수치심을 느꼈을 것이었다.

한편 위소보는 칼자국이 증명하듯이 그 당시에는 절체절명의 위기에 처해 있었다. 위급한 상황에서 손을 뒤로 뻗어 마구 휘젓다가 상대의 몸 어느 부위를 건드렸을 수도 있다. 그건 결코 그의 잘못이 아니었다. 무공이 약한 사람이 죽지 않으려고 발악을 하는데, 이것저것 가려서 출수할 수는 없는 노릇이 아닌가?

징식 선사의 차가웠던 안색이 좀 온화해졌다.

"사숙님, 그 여시주가 계속해서 사숙님이 경박한 짓을 했다고 욕을 하기에, 정말 계율을 어기고 부녀자를 희롱한 줄 알고 문책하려 했습니다. 한데 싸우는 과정에서 자기보호를 위해 취한 부득이한 행동이니, 그건 계율을 위배한 게 아닙니다. 사숙님, 어서 앉으시죠."

그는 직접 의자를 가져와 회총 바로 옆에 놓았다. 위소보가 계율을 위배하지 않았으니 계율원은 문책을 할 수 없고, 문중의 선배이니 당연히 예우를 갖춘 것이다. 위소보는 헤벌쭉 웃으며 의자에 앉았다.

징식 선사는 그의 태도와 말투가 경박한 것까지 그냥 넘길 수는 없어 한마디 했다.

"사숙님은 비록 색계를 범하지 않았지만, 여시주를 만나면 행동거지가 정중하고 예의를 갖춰야 소림사 고승으로서 풍도風度에 어긋남이 없을 것입니다."

위소보는 웃으며 그의 말을 받았다.

"난 그저 흐지부지 얼렁뚱땅 고승이 되었을 뿐이니, 이것저것 너무 많이 따지지 말아요."

듣다못한 회총이 다시 그에게 충고를 하려는데, 반야당의 수좌 징관이 갑자기 입을 열었다.

"문파가 없어요!"

징심이 고개를 갸웃하며 물었다.

"사형의 말은… 그 두 여시주가 문파가 없다는 겁니까?"

징관이 힘주어 말했다.

"훔쳐배운 무공이오! 두 사람이 전개한 분근착골 수법 중에는 무당, 곤륜, 화산華山, 철검鐵劍 네 문파의 수법이 포함돼 있소. 그리고 사숙의 등을 내리친 도법刀法은 아미蛾嵋, 청성靑城, 산서의 육합도六合刀 세 문파의 도법이 섞여 있소. 잡다한 무공들이 뒤섞여 있고, 아직은 높은 단계까지 터득하진 못한 상태예요. 그저 잡학일 뿐, 천하에 그런 무공의 문파는 없소이다."

위소보는 놀랍고도 의아했다.

"아니… 방금 말한 그 많은 문파의 무공을 하나하나 다 내력까지 알고 있다는 건가요?"

그는 징관에 대해 잘 모르니 의아할 수밖에 없었다. 징관은 여덟 살 때 소림에 출가해 70년 넘게 산문 밖으로 나간 적이 없고, 오로지 무학 연구에만 몰두해왔다. 모든 무학에 관한 서적을 거의 다 섭렵해 아는 것이 광박廣博했다.

본파의 무학을 깊이 파고들어 재창출하고 연마하는 것이 소림의 달마원이 맡은 일이라면, 반야당은 천하 각 문파의 무공을 연구하고 분석하는 것이 임무다. 그래서 반야당에 소속돼 있는 수십 명의 고승들은 모두 여러 문파의 무공에 정통했다.

소림사의 승려들은 수나라 말엽, 이세민李世民이 왕세충王世充의 난을 평정하는 데도 공을 많이 세웠다. 당시에 이미 무공으로 천하에 명성을 떨쳤다. 그 명성이 1천 년 넘게 이어져온 데는 물론 본파의 무학이 광대하고 심후한 이유가 있겠지만, 반야당이 다른 문파의 무공을 연구하고 분석해 무학의 본질을 보다 높은 경지로 끌어올린 것도 주요한 원인 중 하나라 할 수 있다.

다른 문파의 무공을 분석해서 파악하게 되면, 그 장점을 취해 본파 무공의 단점을 보완할 수 있다. 그리고 상대방과 겨루게 되는 경우, 상대의 무학을 파악하고 있으니 쉽게 우위를 점할 수 있다.

소림 제자들이 강호에서 활동하다가 사내로 돌아오면 우선 방장과 자신의 스승께 인사를 드린 후, 계율원을 찾아가 과오의 유무를 사실대로 알려야 한다. 그리고 나서 가는 데가 바로 반야당이다. 반야당에 가서 그동안 직접 겪은 견문을 소상히 알리는 것이다. 다른 문파의 무공 중 단 한 초식이라도 취할 부분이 있으면 반야당의 승인을 받아 바로 그 내용을 글로 남긴다.

그렇게 1천 년 넘게 누적되어오다 보니, 천하의 무학을 손바닥 보듯 빠삭하게 잘 알고 있었다. 그래서 사내에 설령 재지才智가 탁월한 인물이 없다고 해도, 강호 무림의 태두泰斗로 우뚝 설 수 있었던 것이다.

징관 선사는 오로지 무학에만 전념해 세속의 일에 대해선 전혀 아는 바가 없기 때문인지 좀 융통성이 없어 보이지만, 각 문파의 무공에 대한 분별은 타의 추종을 불허하리만치 정통했다. 문인들이 공부에만 열중하다 보면 융통성이 없고 약간 어벙해 보이는 '책벌레'가 되는 것처럼, 이 징관 선사는 평생 오직 무학만 파고들어 '무학벌레'가 되고 말았다. 지금까지 팔십 평생을 살아오면서 동문과 가끔 무공을 시험해 보는 것 외에 외부인과는 한 번도 겨뤄본 적이 없었다. 그래도 무학에 관한 지식이라면, 소림 승려들은 모두 그를 천하으뜸으로 꼽았다.

징심이 말했다.

"이제 보니 두 여시주는 문파가 없군요. 그럼 일이 좀 수월해질 것 같습니다. 그 낭자의 상처가 치료되는 대로 바로 떠나보내면 아무 후환이 없을 겁니다.”

징식이 말했다.

“문파는 없지만 서로 사저와 사매로 부르는 것으로 미루어 사부는 있는 것 같소.”

징심이 그의 말을 받았다.

“사부가 있다고 해도 명문 정파의 고명한 인물은 아니겠죠.”

징식은 고개를 끄덕였다.

회총 방장이 말했다.

“두 여시주는 젊은 나이에 찾아와서 사달을 일으켰지만 우린 별로 잘못한 것이 없으니 다행이오. 그래도 예의는 지켜야 하니, 두 여시주를 잘 대접해서 보내주도록 하시오.”

그러면서 몸을 일으켰다.

징심이 미소를 지으며 말했다.

“무림에 어느 뛰어난 고수가 나타나 두 젊은 낭자를 가르쳐, 일부러 우리 소림에 수모를 안겨주기 위해 보낸 줄 알고 걱정을 했소. 소림은 천 년 넘게 명성을 지켜왔는데, 우리로 인해 그 명성이 손상되어선 안 되겠죠.”

다른 승려들도 그의 말에 동조하며, 미소와 함께 고개를 끄덕였다.

이때 위소보가 갑자기 입을 열었다.

“소림은 명성이 대단하다고 하는데, 내가 보기엔 별로 그렇지 않은 것 같은데요?”

회총은 밖으로 나가려다가 그의 말을 듣고는 놀란 표정으로 고개를 돌렸다.

위소보가 물었다.

"정제, 정청 두 사람은 무공을 몇 년이나 연마했죠?"

정제는 14년, 정청은 12년 동안 연마했다고 대답했다. 그리고 자신들은 자질이 떨어져 아직도 무공이 미약하다고 부끄러워했다.

회총 방장이 나섰다.

"우리 불문에선 대오수심大悟修心과 해탈解脫을 추구할 뿐, 무학은 가장 뒷전의 일이지."

위소보가 고개를 흔들었다.

"내가 보기엔 문제가 있는 게 분명해요. 그 두 낭자는 나이가 많아봤자 스무 살이나 열댓 살밖에 안 됐는데… 그냥 여기저기서 다른 문파의 잡다한 무공을 훔쳐배워가지고 10년 넘게 무공을 익힌 소림 승려들의 팔을 간단하게 부러뜨렸어요. 아무 저항도 못하고 비명을 지르며 오줌을 질질 쌌죠. 그걸로 봐서 그 무슨 무당파니 곤륜파의 잡다한 무공이 우리 소림의 정통 무공에 비해 훨씬 더 뛰어난 것 같아요."

회총, 징식, 징심 등 승려들의 표정이 모두 머쓱해졌다. 위소보의 말이 비록 귀에 거슬리지만 선뜻 반박할 말이 없었다. 그저 속으로 중얼거릴 뿐이었다.

'정제 등 네 사람의 미약한 무공만 갖고 어떻게 소림 정통 무공과 비교할 수 있겠어?'

그런데 반야당의 수좌 징관 선사는 뜻밖에도 고개를 끄덕였다.

"사숙의 말이 옳습니다."

계율원의 징식 선사는 고개를 갸웃했다.

"사형까지 어찌 그 말이 옳다는 겁니까?"

징관 선사의 표정은 아주 진지했다.

"그녀들이 몇 가지 잡학으로 우리 소림의 정통 무공을 꺾었으니, 어 쨌든 문제가 있는 게 사실이잖아요?"

회총 방장이 다시 나섰다.

"각자의 자질은 다 다르기 마련이오. 정제 등은 무학이 전공이 아니라 본사를 찾아오는 시주들을 성의껏 맞이하는 게 주된 일이오. 그 또한 불법을 선양하는 큰 공덕이라 할 수 있지. 정제, 정청, 정본, 정원, 너희 네 사람은 지객知客의 직책을 내려놓고, 앞으론 무학 연마에 보다 매진토록 해라."

정제 등은 일제히 몸을 숙여 대답했다.

승려들은 앞서거니 뒤서거니 계율원을 나갔다. 남은 사람은 위소보와 징관뿐이었다. 위소보는 고개를 절레절레 흔들고, 징관도 눈살을 찌푸린 채 뭔가 골똘히 생각하면서 역시 고개를 설레설레 흔들었다.

회총은 그 둘을 두고 나오면서 징심과 서로 마주 볼 뿐 아무 말이 없었지만 속으론 같은 생각을 했다.

'일로일소一老一少 두 사람은 모두 엉뚱한 면이 있으니 그냥 내버려두는 게 낫겠어.'

다들 그냥 그렇게 떠나가버렸다.

징관은 뜨락을 응시하고 있었다. 은행나무의 잎이 천천히 떨어지는 것을 멍하니 바라보며 입을 열었다.

"사숙님, 난 그 여시주를 좀 보러 가야겠습니다."

그 말에 위소보는 '얼씨구나!' 하며 좋아했다.

"그거 아주 잘됐군요, 나도 함께 갈게요."

두 사람은 함께 동원 선방으로 갔다. 녹의 소녀를 치료하던 노승이 바로 마중을 나왔다. 위소보가 물었다.

"그녀는 죽지 않겠죠?"

노승이 대답했다.

"상처가 깊지 않아 괜찮아요. 죽지 않을 테니 걱정 마세요."

위소보는 좋아했다.

"잘됐군요, 잘됐어!"

그러고는 선방 안으로 들어갔다.

녹의 소녀는 침상에 누워 있었다. 눈을 감고 있는데 안색이 투명할 정도로 몹시 창백했다. 목은 상처 때문에 붕대로 감겨 있었다. 오른손이 이불 밖에 드러나 있는데, 손가락이 백옥으로 조각한 듯 길쭉하고 부드러워 보였다. 그리고 손등과 손가락이 이어지는 부위에 보조개를 연상케 하는 작은 홈이 패어 있었다. 위소보는 절로 가슴이 설렜다. 그 아름답고 앙증맞은 작은 손을 만져보고 싶은 충동이 일었다.

그는 능청스레 말했다.

"맥이 정상인지 모르겠네."

앞으로 다가가 맥을 짚는 척하면서 손을 만지려 했다.

그 남의 여인은 침상 끝머리에 서 있었는데, 그가 다가오자 대뜸 화를 내며 호통을 쳤다.

"사매를 건드리지 마!"

위소보가 손을 거두지 않자, 바로 왼손으로 그의 손목을 낚아채려 했다. 그와 동시에 징관이 그녀의 왼손 양곡혈陽谷穴을 향해 중지를 튕겨내며 외쳤다.

"이건 산서 학가郝家의 금나수군!"

남의 여인은 손을 거두면서 팔꿈치를 밀어내 공세攻勢를 취했다. 징관은 그 즉시 그녀의 팔꿈치 아래 소해혈小海穴을 겨냥해 다시 손가락을 튕겼다. 여인은 오른손으로 반격을 시도했으나, 징관이 다시 중지를 튕겨내 그녀를 뒤로 한 걸음 물러나게 만들었다. 여인은 놀라고도 화가 치밀어서 두 주먹을 질풍처럼 휘둘러 삽시간에 연거푸 7~8권을 전개했다. 거기에 맞서 징관은 연신 고개를 끄덕이며 손가락을 일고여덟 차례 튕겨냈다.

"아야!"

남의 여인은 비명을 질렀다. 오른팔 청랭연淸冷淵에 지풍指風을 맞은 것이다. 팔을 움직일 수 없게 되자 욕을 했다.

"이런 죽은 화상!"

그녀의 말에 징관은 의아해하면서 물었다.

"죽다니? 이렇게 살아 있는데! 죽었으면 어떻게 지풍을 날릴 수가 있겠소?"

여인은 그의 무공이 고강하다는 것을 알고 더 이상 아무런 행동도 하지 못했다. 그러나 말로는 질 수 없어 다시 욕을 했다.

"오늘은 살아 있지만 내일은 죽을 거야!"

징관의 표정이 멍해졌다.

"그걸 어떻게 알았지? 여시주는 혹시 선견지명이 있는 거요?"

여인은 어이가 없어 코웃음을 날렸다.

"흥! 소림의 화상들은 왜 이렇게 입이 번드르르하지?"

그녀는 징관이 일부러 자기를 비꼬며 놀리는 줄 알았다. 그러나 사실은 그게 아니었다. 이 노화상은 비록 무공이 탁월하지만 속세의 물정을 전혀 몰랐다. 70년 넘게 소림사 밖으로 나간 적이 없고, 사내의 승려들은 오계 중 '망언을 하지 말라'는 계율을 엄히 지켜, 어느 누구도 그에게 거짓말을 한 적이 없었다. 그러니 모든 사람이 하는 말을 그냥 곧이곧대로 받아들였다. 지금 여인이 '소림의 승려들은 왜 입이 번드르르하냐'고 말하자 속으로 생각했다.

'오늘 공양에 들기름이 좀 많이 들어갔나?'

그는 소맷자락으로 입언저리를 훔쳐봤다. 기름기가 없었다. 혀를 말아 입안을 훑어봐도 미끄러운 느낌이 없어 의아해하는데, 여인이 나직이 호통을 쳤다.

"나가요! 사매를 귀찮게 굴지 말고 다들 나가요!"

징관은 괜히 주눅이 들었다.

"네, 네… 사숙님, 어서 나갑시다."

위소보는 침상에 누워 있는 녹의 소녀에게 넋을 잃고 있어 그저 '응' 하고 건성으로 대답할 뿐, 걸음을 옮길 생각을 하지 않았다. 그러자 남의 여인이 그의 등 뒤로 다가가 냅다 일장을 날려 그를 밀어냈다.

"앗!"

위소보는 비명을 지르며 방 밖으로 밀려나 쿵 하고 엉덩방아를 찧었다.

"어이구… 나 죽는다…."

너무 아파서 일어나지도 못했다.

징관은 그를 아랑곳하지 않고 중얼거리듯 말했다.

"이 초식은 강하일하江河日下인데 원래는 노산파勞山派의 장법이지. 한데 제대로 배우지 못한 것 같아….."

다 중얼거리고 나서야 밖으로 나와 위소보를 부축해 일으켰다. 그러고는 또 길게 해설을 늘어놓았다.

"사숙님, 방금 상대가 전개한 장법을 막는 방법은 모두 열세 가지가 있어요. 만약 직접 상대하고 싶지 않으면 피할 수 있는 방법은 여섯 가지인데, 그 어느 방법을 써도 다 효과가 있습니다. 그리고 만약 반격을 할 생각이라면, 손목을 낚아채는 구완勾腕, 팔꿈치를 꺾어 치는 탁주托肘, 손가락을 튕기는 탄지彈指, 거꾸로 찍는 반점反點, 팔을 꺾는 나비拿臂, 비스듬히 공격하는 사격斜格, 뒤로 걸어차는 도척倒踢 등 일곱 가지 방법이 있는데, 어떤 방법을 쓰든 상대의 공격을 격파할 수 있습니다."

위소보는 뒤로 넘어져 등과 팔이 아파 죽을 지경이라 화가 나서 쏘아붙였다.

"이제 와서 그런 얘기를 해주면 무슨 소용이 있어요?"

징관이 머리를 조아렸다.

"네, 사숙님의 훈시가 맞습니다. 다 이 사질의 잘못입니다. 미리 말씀드렸다면 사숙님이 설령 그녀에게 반격하지는 않더라도 충분히 피할 수 있었을 겁니다. 그렇게 뒤로 나자빠지지 않아도 됐겠죠."

위소보는 속으로 생각을 굴렸다.

'저 두 여자는 아주 사나워서 나중에 다시 만나게 되면 무조건 날 두들겨패려고 할 텐데, 무슨 수로 막지? 이 노화상은 그녀들의 무공을 빠삭하게 알고 있는 것 같아. 손가락을 살짝 튕겼는데 꼼짝 못하잖아! 내가 만약 저 계집을 마누라로 얻으면 이 노화상더러 곁에서 지켜달

라고 부탁해야겠어.'

생각은 이내 바뀌었다.

'이 노화상은 너무 늙어 얼마나 더 살 수 있을지 몰라. 만약 내일 바로 저승으로 간다면 큰일이잖아?'

그는 조심스럽게 물었다.

"좀 전에 손가락으로 몇 번 퉁기니까 그 계집이 꼼짝 못하던데, 그게 무슨 무공이죠?"

징관이 대답했다.

"그건 일지선一指禪이란 무공입니다. 사숙님은 배우지 않았나요?"

위소보가 배웠을 리가 있겠는가.

"못 배웠어요, 좀 가르쳐줄래요?"

징관이 다시 대답했다.

"사숙님의 명이니 당연히 따라야죠. 이 일지선을 배우는 건 어렵지 않아요. 손가락에 힘을 줘서 정확하게 그 혈도를 찍으면 돼요."

위소보는 몹시 좋아하며 소리쳤다.

"우아, 그래요? 빨리 가르쳐줘요."

이 무공을 익힌 다음 손가락을 몇 번 살짝 퉁겨서 그 녹의 소녀를 꼼짝 못하게 만들 수 있으면 마누라로 만드는 건 식은 죽 먹기라고 생각했다. 그를 더 신나게 만든 건 '배우기 어렵지 않다'는 말이었다. 세상 그 어떤 무공도 이것만 못하다는 생각이 들었다. 금세 희색이 만면해 빨리 배우고 싶어서 안달이 났다.

징관이 정색을 하고 말했다.

"그런데 사숙님은 《역근경易筋經》의 내공을 어디까지 연마했는지 모르겠네요. 손가락을 한번 튕겨보세요."

위소보가 물었다.

"어떻게 튕기는 건데요?"

징관은 바로 자기 손가락을 튕겨 보였다. 그러자 '쑥' 하는 소리와 함께 한 갈래의 힘줄기가 뻗쳐나가 땅에 있는 낙엽을 들어올렸다. 낙엽은 나풀거리며 허공으로 떠올랐다.

위소보는 멋쩍게 웃으며 말했다.

"그거 참 재미있네요."

그는 징관이 한 대로 엄지로 중지를 살짝 눌렀다가 바로 튕겨냈다. 그러나 아무 소리도 들리지 않고 먼지 한 톨도 일지 않았다.

징관이 말했다.

"이제 보니 사숙님은 《역근경》의 내공을 연마하지 않았군요. 이 내공을 익히려면 반야장般若掌부터 연마해야 해요. 우선 나랑 반야장을 한번 시연해봐요. 사숙님의 공력이 어느 정도인지 확인해보고 나서 《역근경》을 전수할게요."

위소보는 고개를 내둘렀다.

"반야장도 못하는데요?"

징관은 태연하게 말했다.

"괜찮아요. 그럼 염화금나수拈花擒拿手를 시연해보죠."

위소보는 역시 고개를 내둘렀다.

"염화금나수가 뭔데요? 들어보지도 못했어요."

징관은 고개를 갸웃거리며 약간 난처한 표정을 지었다.

"그럼 좀 더 간단한 걸로 해보죠. 금강신장金剛神掌이면 되겠네요…

그것도 몰라요?"

위소보는 이번에도 역시 고개를 내둘렀다.

"그럼 바라밀수波羅密手부터 시작해야겠군요, 몰라요?"

위소보의 반응은 똑같았다.

"맞아요, 사숙님은 나이가 어리니 아직 배우지 못했군요."

이어서 그는 여러 가지 장법을 열거했다.

"위타장韋陀掌은 어때요? 복호권伏虎拳은 알죠? 나한권羅漢拳도 몰라요? 소림장권少林長拳은요?"

위소보는 '모르쇠 후레자식'처럼 그저 고개를 흔들며 모른다고 했다.

징관은 위소보가 아무 권법도 모른다고 했는데도 전혀 화를 내지 않았다.

"우리 소림의 무공은 순차적으로 연마하게끔 되어 있어요. 입문하면 우선 소림장권을 배우고, 그것이 숙달되면 나한권을 배우고, 다음에는 복호권을 연마할 수 있죠. 내공과 외공이 어느 정도 기초가 다져져야만 위타장을 연마하게 돼요. 만약 위타장을 연마하지 않으면 대자대비천수식大慈大悲千手式을 익혀도 되는데…."

여기까지 들은 위소보는 입술이 움쩍거렸다. '대자대비천수식은 알아요!' 하고 말하고 싶었으나 꾹 참았다. 해 노공이 가르쳐준 그 '대자대비천엽수'는 열 초식 중 아홉은 가짜였다는 것을 잘 알고 있었다. 도저히 '안다'고 말할 수 없었다.

징관이 말을 이었다.

"위타장을 배우든 대자대비천수식을 배우든, 머리가 명석하고 부지런하면 7~8년쯤 배워도 웬만한 경지에 도달할 수 있어요. 그 단계에서 이해력이 탁월하면 산화장散花掌을 연마해도 되죠. 산화장까지 터득하면 다른 문파의 제자들은 거의 다 당해낼 수가 없어요."

위소보는 그의 말에 끼어들 수 없었다. 징관의 말이 계속되었다.

"그리고 바라밀수는 아무나 익힐 수 있는 게 아니에요. 적성이 맞아야만 가능하죠. 그 정제나 정청 같은 사질들은 나한권까지만 익혔어요. 그들은 무공과는 적성이 맞지 않기 때문에 진척이 느려서, 아마 앞으로 10년을 더 연마해도 복호권 정도를 익힐 수 있을지 의문이죠. 특히 정제는 무공을 연마할 재목이 아니라,《금강경金剛經》이나 외우고 참선에 전념하는 게 좋을 것 같아요."

위소보는 길게 한숨을 내쉬었다.

"그 일지선이 배우기 쉽다고 했잖아요. 소림 무공은 순차적으로 연마해야 된다고 했는데… 이 권법, 저 권법 계속 연마하다가 언제쯤 일지선을 터득할 수 있는 거죠?"

징관이 말했다.

"그건 반야당 기록부에 기록이 돼 있어요. 당나라 말, 오대五代 후진後晉 때 본사에 혜근慧根이 뛰어난 법혜法慧 선사가 계셨는데, 입문한 지 불과 36년 만에 일지선을 터득했다고 해요. 그와 같은 빠른 진척은 고금을 통해 전무후무한 경우죠. 모름지기 전생에 무학의 대종사였기 때문에 그 영향이 후세까지 이어졌을 거라고 짐작됩니다. 그 외에 남송南宋 건염建炎 연간에 영흥靈興 선사라는 분이 39년을 연마해 터득했다는 기록이 남아 있어요. 그분들은 모두 타고난 천재이고 100년에 한 번 나올까 말까 한 기재奇才니 그저 존경스러울 뿐이죠. 우리 후배들로선 감히 상상조차 할 수 없는 일이에요."

위소보가 물었다.

"그럼 수좌께선 무공을 배운 이래 일지선을 터득하기까지 몇 년이 걸렸나요?"

징관은 빙긋이 웃었다.

"이 사질은 열한 살 때부터 소림장권을 익혔고, 그래도 운이 좋아서 회지晦智 선사를 사부로 모셔 다른 동문 사형제들보다 많은 것을 배울 수 있었습니다. 쉰세 살이 되었을 때 일지선에 대해 간신히 문턱을 넘 어섰습니다."

위소보가 말했다.

"열한 살 때부터 배워서 쉰세 살에 간신히 문턱을 넘었다면 42년 만에 터득했다는 건가요?"

징관은 매우 자랑스럽게 말했다.

"42년 만에 일지선을 터득한 사람은 본사 창건 이래 1천여 년 동안 노납이 세 번째입니다."

약간 멈칫하더니 말을 이었다.

"그러나 노납의 내공은 평범해, 단지 지력指力으로 논한다면 아마 본 사 제자들 중 70등 이하일 겁니다."

그러면서 표정이 시무룩하게 변했다.

위소보는 속으로 투덜거렸다.

'네가 소림 창건 이래 세 번째든 지력이 73등이든, 난 전생에 무학 의 대종사는커녕 개뿔도 아닌데 42년 동안 열나게 연마해서 일지선 을 터득하라고? 그럼 나랑 그 예쁜 계집은 환갑이 넘은 할아버지, 할 망구가 될 거야. 한데 그깟 개똥 같은 것을 연마해서 뭐 해?'

그는 짜증을 내며 말했다.

"그 낭자들은 무공을 몇 년밖에 안 익힌 것 같은데 40~50년을 연마해야 겨우 그녀들을 이긴다니, 너무 창피하잖아요?"

징관도 줄곧 이 점을 생각하고 있었는지, 위소보의 말을 듣고는 바로 고개를 끄덕였다.

"아, 네! 네… 우리 소림의 무공이 자꾸 비교 대상이 되고… 이대로 나가다가는 정말… 정말… 좋지 않은 것 같아요."

위소보가 말했다.

"좋지 않다 뿐이겠어요? 아주 개망신이죠! 무림의 태두는커녕 말꼬리, 쥐꼬리밖에 안 될 것 같아요. 반야당의 수좌로서 무슨 대책을 강구하지 않으면, 수천 년 역사와 전통을 이어온 소림 승려들을 대할 면목이 있겠어요? 그리고 만약 이대로 죽으면 저승에 가서 그 법 무슨 선사와 영 무슨 선사, 그리고 나의 사형인 회지 선사를 만나 문책을 당할 게 뻔해요! 그동안 밥만 먹고 똥만 싸고, 할 일을 제대로 안 했기 때문에 소림사의 명성이 땅바닥에 떨어졌다고 다그치면 무슨 망신이에요?"

징관은 당황한 나머지 얼굴이 빨개져서는 연신 고개를 끄덕였다.

"사숙님의 지적이 맞습니다. 돌아가서 반야당의 고전을 전부 다 뒤져서 무공을 속성할 묘책이 있는지 알아보겠습니다."

위소보는 좋아했다.

"그래야죠! 만약 그것을 알아내지 못하면 우리 소림은 더 이상 강호에서 발을 붙일 수 없어요. 차라리 그 두 낭자를 모셔와서 한 사람은 방장을 시키고, 그 작은 계집을 반야당 수좌에 앉히세요. 그 두 사람이 직접 무공을 전수하면 우리 소림의 흐리멍덩한 무공보다 훨씬 나을 거예요!"

징관은 멍해졌다.

"그들은 여시주인데 어떻게 방장이 되고 수좌가 될 수 있겠어요?"

위소보가 말했다.

"무공을 속성할 방법을 생각해내지 못하면… 그래서 혼자만 망신을 당하면 괜찮겠지만, 앞으로 소림 전체가 강호에서 발을 붙일 수가 없게 될 거예요. 그러면 본사 수천 명의 제자들은 당연히 그 두 낭자를 사부로 모시려 하겠죠. 그게 당연하잖아요! 수십 년 동안 땀 흘려 소림 무공을 익혔는데 무슨 소용이 있냐고 따지지 않겠어요? 그 두 낭자는 불과 몇 년 연마했는데도 뚝, 뚝, 뚝… 소림 제자들의 팔을 다 부러뜨렸어요. 다들 팔다리가 부러지는 걸 원치는 않을 테니 그 어린 낭자를 반야당의 수좌로 모시려 하겠죠!"

고지식하고 순수한 징관은 그의 말에 너무 당황했는지, 이마에서 땀이 줄줄 흘러내리고 손이 떨렸다.

"네, 네! 그 두 낭자를 모셔와 본사 방장과 수좌에 앉혀야겠죠. 휴… 그러나… 그건… 너무 창피한 일이잖아요."

위소보가 다시 말했다.

"그렇죠? 그렇게 되면 우린 소림파라고 할 수가 없어요."

징관이 눈을 크게 뜨며 물었다.

"그럼… 무슨 파라고 하죠?"

위소보가 대답했다.

"차라리 소녀파라고 하는 게 낫죠! 소림사를 소녀사로 바꾸는 거예요. 산문 위에 걸려 있는 편액을 내려서 그 '림林' 자를 '녀女' 자로 바꿔요. 한 자만 바꾸면 되니까 아주 간단하잖아요."

징관은 안색이 완전히 잿빛으로 변해서 얼른 손사래를 쳤다.

"안 돼요, 안 돼! 그건 안 돼요! 내가… 무슨 방법을 생각해볼게요. 사숙님, 난 이만 가봐야겠어요."

그는 합장을 해 인사를 하고는 바로 몸을 돌려서 가려 했다.

위소보가 그런 그를 불러세웠다.

"잠깐! 이 일은 극비니까 비밀을 꼭 지켜야 해요. 만약 사내의 다른 사람이 알면 아주 곤란해져요."

징관이 반문했다.

"아니, 왜요?"

위소보가 말했다.

"반야당 수좌가 무슨 대책을 생각해내는지 다들 긴가민가하면서 수좌를 믿으려 하지 않을 거예요. 그런데 그 두 낭자는 상처를 치료하기 위해 아직도 사내에 남아 있잖아요? 다들 당황하고 불안해서 그녀들을 찾아가 무릎을 꿇고 사부로 모시려 하지 않겠어요? 그럼 이 방대한 소림파도 결국 흐지부지 없어지게 될 거예요."

징관의 표정이 심각해졌다.

"사숙님의 지적이 맞습니다. 이 일은 본사의 흥망성쇠가 달렸으니, 절대 누구한테도 말해선 안 되겠죠."

그는 속으로 매우 감격했다. 이 사숙님은 비록 나이는 어리지만 생각이 깊고 원대한 안목을 지녔다고 생각했다. 선배 사존師尊이라 역시 식견이 대단하다고 감탄했다. 만약 그가 탁월한 식견으로 명석한 분석을 해주지 않았다면, 소림파는 하마터면 소녀파가 될 뻔했다. 그럼 천

년 명성도 물거품처럼 사라질 테니, 생각만 해도 아찔한 일이 아닐 수 없었다.

위소보는 허겁지겁 떠나가는 그의 뒷모습을 지켜보았다. 승포 자락이 심하게 펄럭이는 것으로 미루어, 무척 놀라고 당황했음을 짐작할 수 있었다. 그는 속으로 생각했다.

'저 노화상은 틀림없이 목숨을 걸고라도 방법을 찾아내기 위해 골똘할 테니, 무공을 속성할 좋은 묘책이 곧 나오겠지. 내가 한 말은 누가 들어도 허점투성이인데, 저 순진한 노화상은 남한테 말하지 않는 한 내가 속였다는 걸 끝까지 눈치채지 못할 거야.'

그는 침상에 누워 있는 그 꽃다운 낭자를 생각하니 자꾸 마음이 끌려 다시 찾아가보고 싶었다. 그러나 동원 선방 가까이 이르러 창문에 드리운 휘장에 남색 그림자가 어른거리는 것을 보고는 이내 걸음을 멈췄다. 그 남색 옷을 입은 여인은 솜씨가 아주 매섭다. 지금은 곁에 징관도 없는데, 혼자 방 안으로 들어갔다가는 된통 혼쭐이 날 게 뻔했다. 그냥 한숨 푹 내쉬고 자신의 선방으로 돌아가 쉬기로 했다.

다음 날 아침 일어나자마자 그 녹의 소녀를 보기 위해 바로 동원 선방으로 향했다. 상처를 치료해주던 노승이 그를 맞이했다.

"사숙님 오셨습니까?"

위소보가 물었다.

"여시주의 상처는 좀 나아졌습니까?"

노승이 대답했다.

"그 여시주는 간밤에 깨어나 자신이 본사에 누워 있다는 것을 알고는 한사코 떠나겠다고 고집했어요. 그리고… 저… 무례한 말도 많이 했고요. 제가 좋은 말로 만류했지만 막무가내로, 절대 이곳 소림에서… 죽을 수 없다고 하더군요."

위소보는 그가 말을 더듬는 것을 보고, 그 낭자가 분명 자기에 대해 '음탕하다'느니 '고약한 땡추'라느니 욕을 했을 거라고 짐작했지만, 모르는 척하고 물었다.

"그래서 어떻게 됐어요?"

노승이 다시 대답했다.

"내일 날이 밝으면 떠나라고 만류했는데도 바로 버둥거리며 몸을 일으켜, 그 사저라는 낭자의 부축을 받아 떠났어요. 저로서는 도저히 막을 수가 없었지요. 상처도 목숨엔 지장이 없으니 그냥 떠나도록 내버려둘 수밖에 없었습니다. 이미 방장께 보고를 드렸어요."

위소보는 힘없이 고개를 끄덕였다. 김이 팍 새는 느낌이었다.

'그대로 가버렸으니… 대체 어디로 간 거지? 성도 이름도 모르는데 무슨 수로 찾아낸단 말인가?'

괜히 심술이 나서 노승한테 짜증 섞인 말을 몇 마디 하다가 생각을 달리했다.

'그 계집은 일반 여자들과는 달리 너무너무 아름답게 생겼어. 게다가 각 문파의 무공을 다 알고 있으니 수소문해보면 언젠가는 찾아낼 수 있을 거야.'

그는 반야당으로 발걸음을 옮겼다. 징관은 가부좌를 틀고 바닥에 앉아 있었다. 그 주위에는 수백 권의 책자가 흩어져 있었다. 두 손으로 머리를 감싸고 있는 게 뭔가 골똘히 생각하고 있는 게 분명했다. 자세히 보니, 눈에 핏발이 선 게 밤새 한숨도 못 잔 모양이었다. 아직 좋은 방법을 생각해내지 못한 것 같았다. 그는 위소보가 안으로 들어온 것을 분명히 보았으면서도 그저 멍하니 쳐다볼 뿐 아는 척을 하지 않았다. 한 가지 일에 심취해 주위에서 일어나는 일들에는 전혀 아랑곳하지 않았다.

위소보는 그가 고뇌하는 모습을 보자 딱해서 몇 마디 위로의 말을 해주고 싶었다. 그 두 낭자가 이미 떠났으니 서두를 필요가 없다고 일러주려다가 생각을 바꿨다.

'이렇게 몰두하지 않으면 어떻게 좋은 방법을 생각해낼 수 있겠어? 내가 말해주면 아마 게으름을 피울 수도 있어.'

그는 아무 소리 않고 밖으로 나왔다.

세월은 빨라 어느덧 달포가 지났다. 위소보는 가끔 반야당에 들렀다. 징관은 많이 수척해진 모습으로 아무 말도 하지 않았다. 마치 넋이 나간 사람처럼 보였다. 이따금 일어나서 팔다리를 움직이는가 싶다가도 다시 바닥에 주저앉아 고개를 절레절레 흔들었다.

위소보는 이 노화상이 미련해서 한 달 넘게 몰두해서도 무공을 속성할 방법을 찾아내지 못한 거라고 생각했다. 하지만 그의 생각은 틀렸다. 소림파의 모든 무공은 반드시 기초를 단단히 다져야만 했다. 그 단계를 무시하고 속성할 방법을 찾는 것은, 소림 무공을 연마하는 데 있어 가장 큰 금기였다.

징관 선사는 비록 천하의 무학을 거의 다 알고 있지만, 소림의 금기를 깨고 속성할 방법을 찾는 것은 결코 그와는 어울리지 않는 일이었다. 따지고 보면, 다 천덕꾸러기 말썽쟁이 위소보 때문에 일어난 일이었다.

날씨가 점점 따뜻해졌다. 위소보가 소림에 온 지도 어느덧 몇 달이 지났다. 그동안 하루도 빠짐없이 그 녹의 소녀를 수없이 생각했다.

이날 그는 답답해서 죽을 지경이라 은자를 챙겨 소실봉 서쪽 길을 따라 하산해 담두포潭頭鋪라는 큰 고을에 이르렀다. 우선 옷가게에 들러 옷과 두건, 신발 등을 사가지고 고을에서 좀 떨어진 어느 동굴을 찾아들어가 싹 갈아입었다. 원래 입었던 승복 따위는 보자기에 싸서 등에 짊어졌다. 가까이 흐르는 개울물에 가서 비춰보니 영락없는 부잣집 공자처럼 보였다. 다시 고을로 돌아온 그는 주루로 들어가 계압어육鷄鴨魚肉, 닭과 오리와 생선과 고기를 주문해 배불리 실컷 먹었다. 그러고 나자 절로 생각나는 게 있었다.

'이젠 슬슬 도박장을 찾아가 신나게 한판 놀아봐야지.'

그는 경험상 도박장이 주로 작은 골목 안에 있다는 것을 잘 알고 있었다. 바로 큰길을 가로질러 골목으로 들어서서 주위를 두리번거리며 살폈다. 골목으로 들어설 때마다 일단 귀를 기울였다. 노름판에는 으레 왁자지껄 떠드는 소리가 있기 마련이었다. 일곱 번째 골목으로 들어섰을 때 드디어 그 소리가 들렸다.

"지地가 한 쌍! 천구왕天九王, 싹쓸이다!"

그 소리가 귓전에 들려오자 황홀할 정도로 기분이 좋았다. 소림사에서 늘 듣던 '나무아미타불'에 비하면 그야말로 극락세계와 지옥연옥 같았다.

자연히 걸음이 빨라졌다. 성큼성큼 걸어가 문을 밀자 마흔 줄의 사내가 모자를 삐딱하게 쓰고 그를 맞이했다. 우선 곁눈질로 그의 위아래를 훑어보고 나서 물었다.

"뭐 하러 왔지?"

위소보는 품속에서 은자 한 덩어리를 꺼내 만지작거리며 빙긋이 웃었다.

"손이 근질근질해서 한판 붙어보려고 왔지!"

사내는 인상을 팍 썼다.

"여긴 도박장이 아니라 당자堂子('기루'의 은어)거든. 소형제, 아가씨들하고 놀려면 몇 년 더 있다가 오지!"

당시 기루에서도 손님들끼리 노름을 하곤 했다. 오랜만에 '천구왕, 싹쓸이'란 말을 들은 위소보는 정말 손이 근질근질해서 하늘이 무너져도 떠날 생각이 없었다. 더구나 기루라면 고향 옛집에 돌아온 기분이었다. 곧 웃으며 말했다.

"노름을 할 만한 사람을 좀 모아주고 판을 준비해주시오. 오늘 밤 화주花酒(기생을 데리고 마시는 술)를 세 상 차릴 거요!"

그러면서 두 냥 정도 되는 은자를 사내 손에 쥐여주었다.

"술이나 사먹어요."

그 '삐끼'는 눈이 휘둥그레졌다. 봉이 제 발로 찾아오다니… 금세 만면에 웃음꽃이 활짝 피었다.

"감사합니다, 공자님!"

바로 소리 높여 외쳤다.

"귀한 손님이 오셨다!"

그러고는 아주 공손하게 위소보를 안으로 안내했다. 주인여편네도 소식을 듣고 달려나왔다. 그녀는 위소보가 나이는 열댓 살에 불과한데 차림새가 호화로운 것을 보고는 속궁리를 했다.

'고 녀석, 집에서 돈을 훔쳐가지고 나온 모양이군. 오늘 아주 껍데기를 벗겨야지!'

히죽히죽 웃으며 그의 손을 잡았다.

"공자님, 여기 규칙은 현금박치기예요. 아가씨를 원하면 선금을 내야 해요."

위소보는 얼굴을 찡그렸다.

"허허… 나를 기루에 와보지도 못한 촌닭으로 취급하는 거요? 이 방면은 내가 빠삭하지! 우리집의 가업이 바로 기루니까!"

그는 품속에서 은표 한 움큼을 꺼내 탁자에 꽉 내려놨다. 어림잡아도 300~400냥은 족히 돼 보였다.

"잔심부름하는 타차위打茶圍은 닷 푼, 술 따르는 제호提壺 아가씨도 닷 푼, 시중드는 화두花頭 아가씨는 석 냥, 주모는 닷 푼! 오늘은 기분이 좋으니까 모두 두 곱으로 주겠소!"

그는 기루의 전문용어를 전혀 어색하지 않게 줄줄이 쏟아냈다. 주인여편네는 입이 딱 벌어져 넋을 잃었다가 겨우 정신을 차리고 웃으며 말했다.

"이제 보니 같은 업종의 공자님이시군요, 몰라봬서 죄송해요. 한데 공자님의 집은 어디서 기루를 하고 있나요?"

위소보가 대답했다.

"양주에 여춘원과 이정원怡情院이 있고, 북경에는 상심루賞心樓와 창춘각暢春閣, 그리고 천진에는 유정원柔情院과 문국루問菊樓, 모두 여섯 곳이오."

사실 이 여섯 군데는 다 양주의 유명한 기루다. 그렇지 않고서야 삽시간에 그 많은 기루의 이름을 지어냈을 리가 없다.

주인여편네는 그의 말을 곧이곧대로 믿고 신바람이 났다. 기루를 여섯 개나 갖고 있는 돈방석이 찾아왔으니 한밑천 긁어내지 않으면 천벌을 받을 것 같았다. 바로 웃음을 잔뜩 짜내며 물었다.

"공자께서는 어떤 아가씨가 시중들기를 원해요?"

위소보가 말했다.

"여긴 작은 데라 소주蘇州 낭자는 없을 테고, 대동부大同府의 아가씨도 없겠죠?"

주인여편네는 겸연쩍어하며 나직이 말했다.

"한 명 있긴 한데 짝퉁이에요. 산서 분양汾陽 앤데, 다른 손님에게는 얼버무릴 수 있어도 공자님한테는 솔직히 말해야죠."

위소보가 웃으며 말했다.

"이 집에 있는 모든 아가씨를 다 불러와요, 두당 은자 석 냥씩 내려주겠소!"

주인여편네는 몹시 기뻐하며 말을 전했다. 그러자 참새떼처럼 재잘거리며 삽시간에 방 안이 온통 아가씨들로 가득 찼다. 여긴 작은 고장의 기루라 아가씨들은 비록 메주덩어리는 아니지만 자색이 그저 그러했다. 그래도 앞다퉈 위소보를 끌어안고 입을 맞추며 갖은 애교를 다부렸다. 위소보는 그야말로 기분이 '째졌다'. 비록 짙은 화장에 쥐를 잡아먹은 것처럼 입술이 빨갛고 입은 왕개구리만큼 컸지만 별로 개의치 않았다. 그는 어려서부터 기루에 가서 아가씨들을 끌어안고 돈을 팍팍 뿌려보는 게 소원이었다. 오늘 비로소 그 소원을 풀었으니 당연히 의기양양 구름을 타고 하늘을 나는 기분이었다. 그런데 곁에 있는 아가씨를 끌어안고 입맞춤을 해보니 마늘냄새가 확 풍겼다. 잠시나마 기분이 팍 '잡쳤다'.

어쨌든 위소보가 한창 구름 위를 노닐고 있는데 갑자기 문에 드리운 휘장이 젖혀지며 두 여자가 들어왔다. 위소보는 그녀들을 반기며 소리쳤다.

"어서 와! 자, 이리 가까이 와서 우선 뽀뽀를 좀…."

말을 채 끝맺기도 전에 두 여자의 얼굴을 확인하고는 소스라치게 놀랐다.

"으악!"

비명을 지르며 벌떡 일어나는 바람에 안겨 있던 두 기녀가 벌렁 뒤로 넘어갔다. 새로 들어온 두 여자는 다름 아닌 몽매에도 그리던 그 녹색 옷을 입은 소녀와 그녀의 사저였다.

그 남색 옷을 입은 여인이 냉소를 날렸다.

"네가 고을로 들어오자마자 무슨 못된 짓을 하는지 보려고 바로 뒤를 밟았어!"

위소보는 등에서 식은땀이 흘러내렸다. 그는 억지로 웃으며 말했다.

"아, 난 또 누구라고…."

그는 녹의 소녀를 쳐다보며 물었다.

"저… 목의 상처는… 다 나았나?"

녹의 소녀는 '흥!' 코웃음을 날릴 뿐, 그를 거들떠보지도 않았다. 그 남의 여인이 성난 음성으로 말했다.

"우린 매일 사찰 밖에서 네가 나오기만 기다렸다. 사매의 수모를 갚아주기 위해 절치부심 칼을 갈아왔어. 흥! 결국 하늘이 우리의 숙원을 들어줘서, 널 우리 수중에 들어오게 만들어준 거야!"

위소보는 내심 절규했다.

'제기랄! 오늘은 영락없이 죽게 되겠군!'

그래도 살길을 찾아야 했기에 웃으며 말했다.

"사실… 난 별로 잘못한 것도 없어요. 솔직히 그날… 아무 짓도 하지 않았다고요. 단지… 손으로 그냥… 잡았을 뿐인데… 그게 무슨… 그러니까….'

녹의 소녀는 얼굴이 빨개지며 눈에서 살기가 번뜩였다.

남의 여인이 냉랭하게 말했다.

"아까 우리더러 가까이 와서 뭐… 뭐라고 했지?"

위소보가 말했다.

"그건… 공교롭게도 그렇게 된 거지. 난… 두 사람도… 이곳 기루의 기녀인 줄 알았다니까!"

녹의 소녀가 나직이 입을 열었다.

"사저, 저런 못된 사람과 여러 말 할 필요가 없어요. 단칼에 죽여버려요!"

대뜸 칼을 휘두르자 예리한 파공음이 들리며 흰 광채가 번쩍였다. 위소보는 본능적으로 비명을 지르며 몸을 움츠렸다. 그러자 칼날에 모자가 날아가 대머리가 드러났다.

기녀들은 다들 비명을 지르며 난리가 났다.

"사람 살려! 사람 살려!"

위소보는 옆에 있는 기녀 뒤로 숨으며 소리쳤다.

"야! 여긴 기루라고! 여기 들어오면 다 기녀가 되는 거야! 냉큼 나가지 못해? 남들이 알면 너희들도… 개망신이야!"

두 여인은 연신 칼을 휘둘렀다. 그러나 좁은 방 안에 기녀가 10여 명 모여 있으니 칼날이 위소보한테 미치지 못했다. 하마터면 기녀 두 사람이 칼을 맞을 뻔했다.

위소보는 목청을 높여 생떼를 썼다.

"기루 안으로 들어와서 뭘 보고 싶은 거야? 당장… 옷을 다 벗을까? 다 벗어서 보여줘?"

두 여인은 극도로 화가 났다. 하지만 행여 위소보가 정말 옷을 다 벗을까 봐 녹의 소녀는 후다닥 밖으로 뛰쳐나갔다. 남의 여인도 멈칫하더니 밖으로 나갔다. 쿵 하는 소리가 들리며, 막 들어오려던 주인여편네와 삐끼를 밀치는 바람에 두 사람은 좌우로 넘어졌다.

기루 안은 삽시간에 왁자지껄, 여기저기서 욕지거리가 터지며 난장판으로 변했다.

위소보는 일단 간신히 죽을 고비를 넘겼다. 그러나 두 여인이 문밖에서 지키고 있으니 나가기만 하면 바로 난도질을 당할 게 뻔했다. 그는 소리쳤다.

"다들 조용히 해요! 무조건 한 사람당 열 냥씩 나눠줄게요!"

기녀들은 돈을 준다는 말에 이내 조용해졌다. 위소보는 은자 20냥을 삐끼한테 건네주며 나직이 분부했다.

"몰래 가서 골목 입구에다 말을 한 필 준비해놔요."

삐끼는 은자를 받고 밖으로 나갔다.

위소보는 한 기녀를 가리키며 말했다.

"20냥을 줄 테니까 어서 옷을 벗어. 내가 그 옷으로 갈아입을게."

그 기녀는 '얼씨구나' 좋아하며 바로 옷을 벗었다. 다른 기녀들은 앞을 다퉈 어찌 된 영문인지 물었다. 위소보가 퉁명스레 대꾸했다.

"걔네들은 내 큰마누라랑 작은마누라야. 내가 기루에 오지 못하도록 머리를 빡빡 깎아버렸는데, 난 몰래 빠져나왔지. 그래서 여기까지 쫓아와서 날 죽이려는 거야."

주인여편네와 기녀들은 그의 말을 듣자 모두 까르르 웃음을 터뜨렸다. 손님의 아내가 기루로 찾아와 시비를 걸고 싸우는 일은 가끔 있지만, 칼을 들고 와서 남편을 죽이려는 경우는 거의 없었다. 그리고 마누라와 첩이 함께 남편의 머리카락을 싹둑 자르고 기루에 못 오게 극성을 부린다는 얘기는 들어본 적도 없었다.

위소보는 서둘러 기녀의 옷으로 갈아입었다. 그리고 꽃을 수놓은 보자기로 머리를 싸맸다. 기녀들은 그가 변장을 해서 도망가려는 걸 알고, 시시덕거리며 연지곤지를 발라주느라 바빴다. 기루에서 노름을 하고 있던 손님들도 북새통에 달려와 구경을 했다.

얼마 후에 삐끼가 돌아와 말을 준비해놓았다고 알려줬다. 그리고 다른 정보도 제공했다.

"조심해야 해요. 큰마누라는 정문을 지키고 있고, 작은마누라는 뒷문을 지키고 있어요. 두 사람 다 칼을 들고 있더군요."

위소보는 주인여편네에게 은자를 뿌리며 욕을 했다.

"두 여편네가 이렇게까지 낭군님의 숨통을 조이니 무슨 살맛이 나겠어요?"

주인여편네는 은자 30냥을 받았으니 신바람이 났다.

"세상 여자가 다 공자님의 마누라 같으면 우리 같은 사람은 굶어죽기 십상이죠. 이랑신二郞神이 그 못된 것들의 대가 끊기게 해줘야지! 아니… 공자님을 말하는 게 아니라… 아무튼 그 암호랑이들을 내치고 매일매일 우리집에 놀러 오세요.”

위소보가 웃으며 말했다.

“그거 좋은 생각이네요. 엄마, 정문 쪽으로 가서 그 계집한테 있는 욕 없는 욕을 다 퍼부어요. 칼을 휘두를지도 모르니 문 뒤에 숨어서 해야 해요. 그때 내가 자매들과 함께 뒷문으로 빠져나가면 작은마누라가 날 잡지 못할 거예요.”

위소보가 은자를 나눠줬으니 기녀들은 기운이 펄펄 났다. ‘중상지하重賞之下 필유용부必有勇夫’, 후한 상을 내걸면 용기 있는 사람들이 모인다는 옛말이 있는데, 돈을 많이 주기만 하면 용부勇夫가 아닌 용부勇婦도 많을 수밖에 없다. 돈을 챙긴 기녀들은 모두 ‘충성’을 다짐하며 목숨 걸고 적에 맞설 태세를 갖췄다.

정문 쪽에서 작전 개시, 주인여편네의 욕지거리가 들려왔다.

“이런 썩어문드러질 여편네야! 남편을 집구석에 붙잡아두려면 해줄 것을 제대로 해줘야지! 남편의 환심을 살 재주가 없으니까 기루에 와서 즐기는 거잖아! 칼을 갖고 위협하고 죽여봤자 무슨 소용이 있어? 너희들의 낭군님은 세상에서 둘도 없는 좋은 사람이야! 마음을 사로잡을 기술이 없으면 시샘을 부리지 말고 어서 가서 무릎을 꿇고 사죄해! 그러고 나서 날 스승으로 모시면 잠자리에서 남자를 홀릴 수 있는 여러 가지 기교를 가르쳐줄게. 그래서 낭군을 잘 모셔야지, 그렇지 않으면 낭군께서는 너희들을 나한테 팔아넘길 테니 여기서 기녀 노릇을 해야 해. 오늘 바로 계약을 할까? 아야! 어이구… 나 죽는다….”

위소보는 주인여편네의 비명을 듣자 그 남의 여인이 손찌검을 했다는 것을 알 수 있었다. 그도 행동을 개시할 때가 왔다고 생각하고는 바로 나직이 외쳤다.

"행동 개시!"

20여 명의 기녀들이 우르르 뒷문 쪽으로 몰려나갔다. 그중에는 위소보도 섞여 있었다. 그 녹의 소녀는 유엽도를 들고 문 옆에 서서 지키고 있다가 기녀들이 우르르 몰려나오는 것을 보자 무슨 영문인지 몰라 눈이 휘둥그레졌다.

기녀들은 곧장 골목을 빠져나갔고 위소보는 대기하고 있던 말에 뛰어올라 소림사로 쏜살같이 달렸다.

그 남의 여인은 눈치가 빨라 뭔가 알아차렸다. 얼른 주인여편네를 따돌리고 뒤를 쫓아가려 하자, 기녀들이 골목을 가로막고 그녀의 옷자락을 잡아당기며 한마디씩 떠들어댔다.

"암호랑이야, 낭군님은 말 타고 달아났어. 쫓아가봤자 소용없어. 히히… 하하… 약올라 죽겠지?"

남의 여인은 너무 화가 치밀어 정말 기절할 것 같았다. 그녀는 칼을 휘둘러 위협을 해봤지만 기녀들은 설마 우릴 죽이려니 하고 막무가내로 욕을 해댔다.

"이런 천박한 년! 질투의 화신! 고약한 년!"

남의 여인은 다급해져서 소리를 높여 외쳤다.

"사매! 그놈이 달아났어, 빨리 쫓아가자!"

그러나 말발굽 소리는 이미 멀어진 후였다. 무슨 수로 쫓아간단 말인가?

한편 위소보는 고을을 벗어나자 겉에 걸쳤던 여자 옷을 하나씩 벗어던졌다. 허겁지겁 달아나는 바람에 승복을 싼 보따리는 그냥 기루에 두고 나왔다. 소매에다 침을 묻혀 얼굴에 바른 연지곤지 화장을 대충 지웠다. 그러면서 속으로 투덜거렸다.

'빌어먹을, 올해는 운수가 더럽게도 사납네. 팔자에 없는 중이 되질 않나, 기생으로 변장까지 하고 이 생난리니! 흄, 그 녹의 소녀가 정말 내 마누라가 된다면, 작은마누라든 큰마누라든 나더러 기루에 가지 말라고 하면, 목에 칼이 들어와도 가지 않을 거야!'

그는 단숨에 소림사로 달려갔다. 뒷문 쪽으로 가서 말에서 내려 살금살금 사내로 들어가, 얼굴을 가린 채 냅다 달려 자기 선방으로 들어왔다. 우선 얼굴에 남아 있는 분가루를 말끔히 씻어버리고 승복으로 갈아입자 비로소 마음이 좀 진정됐다.

'그 큰마누라와 작은마누라가 만약 소림사로 찾아와 또 소란을 피우면 무조건 모르는 일이라고 잡아떼야지!'

다음 날 정오 무렵, 위소보는 비스듬히 침상에 누워 그 녹의 소녀의 아름다운 자태를 생각하니 다시 한번 모험을 해보고 싶은 충동이 일었다.

'어떡해야 그녀를 다시 만날 수 있을까?'

이때 정제가 선방으로 찾아와 나직이 아뢰었다.

"사숙조님, 당분간 사찰 밖으로 나가지 마세요. 일이 좀 심상치 않은 것 같아요."

깜짝 놀란 위소보가 자세하게 묻자 정제가 말했다.

"주방에서 일하는 화공火工한데 들은 얘긴데요. 산에 땔감을 구하러

갔다가 칼을 찬 두 젊은 여인을 만났는데, 사숙조에 관해서 자꾸 묻더래요."

위소보가 반문했다.

"뭘 물어봤다는 거죠?"

정제가 대답했다.

"사숙조님을 잘 아냐고 묻고는 평상시 언제 밖으로 나오며, 주로 어딜 가는지 꼬치꼬치 물었대요. 아무래도 사숙조님을 해칠 생각으로 기다리고 있는 게 분명해요. 그러니 조심하세요. 밖으로 나가지 않으면 감히 사찰 안으로 들어오진 못할 겁니다."

위소보는 기죽은 것처럼 보이기 싫어 한마디했다.

"우린 소림사의 고승인데 그깟 것들이 겁나서 밖으로 나가지 못해서야 말이 되겠어요?"

정제가 말했다.

"제가 이미 방장께 말씀드렸습니다. 그 어르신께서는 사숙조님께 알려 당분간 그녀들을 상대하지 말라고 하셨어요. 그 두 여시주는 며칠 기다리다가 사숙조님이 나오지 않으면 스스로 떠나갈 거라고요. 그리고 무림 사람들이 알아도 우리가 아량이 넓다고 말할 일이지, 소림사가 그런 문파도 없는 낭자들을 두려워해서 피한 거라고는 절대 말하지 않을 거라고 하셨습니다."

위소보는 코웃음을 쳤다.

"흥! 문파도 없는 낭자들이라고요? 그래도 명문 정파인 우리보다 훨씬 더 세던데요."

정제는 고개를 숙였다.

"누가 아니래요…."

팔이 부러진 일을 생각하면 아직도 분이 풀리지 않는 모양이었다.

"어쨌든 장문인께서는 가능한 한 참으라고, 아무 일도 없었으면 좋겠다고 하셨어요."

정제가 떠나자 위소보는 속으로 궁리를 했다.

'징관 선사가 무슨 좋은 수를 생각해냈는지 한번 가봐야겠다.'

그가 반야당으로 가보니, 징관은 손으로 머리를 감싼 채 천장을 바라보며 방 안을 이리저리 서성거리고 있었다. 그리고 뭔지 알아들을 수 없는 말을 혼자 중얼거렸다.

위소보는 골똘히 생각에 잠겨 있는 것을 방해하고 싶지 않아 한참 동안 말없이 기다렸다. 그래도 징관은 계속 방 안을 빙빙 돌아다니며 걸음을 멈출 생각을 하지 않았다. 보다못한 위소보가 헛기침을 몇 번 했는데도 징관은 전혀 아랑곳하지 않았다. 그래서 결국 소리를 쳤다.

"노사질, 사질!"

징관은 못 들었는지, 아니면 못 들은 척하는지 여전히 반응이 없었다. 위소보는 그에게 다가가 미소를 띤 채 손을 뻗어 어깨를 쳤다.

"저…."

그의 손이 징관의 어깨에 닿자마자 갑자기 몸에 진동이 일며 붕 뒤로 날아갔다. 그러고는 쿵 하는 소리와 함께 벽에 부딪히고 말았다. 숨이 막힐 것 같아 입을 딱 벌렸으나 아무 소리도 나오지 않았다.

징관은 그제야 깜짝 놀라 위소보에게 달려갔다. 그는 무릎을 꿇고 합장을 하며 말했다.

"제가 죽을죄를 지었습니다. 그 어떤 벌도 달게 받겠습니다."

위소보는 한참 지나서야 겨우 숨을 돌릴 수 있었다. 그는 쓴웃음을 지으며 말했다.

"아녜요, 어서 일어나요. 다 내가 잘못한걸요."

징관은 여전히 사과를 계속했다. 위소보는 벽을 짚고 간신히 일어나서 그를 부축해 일으켰다. 그러고는 물었다.

"방금 그게 무슨 무공이에요? 정말이지 대단하던데요!"

그는 속으로 생각했다.

'이게 배우기 쉬운 무공이라면 쓸모가 많을 텐데…'

징관은 당황한 표정으로 말했다.

"정말 죄송합니다. 이건 반야장의 호체신공護體神功입니다."

위소보는 알았다며 고개를 끄덕였다. 하지만 엄두가 나지 않았다. 이 무공을 배우려면 우선 그 무슨 소림장권을 익혀야 하고, 그러고 나서 나한권, 복호권, 위타장, 산화장, 바라밀수, 금강신장, 염화금나수 등등 한 무더기를 차례차례 연마해야 한다. 자기는 그 많은 무공을 연마할 시간도 없거니와 그럴 만한 끈기도 전혀 없다. 그래서 단도직입적으로 물었다.

"혹시 무슨 속성할 방법을 생각해내지 못했나요?"

징관은 울상이 되어 고개를 절레절레 흔들었다.

"저는 일지선과 《역근경》의 내공을 사용하지 않고 단지 반야장으로만 그 두 여시주의 무공을 깰 수 있는 방법을 생각해냈습니다. 하지만… 하지만…"

위소보가 그의 말을 받았다.

"하지만 그 반야장을 연마하는 데도 족히 20~30년이 걸린다는 말이겠죠?"

징관은 떠듬거렸다.

"저… 20~30년으론 아마… 어쩌면….

위소보가 입을 삐쭉이며 그를 째려봤다.

"아마 모자란다는 거죠?"

징관은 몹시 겸연쩍어했다.

"그렇습니다."

잠시 멍하니 있다가 다시 입을 열었다.

"참! 염화금나수만 연마해도 가능할지 생각해볼게요."

위소보는 이 노화상이 너무 순수하고 고지식해서 모든 것을 다 순차적으로 진행해야 한다는 고정관념을 갖고 있다는 것을 잘 알고 있었다. 설령 그의 말대로 염화금나수만 연마해서 가능하다고 해도, 최소한 10여 년이 걸릴 것이었다.

이 노화상은 홍 교주에 비해 결코 내공이 뒤처지지 않을 것이다. 그러나 홍 교주는 상황에 따라 바로 새로운 초식을 창안해내는 순발력이 있는 반면, 이 노화상은 그저 나무토막인 양 너무 고지식했다. 위소보는 그를 좀 일깨워줘야겠다고 생각했다.

"노사질, 내가 보기에 그 두 낭자는 나이가 어리니, 절대 무공을 오래 배우지 않은 것 같아요."

징관이 대꾸했다.

"그래요, 그러니까 이상하다는 거죠."

위소보는 그의 표정 변화를 살피며 말했다.

"걔네들은 순차적으로 배우지 않았으니까 우리도 굳이 하나하나 순서에 따라 연마할 필요가 없어요. 걔들이 사질처럼 심후한 내공을 쌓았을까요? 내가 보기에 그 두 계집은 내공이라곤 쥐뿔만큼도 없는 것 같아요."

징관은 흠칫 놀라며 떨리는 음성으로 말했다.

"기초랑… 내공을… 연마하지 않으면… 그건 방문좌도旁門左道, 사이비 무공인데요."

위소보가 말했다.

"사이비 방문좌도일 뿐 아니라, 문門도 없고 도道도 없어요! 그러니까 문도 없고 도도 없는 무공을 상대하려면 문도 없고 도도 없는 무공을 써야 해요!"

징관은 뭐가 뭔지 헷갈려서 어리둥절해하며 중얼거렸다.

"문도 없고 도도 없다, 문도 없고 도도 없다고요? 그게 뭔지… 저는 잘 모르겠는데요."

위소보가 웃으며 말했다.

"모르면 내가 가르쳐줄게요."

징관은 공손하게 허리를 숙였다.

"가르침을 주십시오."

그가 여태껏 보아온 '회' 자 항렬의 사백님이나 사숙님은 모두 무공이 탁월하고 득도한 고승들이었다. 지금 이 소사숙은 비록 나이가 어려서 내공이 부족하지만 틀림없이 타의 추종을 불허하는 장점을 가지고 있을 거라고 생각했다. 그렇지 않고서야 어떻게 자신의 사숙이 될 수 있었겠는가?

그동안 무공을 속성시킬 방법을 심사숙고했지만 도무지 짚이는 게 없었다. 어쩌면 10년이고 20년, 아니 죽을 때까지 연구를 해도 해법을 찾기 어려울 것 같았다. 그런데 이 '회' 자 항렬의 사숙께서 가르침을 주겠다니, 정말 놀랍고도 기뻤다. 절로 존경심이 우러났다.

위소보가 말했다.

"그 두 낭자가 전개한 무공이 그 무슨 곤륜파나 아미파의 잡다한 초식이라고 했잖아요. 그럼 우리 소림의 무공과 그런 잡다한 문파를 비교해 누가 더 강할 것 같아요?"

징관이 말했다.

"아마 우리 소림이 더 강할걸요. 설령 더 강하지 않더라도 뒤처지진 않을 겁니다."

위소보는 손뼉을 쳤다.

"그럼 문제는 간단하잖아요! 그녀들은 내공을 쓰지 않고 여차저차한 문파의 초식을 사용했으니, 우리도 내공을 쓰지 않고 소림의 초식을 전개하면 그들을 이길 수 있을 거예요. 반야장이든 금강신장이든 바라밀수든 아마타불신공이든, 내공을 연마하지 않으면 배우기가 한결 쉽겠죠. 안 그래요?"

징관은 눈살을 찌푸렸다.

"본파에는 아마타불신공이 없어요. 다른 문파에 있는지는 몰라도⋯ 어쨌든 만약 내공을 쌓지 않으면 본파의 권법과 장법은 위력을 발휘하지 못해요. 내공이 심후한 다른 문파의 고수를 만나면 대번에 팔다리가 부러질 수 있어요."

위소보는 깔깔 웃었다.

"그럼 그 두 낭자는 내공이 심후한 고수인가요?"

징관은 얼른 고개를 내둘렀다.

"아뇨!"

위소보가 물었다.

"그렇다면 뭐가 걱정이죠?"

그 한마디에 징관은 마치 깊은 고민의 수렁에서 빠져나온 듯한 기분이었다. 표정이 환해지며 길게 숨을 내쉬었다.

"그렇군요. 그래요, 저는 그걸 미처 생각하지 못했습니다."

그는 잠시 멍해 있다가 다시 말을 이었다.

"하지만 한 가지 어려운 문제가 있는데요. 내공 말고도 본파의 입문 권법은 열여덟 가지가 있고, 내외 병기가 36문門, 절예가 72항項이나 돼요. 그리고 한 가지마다 변화가 적어도 수십 가지이고, 많은 경우는 300개 이상이에요. 내공을 연마하지 않는다 해도 그 초식만 전부 익히는 것 또한 결코 쉬운 일이 아니죠. 모름지기 아마 수십 년은 걸릴 겁니다!"

위소보는 속으로 투덜거렸다.

'이 노화상은 왜 이리 미련하지?'

그는 웃으며 말했다.

"왜 그 초식을 전부 다 배우려고 하죠? 그 낭자들이 무슨 초식을 쓰는지만 알면 되잖아요. 병兵이 덤비면 장수將帥가 막고, 물이 밀려오면 흙으로 덮는다는 옛말이 있듯이, 상대가 1초식을 펼치면 우린 바로 그 1초를 깨부수면 되잖아요. 그럼 그 계집들은 꼬리를 감추고 달아날 게 뻔해요!"

징관은 막힌 게 뻥 뚫린 듯, 희색이 만면하여 연신 고개를 끄덕였다.

위소보가 다시 말했다.

"남색 옷을 입은 낭자는 그 무슨 노산파의 강하일하를 전개했는데, 피할 수 있는 방법이 여섯 가지 있고, 깰 수 있는 방법이 일곱 가지 있다고 했잖아요. 왜 그렇게 복잡하게 생각해요? 한 가지 방법만으로도 그녀를 깨버릴 수 있다면, 굳이 애써서 나머지 열두 가지 방법을 배워서 뭐 하겠어요?"

징관은 무척 기뻐했다.

"맞아요, 맞아! 두 여시주가 사숙님의 팔을 부러뜨리고 정제 등 네 사람을 공격한 것은 분근착골 수법이었어요. 거기엔 네 문파의 무공이 섞여 있는데, 우리 소림의 무공으로 충분히 깰 수가 있지요."

그는 곧 두 여인이 사용했던 수법을 그대로 시연하고, 이어서 매 초식을 깰 수 있는 방법을 설명하며 직접 위소보와 연습을 해보았다.

징관이 가르쳐주는 방법은 때론 너무 복잡하고, 때론 자신도 모르게 내공을 사용하기도 했다. 그때마다 위소보는 다른 간단한 방법을 생각해보라고 보챘다. 소림의 무학은 그 범위가 엄청났다. 게다가 징관은 많은 무공을 섭렵해서 위소보가 어렵다고 고개를 내두르면 다른 방법을 써보고, 그것도 잘 안 되면 또 다른 방법을 알려주었다. 위소보가 별로 힘을 안 들이고 배울 수 있을 때까지 끈질기게 가르쳐주었다.

징관은 이 소사숙이 반 시진도 못 되어 여러 가지 초식을 배워서 그런대로 구사하자 흡족해했다. 그동안 밤낮으로 고민해온 난제가 일시에 풀린 것 같아 좋아서 머리를 긁적이며 희색이 만면했다. 그러다가 갑자기 뭔가 생각난 듯 이마를 팍 치며 말했다.

"그래, 맞아! 맞아!"

그러더니 바로 또 고개를 내둘렀다.

"아니야, 위험해! 위험해!"

위소보가 얼른 물었다.

"뭐가 맞고, 뭐가 위험하다는 거죠?"

밀지를 가지고 회총의 선방으로 갔다.

"방장 사형, 황상께서 저에게 따로 밀지를 내렸는데… 가르침을 좀 받고자 합니다."

밀지의 겉봉을 뜯으니 접혀 있는 선지宣紙가 나왔다.

그 선지를 펼치자 네 폭의 그림이 그려져 있었다.

징관이 말했다.

"사숙님과 정제네들더러 그 두 여시주와 다시 겨뤄보라고 할 건데, 만약 팔이 부러지고 치료가 어려워서 불구가 된다면 애석한 일이 아니겠어요? 그리고 그 두 여시주의 수법이 악랄해서 다섯 명을 다 죽일 수도 있는데, 위험하지 않을까요?"

위소보는 이해가 가지 않아 물었다.

"왜 또 우리더러 그 낭자들과 겨루라는 거죠?"

징관이 다시 말했다.

"두 여시주가 배운 초식은 그 몇 가지에 국한되지 않을 겁니다. 그녀들이 또 무슨 초식을 쓸지 모르는데, 직접 찾아가서 다시 겨뤄보지 않으면 깰 방법을 어떻게 생각해낼 수 있겠어요?"

위소보는 하하 웃었다.

"그것 때문이군요. 그렇다면 방법이 없지 않아요. 사질이 직접 가서 그녀들과 겨루면 애석할 일도 없을 테고, 위험할 일도 없잖아요?"

징관은 난색을 표했다.

"불제자는 화를 내서는 안 되고, 이유 없이 남들과 싸워서도 안 되는데… 제삼자인 제가 나서는 건 좀 곤란하죠."

위소보는 억지를 부렸다.

"그럼 화를 내지 말고 히죽히죽 웃으며 그녀들과 겨루면 되잖아요. 우리 두 사람이 산문 밖으로 나갔는데 만약 두 여시주가 떠났다면 싸울 필요가 없으니 그야말로 더 바랄 게 없죠. 그게 바로 색즉시공色卽是空, 공즉시색空卽是色이에요. 그녀들이 소림을 떠나 다른 곳에서 또 무슨 초식을 쓰든 우리하고는 아무 상관이 없죠."

징관이 고개를 끄덕였다.

"네, 맞아요, 맞아! 하지만 저는 산문 밖으로 나가본 적이 없어요. 난리를 피우기 위해 나가는 것은 결코 옳은 일이 아닙니다. 부처님께서 애당초 법륜法輪을 설파할 때, 불교 교리의 핵심인 네 가지 성스러운 진리 즉 사성제四聖諦와 팔정도八正道를 널리 알렸는데, '정의正意'는 팔정도의 하나로서…."

위소보는 그의 말을 잘랐다.

"우린 멀리 나갈 필요도 없어요. 그냥 산문 주위에서 산책하듯이 거닐면 돼요. 가능한 한 그녀들과 맞닥뜨리지 않는 게 좋겠죠."

징관이 고개를 끄덕였다.

"네, 맞아요. 사숙님의 그 다툼을 원치 않는 무쟁무경無爭無競의 인선仁善이 바로 '정의'입니다. 저도 사숙님을 본받고 싶습니다."

위소보는 내심 웃음이 나왔지만 참았다. 그는 징관의 손을 잡고 옆문을 통해 소림사를 빠져나왔다. 징관은 산문 바로 옆에 있는 숲에도 가본 적이 없어, 즐비한 소나무를 보자 혀를 차며 감탄을 금치 못했다.

"이렇게 많은 소나무가 여기 있다니, 정말 장관이군요. 우리 반야당 뜨락에는 소나무가 두 그루밖에 없는데…."

그의 말이 끝나기도 전에 난데없이 앙칼진 호통이 들려왔다.

"땡추가 여기 있다!"

흰 광채가 번쩍이며 위소보를 향해 칼이 날아왔다. 그러자 징관이 소리쳤다.

"이건 오호단문도五虎斷門刀 중 맹호하산猛虎下山이에요!"

그러면서 손을 뻗어 그 칼을 쓰는 사람의 손목을 낚아채려 했다. 그때 자신이 지금 전개하는 수법이 그 어렵다는 염화금나수라는 것을 의식하고는 급히 손을 거뒀다.

"안 돼!"

칼을 휘두른 사람은 남의 여인이었다. 그녀는 징관이 손을 거두자 유엽도를 잽싸게 뒤집으며 비스듬히 그의 허리를 베어갔다. 그와 동시에 녹의 소녀가 소나무 숲속에서 뛰쳐나와 위소보를 향해 칼을 휘둘렀다. 위소보가 얼른 징관 뒤로 몸을 숨기자 칼이 징관의 왼쪽 어깻죽지로 향했다. 징관은 피하면서 말했다.

"이건 태극도太極刀의 초식인데, 깰 수 있는 간단한 방법이 없고…."

그의 말이 끝나기도 전에 두 여인은 동시에 칼을 휘둘렀고, 갈수록 그 속도가 빨라졌다.

징관이 소리쳤다.

"사숙님, 안 되겠어요! 공격이 너무 빨라서 생각할 겨를이 없어요. 제발… 천천히 공격하라고 말 좀 해줘요."

남의 여인은 연달아 매서운 살초를 전개했지만 노화상에게 상해를 입히기는커녕 하마터면 몇 차례 칼을 빼앗길 뻔했다. 그런데 징관이 이상한 말을 하자, 자기를 비꼬고 놀리는 걸로 생각해 화가 머리끝까지 치밀었다. 공격이 더욱 빨라졌다.

위소보는 징관의 뒤에서 웃으며 말했다.

"이봐요, 예쁜 낭자들! 사질의 말을 못 들었어요? 서둘지 말고 천천히 공격하라잖아요!"

징관이 맞장구를 쳤다.

"그래요, 그래! 난 머리가 잘 돌아가지 않아 파해破解할 방법을 빨리 생각해낼 수가 없어요."

녹의 소녀는 위소보를 너무나 증오하고 있었다. 징관을 공격해도 소용이 없자 다시 위소보를 향해 칼을 휘둘렀다. 징관이 그것을 막으며 말했다.

"나의 사숙님은 이 도법을 파해할 방법을 아직 배우지 못했어요. 그러니 너무 서둘지 말고 해법을 다 배운 후에 다시 공격을 시도해도 늦지 않을 겁니다."

그러고는 한숨을 내쉬었다.

"휴, 이런 방법으론 잘 안 되는군… 사숙님, 지금 제가 쓰는 방법은 기억해둘 필요가 없어요. 돌아가서 해법을 다시 잘 연구해볼게요."

말을 하면서도 두 손은 쉬지 않고 이리저리 휘두르거나 찍어대면서 두 여인의 공격을 물샐틈없이 막아냈다.

녹의 소녀는 위소보를 정말 죽이고 싶었지만 결코 간단한 일이 아니었다.

위소보는 징관이 있는 한 신변이 안전하다는 것을 알고, 가까운 소나무 뒤로 몸을 숨겨 히죽히죽 웃으며 싸움을 구경했다. 그러면서도 두 눈은 녹의 소녀의 얼굴과 몸, 손, 팔, 다리를 번갈아 훑어보며 그 미색을 즐기고 있었다. 가슴이 찌릿찌릿하고 말할 수 없이 행복했다.

녹의 소녀는 위소보가 보이지 않자 도망간 줄로 알고 두리번거리며 찾아보다가 그의 시선과 마주쳤다. 위소보가 뚫어지게 자기를 응시하는 것을 의식하고는 얼굴이 빨개졌다. 그녀는 징관을 놔둔 채, 몸을 돌려 위소보에게 달려갔다.

징관은 그 즉시 소녀의 옆구리를 향해 지풍을 날렸다. 일부러 지풍을 천천히 전개했기 때문에 녹의 소녀가 충분히 피할 수 있었다. 그런데 소녀는 오로지 위소보를 죽이려는 일념에 미처 지풍을 피하지 못했다. 결국 옆구리에 지풍을 맞고 신음을 토하며 그 자리에 쓰러졌다.

놀라고 당황한 건 오히려 징관이었다.

"어이구, 미안해요. 노납이 전개한 소지천남笑指天南 초식은 지력이 아주 약해서 시주가 오호단문도 중 악호란로惡虎攔路 초식을 써서 칼로 비스듬히 막을 수 있었어요. 시주는 비록 그 초식을 쓴 적이 없지만, 그 남색 옷을 입은 시주는 전에 한 번 썼기 때문에 노납은 시주도 틀림없이 아는 줄 알았어요. 이렇게 될 줄은 정말 몰랐어요. 휴… 미안해요, 미안해…."

그는 빗발치는 공격을 막아가면서 말을 장황하게 늘어놓았다.

남의 여인은 화가 머리끝까지 치밀었다. 칼을 이리 휘두르고 저리 찔러대며 파상공격을 펼쳤지만 징관 선사와는 무공이 워낙 차이가 많이 나서 승포 자락조차 건드리지 못했다.

한편 징관은 계속 입으로 씨부렁대면서도 속으로는 상대방이 전개하는 초식을 기억해두느라 여념이 없었다. 지금 당장은 간단히 파법破法을 찾아낼 수 없으니 잘 기억해두었다가 나중에 시간이 나면 다시 일초일식을 자세히 분석해볼 생각이었다.

위소보는 두 사람이 싸우는 것은 아랑곳하지 않고, 혈도가 찍힌 녹의 소녀 가까이 다가가 혀를 끌끌 찼다.

"이렇게 아름다운 미인은 천하지상에 아마 너밖에 없을 거야. 쯧쯧… 정말 보기만 해도 넋이 달아날 것만 같아."

그는 손을 뻗어 소녀의 볼을 살짝 만졌다. 소녀는 분노와 놀라움이 교집돼 숨이 꽉 막히는지 그만 까무러치고 말았다. 그러자 이번에는 위소보가 놀랐다. 그는 더 이상 경박한 짓을 하지 못하고 몸을 일으키며 소리쳤다.

"징관 사질! 계속 싸우다가는 다칠 수 있으니 어서 그 여시주의 혈도를 찍어 쓰러뜨리세요! 잡다한 초식은 천천히 물어보면 되잖아요."

징관은 멈칫했다.

"그래도 될까요?"

위소보가 말했다.

"소림 고승이 여시주와 계속 싸우는 건 보기가 좋지 않아요. 점잖게 말로 물어보는 게 정석이겠죠."

그 말에 징관은 반색을 했다.

"사숙님의 말이 맞아요. 싸우는 것은 '정행正行'에 어긋나는 일이죠."

남의 여인은 징관의 말을 듣고 그가 전력을 다해 자신을 공격한 것이 아니라는 것을 알았다. 그럼 실력으로는 도저히 상대가 될 수 없었다. 사매는 혈도를 찍혀 쓰러져 있는데 자신마저 제압당한다면 정말 큰일이었다. 그녀는 바로 뒤로 물러나며 소리쳤다.

"만약 사매의 머리카락 하나라도 손상을 입히면 소림사를 잿더미로 만들어버릴 거야!"

징관은 순간 멍해졌다.

"우리가 왜 여시주에게 손상을 입히겠어요? 하지만 머리카락 하나가 떨어질 수도 있는데, 그렇다고 우리 소림사를 잿더미로 만들어버리겠다는 건가요?"

남의 여인은 앞으로 달려가다가 그 말에 고개를 돌리며 욕을 했다.

"늙은 땡추가 입만 살았군! 작은 땡추는…."

그녀는 원래 '음탕한 색마'라고 욕하려 했는데, 차마 입 밖에 낼 수 없어 땅을 박차며 숲을 뚫고 어디론가 사라졌다.

위소보는 바닥에 쓰러져 있는 녹의 소녀를 가만히 응시하고 있었다. 푸른 잔디 위에 백옥같이 고운 얼굴과 섬섬옥수는 마치 비취 좌대 위에 잠들어 있는 백옥관음상白玉觀音像을 연상케 했다. 그는 다시 넋을 잃고 말았다.

징관이 다가왔다.

"여시주, 사저는 떠났어요. 시주도 어서 가세요. 대신 머리카락을 떨어뜨리면 안 돼요. 사저가 우리 사찰을 불사른다고 했어요."

위소보는 속으로 궁리를 했다.

'이런 절호의 기회를 놓쳐선 안 돼. 절세미인이 수중에 들어왔는데 그냥 보내줘서야 되겠어?'

그는 점잖게 합장을 하며 말했다.

"부처님, 굽어살피소서. 징관 사질, 부처님께서 소림의 무학을 널리 선양하고 천년의 명성을 계승·보존하라고 하셨는데, 사질이야말로 그 일등공신이오."

징관은 그 말이 무슨 뜻인지 몰라 멍해졌다.

"그게 무슨 말씀이죠?"

위소보가 말했다.

"우리 소림은 그렇지 않아도 두 여시주가 또 무슨 잡다한 초식을 연마했는지 알지 못해서 고민을 했는데, 부처님께서 우리의 고심을 가상히 여겨 이 여시주를 본사로 보내주신 거요. 그러니 데려가서 일일이 펼쳐 보이도록 합시다."

그러면서 녹의 소녀를 안아 일으켰다.

"자, 어서 돌아가요."

징관은 뭔가 잘못되었다고 생각했다. 그러나 뭐가 잘못됐는지는 꼬집어 말할 수 없었다. 잠시 머뭇거리다가 입을 열었다.

"사숙님, 여시주를 사내로 데려가는 것은 아무래도 문중 규칙에 어긋나는 것 같은데요?"

위소보가 말했다.

"뭐가 문중 규칙에 어긋나요? 전에도 소림사에 들어왔었잖아요? 방장과 계율원 수좌도 아무 말 안 했으니 당연히 규칙에 맞는 거죠, 안 그래요?"

그가 한마디 물을 때마다 징관은 고개를 끄덕였다. 위소보의 한마디 한마디에 그로서는 딱히 반박할 말을 찾을 수 없었다. 이 소사숙이 승포를 벗어 여시주의 몸을 감싸는 것을 지켜볼 수밖에 없었다.

위소보가 옆문을 통해 사내로 들어가자 징관도 뒤를 따랐다. 그는 그저 머리가 혼란스러워 고개를 갸웃거렸다.

위소보는 가슴이 콩닥콩닥 마구 뛰었다. 물론 승포로 소녀를 머리 끝부터 발끝까지 다 감싸 겉으로는 드러난 게 없지만, 만에 하나 사내 승려들이 보면 의심을 할 것이었다. 물론 그윽한 향기와 더불어 온기가 전해져오는 소녀의 몸을 품에 안고 있으니 황홀하기 그지없었지만, 두려움도 없지 않았다.

다행스럽게도 반야당은 사내 뒤편 외진 곳에 있었다. 게다가 위소보는 빠르게 걸음을 재촉해 다른 승려들과 맞닥뜨리는 일은 없었다. 반야당 안으로 접어들었을 때도 집사승들은 사숙조께서 왕림하고 수좌가 수행을 하고 있으니 모두 한쪽으로 물러나 공손히 인사를 올릴 뿐이었다.

징관의 선방 안으로 들어갔는데도 녹의 소녀는 깨어나지 않았다. 위소보는 일단 그녀를 침상에 내려놓았다. 땀으로 흥건히 젖은 두 손을 다리 양쪽에 쓱쓱 닦으며 안도의 숨을 길게 내쉬었다. 비로소 입가에 미소가 걸렸다.

"아, 이젠 됐다!"

징관이 물었다.

"우린 이 여… 여시주를 여기에 놔둘 건가요?"

위소보가 고개를 끄덕였다.

"그래요, 사내에 머문 게 처음이 아니잖아요. 전에 목에 입은 상처를 치료할 때도 동원 선방에 머물렀잖아요?"

징관은 고개를 끄덕였다.

"네, 하지만… 하지만 그땐 생명이 위독해 상처를 치료하느라 어쩔 수 없는 조치였죠."

위소보는 생떼를 쓰기 시작했다.

"아, 그래요? 그렇다면 문제는 간단하죠."

그는 신발 속에서 비수를 꺼내 쥐었다.

"이번에도 목을 베어 생명이 위독하게 만들면 어쩔 수 없이 같은 조치를 취해야겠죠?"

그러면서 소녀에게 다가가 정말 비수로 목을 겨냥했다.

징관이 얼른 말렸다.

"아… 아녜요, 그… 그럴 필요는 없어요."

위소보가 말했다.

"좋아요, 그럴 필요가 없다니까 난 무조건 사질이 시키는 대로 할게요. 우선 그녀한테서 잡다한 초식의 내력을 알아낸 후에 몰래 밖으로 내보내면 돼요. 그러지 않고 만약 소문을 낸다면, 내 방식대로 목에 상처를 낼 수밖에 없어요."

징관이 얼른 말했다.

"네, 네! 아무 말도 하지 않을게요."

아무리 생각해도 이 소사숙이 하는 일은 잘 납득이 되지 않았다. 그러나 '회' 자 항렬의 존장尊長이니 분명 자기도 깨우치지 못한 높은 견해를 갖고 있을 거라고 생각했다. 그의 말에 따르면 틀림없을 거라고 믿었다.

위소보는 일단 겁을 주려 했다.

"이 여시주는 고집이 얼마나 센지 몰라요. 사질이 맡고 있는 반야당 수좌 자리를 빼앗아오겠다고 아우성이니, 내가 잘 타일러볼게요."

징관이 말했다.

"그 자리를 꼭 원한다면 그냥 내줄게요."

위소보는 멍해졌다. 이 노화상이 이렇듯 순수하고 그야말로 무념무욕無念無慾일 줄은 뜻밖이었다. 다시 말을 둘러대야만 했다.

"그녀는 본사의 제자도 아닌데 반야당 수좌 자리를 차지한다면 우리 소림사의 체면이 뭐가 되겠어요? 그런 단순한 생각을 갖고 있다면 그건 소림에 대한 도리가 아니죠."

그러면서 아주 엄숙한 표정을 짓자, 징관은 놀라 연신 몸을 숙였다. 위소보는 굳은 표정으로 다시 말했다.

"이젠 내 말을 알아들었죠? 내가 이 여시주를 잘 타일러볼 테니까 잠시 밖으로 나가 기다려주세요."

징관은 대답을 하고 선방 밖으로 나가 문을 닫았다.

위소보는 소녀를 덮은 승포를 살짝 젖혔다. 소녀는 정신을 차렸는지 입을 벌려 소리를 지르려 했다. 그 순간 차가운 광채가 번뜩이며 예리한 비수가 자기 코끝을 겨냥하고 있다는 것을 의식하고는, 입만 크게 벌릴 뿐 감히 소리를 내지는 못했다.

위소보는 히죽 웃으며 말했다.

"낭자, 순순히 내 말을 들으면 손끝 하나도 건드리지 않을게. 그러지 않으면 우선 코를 베어버리고 사찰 밖으로 쫓아낼 거야. 코가 없어져도 냄새를 맡는 데는 지장이 없을 테고, 모양이 좀 그렇겠지만 뭐 별거 있겠어, 안 그래?"

소녀는 분노가 이글거리는 눈으로 그를 노려보며 나직이 말했다.

"어서 날 죽여라!"

위소보는 한숨을 내쉬며 말했다.

"꽃보다 더 아름다운 낭자를 내가 어떻게 죽일 수 있겠어. 그렇다고 뉘주자니 밤낮으로 낭자를 생각하느라 상사병에 걸려서 내가 죽을 거야. 그 또한 하늘의 뜻을 저버리는 일이지."

소녀는 얼굴이 빨개졌다가 다시 창백하게 변했다.

위소보가 말을 이었다.

"방법은 딱 한 가지밖에 없어. 낭자의 코를 베어버리면 꽃처럼 아름답지는 않을 거야. 그럼 내가 상사병에 걸려 죽을 염려는 없겠지."

소녀는 눈을 감았다. 이슬처럼 맑은 눈물방울이 긴 속눈썹 아래로 흘러내렸다. 위소보는 그녀의 눈물을 보자 마음이 약해졌다.

"울지 마, 울지 마! 내 말만 잘 들으면 내 코를 벨망정 낭자 코는 베지 않을게. 자, 이름이 뭐지?"

소녀는 고개를 흔들었다. 그러자 눈물이 더욱 많이 흘러내렸다. 위소보는 짓궂게 말했다.

"이름을 물었는데 고개를 흔드니, 고개를 흔드는 고양이 '요두묘搖頭貓'가 이름인가 보지? 그 이름은 별로 듣기가 좋지 않은데…."

소녀는 눈을 뜨고 흐느끼면서 쏘아붙였다.

"내가 왜 요두묘야? 너야말로 요두묘겠지!"

위소보는 그녀가 입을 열어 대꾸를 하자 신이 나서 웃으며 말했다.

"알았어, 내가 요두묘야. 그럼 네 이름은 뭔데?"

소녀는 화를 냈다.

"말 안 해!"

위소보가 다시 약을 올렸다.

"말을 안 하면 내가 이름을 지어줄 수밖에 없겠군. 이름을… '모르쇠'로 하지!"

소녀는 다시 화를 냈다.

"아니야! 난 모르쇠가 아니야!"

선방 안에는 여기저기에 소림의 무공 비급이 잔뜩 쌓여 있었다. 징관 선사가 참고하기 위해 쌓아놓은 것들이었다. 위소보는 그 비급더미를 의자 삼아 다리를 꼬고 앉았다. 그러고는 한쪽 다리를 흔들며 녹의 소녀를 응시했다. 화가 잔뜩 나 있는 얼굴이지만 무척 수려해 여전히 그의 애간장을 녹였다.

위소보는 다시 웃으며 물었다.

"존성대명이 어떻게 되시나?"

소녀는 뾰로통하게 쏘아붙였다.

"아까 말 안 한다고 했잖아! 말 안 해!"

위소보는 느긋했다.

"상의할 일이 있는데 이름을 밝히지 않으면 말하기가 좀 거북해. 한사코 이름을 밝히지 않겠다면 내가 지어줄 수밖에 없지. 음… 뭐라고 지어줘야 좋을까?"

소녀는 세차게 고개를 내둘렀다.

"싫어, 싫어! 안 돼!"

위소보는 짓궂게 웃었다.

"맞아, 생각났다! '위문요씨韋門搖氏'라고 하는 게 좋겠어."

소녀는 그게 무슨 뜻인지 몰라 멍해졌다.

"말도 안 되는 소리! 그게 무슨 이름이야?"

위소보는 사뭇 진지한 표정으로 말했다.

"천지신령께 맹세코 나 위소보는 살아생전 빙산화해氷山火海를 가는 한이 있어도, 멸문지화를 당하고 천번만번 죽어도, 대역무도한 죄를 범하고, 극악무도한 짓을 저지르고, 남도여창男盗女娼, 대가 끊기고, 날벼락을 맞아 죽어도, 죽어서 무간지옥無間地獄에 떨어져 만신창이滿身瘡痍가 되는 한이 있어도, 반드시 너를 내 마누라로 맞이하고 말 거야!"

소녀는 그가 소름 끼치는 무시무시한 맹세를 거듭하는 것을 듣고는 너무 어처구니가 없어 멍해졌다가, 마지막 말에 이르러서는 절로 얼굴이 빨갛게 확 달아올라 '퉤!' 하고 침을 뱉었다.

위소보가 정색을 하고 말했다.

"난 성이 위韋가야. 넌 어차피 나한테 시집와야 할 운명을 타고났으니 내 성을 따라야 돼. 그리고 계속 고개를 흔드니까 '요두'란 이름을 붙여서, 위씨 문중의 요두라 하여 '위문요두'가 된 거야."

소녀는 다시 눈을 감아버렸다. 그러고는 성난 음성으로 말했다.

"세상에 너같이 허무맹랑하고 황당무계한 헛소리를 지껄이는 화상은 없을 거야. 출가를 한 사람이 어떻게… 어떻게 아내를… 보살님이 노여워하셔서 너한테 벌을 내려 생지옥으로 떨어뜨리고 말 거야!"

위소보는 합장을 하며 털썩 무릎을 꿇었다. 소녀는 그가 무릎을 꿇는 소리를 듣고 호기심에 눈을 살짝 떴다. 위소보는 창문을 향해 무릎을 꿇고 연신 큰절을 올리더니 낭랑하게 말했다.

"여래부처님, 아미타불님, 관세음보살님, 문수보살님, 보현보살님, 옥황상제님, 사대금강님, 염라대왕님, 무상악귀無常惡鬼까지 다 들어주십시오. 나 위소보는 반드시 이 낭자를 아내로 맞이할 겁니다. 설령 사후에 무간지옥, 만겁연옥으로 가서 혓바닥이 뽑히고, 대갈통이 쪼개지고, 영원히 환생할 수 없어도 상관없습니다. 살아생전 그 누구도 날 말리지 못할 것이며, 죽어서도 두려울 게 아무것도 없습니다! 그 어떤 일이 있더라도 기필코 이 낭자를 아내로 맞이하고 말 겁니다!"

위소보가 이번에 한 말은 전혀 경박하지도 않거니와 농담 같지도 않았다. 소녀는 그의 진지하고 비장한 말에 왠지 두려움을 느꼈다. 그녀는 애원했다.

"제발… 제발… 그만해, 그만!"

약간 멈칫했다가 이를 갈며 말했다.

"날 죽여도 좋고, 매일 괴롭히고 때려도 상관없어! 어쨌든 널 증오할 거야! 절대… 절대 네 말을 들어주지 않을 거야!"

위소보는 몸을 일으켰다.

"내 청을 들어주든 들어주지 않든 상관없어. 아무튼, 좌우지간, 여하튼, 앞으로 80년 동안은 널 졸졸 따라다닐 거야. 네가 100살 먹은 할망구가 되더라도 내 마누라로 삼지 못한다면 죽어서도 눈을 감지 않을 거야!"

소녀는 그에게 저주를 퍼부었다.

"이렇게 자꾸 나한테 수모를 주면 언젠가는 내 손에 죽을 줄 알아! 먼저 널 죽이고 나서 나도 자결할 거야!"

위소보의 표정은 아주 비장했다.

"날 죽이는 것은 좋지만 그건 엄연히 남편을 죽인 것이니 친족살해 죄가 되는 거야. 그리고 분명히 말하는데, 네 신랑이 되기 전에는 절대로 죽지 않아!"

그렇게 말하는 음성이 떨려나왔다. 소녀는 그가 이를 바드득 갈며 이마에 시퍼런 힘줄이 돋아난 것을 발견하고는 더욱 두려워져 다시 눈을 꼭 감아버렸다.

위소보는 그녀에게 몇 걸음 다가갔다. 온몸이 맥없이 풀리며 손발이 덜덜 떨렸다. 당장 그녀에게 무릎을 꿇고 큰절을 올리며 진지하게 애원하고 싶었다. 다시 한 걸음을 내딛자 목이 메어 입에서 이상한 소리가 흘러나왔다. 그것은 상처 입은 야수의 절규처럼 들렸다. 또한 지금 당장 소녀의 목을 졸라 죽이려는 것처럼 보이기도 했다.

소녀는 그 이상한 소리에 눈을 떴는데, 위소보의 눈에서 괴상한 빛이 이글거리는 것을 보고 너무 놀라 비명을 지르고 말았다.

"으악!"

그 바람에 위소보는 정신이 번쩍 들어 뒤로 몇 걸음 물러나서는 그 자리에 풀썩 주저앉고 말았다. 그러고는 속으로 구시렁거렸다.

'황궁에서 난 방이와 소군주를 큰마누라, 작은마누라로 삼아 시시덕거리며 거리낌 없이 즐겁게 지내지 않았던가? 끌어안고 싶으면 안고, 뽀뽀도 맘대로 했는데… 이 계집은 노화상한테 혈도가 찍혀 꼼짝 못하는데도 난 왜 감히 손조차 만질 엄두가 나지 않지?'

승포 밖으로 예쁜 손이 드러나 있어 가서 살짝 만지고 싶었지만 용기가 나지 않았다. 절로 욕이 나왔다.

"이런 빌어먹을!"

소녀는 영문을 몰라 그저 멍하니 위소보를 쳐다볼 뿐이었다. 위소보는 얼굴이 붉어졌다.

"널 욕한 게 아니라, 쓸모없는 겁쟁이라고 나 자신을 욕한 거야."

소녀가 말했다.

"그렇게 막무가내로 굴면서 겁쟁이라니! 정말 겁쟁이가 된다면 그야말로 감지덕지, 하늘에 감사할 일이지!"

그 말을 듣자 위소보는 오기가 생겨 몸을 일으켰다.

"좋아! 난 막무가내니까 네 옷을 홀딱 벗겨버리겠어! 발가벗은 모습도 그렇게 예쁜지 확인해봐야지!"

위소보는 그녀 앞으로 다가갔다. 소녀의 눈에서 증오의 빛이 이글거렸다. 그는 다시 마음이 약해졌다.

'그래, 관두자! 나 위소보는 후레자식 개똥쇠다. 너한테 완전히 두 손 두 발 다 들었어. 감히 건드릴 수도 없으니, 항복할게.'

그는 부드럽게 말했다.

"난 원래 공처가야. 마누라를 두려워해. 그러니 널 그냥 풀어줄게."

소녀는 잔뜩 겁을 먹고 있다가 좀 누그러졌는데, 서서히 분노로 변했다.

"이런… 기루에서 그… 나쁜 여자들한테 뭐라고 했지? 나랑 사저가 뭐… 너의… 뭔데… 널 잡으러 왔다고? 이런 고약한….'

위소보는 깔깔 웃었다.

"그래, 내 마누라들이라고 했어. 그 나쁜 여자들이 뭘 알겠어? 나중에 널 마누라로 삼으면 세상천지 모든 기루의 기녀들이 몰려와 내 앞에 줄을 선다고 해도 절대 거들떠보지 않을 거야. 아침부터 밤까지, 밤에서 다시 아침까지 하루 열두 시진을 오로지 사랑스러운 내 마누라만 처다보며 살 거야."

소녀는 다급해졌다.

"또… 또 나를 그 무슨 마… 마… 뭐라고 부르면 영원히 너랑 말을 하지 않을 거야!"

위소보는 좋아하며 얼른 말했다.

"알았어, 부르지 않을게. 대신 속으로 부르면 되지?"

소녀는 소리쳤다.

"안 돼! 속으로 불러도 안 돼!"

위소보는 빙글빙글 웃었다.

"내가 속으로 부르는데 어떻게 알겠어?"

소녀가 코웃음을 쳤다.

"흥! 내가 왜 몰라? 이상한 눈빛과 표정만 봐도 속으로 부르고 있다는 걸 금방 알 수 있어!"

위소보가 말했다.

"엄마가 날 낳을 때부터 표정과 눈빛이 좀 이상야릇했어. 아마 엄마 배 속에 있을 때부터 나중에 널 아내로 맞이하게 될 걸 알았나 봐."

소녀는 눈을 감고 더 이상 그를 거들떠보지 않았다.

위소보는 부드럽게 말했다.

"이봐, '마누라'라는 말을 하지 않았는데 왜 날 외면하는 거야?"

소녀는 쏘아붙였다.

"안 했다고? 거짓말하지 마! 분명히 나중에 날 아… 그 뭐라고 말한 게 바로 그 뜻이잖아!"

위소보는 빙긋이 웃었다.

"좋아, 그럼 아내라는 말도 하지 않을게. 그냥 나중에 내가 낭군이 될 거라고 말하면 되겠지?"

소녀는 화가 머리끝까지 치밀어 눈을 꼭 감아버리고는 이후로 위소보가 뭐라고 시부렁거려도 전혀 반응을 보이지 않았다. 위소보로서는 더 이상 어떻게 해볼 도리가 없었다.

그는 오기가 생겨 또 생떼를 쓰려고 했다. '계속 날 외면하면 얼굴에다 뽀뽀를 할 거야!' 그렇게 말하려고 했지만 바로 삼켜버렸다. 선녀처럼 아름다운 미녀를 그런 식으로 위협하는 것은, 그 아름다움에 대한 모독이라고 생각했다.

위소보는 한숨을 쉬며 말했다.

"한 가지만 부탁할게. 나한테 이름만 밝혀주면 바로 풀어줄 거야."

소녀는 믿으려 하지 않았다.

"거짓말하지 마!"

위소보가 말했다.

"내가 세상 모든 사람들에게 거짓말을 해도 너한테만은 거짓말을 안 해. 그게 바로 남아일언이면 사마난추死馬難追고, 각시무언이면 활마호추活馬好追라는 거야."

그는 '사두마차도 쫓아오지 못한다'는 뜻의 사마난추駟馬難追라는 고사성어를 같은 음흡의 사마난추死馬難追, 즉 '죽은 말도 쫓아오지 못한다'는 뜻으로 말해왔다. 게다가 이번에는 '각시가 말이 없으면 살아 있는 말이 쫓아가기 쉽다'는 뜻으로 활마호추란 말을 제멋대로 만들어냈다. 소녀는 무슨 뜻인지 몰라 어리둥절할 수밖에 없었다.

"뭐가 남아일언 사마난추고, 각시무언이면 활마호추라는 거지?"

위소보가 둘러댔다.

"그건 우리 소림파의 불어佛語인데, 아무튼 거짓말이 아니라는 뜻이야. 잘 생각해보라고! 난 진심으로 네 손자한테 할아버지라는 말을 듣고 싶은데, 만약 오늘 거짓말을 해서 네 아들도 날 아버지라고 부르지 않는다면, 어떻게 손자가 생겨나겠어?"

소녀는 처음엔 그가 무슨 할아버지고 손자니 하면서 마구 지껄여 대 무슨 뜻인지 잘 몰랐는데, 가만히 생각해보니 뱅뱅 둘러서 역시 '그 일'을 말하는 거였다는 걸 알아차리고는 더 이상 참을 수가 없었다.

"날 풀어주는 것도 원치 않아! 너한테 계속 수모를 당했으니 살고 싶지 않아. 어서 단칼에 날 좀 죽여줘!"

위소보는 그녀의 목에 선명하게 나 있는 칼자국을 보자 너무 미안하고 죄책감이 들어 그 자리에 무릎을 꿇고 바닥에 쿵쿵, 쿵쿵 이마를 찧으며 큰절을 올렸다.

"다 내 잘못이야!"

그는 팔을 좌우로 벌리기 무섭게 스스로 뺨을 열댓 번 후려갈겼다. 양 볼이 이내 빨갛게 부어올랐다.

"낭자, 괴로워하지 마. 이 위소보는 못돼먹은 놈이라 맞아도 싸!"

그러고는 몸을 일으켜 문 쪽으로 가서 말했다.

"이봐요, 노사질. 저 낭자의 혈도를 풀어주고 싶은데 무슨 방법을 써야 하죠?"

징관은 줄곧 선방 밖에서 기다리고 있었다. 그는 내공이 심후하기 때문에 위소보가 비록 나직이 말을 했어도 다 들을 수 있었다. 그래서 이 사숙님이 여시주를 '설득'하는 언어가 정말 고심막측高深莫測하다고 생각했다. 그 무슨 낭군이니 마누라니, 할아버지니 손자니… 무공하고 는 전혀 상관없는 것 같았다. 사숙님의 신기묘어神機妙語는 정말이지 너무나 심오했다. 자신은 불법 수양이 부족한 탓인지 제대로 깨달을 수가 없었다.

나중에 사숙님이 무릎을 꿇는 소리에 이어 이마를 바닥에 찧는 소리를 듣고는, 더더욱 존경심이 우러났다. 선종에서 불법을 전할 때 제자가 스승의 묘언妙言을 이해하지 못하거나 졸면 바로 죽비로 어깨를 내리친다. 때로는 몽둥이로 내리치기도 한다. 그것을 죽비전법竹篦傳法 혹은 봉타전법棒打傳法이라 하며, 당나라 때 덕산德山 선사가 제자들에게 대갈일성大喝一聲하여 깨우침을 준 것에서 비롯됐다. '당두봉갈當頭棒喝'이란 사자성어의 유래이기도 하다.

징관은 곰곰이 생각해보았다. 지난날 고승들은 몽둥이나 죽비로 때려 제자들을 교화시켰는데, 이 소사숙님은 스스로의 뺨을 때려 여시주를 감화시켰다. 이렇게 남을 위해 자신을 희생하는 사기위인捨己爲人, 대자대비한 불문佛門 정신은 옛사람들을 능가하고도 남았다. 그저 감탄이 절로 나올 뿐이었다.

위소보가 혈도를 푸는 방법을 묻자 얼른 대답했다.

"그 여시주가 찍힌 대포혈大包穴은 태음비경太陰脾經에 속합니다. 사숙님께서 그녀의 다리 기문箕門과 혈해血海, 두 군데 혈도를 추궁과혈推宮過血, 주물러주면 혈도가 풀릴 겁니다."

위소보가 물었다.

"그 기문과 혈해, 두 군데 혈도는 정확히 어디에 있는데요?"

징관은 바로 승포 자락을 젖혀 무릎 안쪽 혈도의 위치를 가르쳐주었다. 그리고 위소보로 하여금 직접 그 위치를 짚게 하여 거듭 확인하고 나서 추궁과혈하는 방법도 가르쳐주었다.

"사숙님은 내공을 익히지 않았으니 혈도를 풀 때 서두르지 말고 천천히 해야 합니다. 아마 반 시진 정도 추나를 하면 풀릴 겁니다."

위소보는 알았다며 고개를 끄덕여 보이고는 방문을 닫고 침상으로 다가갔다.

소녀는 두 사람의 얘기를 들은 터라 놀라 소리쳤다.

"혈도를 풀지 마! 내 몸을 건드리지 마!"

위소보는 고개를 갸웃했다.

'그래, 무릎 안쪽을 반 시진이나 주무르는 것은 아무래도 좀 껄쩍지근해. 난 진심으로 성의껏 혈도를 풀어주려는 건데, 틀림없이 내가 또 경박한 짓을 한다고 생각할 거야. 물론 서방이 마누라를 주무르는 건 하늘도 말릴 수 없는 정당한 일이지. 게다가 이런 절호의 기회를 놓치면 얼마나 애석하겠어? 하지만 이 계집애는 워낙 성깔이 깐깐해서 혈도가 풀리면 벽에다 머리를 처박고 죽을지도 몰라. 그럼 이 위소보는 대가 끊기게 되잖아!'

그는 고개를 돌려 큰 소리로 물었다.

"남녀칠세부동석인데, 우리 같은 불문 제자는 더욱 지킬 건 지켜야죠. 추나 말고 다른 방법은 없나요?"

징관이 대답했다.

"네, 사숙님께서 그렇게 계율을 엄히 지키시니 사질은 정말이지 존경해 마지않습니다. 상대방의 몸에 손을 대지 않고 혈도를 푸는 방법이 있습니다. 소매를 살짝 떨치거나 일지선의 무공으로 손가락을 슬쩍 허공에다… 어이구, 아닙니다. 사숙님은 내공을 익히지 않았으니 그런 방법은 통하지 않겠군요. 사질이 다시 한번 잘 생각해보겠습니다."

솔직히 말해서, 다시 생각할 필요 없이 그가 방 안으로 들어가 소매를 살짝 떨치거나 일지선을 전개하면 그 즉시 소녀의 혈도를 풀 수 있을 것이다. 그러나 사숙이 직접 물어왔으니 해답을 드려야만 했다. 그런데 내공을 익히지 않은 사람이 손을 대지 않고 혈도를 푸는 것은 여간 어려운 일이 아니었다. 설령 그가 반년이고 1년이고 더 골똘히 생각해도 아마 해법을 찾아내기는 어려울 것이었다.

위소보는 한참 기다렸는데도 아무 대꾸가 없자, 문 앞으로 가서 살짝 열고 내다봤다. 징관은 고개를 쳐들고 멍하니 깊은 생각에 빠져 있었다. 그 상태로 서너 시진 반응이 없어도 전혀 이상한 일이 아닐 것 같았다.

위소보는 포기하고 다시 문을 닫았다. 그 순간, 지난날 황궁에서 목검병의 혈도를 풀어주던 일이 머릿속에 떠올랐다. 그때 1류 수법에서 시작해 9류 수법까지 쓰지 않았던가? 계속해서 몸 구석구석을 찌르고 더듬었지만 전혀 거리낌이 없었다. 상대가 존귀한 군주의 몸인데도 전혀 안중에 두지 않았는데 지금 이 이름조차 모르는 소녀에겐 왜 이리 천신을 대하듯 전전긍긍하고 있는지, 그 자신도 도무지 이해가 가지 않았다.

위소보는 소녀를 쳐다보았다. 그녀는 눈을 꼭 감은 채 얼굴을 잔뜩 찌푸리고 있었다. 절로 연민의 정이 느껴져 목탁을 치는 방망이를 집어들고 그녀에게 다가갔다.

"이 위소보가 전생에 너한테 무슨 빚을 졌는지 알 수 없지만, 하늘이 무너지고 땅이 갈라져도 겁나지 않는데, 유독 너한테만 사족을 못 쓰겠단 말이지. 자, 다시 항복을 선언할게. 그냥 혈도를 풀어주려는 거지, 절대 딴마음은 털끝만치도 없어."

그러면서 승포를 젖혀 방망이로 왼쪽 무릎 안쪽을 살짝 몇 번 찔러보았다. 소녀는 그를 한번 흘겨보더니 입을 꽉 다물었다. 위소보는 다시 몇 번 더 찔러보고 나서 물었다.

"느낌이 어때?"

소녀는 앙칼지게 쏘아붙였다.

"이… 망나니는 못된 말만 할 줄 알았지 아는 게 아무것도 없잖아!"

징관은 내공이 심후해 손가락을 살짝 튕겼는데도 혈도를 정확히 찍었다. 지금 위소보가 방망이로 쿡쿡 찌른 혈도의 위치는 정확했지만 힘이 너무 부족해 제대로 풀리지 않았다. 그런데 소녀가 지금 비꼬는 말을 하자 화가 나서 방망이로 더 세게 찔렀다.

소녀가 비명을 질렀다.

"아야!"

위소보는 깜짝 놀라 물었다.

"아파?"

소녀가 성난 음성으로 외쳤다.

"난… 난… 난….""

말을 제대로 잇지 못했다.

위소보는 이번엔 오른쪽 무릎 안쪽을 쿡쿡 찔러보았다. 소녀가 아플까 봐 세게 누르지 못했는데, 소녀의 몸이 한 차례 살짝 떨렸다. 위소보는 떨 듯이 좋아했다.

"됐다! 소림에는 원래 72가지 절예가 있었는데, 오늘부터 73가지로 늘어났어. 이 절예는 유명한 고승 회명 선사가 직접 창안한 것으로, 뭐더라… 명칭이 '목탁퇴해혈신공木鐸槌解穴神功'이야! 흐흐….""

의기양양해 있는데 별안간 허리가 따끔하며 멍해지고 말았다. 소녀가 침상에서 벌떡 일어나 그에게서 비수를 빼앗아 바로 가슴을 푹 찌른 것이다. 위소보는 소리를 질렀다.

"어이구… 신랑을 죽인다!"

벌렁 엉덩방아를 찧으며 뒤로 넘어졌다. 소녀는 한쪽에 놔둔 유엽도를 집어들고 방문을 밀치며 밖으로 뛰쳐나가려 했다.

징관이 그녀를 가로막으며 소리쳤다.

"넌 사숙을 죽였어! 이… 이…."

소녀는 유엽도를 획획 떨쳐냈고, 징관은 바로 소맷자락을 휘저었다. 다음 순간, 소녀는 두 다리가 마비돼 그 자리에 쓰러졌다.

징관은 위소보에게 달려가 오른손 중지를 연거푸 튕겨 상처 주위의 혈도를 봉쇄했다.

"아미타불, 부처님의 자비로다."

손가락 세 개로 비수를 집어 살짝 뽑아냈다. 상처 부위에서 이내 피가 흘렀다. 징관은 피가 그리 많이 흐르지 않자, 얼른 옷을 벗겼다. 상처가 별로 깊지 않은 것을 확인하고는 다시 불호를 외웠다.

"아미타불…."

위소보는 보의를 입고 있어 일반 칼에 찔렸다면 아무렇지도 않았을 것이다. 자신의 비수가 비록 옷을 뚫고 들어갔지만 상처가 깊지는 않았다. 그래도 상처에서 피가 흐르고 고통이 심해 죽는 줄로만 알고 중얼거렸다.

"낭군을 죽이려 했어. 콜록… 낭군님을…."

소녀는 땅바닥에 쓰러진 채 울먹였다.

"내가 죽였어요! 노화상, 어서 날 죽여요! 날 죽여서 그를 위해 복수… 복수를 해줘요!”

징관이 한숨을 내쉬었다.

“휴, 사숙님께서 교화를 시키려고 무던히 애썼는데 여시주는 깨우치기는커녕 이런 흉행兇行을 저지르고… 살인을… 참회해야 할 거요.”

위소보가 소리를 질렀다.

“아… 나 죽어요. 콜록… 낭군을 죽이려 하다니….”

징관은 잠시 멍해 있다가 얼른 밖으로 달려가서 상처에 바르는 약을 가져다 위소보의 상처 부위에 발라주었다.

“사숙님은 대자대비로 흉인을 일깨워주려 했으니 그 복보福報를 받기 전에는 원적하지 않을 겁니다. 그리고 상처가 깊지 않아 염려하지 않아도 됩니다.”

위소보는 상처가 깊지 않다는 말에 위안이 되었는지, 고통도 한결 가신 것 같았다. 그래도 일단 소리를 질렀다.

“아, 나 죽는다! 나 죽어…!”

그러고는 나직이 말했다.

“귀 좀 빌려요.”

징관이 허리를 구부려 그의 입 가까이 귀를 갖다 대자, 위소보가 귀엣말로 말했다.

“그녀의 혈도를 풀어주되 이 방에서 도망가게 해선 안 돼요. 알고 있는 무공을 전부 펼치게 만든 다음에 비로소… 비로소….”

징관이 얼른 물었다.

“비로소… 뭐죠?”

위소보가 말했다.

"그때에야 비로소…."

속으로 생각했다.

'그때가 되어도 놓아줘선 안 되지!'

그러고는 얼렁뚱땅 얼버무렸다.

"그냥… 시키는 대로 하세요. 어서… 난 죽어요. 죽을 것 같아서 죽겠어요…."

징관은 영문을 알 수 없었으나 그가 독촉을 하자 결국 몸을 돌려 소녀에게 가서 혈도를 풀어주었다.

소녀는 위소보가 징관에게 뭔가 귓속말을 하는 것을 보고, 또 무슨 흉계를 꾸미는 것 같아 내심 불안했다.

'죽기 직전까지 자기를 지독하게 혼내주라고 말한 게 아닐까? 그렇지 않고서야 왜 혈도를 풀어주는 거지?'

소녀는 일단 몸을 일으켰다. 그러나 찍혔던 혈도가 갓 풀리면서 피가 잘 순환되지 않아 다리가 저려서 다시 주저앉았다.

징관은 그녀를 멍하니 응시하며 불호만 연신 외웠다.

"아미타불… 관세음보살… 나무아미타불…."

소녀는 더욱 겁을 집어먹고 소리쳤다.

"차라리 어서 날 죽여요! 이렇게 사람을 괴롭히다니… 이건 영웅호한이 할 짓이 아니에요!"

징관은 무덤덤하게 말했다.

"사숙님은 시주를 지금 놓아주면 안 된다고 했어요. 물론 해쳐서도 안 된대요."

소녀는 더욱 놀랐다. 얼굴이 붉어지며 속으로 생각했다.

'저 꼬마 악승惡僧은 계속 날 마누라로 삼겠다고 하면서, 그러지 못하면 죽어서도 눈을 감지 못할 거라고 했는데, 혹시… 숨이 끊어지기 전에 날… 날 강제로 마… 마누라로… 삼으려는 건가?'

생각이 거기에 미치자 옆에 떨어져 있는 유엽도를 집어 다짜고짜 자신의 머리를 향해 내리쳤다. 징관은 승포 소맷자락을 떨쳐 칼날을 휘감았다. 그리고 왼쪽 소매로 소녀의 얼굴을 살짝 훑었다. 소녀는 거센 바람이 얼굴을 스치는 것을 느끼는 순간, 손에 쥐고 있던 칼을 놓치고 뒤로 밀려났다. 징관이 소매를 다시 떨치자 유엽도가 쏜살같이 날아 퍽 하고 천장 대들보에 꽂혔다.

소녀는 징관이 고개를 쳐들고 칼을 바라보자, 잽싸게 왼쪽 발끝으로 바닥을 찍으며 그의 왼쪽으로 덮쳐갔다. 그리고 오른손 다섯 손가락을 송곳처럼 세워 징관의 눈을 찔러갔다.

징관은 손을 뒤집어 소녀의 팔목을 잡으며 말했다.

"이 운연과안雲煙過眼은 강남 장가蔣家의 무공인데!"

소녀는 다시 발을 날려 그의 아랫배를 걸어찼다. 징관은 살짝 허리를 숙여 피하며 중얼거렸다.

"이 공곡족음空谷足音은 원래 산서 진양晉陽 사타인沙陀人의 무공인데, 사타인은 다른 이름을 붙였을 거야. 노납은 그것까진 알아내지 못했어. 여시주는 혹시 이 초식의 원명原名을 알고 있소?"

소녀가 그의 물음에 대꾸할 리가 있겠는가. 그저 발로 걸어차고 손으로 공격하며 알고 있는 초식을 총동원했다. 징관은 그것을 일일이 다 식별했으나 소녀의 이어지는 공격이 워낙 빨라 입으로 다 설명할 겨를이 없었다. 그는 초식들을 파해하면서 속으로 빠짐없이 다 기억해두었다.

　소녀는 연거푸 수십 초식을 전개했지만 상대방은 전혀 힘들이지 않고 가볍게 막아냈다. 아무래도 이 자리에서 벗어나긴 틀린 것 같았다. 너무 당황스럽고 다급해 숨이 턱 막혔다. 결국 제풀에 지쳐, 몇 번 휘청거리더니 정신을 잃고 쓰러졌다.

　징관은 한숨을 내쉬었다.

　"여시주는 욕심이 많아서 각 문파의 잡다한 무학을 많이 익혔지만, 내공이 부족해서 결국 지쳐 쓰러졌군요. 내 생각엔 처음부터 내공을 다시 쌓는 것이 정도일 거요. 지금 일으키면 다시 싸우려 할 거고, 그럼 내상을 입을 우려가 있지. 그냥 누워서 좀 쉬는 게 좋을 텐데, 여시주의 생각은 어떻소? 난 지금 쓰러진 사람을 수수방관하여 그냥 외면하는 게 아니니, 절대 오해는 하지 마시오."

　그렇게 말하더니 갑자기 자신의 이마를 탁 쳤다.

　"이런! 어이구… 내가 왜 이리 멍청하지? 여시주는 기절해서 내 말을 듣지 못할 텐데 괜히 혼자 지껄여댔구먼."

　그는 침상 앞으로 걸어와 위소보의 맥을 짚어보았다. 맥박이 평온하고 힘찬 것이 위험한 증세는 없었다.

　"사숙님, 걱정하지 마십시오. 이 정도 상처는 괜찮을 겁니다."

　위소보가 웃으며 물었다.

　"저 낭자가 전개한 초식을 다 기억해두었나요?"

　징관이 대답했다.

　"다 기억해뒀습니다. 하지만 간단한 무공으로 파해하기란 그리 쉽지 않을 것 같습니다."

위소보가 말했다.

"초식을 다 기억해뒀으면 됐어요. 그것을 파해하는 방법은 천천히 생각해도 상관없어요."

징관은 머리를 조아렸다.

"네, 네. 사숙님의 말씀이 옳습니다."

위소보가 다시 말했다.

"권각의 무공을 많이 전개했으니, 이젠 칼을 사용하게 만들어 그 초식 또한 다 기억해둬요."

징관이 고개를 끄덕였다.

"네, 맞아요. 병기를 사용하는 초식도 기억해둬야죠. 한데 한 가지 난처한 일이 있어요. 그녀의 유엽도가 대들보에 꽂혀 있는데… 아마 그렇게 높이 뛰어오르지는 못할 것 같아요."

위소보가 물었다.

"그녀는 뛰어오를 수 없지만 사질은 어때요? 뛰어올라서 빼다 주면 되잖아요?"

징관은 처음엔 멍해하더니 이내 하하 크게 웃었다.

"이 사질이 정말 멍청한가 봅니다."

그가 웃는 바람에 소녀가 깨어났다. 그녀는 손으로 바닥을 짚고 일어나 문 쪽으로 달려갔다. 그러자 징관이 소맷자락을 비스듬히 쓸어냈다. 소녀는 옆쪽에서 강한 바람이 뻗쳐오는 것을 느끼며 비칠비칠 벽으로 밀려났다. 징관이 다시 소매를 떨치자 소녀는 부드러운 바람에 휘감겨 비칠거리던 몸을 바로 세울 수 있었다. 마치 꼭두각시가 된 기분이었다.

소녀는 자신의 무공이 노화상에 비해 현격하게 뒤떨어진다는 것을 알고, 더 이상 싸워봤자 조롱거리밖에 안 될 거라고 생각했다. 그녀는 뒤로 몇 걸음 물러나 아예 의자에 앉았다.

그것을 본 징관이 고개를 갸웃하며 물었다.

"아니… 싸우지 않을 건가요?"

소녀는 팽 토라진 음성으로 쏘아붙였다.

"도저히 상대가 안 되는데 싸워서 뭐 해요?"

징관은 다소 당황했다.

"덤비지 않으면 내가 무슨 수로 초식을 알아낼 수 있겠어요? 그리고 어떻게 그 해법을 찾아내겠어요? 제발 어서 공격을 해봐요."

그 말에 소녀는 괘씸한 생각이 들었다.

'그래! 이제 보니 내 무공을 파악하기 위해 출수를 유도한 거였군! 그렇다면 좋아! 아주 헷갈리게 만들어주지!'

그녀는 바로 몸을 솟구쳐 두 주먹을 이리저리 마구 휘두르고 두 발을 제멋대로 걷어차냈다. 그건 도저히 무공이라 할 수 없는 마구잡이 동작의 연속이었다.

징관은 눈이 휘둥그레져서 소리쳤다.

"잇? 아… 이상하다, 이상해! 어이? 나 원… 모르겠어. 정말 해괴하구먼, 요상해!"

상대방인 소녀가 전개한 초식은 생전 보지도 듣지도 못한 것들이었다. 간혹 어느 문파의 무공과 엇비슷한 움직임도 있긴 했지만 대동소이(大同小異)가 아니라 소동대이고, 사이비(似而非)하다가도 비이사하니, 너무나 헷갈려서 머리가 빙빙 돌 지경이었다. 그동안 수십 년을 무학 연구에 전념해왔는데, 모든 것이 갑자기 싹 다 바뀌어버린 것 같았다. 천경지의天經地義, 원리원칙에 따른 금과옥조金科玉條와도 같은 규칙이 한순간에 모조리 다 파괴돼버린 충격에 휩싸였다.

그는 소녀가 일부러 엉터리로 손발을 놀려 아예 무공이라고 할 수도 없는 초식을 구사하고 있다는 사실을 전혀 눈치채지 못했다.

소녀는 자신이 어떻게 출수를 해도, 노화상이 자기를 해치지 않을 거란 확신을 갖고 있었다. 기껏해야 자신의 혈도를 찍어 움직이지 못하게 만들 것이었다. 노화상이 만약 자기를 제압할 생각이라면 손바닥 뒤집듯이 간단한 일이었다. 그러니 설령 자기가 가장 정묘한 초식을 전개한다고 해도 결과는 마찬가지일 것이다. 차라리 마구잡이로 대드는 게 더 낫다고 판단했다. 그리고 자신의 무공을 파악하려고 한다니, 그 뜻대로 해주지 않겠다는 오기가 발동했다.

징관은 천하 각 문파의 무공을 인지하고 있었다. 그러나 세상에는 무공을 전혀 배우지 않은 사람이 훨씬 더 많다는 사실을 간과했다. 그들은 싸울 때 무슨 초식 같은 것을 따지지 않는다. 또한 초식 같은 건 아예 알지도 못한 채 그저 주먹을 휘두르고 발을 걷어찰 뿐이다. 그러니 그걸 어떻게 무슨무슨 초식이라 정의할 수 있겠는가?

하지만 징관의 입장에서 보면, 지금 이 소녀는 각양각색의 해괴한 초식을 끝없이 펼쳐내고 있는 것이다. 그 일초일식이 다 평생 처음 보는 것이며 전무후무한 괴초怪招 같아서 너무 당황해 어찌할 바를 몰라 했다.

그는 소림에서 자라나 삭발체도削髮剃度를 한 이래 산문 밖으로 나가본 적이 없었다. 소림사에서 누가 그와 무공을 겨룬다면 당연히 모든 초식이 다 그 근거가 있고, 모든 문파의 무공도 그 독특한 장단점이 있기 마련이었다. 어린아이들이 마구잡이로 싸우는 것을 다른 사람은 보았을 수 있겠지만, 이 소림사 반야당의 수좌이자 무공에 박학다식한 징관 선사는 생전 본 적이 없다. 들어보지도 못했다.

그는 지금 녹의 소녀가 전개한 '초식'을 보면 볼수록 당황스러운 마음을 걷잡을 수 없어 눈이 휘둥그레지고 입이 딱 벌어졌다. 이젠 '이상하다, 묘하다'라는 말도 입 밖으로 나오지 않았다. 그저 속으로 너무 신기할 뿐이었다.

'이건 무당장권武當長拳의 도기룡倒騎龍 같은데, 초식을 거두는 방식이 달라. 혹시 공동파의 운기용양運紀龍驤을 변화시킨 건가? 잇? 이번에 걷어찬 발은 더 이상한데! 이렇게 걷어차면 바로 상대한테 발목이 잡힐 거야. 하지만 무학은 허허실실이 있기 마련이지. 보기엔 졸렬한 초식처럼 보이지만 실은 아주 무서운 변화가 숨어 있을지도 몰라. 아! 이 초식은 분명 두 손으로 내 머리카락을 잡으려는 거야. 하지만 난 머리카락이 없잖아. 그렇다면 틀림없이 허초일 거야. 무학을 깊이 파고들면 허중유실虛中有實, 실중유허의 경지에 도달하게 되지. 왜 화상의 머리카락을 잡으려는 걸까? 필시 깊은 뜻이 있을 테니 나중에 잘 연구해봐야겠어.'

소녀가 엉망진창 엉터리로 출수할수록 징관은 더욱 깊은 의혹에 빠져들었다. 그리고 자신도 모르게 존경심이 우러났고, 그 존경심은 두려움으로 변해 경외를 금치 못했다.

한편 위소보는 싸움을 지켜보며 상황을 빠삭하게 파악하고 있었다. 소녀는 그저 마구잡이로 출수하고 있는데, 징관은 너무 진지하게 그것을 기억하려고 애쓰며 연구하는 모습을 보고는 더 이상 웃음을 참을 수가 없었다.

"푸하하핫…!"

절로 웃음이 터졌다. 그 바람에 상처 부위를 건드려 극심한 통증이 몰려왔다. 이를 악물고 웃음을 참을 수밖에 없었다. 너무 아프기도 하고, 또 너무 우습기도 해서 그야말로 환장할 지경이었다.

징관은 당황해서 어찌할 바를 모르고 있던 차에 갑자기 위소보의 웃음소리를 듣자, 이내 얼굴이 붉어졌다.

'사숙님은 내가 이 여시주의 절묘한 무공을 제대로 파악하지 못하고 있으니 비웃는 거야. 정말 그녀를 나 대신 반야당 수좌 자리에 앉히려는 게 아닐까?'

고개를 돌려보니 사숙이 고통스러운 표정을 짓고 있어, 더욱 송구스러운 생각이 들었다.

'사숙님은 너무 인후仁厚하셔서 수좌 자리를 저 여시주에게 내주는 것을 몹시 가슴 아파하는 것 같아.'

그런데 여시주의 공격은 더욱 어지러워져 걷잡을 수 없었다.

'옛날 고수들의 말에 의하면, 무공이 절정에 이르면 아무 흔적도 없다고 했어. 명나라 때에 독고구패獨孤求敗 대협도 그랬고, 또 영호충令狐冲 대협도 역시 무無 초식으로 모든 초식을 꺾어 천하무적이 됐지. 그렇다면… 그럼….'

직접 맞닥뜨리면 그 즉시 소녀를 쓰러뜨릴 수 있을 것이다. 그러나 그는 무학의 대가로서 일단 상대의 초식을 파악한 다음 거기에 알맞은 반격을 전개하는 것을 원칙으로 고수해왔다. 그런데 지금은 이 여시주의 마구잡이 공격을 전혀 파악할 수 없었다. 마치 산중 호랑이가 노새를 처음 본 것처럼 당황스럽고 두려웠다.

녹의 소녀도 감히 직접 징관을 공격하지는 못했다. 그저 쉬지 않고 마구잡이로 팔다리를 휘저으며 걷어찰 뿐이었다. 짜증이 나고 화가 치밀고, 가슴이 마구 뛰기도 했다. 뇌리에 오만가지 생각이 뒤죽박죽 뒤엉켰다. 시간이 흐를수록 소녀는 팔다리가 저리고 지쳐갔다. 무슨 수를 써도 여기서 벗어날 수 없다는 생각이 들자 화기火氣가 끓어올라 갑자기 휘청거리더니 바닥에 주저앉고 말았다.

그것을 본 징관은 소스라치게 놀랐다.

'무공이 최고봉의 경지에 이르면 앉아서 멀리 있는 적에게 손상을 입힐 수 있다는데, 그렇다면… 그렇다면…?'

그렇지 않아도 머리가 빙빙 돌아 미쳐버릴 것 같았는데, 갑작스러운 상황에 당황하고 다급해진 나머지 열혈熱血이 끓어올랐다. 그 역시 비칠거리더니 천천히 바닥에 주저앉았다.

녹의 소녀는 그 모습을 보고 놀라면서도 좋아했다. 한편으로는 행여 두 사람이 또 무슨 흉계를 꾸미는 게 아닌가 하는 생각도 들었다. 어쨌든 절호의 기회라 얼른 몸을 일으켜 냅다 선방 밖으로 달려나갔다. 반야당의 승려들은 소녀가 뛰쳐나오는 것을 보고 경악했지만 윗사람들의 지시가 없었으니 감히 아무도 막지 못했다.

위소보도 침상에 누운 채 그녀가 떠나는 것을 두 눈 뜨고 멀뚱멀뚱 바라볼 수밖에 없었다.

징관은 한참 후에야 천천히 제정신을 되찾았다. 얼굴에는 송구스러운 표정이 역력했다.

"사숙님, 저는… 저는 정말 본사의 선인들을 뵐 면목이 없습니다."

위소보는 쓴웃음을 지었다.

"지금 무슨 생각을 하고 있는 거예요?"

징관이 말했다.

"그 여시주의 무공 초식은 너무 현묘玄妙해서 저는 한 초식도 제대로 파악하지 못했습니다. 이렇게 무능한 저 자신이 너무나 부끄럽습니다."

그는 소녀의 초식을 기억하기 위해 혼신의 노력을 기울였으나, 초식이 하도 기기묘묘하여 그 뿌리를 파악할 수 없는데 무슨 수로 기억해둘 수 있겠는가? 그는 비틀거리며 일어섰다가 벽을 짚더니 다시 쓰러지고 말았다.

위소보가 웃으며 말했다.

"그건… 그녀가 마구잡이로 팔다리를 놀린 건데 현묘한 무공 초식이라뇨? 하하… 깔깔… 정말… 우습네요… 우스워 죽겠어요!"

징관은 어리둥절했다.

"사숙님의 말은 그게… 마구잡이로… 현묘한 무공이 아니라고요?"

위소보는 웃음을 참기 위해 애를 쓰며 상처 부위를 눌렀다. 이마에선 땀방울이 흘러내렸다. 그는 기침을 몇 번 하고 나서 입을 열었다.

"그건 이 세상 모든 어린애들이… 어린애들이 다… 다 할 줄 아는 동작이에요. 하하… 아야! 하하… 어이구, 배꼽이야…."

징관은 길게 한숨을 내쉬었다. 그는 위소보의 말을 반신반의하면서도 얼굴에 엷은 미소가 피어올랐다.

"사숙님, 그 여시주가 정말로 마구잡이로 손발을 놀린 건가요? 난 왜 그런 걸 본 적이 없죠?"

위소보가 웃으며 말했다.

"소림사에는 당연히 그런 마구잡이가 없겠죠."

징관은 고개를 쳐들고 천장을 바라보며 한참 생각에 잠겼다가 무릎을 탁 쳤다.

"맞아요, 맞아! 그 여시주의 권각은 좀 특이했지만 실은 파해하기가 아주 쉬웠어요. 간단하게 소림장권의 기본적인 초식만으로도 바로 꺾을 수 있지요. 하지만 세상에… 그렇게 황당하리라고는 생각지 못했습니다. 대지여우大智如愚라는 말이 있듯이 허허실실, 겉보기엔 조잡한 것 같지만 실은 엄청 심후한 무학이 숨겨져 있지 않을까 생각했어요. 한데 아무것도 아니라니, 정말 다행입니다. 그런데… 참 이상하네요, 그 여시주는 왜 여기서 그런 조잡하고 경솔한 짓을 했을까요? 정말… 스스로 웃음거리가 된 꼴이네요."

위소보는 빙긋이 웃었다.

"그럴 수밖에 없었겠죠. 별다른 초식을 더 이상 전개할 수 없으니 그냥 마구잡이로 나올 수밖에요. 하하… 깔깔…."

결국 방성대소를 터뜨리고 말았다.

위소보의 상처는 심하지 않았다. 소림에는 원래 상처 치료에 효과가 좋은 약이 많아서, 열흘 정도 요양을 하자 바로 다 나았다.

위소보는 황제를 대신해 출가한 것이라 사내에서 지위가 아주 높았다. 아무도 감히 그의 일에 간섭하지 못했다. 이번 일도 설령 모든 사람이 다 알고 있다 해도 그가 입을 열지 않으면 그냥 없었던 일이 되는 거였다.

　위소보가 상처를 치료하는 동안 정관은 두 여인이 전개했던 각종 초식을 일일이 적어 그 해법을 찾아냈다. 위소보가 완쾌되면 한 초식씩 전수해줄 작정이었다.

　정관이 가르쳐주는 방법은 비록 복잡했지만 대체로 염화금나수 위주였다. 염화금나수는 소림의 심오한 무학으로, 우선 심후한 내공을 다져야만 한다. 일단 전개하면 보기엔 아주 평담平淡하면서도 고아高雅한 기풍이 풍긴다. 우악스럽고 패도覇道적인 느낌을 전혀 찾아볼 수 없는 게 그 특징이었다.

　전해내려오는 말에 의하면, 왕년에 석가모니가 영산靈山 법회에서 손에 금색 바라화波羅花를 들고 설법을 했는데, 다들 그 심오한 뜻을 이해하지 못해 침묵할 뿐이었다. 그때 오직 가섭伽葉 존자만이 파안미소를 지었다고 한다.

　그리하여 불조께서 이르셨다. "나에게 정법안장正法眼藏과 열반묘심涅槃妙心이 있다. 실상實相은 상相이 없고, 미묘한 법문法門은 문자로 남기지 않아도 널리 전하게 되니, 마하가섭摩訶迦葉은 이를 명심하여라." 마하가섭은 부처님의 10대 제자 중 한 사람으로, '두타제일頭陀第一'로 일컬어지며 선종禪宗에선 그를 시조始祖로 받든다. 소림은 선종에 속하며 마음으로의 큰 깨달음, 즉 심오心悟를 매우 중요시한다.

　불조께서 금색 바라화를 들고, 가섭 존자가 미소를 지으며, 아무 말 없이 마음속으로 오묘함을 깨달으니, 이 얼마나 초절超絶의 경지겠는가? 후세에 이르러 그 손에 바라화를 쥐고 있다는 뜻의 '염화拈花'를 이 금나수의 이름에 붙였으니, 그 한 초식 초식마다 자세가 얼마나 고아한지 짐작할 수 있을 것이다. 거칠게 팔다리를 움직여 펼치는 일반적인 금나수와는 판이하게 달랐다.

그러나 위소보는 내공의 기초를 전혀 다지지 않았기 때문에 곧이곧대로 고아한 자세를 취했다가는 낭패를 볼 게 뻔했다. 고수를 만나면 살짝 밀기만 해도 벌렁 나자빠질 것이고, 쌍코피가 터져 울고불고 생난리를 칠 게 틀림없었다. 미소 운운하는 것은 가히 상상도 할 수 없는 일이었다. 다행이라면 그 두 여인도 내공을 익히지 않았다는 사실이었다. 그러니 어쩌면 쓸모가 있을지도 몰랐다. 징관은 상대가 소녀들이므로 거칠게 다뤄서는 안 될 것 같아 일부러 이 염화금나수를 가르치게 된 것이었다.

위소보는 지난날 해대부에게 무공을 배울 때는, 그가 독촉을 하는 데다 배우는 즉시 바로 써먹을 수가 있어 그런대로 성과가 좀 있었다. 그 후로 진근남한테 무공 비급을 얻었지만 몇 번 흉내만 내봤을 뿐 너무 어려워서 팽개쳤다. 그리고 홍 교주와 홍 부인에게 위기의 순간 써먹을 수 있는 구명육초救命六招를 배웠지만, 그냥 대충대충 해봤을 뿐이고 신룡도를 떠난 뒤로는 아예 연습을 하지 않았다.

그러나 이번에는 사정이 달랐다. 그 녹의 소녀를 반드시 마누라로 삼겠다는 원대하고도 비장한 포부를 갖고 있었다. 만약 마누라로 삼지 못하면 그 무슨 화산빙해, 무간지옥, 악귀연옥에 가 혓바닥이 뽑히고 대갈통이 빠개져도 좋다는 독한 맹세를 했는데, 정말 그렇게 된다면 예삿일이 아니었다. 그리하여 신통하게도 일초일식 아주 열심히 배우면서 징관과 시연을 거듭했다.

그러나 제 버릇 남 못 준다고, 며칠 반짝 열심히 하다가 다시 게으름을 피우기 시작했다. 게다가 녹의 소녀에게 푹 빠져서 까마득하게 잊고 있던 쌍아가 불현듯 생각났다.

'그 계집애는 무공이 높아서 두 낭자를 상대할 수 있을 거야. 쌍아만 곁에 두면 든든해. 굳이 무공을 배울 필요가 없어.'

하지만 바로 생각을 달리했다.

'내가 주동이 돼서 진짜 실력으로 그 녹의 소녀를 굴복시켜 얼굴에다 뽀뽀를 해야 제맛이 나지! 쌍아더러 혈도를 찍으라고 해놓고 뽀뽀를 한다면, 그건 좀 유치해. 녹의 소녀도 날 무시할 게 뻔해. 그리고 쌍아는 내가 시키는 대로 다 하겠지만, 그런 일은 아무래도 마음이 좀 상할 거야. 개한테도 미안한 일이지. 설령 공평하게 둘 다 뽀뽀를 해준다고 해도, 둘 다 별로 좋아하지 않을 것 같아.'

결국은 꼼수를 접고 다시 연마에 열중했다.

이날 징관이 그에게 정색을 하고 말했다.

"사숙님, 지금 이 무공을 열심히 배우고 있는데, 사실… 사실 별로 쓸모가 없어요. 예를 들어서 만약 그 무공을 저한테 쓴다면, 제가 살짝만 내공을 전개해도 바로 손목이… 손목이 저… 바로…."

위소보가 웃으며 그의 말을 받았다.

"손목이 바로 뚝 하고 부러진다는 거죠?"

징관이 말했다.

"그 점은 염려 마십시오. 저는 절대 사숙님한테 내공을 쓰지 않을 겁니다. 그러나 제 생각엔 역시 소림장권부터 익혀 순차적으로 연마하는 것이 정도일 겁니다."

위소보가 물었다.

"그럼 우리가 지금 연마하고 있는 건 왜 정도가 아니죠?"

징관이 대답했다.

"이런 초식들은 내공의 기초를 다지지 않으면, 고수를 만날 경우, 아무리 변화무쌍하고 절묘하다고 해도 형편없이 패할 겁니다. 오직 그 두 여시주에게만 써먹을 수가 있어요."

위소보는 빙긋이 웃었다.

"그럼 잘됐네요. 난 바로 그 두 낭자만을 상대하기 위해서 배우는 거예요."

징관은 고개를 갸웃했다. 도무지 이해가 가지 않는다는 표정이었다.

"그럼 만약 사숙님이 앞으로 그 두 여시주를 만나지 않는다면, 지금 심혈을 기울여 연마한 게 다 헛되지 않습니까? 제대로 된 무공도 배우지 못하고요."

위소보는 고개를 흔들었다.

"내가 만약 그 여시주를 만나지 못한다면 결국 죽을 텐데, 다른 제대로 된 무공을 연마해서 뭐 하겠어요?"

징관은 '그 두 여시주'라 했는데, 위소보는 그냥 '그 여시주'라고 말했다. 징관은 더욱 어리둥절해하며 진지하게 물었다.

"사숙님은 혹시 그 여시주한테 무슨 독을 당해 반드시 그녀를 만나서 해약을 얻어내려는 건가요? 그렇지 않고서야 왜 결국 죽는다고 하는 거죠?"

위소보는 속으로 구시렁거렸다.

'난 남녀지간의 이야기를 하는 건데, 이 노화상은 엉뚱한 생각을 하고 있구먼.'

그도 진지하게 대답했다.

"네, 그래요. 난 그녀한테 독을 당했어요. 그 독이 오장육부와 골수로 파고들어, 그녀의 해약이 아니면 독을 풀 수가 없어요."

징관은 소스라치게 놀랐다.

"아니, 그럴 수가!"

그는 위소보의 말을 곧이 믿었다.

"본사의 징조澄照 사제는 독을 푸는 데 일가견이 있습니다. 그를 불러와서 사숙님을 살펴보라고 할게요."

위소보는 웃음을 참으며 말했다.

"아녜요, 그럴 필요 없어요. 내가 당한 독은 만성慢性이고 오로지 그녀만이 해약이에요. 다른 사람은 전혀 소용이 없어요. 징조 노화상도 당연히 소용이 없죠."

징관은 심각하게 고개를 끄덕였다.

"아… 그녀만이 해약을 갖고 있군요."

위소보는 '그녀만이 해약'이라고 했는데, 징관은 '그녀만이 해약을 갖고 있다'는 뜻으로 알아들었다. 언뜻 들으면 비슷한 말 같으나 그 뜻은 천양지차였다.

징관은 심히 걱정이 되는 듯 혼잣말로 중얼거렸다.

"휴… 사숙님은 어쩌다 그 여시주의 독특한 독에 당했는지… 만성이라서 그나마 다행이긴 한데…."

그 소녀의 무공은 초식이 제법 다양했다. 징관이 생각해낸 파법도 당연히 변화가 많을 수밖에 없었다. 그중에는 좀 쉬운 것도 있었지만, 무공 기초가 없는 위소보가 그걸 무슨 수로 다 배울 수 있단 말인가?

그래도 매일 징관을 붙잡고 연습과 시연을 거듭했다. 어떨 때는 수염이 허연 노승을 그 홍안의 녹의 미녀로 생각해 경박한 언동도 서슴지 않았다. 그래도 징관은 전혀 개의치 않았다. 이 소사숙이 불법을 통달해 선심禪心이 워낙 깊은데, 자신이 미련해서 그것을 미처 깨우치지 못하는 것으로 생각했다.

이날 두 사람이 선방에서 두 여인의 무공에 관해 이야기를 나누고 있는데, 반야당의 한 승려가 문밖에 와서 알렸다.

"방장 대사께서 사숙조님과 사백님을 대전으로 모시랍니다."

두 사람이 대웅보전으로 가보니, 수십 명의 손님이 와 있었다. 그들은 서거나 앉아 있었는데, 방장인 회총 선사는 아래쪽에 앉아 있었다. 위쪽에는 세 사람이 앉아 있는데, 첫 번째는 몽골 옷을 입은 귀인貴人으로 나이는 스물 안팎으로 보였다. 두 번째는 중년의 라마승인데 깡마르고 왜소한 데다가 가무잡잡했다. 그리고 세 번째는 총병總兵 복식의 군관인데, 나이는 마흔 정도 돼 보였다. 그들 뒤에 서 있는 수십 명은 무관이거나 라마승, 그리고 평민의 복식을 하고 있었는데, 모두들 아주 건장한 모습이었다.

회총 선사는 위소보가 들어오자 자리에서 일어나 말했다.

"사제, 귀빈들이 본사를 찾아왔네. 이분은 몽골의 갈이단葛爾丹 왕자 전하이고, 이분은 청해에서 오신 대라마 창제昌齊 대법사이시네. 그리고 이분은 운남 평서왕 휘하의 총병 마보馬寶 대인이네."

이어 몸을 돌려 세 사람에게 소개했다.

"이쪽은 노납의 사제 회명 선사요."

모든 사람의 시선이 위소보에게 집중됐다. 나이도 어린 데다가 언뜻 봐도 장난기 심한 천덕꾸러기처럼 생겼는데, 소림사 방장과 어깨를 나란히 하는 고승이라니, 다들 의아한 표정이었다.

갈이단 왕자는 터져나오는 웃음을 참지 못했다.

"하하… 저 고승은 아주 어린 게 재밌네요. 낄낄… 그것 참 신기하네, 신기해."

위소보가 합장을 하며 그의 말을 받았다.

"아미타불, 이 왕자분은 아주 큰 게 요상하네요. 낄낄… 그거 참 신기하네요, 신기해."

갈이단이 화난 음성으로 물었다.

"내가 뭐가 요상하다는 거지?"

위소보가 받아쳤다.

"그거야 내가 재밌고 신기한 만큼, 왕자님도 요상하고 신기하겠죠. 난형난제, 도긴개긴, 피장파장 아니겠어요?"

그러면서 회총 방장 바로 옆에 앉았다. 징관은 그 뒤에 섰다.

뭇사람들은 위소보의 말을 듣고는 알쏭달쏭, 아리송했다.

회총 방장이 분위기를 환기시키려는 듯 물었다.

"세 분은 무슨 일로 폐사에 오신 겁니까?"

창제 라마가 대답했다.

"우린 길을 가다가 우연히 만났습니다. 이야기를 나누다가 소림이 중원 무학의 으뜸이라 하기에 앙모仰慕의 마음이 생겼습니다. 알다시피 우린 모두 저 멀리 변방에 있기 때문에 견식이 부족하고 내세울 것도 별로 없어, 차제에 고승들에게 한 수 가르침을 받고자 함께 찾아온 겁니다."

그는 비록 청해의 라마지만 북경의 관화官話를 유창하게 구사했으며 말투도 제법 의젓했다.

회총이 그의 말을 받았다.

"원, 별말씀을요. 몽골, 청해, 운남은 자고로 불법이 창성한 곳입니다. 세 분은 당연히 오랫동안 불법의 감화를 받아 지혜롭고 명철할 것이니, 우리가 외려 가르침을 받길 원할 뿐입니다."

창제 라마는 무학을 얘기했는데, 회총은 불법으로 받아넘겼다. 소림은 비록 무공으로 천하에 명성을 날리고 있지만, 사내의 승려들은 불법 수행을 가장 중요시했으며, 무학은 그저 불법을 수호하는 작은 방편에 불과했다.

갈이단이 말했다.

"소림은 역대로 72가지 절예가 전해내려와 천하무적으로 명성을 떨치고 있다 들었소. 우리가 견식을 넓힐 수 있게끔 고승들로 하여금 한번 시연하도록 해줄 수 있겠소?"

회총이 말했다.

"강호의 풍문은 믿을 게 못 됩니다. 폐사의 승려들은 불법 참선을 위해 매진할 뿐, 비록 몸을 단련하기 위해 무예를 연마하는 사람도 있지만, 보잘것없는 잡기로 내세울 만한 게 못 됩니다."

갈이단이 다시 말했다.

"방장 대사, 너무 옹졸한 게 아니오? 우린 그저 무예를 구경하고 싶은 것이지, 그걸 훔쳐배우려는 것도 아닌데, 왜 자꾸 숨기는 거요?"

소림은 워낙 강호에서 명성이 자자해, 무공을 배우려고 찾아오는 사람이 끊이지 않았다. 그건 1천 년 넘게 이어져온 일이고, 지금도 거의 매달 찾아오는 사람들이 있었다. 그중에는 순수하게 무공을 배우려는 사람이 있고, 호기심에 구경을 하려는 사람도 있지만, 악의적으로 자신의 실력을 과시하기 위해 시비를 걸려고 찾아오는 사람도 없지 않았다.

그런 경우에 승려들은 직접 상대하지 않고 좋은 말로 설득하거나 거절해서 돌려보내곤 했다. 설령 막무가내로 시비를 걸어도 승려들은 맞상대하지 않고 예의로 정중하게 대했다. 물론 진짜 출수해 사내의 승려를 공격해서 상해를 입히는 경우에는 부득이 반격을 할 수밖에 없었다. 아무튼 순수하지 못한 목적으로 찾아오는 사람들은 결국 아무 것도 얻지 못한 채 돌아가기 마련이었다.

지금 갈이단 왕자 같은 시비조의 말투를 숱하게 들어온 회총인지라, 그저 빙긋이 미소를 지을 뿐이었다.

"세 분께서 선리禪理를 천명하고 불법을 논하시겠다면 바로 불단을 열어 가르침을 받겠습니다. 하지만 무공에 대해서는 본사의 규칙에 따라, 찾아오는 시주들을 상대로 절대 반문농부班門弄斧, 보잘것없는 잔재주를 뽐내지 않습니다."

갈이단은 눈꼬리를 치켜세우며 음성을 높였다.

"그렇다면 소림의 명성은 한낱 허명에 불과하군! 승려들의 무공도 개똥만 못하고, 한 푼의 값어치도 없구먼!"

회총은 미소를 지으며 말했다.

"세상만사가 본디 허망하고 개똥만도 못하며, 한 푼의 값어치도 없는 찰나의 연속이지요. 오온개공五蘊皆空, 색즉시공 공즉시색이니 명성은 더더욱 부질없는 겁니다. 왕자께서는 폐사의 명성이 허명일 뿐이라고 했는데, 그건 옳은 말입니다."

갈이단은 이 노화상이 뜻밖에 전혀 화를 내지 않자 잠시 멍해 있다가 바로 몸을 일으켜 하하 웃으며 위소보에게 삿대질을 했다.

"소화상, 소화상도 개똥만도 못하고 한 푼의 값어치도 없나?"

위소보는 히히 웃으며 말했다.

"대왕자이시니 당연히 이 소화상보다야 한 수 위겠죠. 이 소화상은 정말 개똥만도 못하고, 한 푼의 값어치도 없습니다. 그러니 한 수 높은 대왕자는 개똥보다 더하고 한 푼의 값어치는 있겠군요. 그게 한 수 더 높은 게 아니겠어요?"

뒤쪽에 서 있는 사람들 중 몇몇이 위소보의 말을 듣고는 도저히 참지 못하고 낄낄 웃었다.

갈이단은 화가 치밀었다. 그는 당장 뛰쳐나가 무력을 행사하고 싶었으나 곧 생각을 달리했다.

'저 어린 화상은 소림사에서 지위가 아주 높은 걸 보면 뭔가 남다른 데가 있을 거야. 섣불리 건드려서는 안 되겠지.'

그는 씩씩거리며 치미는 울화를 꾹 눌러 참았다.

위소보가 다시 말했다.

"전하는 화낼 필요가 없어요. 세상에서 가장 구린 건 개똥이 아니라 사람의 말입니다. 어떤 사람의 말은 너무 구려서 그 냄새가 하늘을 찌를 정도죠. 예를 들어서… 저… 흐흐… 말을 안 해도 다들 잘 알 겁니다. 그리고 한 푼의 값어치도 없는 것은 가장 천박한 게 아닙니다. 가장 천박한 것은 남에게 수천, 수만 냥의 빚을 졌으면서도 떼를 쓰며 갚지 않는 사람이에요. 왕자께서는 아마 남한테 빚을 졌는지 안 졌는지 스스로 잘 알 겁니다."

갈이단은 입이 딱 벌어지며 뭐라 대꾸해야 좋을지 몰랐다.

회총이 얼른 나섰다.

"사제의 말에는 깊은 선리가 담겨 있으니 실로 감탄해 마지않네. 세상사 인과응보因果應報라 하였소. 인因이 있으면 반드시 그 과果가 따르듯이, 악을 저지르면 반드시 그 악보惡報가 있기 마련이오. 한 푼의 값어치도 없다는 것은 그저 선도 없고 악도 없는 무선무악無善無惡일 뿐, 무수한 업보의 짐, 업채業債를 짊어진 것보다야 훨씬 낫습니다."

선종의 고승은 항상 불법의 선리를 탐구한다. 위소보는 갈이단을 비꼬기 위해 아무렇게나 몇 마디 지껄였는데, 회총은 그 말 속에 예리한 불리가 내포돼 있다고 생각한 것이다.

징관 선사도 방장의 해석을 듣자 이내 깊이 깨달아지는 바가 있었다. 절로 탄사가 나왔다.

"회명 사숙님은 나이는 어리지만 덕망이 높고 무상의 불리를 깨우치셨습니다. 노납은 사숙님과 함께 있는 몇 달 동안 감화를 받아, 근래 참선을 할 때면 머리가 훨씬 맑아진 것을 느낍니다."

소화상이 멋대로 지껄인 말을 가지고, 두 노화상이 맞장구를 쳐가며 확대 해석했다. 마치 의도적으로 갈이단을 깎아내리고 궁지로 몰아넣으려는 것처럼 보였다.

갈이단은 얼굴이 빨갛게 달아오르더니 돌연 몸을 솟구쳐 위소보에게 덮쳐갔다. 주객 쌍방은 서로 마주 앉아 있었고 그 거리는 2장 남짓이었다. 그런데도 갈이단은 어찌나 신법이 날렵한지 단번에 위소보 가까이 날아가더니 두 손을 갈퀴처럼 구부려 얼굴과 가슴을 겨냥해 낚아채갔다. 그 손이 뻗쳐오기도 전에 한 갈래의 거센 장력이 위소보의 온몸을 휘감았다.

위소보는 그것을 막기에는 역부족이라 속수무책으로 그냥 앉아서 당할 수밖에 없었다.

그때 회총 방장이 오른 소매를 가볍게 떨쳐 갈이단의 앞을 가로막았다. 갈이단이 전개한 경풍勁風이 그 소매에 부딪히자, 그 즉시 가슴 밑바닥으로부터 기혈氣血이 끓어오르는 것이 느껴졌다. 그리고 마치 겉은 솜처럼 부드러우나 속은 강철로 된 벽에 부딪힌 듯, 절로 세 걸음 뒤로 밀려났다. 몸을 고정시키려 했으나 뜻대로 되지 않아 다시 세 걸음 뒤로 물러나서야, 자신에게 몰아치던 힘이 사라지는 것을 의식할 수 있었다. 그뿐만이 아니었다. 온몸에서 힘이 쭉 빠져나가는 것 같아 소스라치게 놀랐다. 두 다리가 풀려 바로 주저앉을 것 같아서 내심 '아뿔싸!' 당황했다.

'아, 큰 망신을 당하겠구나!'

그 생각이 끝나기도 전에 엉덩이가 딱딱한 판자에 닿는 것을 느꼈는데, 뜻밖에도 원래 자신이 앉았던 의자에 다시 앉은 것이었다.

회총이 소매를 떨쳐 전개한 힘줄기는 아주 온화해서, 전혀 거친 느낌을 받을 수가 없었다. 상대방이 펼쳐낸 경풍을 아주 정확히 계산해, 원래 앉았던 자리로 돌아가게끔 안배를 한 것이다. 힘줄기가 좀 더 강했다면 갈이단은 주저앉으면서 의자가 부서져 뒤로 나자빠졌을 것이고, 조금이라도 약했다면 미처 의자에 앉지 못하고 도중에 뒤로 나자빠졌을 것이다.

이곳에 모인 이들 중 무공에 조예가 깊은 사람은, 회총이 소매를 떨친 1초식 속에 심오한 무학이 담겨 있다는 것을 알아차릴 수 있었다. 자신도 모르게 갈채를 보내는 이도 있었다.

갈이단은 사람들 앞에서 크게 망신을 당하지 않은 것만으로도 다행이라 생각했다. 그는 암암리에 숨을 들이켜 내상을 입지 않은 것을 확인하고 다시 안심을 했다. 자신이 경솔하게 행동해, 겉으로는 별로 망신을 당하지 않은 것 같지만 사실은 이미 큰 망신을 당한 것이나 다름이 없었다. 그래서 얼굴이 달아올랐는데, 뒤에서 갈채 소리가 들렸다. 자기를 칭찬하는 것일 리는 만무하니 은근히 화가 치밀었다.

위소보는 너무 놀라 달아난 혼이 미처 돌아오기도 전에, 회총이 그에게 고개를 돌리며 말했다.

"사제는 불의의 기습에도 아랑곳하지 않는 그 불견불리不見不理의 정력定力이 정말로 대단하네. 《대보적경大寶積經》에도 분명히 적혀 있듯이, '여인재형극림如人在荊棘林, 부동즉자불상不動卽刺不傷'이라 하여, '만약 사람이 가시나무 숲속에 있다고 해도, 움직이지 않으면 다치지 않는다'고 했네. 그리고 '망심불기妄心不起, 항처적멸지락恒處寂滅之樂'이라 하여, '엉뚱한 마음을 갖지 않으면 항상 고요한 낙을 즐길 수 있다'고 했지. 엉뚱한 생각을 품으면 바로 가시에 찔리게 된다네. 그리하여 '유심개고有心皆苦, 무심즉락無心卽樂'이라 하지 않는가. 사제는 젊은 나이에 선법의 수양이 이미 '시시무심時時無心, 각각부동刻刻不動'의 최고 경지에 도달했으니, 이 어찌 대지대혜大智大慧라 아니할 수 있겠나?"

위소보가 비단 반격의 자세를 취하지 않았을뿐더러 심지어 피할 기미도 보이지 않았던 것은, 사실 갈이단의 공격이 너무 빨라서 어찌할 수가 없었기 때문이었다. 피하지 않은 게 아니라 피할 수 없었던 것이다. 그러나 회총은 그런 사실을 전혀 몰랐다.

회총은 마음을 맑게 하고 본성을 바탕으로 삼는 '명심견성明心見性'을 정종正宗 무공으로 여겨왔다. 평상시 그가 추구하는 것은 무아의 경지였다. 그러므로 위소보가 자신의 생사와 안위를 아랑곳하지 않는 모습을 보자 너무 감탄스럽고 우러러보였다. 자신이 엉겁결에 소매를 떨쳐 갈이단의 공격을 막아낸 파납공破衲功은 위소보의 정력에 비하면 너무나 묘소渺少하다고 생각되었다.

징관은 더더욱 그 감탄이 오체투지五體投地에 이르렀다. 절로 칭찬이 쏟아졌다.

"《금강경》에 이르되, '무아상無我相, 무인상無人相, 무중생상無衆生相, 무수자상無壽者相'이라, '나의 상이 없으면 타인의 상도 없고, 중생의 상도 없으며, 수자의 상도 없다'고 하셨습니다. 회명 사숙님은 이미 그 경지에 도달하셨으니 나중에 반드시 아욕다라阿耨多羅 삼막三藐 삼보리三菩提, 최고 경지에 다다를 겁니다."

갈이단은 그렇지 않아도 뿔따구가 나 있는 참에, 두 노화상이 계속 꼬마 승려를 극찬하자 바로 소리를 질렀다.

"하리씨퍄어, 니마홍, 가누삐딩얼!"

그러자 그의 뒤에 있는 무사들이 갑자기 팔을 잽싸게 떨쳐냈다. 순간 노란 광채가 번뜩이며 금색 표창 아홉 개가 회총, 징관, 위소보의 가슴을 향해 날아갔다.

쌍방의 거리는 가까웠고 위소보 등은 몽골말을 몰라 갈이단이 공격 명령을 내린 것을 전혀 눈치채지 못했다. 미처 피할 새도 없이 표창이 가슴으로 날아왔다.

회총과 징관은 동시에 놀란 외침을 토했다.

"앗!"

회총은 파납공을 전개해 소매를 떨쳐서 암기 세 개를 전부 휘감아 버렸다. 징관은 합장 자세로 경례삼보敬禮三寶의 초식을 펼쳐 암기 세 개를 손안에 다 잡았다. 그런데 위소보에게 날아간 암기 세 개는 전부 가슴에 적중했다.

표창 아홉 개가 동시에 발출되었기 때문에 회총과 징관이 위소보를 도와주기엔 이미 때가 늦었다. 그들이 대경실색하는 가운데 암기 세 개가 금속성을 내며 다 바닥에 떨어졌다. 위소보는 보의를 입고 있어 그 암기에 별로 손상을 입지 않은 것이다.

대전 안에 모여 있는 사람들은 모두 아연실색했다. 어린 화상이 소림 무공 중에서도 최고의 내공으로 알려진 금강호체신공金剛護體神功을 터득했을 줄이야, 도저히 믿기지 않았다. 실로 불가사의한 일이었다. 다들 비슷한 생각을 했다.

'어쩐지… 이 어린 화상이 소림의 회 자 항렬로, 방장이신 회총 선사와 어깨를 나란히 하는 이유가 다 있었군.'

사실 회총과 징관, 두 노화상이 암기를 받아낸 무공은 정말 대단한 것이었다. 내공이 최고 경지에 달하지 않으면 결코 해낼 수 없는 신기神技였다. 그러나 위소보가 보여준 '실력'이 너무 신묘해서 모두들 두 노화상한테는 관심이 없고 위소보에게만 시선이 집중되었다.

사람들이 감탄과 놀라움을 금치 못하고 있는 사이에 창제 라마가 웃으며 말했다.

"소화상의 금강호체신공이 그 경지에 이른 것은 결코 쉬운 일이 아

249

니죠. 그러나 아무래도 좀 부족한 면이 있는 것 같소이다. 암기를 튕겨 내지 못하고 옷에 구멍이 세 개 났으니 말입니다. 내가 듣기로 금강호 체신공을 등봉조극登峯造極, 최고 경지로 터득하면 몸 주위에 무형의 기 막氣幕이 형성돼 적이 날린 암기가 몸에 닿기도 전에 오히려 반탄反彈 이 된다는데… 그것은 단지 무림의 전설일 뿐, 그 경지를 이룬 사람은 없나 보죠?"

창제 라마가 이렇게 말한 것은, 일부러 상대방의 실력을 조금이라 도 깎아내리려는 속셈이었다. 달걀 속에서 뼈를 추려내려는 못된 심술 이라는 것을 다들 알 수 있었다.

위소보는 암기 세 개가 가슴에 맞았고, 그중 하나는 공교롭게도 전 에 다쳤던 부위를 건드려 뼈를 깎는 듯한 고통에 숨이 막혔다. 말도 제 대로 나오지 않아 그저 억지로 히죽 웃을 뿐이었다.

뭇사람들은 그가 창제 라마와 입씨름을 하지 않고 무언의 미소를 보이는 깊은 수양에 감탄할 뿐이었다. 그중 몇몇 사람은 아예 속으로 창제를 욕했다.

'그가 전개한 호체신공이 좀 부족하다고? 그럼 내가 네 가슴에 암기 를 날려볼까? 옷에 구멍이 뚫리는지, 아니면 가슴에 구멍이 뚫리는지 한번 확인해볼까?'

그러나 함께 온 일행이라 차마 그런 말을 입 밖에 낼 수 없었다.

한편, 갈이단은 위소보가 그런 '심오한 내공'을 보여주자 끓어올랐 던 화가 이내 가라앉았다. 그는 속으로 생각했다.

'소림 무공은 역시 다르군.'

창제 라마가 다시 입을 열었다.

"소림의 무공 구경을 잘 했소이다. 역시 개똥만 못한 게 아니고, 허명이 아니군요. 한데 듣자니 귀사에서 여시주를 숨기고 있다던데… 그건 불문 율법에 어긋나는 일이 아니오?"

회총의 안색이 심각하게 변했다.

"대라마, 그건 당치 않은 말이오. 폐사는 여시주의 참배도 허락하지 않소이다. 그런데 여시주를 숨기고 있다니, 그 말이 무슨 뜻이오?"

창제 라마가 웃으며 말했다.

"강호에 소문이 분분하고, 다들 그렇게 말하고 있소이다."

회총 방장은 바로 얼굴에 미소를 띠었다.

"강호에 떠도는 소문에 굳이 현혹될 필요가 있겠소? 오직 회명 사제처럼 부동심을 갖고 대처하는 것이 묘리妙理의 깨달음이며, 정각正覺에 임하는 자세라 생각하오."

그 말에 창제 라마는 노골적으로 말했다.

"듣자니 바로 저 소화상이 선방에다 절세미녀를 숨겨놓았다고 하오! 그것도 억지로 납치해온 거라던데… 회명 선사는 그 미녀에게 마음이 동하지 않소이까?"

위소보는 이때 간신히 숨을 돌리고 있다가 내심 놀랐다.

'저놈이 어떻게 알았지?'

이내 짚이는 게 있었다.

'맞아! 그 남색 옷을 입은 낭자가 달아났으니 윗사람들에게 고자질을 했을 거야. 보아하니 이 사람들이 바로 그녀의 말을 듣고 온 떼거리들이군. 내 방 안에 미녀가 있다고 하는 걸 보니… 그럼 달아난 내 마누라는 아직 이들을 만나지 못한 모양이군.'

그는 빙긋이 웃으며 말했다.

"가보면 알겠지만 내 방에는 미녀가 아니라 추녀도 없소이다. 궁금하다면 직접 가보시오."

갈이단이 목청을 높였다.

"좋소! 가서 직접 확인해보겠소!"

그러면서 일어나 왼손을 떨치며 소리쳤다.

"가서 수색해라!"

회총이 말했다.

"본사를 수색하겠다니, 누구의 명령을 받은 거요?"

갈이단이 말했다.

"다른 사람이 명령을 내릴 필요 없이, 내가 명령을 하면 되죠!"

회총이 다시 말했다.

"그 말에 찬동할 수 없소. 전하는 몽골의 왕자요. 여기가 만약 몽골이라면 임의로 명령을 내릴 수 있겠지만, 소림사는 몽골 경내가 아니니 왕자의 관할에 속하지 않소이다!"

갈이단은 마보 총병을 가리켰다.

"그럼 저자는 조정의 관리인데, 그가 수색 명령을 내리면 되겠소?"

그는 소림 승려들의 무공이 고강하고 수적으로 많다는 것을 알고 있었다. 자기 쪽은 수십 명에 불과하니 싸움이 벌어지면 상대가 될 수 없을 것이었다.

"조정의 명령을 거역하면 반역죄를 범하는 거요!"

회총이 그 말을 받았다.

"소림이 어찌 감히 조정의 명을 거역하겠소? 그러나 저분은 운남 평서왕부의 무장이오. 평서왕의 권세가 아무리 커도 하남까지 미치진 못할 겁니다!"

회총은 원래 아주 영명했다. 물론 불법을 논할 때는 속세의 일을 전부 덮어놓지만, 그 외에는 징관과는 달리 세간의 일도 논리정연하게 따지고 들었다.

창제 라마가 웃으며 말했다.

"저 소화상이 이미 승낙을 했는데 방장께서 왜 막는지 모르겠구려. 혹시 그 미녀가 회명 선사의 방에 있는 게 아니라 바로… 바로… 히히… 방장 대사의 방에 있는 게 아니오?"

회총은 합장을 했다.

"아미타불, 죄업이로다. 어찌 그런 말을 하는 거요?"

이때 갈이단 뒤에서 갑자기 한 사람의 간드러진 음성이 들려왔다.

"전하! 나의 사매를 바로 저 소화상이 잡아갔어요. 빨리 내놓으라고 하세요! 내놓지 않으면 소림사를 불살라버릴 거예요!"

음성은 틀림없는 여자인데, 말하는 사람은 안색이 누리끼리하고 턱수염이 잔뜩 난 남자였다. 위소보는 남의 여인이 변장한 것임을 대번에 알아차렸다. 얼굴에 누리끼리한 황랍을 칠하고 수염을 붙였을 뿐이었다. 그는 내심 기뻤다.

'그렇지 않아도 마누라의 이름도 모르고 문파도 알 길이 없는데 낭군을 버리고 달아났으니 어떻게 찾을지 걱정을 했어. 이제 몽골 왕자와 한패거리라는 것을 알았으니 찾을 길이 열렸군.'

회총도 그녀를 알아봤다.

"이제 보니 그날 폐사에 와서 말썽을 부렸던 그 여시주군. 다른 한 낭자가 폐사에서 상처를 치료받은 건 사실이나, 이미 낭자와 함께 떠나지 않았소?"

그 여인은 냉소를 날렸다.

"흥! 나중에 저 소화상이 사매를 다시 납치해갔어요!"

이어 징관을 가리켰다.

"저 노화상도 그를 도와 사매의 혈도를 찍어 쓰러뜨렸어요!"

위소보는 내심 기겁을 했다.

'어이구, 이거 큰일 났군. 징관 노화상은 거짓말을 못하니 다 까발리면 어떡하지?'

순간 뾰족한 수가 떠오르지 않아 심히 당황스러웠다.

여인은 다시 징관을 가리키며 소리쳤다.

"노화상, 말해봐요! 그런 일이 있었던 게 사실이죠?"

징관은 합장을 했다.

"여시주의 사매가 지금 어디에 있는지 제발 밝혀주시오. 나의 사숙께서는 그 낭자한테 극독을 당해 그녀의 해약이 있어야만 해독을 할 수 있답니다. 여시주께서 대자대비를 베풀어 어서 사매를 불러와 해약을 내주라고 하시오. 물론 회명 사숙님은 지혜가 깊고 명철하셔서 생사에 대해 간과하여 대수롭지 않게 생각하고 있지만, 소위 생사는 즉 열반이고, 열반은 즉 생사이니, 따지고 보면 결국… 결국…."

두서없이 많은 말을 늘어놔 다른 사람들은 그 내용을 자세히 알 수 없었으나 몇 가지만은 확실했다. 우선 그 사매라는 낭자는 지금 사내에 없다. 그리고 위소보는 그녀에게 독을 당해 해약이 꼭 필요하며, 자칫 목숨을 잃을 수도 있다.

주위 사람들은 징관의 외모로 보나 진지한 말투로 보나 절대 거짓말을 할 사람이 아니라는 것을 알 수 있었다. 그래서 대다수가 다 생각을 달리했다.

　'설령 사내에 여자를 숨겨놨고, 방장이 수색을 허락한다고 해도, 소림사에는 선방이 수백수천 개는 될 텐데, 그걸 다 무슨 수로 뒤진단 말인가? 결국은 찾는 쪽만 무안해지고 아무 소득도 얻지 못할 거야.'

　그 여인이 앙칼지게 말했다.

　"저들이 사매를 납치해서 소림사로 데리고 들어간 게 틀림없어요! 어쩌면 이미 죽였을지도 몰라요. 이런 천벌을 받을 땡추들! 죽어서 증거인멸을 했으니 당연히 찾아낼 수가 없겠지!"

　그러다가 다급한 나머지 목이 메어 흐느끼기 시작했다.

　갈이단이 고개를 끄덕였다.

　"그 말이 맞다면 저… 저 소화상은 좋은 사람이 아니군!"

　여인은 위소보에게 삿대질을 했다.

　"이런 고약한 것! 그날… 그날 기루에서 그 나쁜 여자들하고 놀아나더니… 나의 사매가 예쁘게 생겨 엉뚱한 마음을 품고 강제로… 결국 사매를 죽이고 말았군! 기루에 가서 그런 못된 짓을 일삼는 사람이니 무슨 짓인들 못하겠어?"

　회총은 그녀의 말을 듣고는 빙긋이 웃었다. 도저히 있을 수 없는 일이라고 생각했다. 그리고 징관은 기루가 뭐 하는 곳인지 알지 못했다. 그저 소림사의 계율원이나 달마원, 보리원 같은 곳으로 이해했다. 그래서 속으로 생각했다.

　'소사숙님은 권선설법勸善說法, 용맹정진을 위해 기루에 가서 수행을

하셨군. 그것이야말로 육바라밀 중 정진바라밀精進波羅密이니 아주 잘하신 일이지.'

위소보는 정말 다급해졌다. 자신이 저지른 일을 그녀가 깡그리 다 까발리면 그야말로 큰일이었다.

이때 마보 총병 뒤쪽에서 한 사람이 걸어나와 포권의 예를 취하며 말했다.

"낭자, 소인이 알기로 저 소선사는 계율을 엄히 지켜 절대 기루에 갈 리가 없습니다. 소문을 잘못 들은 모양입니다."

그를 보자 위소보는 뛸 듯이 기뻐했다. 다름 아닌 북경에서 본 적이 있는 양일지였다. 그는 지난날 오응웅을 호위해 북경에 왔었는데, 오응웅이 아마 운남으로 돌아간 모양이었다. 그래서 이번에는 마보 총병을 따라 하남으로 온 것 같았다. 그는 줄곧 고개를 숙이고 다른 사람들의 뒤에서 있어 위소보는 그를 발견하지 못했다.

여인은 버럭 화를 냈다.

"댁이 어떻게 알아요? 그를 알기라도 하나요?"

양일지는 공손하게 대답했다.

"소인은 저 소선사를 잘 알고 있고, 저의 세자께서도 잘 압니다. 저 소선사는 우리 왕부에 큰 은혜를 베풀어주셨고, 출가 전에는 황궁에서 내관으로 계셨습니다. 그렇기 때문에 기루에 갔다느니, 낭자의 사매를 강제로 납치했다는 것은 도저히 있을 수 없는 일이며 사실이 아니니, 다시 잘 확인해보십시오."

주위 사람들은 그의 말을 듣고는 절로 고개를 끄덕였다.

'정말 내시였다면 기루에 갈 리가 없지. 더구나 사내로 낭자를 강제

로 납치해 못된 짓을 한다는 것은 있을 수 없는 일이지.'

여인은 뭇사람들의 표정에서 다들 자기 말을 믿지 않는다는 걸 알고, 더욱 화가 치밀어 악을 쓰듯 소리쳤다.

"그가 내관이라는 것을 어떻게 알죠? 그가 내관이라면 왜 나의 사매를 마… 마누라로 삼겠다고 했죠? 저 소화상만 입에 담지 못할 천박하고 낯 뜨거운 말을 한 게 아니라 저 노화상도 마찬가지였어요!"

이번에는 모든 사람의 시선이 징관에게 쏠렸다. 나이 여든 줄에 좀 어벙할 정도로 순진하게 생겼고, 좀 전에도 잘 이해가 가지 않을 정도로 두서없이 말을 늘어놓는 것을 다들 보고 들어서 잘 알고 있었다. 세상에서 그보다 덜 천박한 말을 하는 사람을 찾아내기란 거의 불가능할 것이었다. 그러니 여인의 말을 더더욱 믿으려 하지 않았다. 다들 그녀의 터무니없는, 황당무계한 말을 믿고 소림사를 찾아온 게 후회막급이었다.

양일지가 말했다.

"낭자, 저 소선사가 출가하기 전에 아주 유명했습니다. 바로 대간신 오배를 직접 제압한 게 공공입니다. 그리고 얼마 전 우리 왕야는 간인들의 모함으로 누명을 썼는데, 저 소선사가 황상께 진상을 밝혀주셨습지요. 그 대은대덕을 아직 보답하지도 못했습니다."

사람들은 오배를 죽인 소계자의 이름을 다 들어서 잘 알고 있었다. 물론 그가 강희 황제가 가장 총애하는 내관이라는 것도 잘 알았다. 절로 고개를 끄덕이며 얼굴에 놀라움과 존경의 빛이 우러났다.

위소보가 웃으며 말했다.

"양 형, 오랜만인데 세자께선 편안하죠? 이미 다 지난 사소한 일인데 쑥스럽게 뭐 하러 들춰내요….”

양일지는 마보 총병을 따라 소림사에 왔지만 평서왕부의 사람들 외에 갈이단과 창제 라마 쪽 사람들은 그의 이름을 잘 몰랐다. 그런데 위소보가 그를 '양 형'이라 부르는 것을 듣고, 잘 아는 사이가 틀림없다고들 생각했다.

양일지가 다시 말했다.

“선사께서는 자비롭고 늘 선을 행하시니 사소한 일이라 말하지만 우리 왕야께선 무척 감사히 생각하고 있습니다. 물론 황상께서 영명하셔 결국 흑백을 가려내셨겠지만 선사가 진상을 천명하지 않았다면 많은 풍파가 있었을 겁니다.”

위소보가 다시 웃으며 말했다.

“별말씀을… 왕야께서는 너무 겸손하시군요.”

속으로는 딴생각을 했다.

'너의 왕야는 나쁜 매국노라 자빠뜨리고 싶었는데, 황상이 영명해 스스로 진상을 파악했기 때문에 난 그저 그 뜻에 따라 선심을 좀 쓴 것뿐이야. 어쨌든 그때 내 뜻과는 달리 맺게 된 좋은 인연이 오늘 나를 궁지에서 구해주는 결과를 낳았군.'

갈이단은 위소보를 아래위로 여러 번 훑어보더니 입을 열었다.

“이제 보니 바로 그 오배를 죽인 내관이군. 나도 몽골에서 명성을 들었소. 오배는 만주 제일용사였는데 궁에서 그를 꺾었다면 소림사에서 무공을 배운 게 아니군.”

위소보가 웃으며 그의 말을 받았다.

“나의 무공은 형편없어요. 웃음거리밖에 안 되죠. 나한테 무공을 가르쳐준 사람은 많습니다. 이분 양 대형도 나한테 횡소천군橫掃千軍과 고산유수高山流水 초식을 가르쳐줬어요."

그러고는 자리에서 일어나 그 두 가지 초식을 펼쳐 보였다. 그는 내공이 없기 때문에 그냥 자세만 취해, 주위 사람들은 그 위력을 가늠할 수 없었지만 초식만은 틀림없는 목가권이었다.

양일지가 말했다.

"선사께서 그 두 가지 초식을 직접 황상께 시연해 보였기 때문에 우리 왕아께서 원수의 모함에서 벗어날 수 있었던 겁니다."

그사이에 여인은 분노가 많이 누그러졌다.

"양 대형, 이… 이 사람이 정말 궁의 내관이었단 말인가요? 진짜 평서왕부의 은인이 맞아요?"

양일지가 고개를 끄덕였다.

"그렇습니다, 북경에는 그 일을 아는 사람이 많습니다."

여인은 잠시 뭔가 생각하는 듯하더니 위소보에게 물었다.

"그럼 우리 사매한테… 그런… 그런 장난을 친 것은 다른 의도가 있었나요?"

위소보가 점잖게 말했다.

"장난을 친 건 아니지만 당연히 다른 의도가 있었죠."

속으로는 달리 중얼거렸다.

'당연히 네 사매를 마누라로 삼으려는 의도야! 하지만 지금 이 많은 사람들 앞에서 그렇다고 말하기는 좀 곤란하잖아.'

여인은 눈을 크게 떴다.

"무슨 의도죠?"

위소보는 빙긋이 웃으며 아무 대답도 하지 않았다.

그것을 보고 모두들 같은 생각을 했다.

'특별한 의도가 있는 모양이군….'

창제 라마가 일어나 합장을 했다.

"방장 대사님, 회명 선사! 우리가 불쑥 찾아와서 결례를 범했다면 양해해주길 바라오. 이만 작별을 고할까 합니다."

회총도 합장을 해 답례하며 말했다.

"멀리서 오신 손님에게 공양을 해야 하는데, 저분은 여시주라…."

남장을 하고 사내로 잠입한 것은 엄연히 소림의 규칙을 어긴 것이라, 그 책임을 추궁해야 마땅했다. 그런데 공양까지 대접할 수는 없는 일이었다.

창제는 웃으며 말했다.

"고맙습니다, 고마워요. 그러나 방장 선사의 입장도 있고 하니 공양은 사양하겠습니다."

그는 곧 작별을 고하고 일행과 함께 소림사 밖으로 나갔다. 회총과 위소보, 징관 등이 그들을 산문 입구까지 배웅했다.

그때 갑자기 말발굽 소리가 요란하게 들리며 10여 필의 준마가 급히 달려왔다. 어느 정도 가까이 다가왔을 때 보니, 말을 타고 온 사람들은 모두 열여섯 명으로, 전부 어전 시위 복식을 하고 있었다.

그들은 산문 앞에 이르기도 전에 전부 말에서 뛰어내려 열을 맞춰 앞으로 걸어왔다. 앞장선 두 사람은 바로 장강년과 조제현이었다.

장강년은 위소보를 보자 큰 소리로 말했다.

"도… 도… 대인! 인사드립니다."

원래 '도통 대인'이라 부르려 했는데, 위소보가 승복을 입고 있어 그냥 대충 얼버무린 것이다. 곧이어 열여섯 명이 일제히 무릎을 꿇고 위소보에게 정중히 인사를 올렸다.

위소보는 무척 좋아했다.

"어서 일어나시오. 언제 올지 늘 기다리고 있었어요."

갈이단 등은 열여섯 명이 모두 품계가 높은 어전 시위인데, 위소보에게 이렇듯 공손히 대하는 것을 보고 내심 같은 생각을 했다.

'이 소화상은 역시 보통내기가 아니군.'

청나라의 총병은 정이품관이고 일등 시위는 정삼품, 이등 시위는 정사품이다. 장강년 등은 총병보다 품계가 낮지만 황제를 가까이서 모시는 어전 시위라 타지의 무관武官에 대해서는 별로 안중에 두지 않았다. 마보 총병한테는 그저 가볍게 고개를 끄덕일 뿐이었지만, 위소보에겐 아주 깍듯했다.

갈이단은 이 어전 시위들이 다른 사람들은 안중에도 없고 그저 위소보만 받들자 기분이 상해 코웃음을 날렸다.

"갑시다! 원, 눈꼴사나워서…."

일행은 회총 방장에게 공수의 예를 취한 후 하산했다.

위소보는 어전 시위들을 사내로 안내했다.

장강년이 그와 나란히 걸으며 나직이 말했다.

"황상의 밀지를 가져왔습니다."

위소보가 고개를 끄덕였다.

대웅보전에 이르자 장강년은 성지를 꺼내 선독宣讀했다. 몇 가지 관례적인 내용이었다. 그리고 소림사의 승사 증축과 금신불상 개수를 위해 은자 5천 냥을 하사하고, 위소보를 다시 보국봉성선사輔國奉聖禪師에 봉했다. 회총과 위소보는 무릎을 꿇고 성지를 받들며 성은에 감사를 드렸다.

장강년이 말했다.

"황상께서 보국봉성선사더러 조속히 오대산으로 가라는 어명을 내리셨습니다."

위소보는 이미 예상했던 일이라 곧바로 몸을 숙였다.

"어명을 받들겠습니다."

차를 마시고 나서 위소보는 장강년과 조제현을 자신의 선방으로 데려갔다. 장강년은 그제야 품속에서 황제의 밀지를 꺼내 두 손으로 올렸다.

"황상께서 따로 내린 밀지입니다."

위소보는 무릎을 꿇고 큰절을 올린 후에 두 손으로 밀지를 받았다. 겉봉이 완전히 밀봉돼 있었다.

'황상께서 또 무슨 분부를 내린 거지? 무슨 글이든 난 알아볼 수가 없는데… 밀지니 장강년이나 조제현이 봐서는 안 돼. 방장 사형한테 읽어달라고 해야지. 그는 절대 기밀을 누설하지 않을 거야.'

그래서 밀지를 가지고 회총의 선방으로 갔다.

"방장 사형, 황상께서 저에게 따로 밀지를 내렸는데… 가르침을 좀 받고자 합니다."

밀지의 겉봉을 뜯으니 접혀 있는 선지宣紙가 나왔다. 그 선지를 펼치자 네 폭의 그림이 그려져 있었다.

첫 번째 그림에는 다섯 개의 산봉우리가 그려져 있는데, 위소보는 그게 오대산임을 금방 알아보았다. 남쪽 봉우리에 사찰이 있고, '청량사'라는 세 글자가 적혀 있었다. 그는 청량사에 여러 날을 머물렀기 때문에 그 세 글자는 눈에 익었다. 만약 다른 데서 이 세 글자를 봤다면 아마 알아보지 못했을 것이다. 그런데 절에다 그 글자를 써놨으니, 마치 친한 사람을 만난 것 같았다.

두 번째 그림에는 어린 승려가 사찰 안으로 들어가는 그림이 그려져 있었다. 사찰 편액에는 역시 '청량사'라는 세 글자가 적혀 있었다. 어린 승려의 뒤로 한 무리의 승려들이 따르고 있는데, 그들 머리 위쪽에는 '소림사 화상'이란 글자가 적혀 있었다. 이 다섯 글자 중 앞 세 글자는 본사의 간판이라, 위소보는 비록 그 아래 적혀 있는 '화상'이란 두 글자를 잘 모른다고 해도 능히 추측할 수가 있었다.

세 번째 그림은 대웅보전이었다. 어린 승려 하나가 가운데 앉아 있는데, 짓궂고 익살스러운 표정하며 제법 위소보를 닮았다. 그러나 방장의 법의法衣인 붉은 가사를 입었고 그 옆에는 많은 승려들이 서 있었다. 위소보는 그 그림 속 어린 승려가 자기와 비슷하게 생겨 볼수록 재미가 있어서 절로 웃음이 나왔다.

네 번째 그림에는 그 어린 승려가 무릎을 꿇고 한 중년 승려의 시중을 드는 모습이 담겨 있었다. 그 중년 승려의 청아한 용모로 미루어, 바로 출가해 법명을 행치로 지은 순치 황제였다.

이 네 폭의 그림 외에 밀지에는 다른 글이 적혀 있지 않았다. 강희는 원래 서화書畵에도 소질이 있었다. 그는 위소보가 글을 잘 모른다는 점을 감안해 그림으로 밀지를 만든 것이다. 이 네 폭의 그림에 담겨 있는 뜻은 아주 극명했다. 위소보더러 청량사로 가서 주지가 되어 노황야를 모시라는 것이었다.

위소보는 처음엔 재미있다고 생각했는데, 그 기쁨이 이내 사라지고 속으로 투덜거렸다.

'나더러 어린 중 노릇을 하라는 건 그런대로 할 만한데, 주지라면 노화상이잖아. 이거 정말 골치가 아픈데!'

회총이 미소를 지으며 말했다.

"사제, 황상께서 청량사 주지로 명하셨으니 축하하네. 청량사는 장엄한 고찰로서 북위北魏 연간 효문제 때 건립됐으니 소림사보다 더 오래된 보찰寶刹이네. 사제가 주지가 된다면 틀림없이 불법을 더 널리 알리고, 중생을 보도普渡하여 불교를 창성시키는 데 크게 이바지할 걸세."

위소보는 쓴웃음을 지으며 고개를 내둘렀다.

"주지는 절대 할 수 없습니다. 틀림없이 엉망진창으로 만들어 남의 웃음거리가 될 겁니다."

회총이 말했다.

"성지에도 분명히 천명했듯이, 사제더러 본사의 승려들을 이끌고 함께 가라고 했네. 그러니 사제가 알아서 인선을 하게. 다들 사제와 친숙하게 지낸 후배들이라 기꺼이 따라가 소홀함 없이 보필을 잘할 것이니, 전혀 걱정할 필요가 없네."

위소보는 잠시 멍해 있다가 비로소 깨달았다. 이제 보니, 소황제는 아주 주도면밀했다. 애당초 자기를 소림으로 보낸 것도 오늘의 일을 예상한 안배였던 것이다. 일단 소림에 가 반년쯤 지내면서 승려들과 친숙해지도록 한 후, 마음에 맞는 승려들을 선발해 함께 청량사로 가라는 의도였다.

노황야는 출가를 했으니 시위나 관병들이 신변을 보호하는 것을 원치 않을 것이다. 자칫 잘못하면 그냥 말없이 훌쩍 떠나버릴 수도 있었다. 그럼 무슨 수로 다시 찾아낸단 말인가? 소림 승려들은 무공이 뛰어나 자기가 시위나 관병들을 인솔해서 노황야를 보호하는 것보다 훨씬 나을 것이었다.

더구나 이런 일은 아주 중대한 기밀에 속한다. 황제가 만약 시위나 관병들을 오대산으로 보내 한 승려를 보호하라고 한다면, 틀림없이 설왕설래 소문이 퍼져 결국 만천하가 다 알게 될 것이다. 더구나 시위들 중에는 노황야를 아는 사람도 있을 것이었다.

소림사의 승려에게 청량사 주지를 맡기는 것은 예삿일이었다. 위소보가 청량사에 갔을 때 주지였던 징광 대사도 원래는 소림사 십팔 나한 중 한 사람이었지 않은가.

위소보는 내심 생각했다.

'만약 소황제가 처음부터 날 청량사로 보냈다면 많은 사람들의 이목을 끌었을 거야. 하지만 이렇게 소림사를 거쳐서 가면 이상하게 생각하는 사람이 별로 없겠지.'

생각이 여기에 미치자 강희의 주도면밀함에 다시 감탄하지 않을 수 없었다.

위소보는 선방으로 돌아와 은표 6천 냥을 장강년에게 내주어 시위들에게 나눠주라고 했다. 장강년과 조제현은 위소보가 승려가 된 뒤에도 이렇게 호방하고 손이 크리라곤 미처 생각하지 못했다. 그들은 무척 좋아하며 칭찬을 아끼지 않았다.

"자고로 대화상이 황제의 시위들에게 이렇듯 은자를 내리는 건 아마 위 대인뿐일 겁니다. 그야말로 공전절후空前絕後, 전무고인前無古人, 후무래자後無來者입니다."

위소보는 기분이 좋아 웃으며 말했다.

"전무 이런 화상, 후무 이런 화상이겠죠! 하하…."

장강년이 나직이 말했다.

"위 대인, 황상께서 어떤 일을 맡겼는지는 저희들이 감히 여쭤볼 수 없습니다. 아무튼 저희들에게 시킬 일이 있으면 뭐든지 분부만 하십시오. 위 대인을 위한 일이 바로 황상을 위한 일 아니겠어요? 목숨을 걸고라도 무조건 반드시 성취할 겁니다."

조제현이 그의 말을 이었다.

"그리고 만약 위 대인께서 직접 나서기 곤란한 일이라면 저희들이 미력이나마 보태겠습니다. 예를 들어서… 만약 위 대인께서 무림의 무공 비급을 슬쩍하고 싶으면, 우린 바로 불을 질러 주의를 그쪽으로 분산시켜서 위 대인에게 절호의 기회를 만들어줄 수도 있습니다."

장강년이 낄낄 웃으며 한마디 덧붙였다.

"그래요, 이거야말로 성동격서聲東擊西, 불을 질러 은근슬쩍 거시기하는 전술이죠."

위소보는 처음엔 무슨 뜻인지 몰라 멍해 있다가 이내 알아차렸다.

'그래, 이들은 황상이 왜 날 소림으로 보내 화상이 되게 만들었는지, 그 의도가 궁금할 거야. 그리고 이번 밀지에 무슨 밀령을 내렸는지도 궁금할 테고. 이들은 황상이 무공에 관심이 많다는 것을 아니까, 무공 비급을 훔쳐낼 목적으로 날 소림에 보낸 거라고 추측하는 모양이군.'

그는 웃으며 역시 음성을 낮춰 말했다.

"걱정 말아요, 그건… 이미 손에 넣었어요."

두 사람은 아주 좋아하며 몸을 숙였다.

"황상께서는 홍복제천洪福齊天하시고, 위 대인께서는 정명精明 노련하셔서 결국 큰 공을 세우셨군요. 축하드립니다."

조제현이 덧붙였다.

"그럼 저희들이 직접 궁으로 가져가서 황상께 바칠까요? 그럼 사내의 화상들이 의심을 하고 위 대인의 몸을 뒤진다고 해도 찾아내지 못하겠죠."

위소보는 빙긋이 웃었다.

"그럴 필요는 없어요. 그냥 돌아가서 황상께, 위 대인이 성지에 따라 이미 그림을 정확하게 파악했으니 심려하지 마시라고 전하세요."

두 사람이 동시에 대답했다.

"네!"

조제현은 잠시 생각을 굴리는 듯하더니 뭔가를 깨달은 모양이었다.

"이제 보니 무공 비급이 다 그림으로 돼 있는데, 위 대인은 그 그림을 보고 전부 다 기억해두었군요."

장강년도 고개를 끄덕였다.

"그렇다면 더욱 잘된 일이죠. 만약 비급이 외부로 유출되면 승려들은 결국 알게 될 테고, 그럼… 문제가 복잡해질 겁니다. 다 보고 그것을 뇌리에 기억해두면 그야말로 쥐도 새도 그 사실을 모르겠죠. 위 대인께서는 워낙 총명하셔서 해낼 수 있지, 우리 같은 둔재들은 도저히 기억할 수가 없습니다."

위소보는 밀지에 그려진 그림을 말한 건데, 이들은 그 '그림'이라는 말을 소림의 무공 비급으로 오해하고 있으니, 내심 웃음이 나왔다. 그는 넌지시 말했다.

"두 분은 너무 겸손하군요. 시간을 두고 천천히 보고 분석하며 연구하면 자연히 기억할 수가 있어요."

두 사람은 연신 고개를 끄덕였다. 그리고 속으로 위소보가 소림에 반년 넘게 있었으니 틀림없이 많은 비급을 기억해두었을 거라고 생각했다.

두 사람은 곧 작별을 고하고 떠나려 했다. 위소보는 문득 떠오르는 일이 있어 물었다.

"좀 전에 산문 밖에서 만난 사람들의 내력을 혹시 알고 있나요?"

두 사람은 고개를 내둘렀다.

"잘 모르겠는데요."

위소보가 얼른 말했다.

"그럼 어서 가서 조사해보세요. 그 무리들은 어쩌면 무공 비급을 훔치려고 소림에 왔을지도 몰라요. 특히 그 총병이란 자는 누구의 부하인지 모르겠어요. 조정의 관원 신분인데도 무엄하게 황상의 대사를 망쳐놓으려 하다니, 그보다 더한 대역무도가 어디 있겠어요? 역모를 꾀하고 있는 게 분명해요. 그를 사주하고 있는 배후 인물이 누군지 알아낸다면 큰 공을 세울 수 있을 거예요."

두 사람은 좋아했다.

"그건 어렵지 않습니다. 그들이 하산한 지 얼마 안 됐으니 쫓아갈 수 있을 겁니다. 한데 그 총병의 이름이 뭐죠?"

위소보는 그 마보 총병이 오삼계의 부하라는 것을 뻔히 알면서도 일부러 모함하기 위해 내력과 이름을 다 모른다고 했다. 어전 시위들로 하여금 그들의 정체를 알아내 황상께 상서하게 만들면, 자기가 직접 무고하는 것보다 훨씬 나을 거라고 생각한 것이다.

위소보가 다시 말했다.

"그 패거리들 중 남장을 한 여인이 있는데, 열댓 살쯤 되는 절세미모의 소녀를 찾고 있더군요. 그 두 여자는 역모와 깊은 관련이 있는 것 같아요. 그러니 그녀들의 이름이 뭐며 어떤 내력을 갖고 있는지 낱낱이 조사해서 나중에 서찰로 내게 알려주세요."

이건 엄연히 공무를 빙자한 사심 충족이었다. 황제의 어전 시위들을 시켜 자기가 좋아하는 여자에 대해서 낱낱이 알아보라고 시킨 것이다. 두 사람은 은자를 받았으니 위소보가 시키는 대로 할 터였다. 어전 시위가 조사하는 일은, 천하의 그 어떤 관아에서도 적극적으로 협조를 해야만 한다. 비선실세는 아니지만 황제의 문고리나 다름없는 어전 시위라 조사해내지 못할 일이 없을 것이었다.

장강년과 조제현은 가슴에 손을 얹고 반드시 알아내겠다고 호언장담했다. 그래야만 위 대인이 베풀어준 은혜에 보답하는 길이고, 그동안 알고 지내온 우의友誼에 대한 의리이며, 또한 후한 은자를 챙겨준 고마움에 대한 화답이 아니겠는가!

강희와 재회하다

여기저기서 세 사람을 겨냥해 찬물세례가 쏟아졌다.

정말 번갯불에 콩 볶듯 눈 깜짝할 사이에 벌어진 일이라, 세 사람은 분신을 시도하기는커녕 불도 채 붙이지 못했다.

설령 불을 붙였다고 해도 물세례에 다 꺼졌을 것이다.

세 사람은 완전히 물에 빠진 생쥐 꼴이 되고 말았다.

어전 시위들이 다 떠나자 위소보는 방장을 찾아갔다. 황상의 어명이니 내일 바로 소림을 떠나 청량사로 가겠다고 했다.

회총 방장은 고개를 끄덕였다.

"당연히 그래야지. 사제는 지혜를 타고났고, 심오한 불리를 깨우쳤는데, 상면한 지 얼마 되지 않아 다시 헤어지게 되는군. 그동안 함께 많은 정법正法을 참구參究하지 못한 게 아쉽지만, 인연이 여기까지인가보네. 한데 데려갈 제자들은 정해놓았는가?"

위소보가 대답했다.

"반야당의 수좌 징관 사질은 꼭 필요합니다. 그리고 달마원의 사질 열여덟 명도 데려가겠습니다."

그 외에 마음이 잘 통하는 10여 명의 승려도 함께 가기로 했다. 모두 서른여섯 명이었다.

회총은 이의가 없었다. 그는 그 서른여섯 명을 불러모았다. 이번에 회명 선사가 오대산 청량사의 주지로 가게 되었으니 함께 가서 호법護法을 하며, 회명 선사의 명에 따라야 한다고 당부했다.

다음 날 아침 위소보는 서른여섯 명의 승려를 데리고 방장 등과 작별했다. 그리고 하산하여 우선 혼자서 쌍아를 만나러 갔다.

쌍아는 혼자 산 아래 기거하고 있었다. 그녀는 위소보와 헤어진 지

반년이 넘게 만나지 못하다가 갑자기 재회를 하게 되자 너무 반가웠다. 앞서 장강년을 통해 주인이 소림사에서 출가했다는 소식을 전해듣고 얼마나 울었는지 모른다. 지금 그가 머리를 빡빡 깎고 승복을 입은 것을 보자 다시 눈물이 났다.

위소보는 웃으며 말했다.

"착한 쌍아, 왜 우는 거야? 내가 그동안 보러 오지 않아서 많이 원망했나 보지?"

쌍아가 울먹이며 말했다.

"아… 아녜요. 저… 상공이… 출가를 해서…."

위소보는 그녀의 손을 잡아 손등에다 살짝 입을 맞추고는 빙긋이 웃었다.

"바보처럼 울기는… 상공은 가짜 화상이야."

쌍아는 기쁘고도 수줍어서 귀뿌리까지 빨개졌다.

위소보는 그녀의 얼굴을 유심히 살펴보았다. 많이 수척해지고 초췌했다. 대신 키가 좀 큰 것 같고, 언뜻 여성스러운 자취가 느껴졌다. 그는 미소를 지으며 말했다.

"왜 이렇게 수척해졌어? 날마다 내가 보고 싶었나 보군?"

쌍아는 얼굴을 붉힌 채 고개를 흔들려다가 그냥 천천히 숙였다.

위소보가 다시 말했다.

"좋아, 남장으로 갈아입고 나랑 함께 가자!"

쌍아는 몹시 좋아했다. 그녀는 더 이상 묻지도 않고 서동으로 보이게끔 남장을 했다.

위소보 일행은 별 탈 없이 길을 재촉해 오대산 아래 다다랐다. 막 산에 오르려는데 승려 네 사람이 맞이해왔다. 앞장선 노승이 합장을 하며 물었다.

"소림사에서 오신 사부님들이십니까?"

위소보가 고개를 끄덕였다.

노승이 다시 위소보를 바라보며 물었다.

"이분이 바로 법명이 상회上晦 하명下明의 선사시겠군요?"

위소보가 다시 고개를 끄덕이자 승려 넷이 일제히 무릎을 꿇고 인사를 올렸다.

"선사께서 청량사에 오신다는 소식을 듣고 모두 벅찬 기쁨을 감출 수 없었습니다. 이곳 산 아래에서 기다린 지 여러 날입니다."

원래 청량사 방장이었던 징광이 소림사로 복귀한 후에, 노승 법승法勝 선사가 주지를 맡고 있었다. 그런데 강희가 사람을 시켜 밀지를 보내, 소림에서 승려들이 오면 바로 인수할 수 있게끔, 법승을 장안長安 자운사慈雲寺의 주지로 발령했다. 장안은 원래 불교 승지고 자운사 또한 청량사보다 규모가 훨씬 컸다. 법승은 매우 좋아하며 미리 네 명의 승려를 산 아래로 보내 위소보 일행을 맞이하도록 안배한 것이었다. 불가 사찰의 주지 등은 자고로 관에서 위임하는 게 아니라, 승단僧團에서 추천을 해왔다. 하지만 황제가 직접 칙령을 내리면 승려들은 아무 이의 없이 따르기 마련이었다.

위소보 등은 청량사에 당도해 법승 등과 인수인계의 절차와 예를 마치고, 여러 승려들과도 상견례를 했다. 그런데 옥림과 행치, 행전은 직접 참석하지 않고 옥림만이 신임 주지를 참견參見한다는 예문禮文을 올렸을 뿐이다.

법승은 다음 날 바로 하산하여 장안으로 향했다. 그리하여 위소보가 청량사의 주지가 되었다. 여러 가지 까다로운 규칙과 예절이 있지만, 다행스럽게도 징관 등이 수시로 곁에서 지적을 해주니, 위소보는 제법 의젓하게 방장 직을 꾸려나갔다.

지난날 위소보와 쌍아는 청량사를 찾아와 행패를 부리던 라마승 등을 퇴치해 승려들의 목숨을 구해준 일이 있었다. 당시 승려들이 직접 지켜본 일이다. 그 위소보가 지금 삭발을 하고 승려가 된 것은 참으로 뜻밖이었는데, 게다가 청량사의 주지가 되어 오다니, 실로 놀라운 일이 아닐 수 없었다. 뿐만 아니라 당시 방장이던 징광이 그를 사숙이라 부르니 이상하기도 했다. 어쨌든 그는 청량사에 은혜를 베풀었고, 또한 황명에 따라 이곳에 왔으니 모두 존경하고 탄복했다.

위소보는 부르면 바로 달려올 수 있도록, 쌍아를 산문 밖에 있는 작은 집에 머물게 했다.

그가 청량사에 주지로 오면서 맡은 가장 중요한 일은 노황야를 보호하는 것이었다. 그는 집사승에게 물어 옥림, 행치, 행전이 아직도 전에 머물던 뒷산 그 작은 암자에 있다는 것을 알아냈다. 그는 서둘러 찾아가지 않고 징심 대사와 상의해, 그 암자에서 동서남북으로 반 리쯤 떨어진 네 곳에다 초막을 짓고 여덟 명의 소림 승려를 보내 번갈아 당직을 서게 했다.

우선적으로 해야 될 일들을 일단 처리하고 나서 장강년과 조제현의 서한을 기다렸다. 그 녹의 소녀의 이름과 내력을 알고 싶었다. 그런데 몇 달을 기다려도 소식이 오지 않았다. 심심할 때면 징관을 불러 무공 초식을 서로 풀어보았는데, 그는 징관을 녹의 소녀로 삼곤 했다. 그리고 가끔 몰래 쌓아가 있는 집에 들러 농담도 나누고 작은 손을 만져보는 재미도 누렸다.

그런데 한 가지 걱정되는 일이 있었다.

'난 홍 교주가 준 표태역근환을 복용해서, 만약 1년 내에 경전 한 부라도 신룡도로 보내지 않으면 독성이 발작할 거야. 그럼 큰일이지. 1년이라면 몇 달 남지 않았는데, 어떡하지? 해약을 못 먹으면 징관 사질처럼 늙고 어벙하게 변할지도 몰라. 그럼 녹의 소녀가 날 보고 '입만 번드르르한 노화상'이라고 부르겠지. 그리고 어쩌면 자신의 녹색 치맛자락을 가위로 잘라 '녹색 모자'를 만들어서 나한테 씌워줄 수도 있어. 그럼 얼마나 창피하겠어?' (부인이 바람나서 다른 남자와 놀아나면, 그 남편을 가리켜 대록모戴綠帽, 즉 '녹색 모자를 썼다'고 한다. 그래서 중국에선 아직도 남자들이 녹색 모자를 쓰지 않는다.)

이날, 위소보는 너무 무료하고 심심해서 혼자 오대산 주위를 마구 쏘다녔다. 마음속으로는 오로지 그 녹의 소녀를 생각했다. 걷다가 산길 개울가의 수양버들 한 그루가 바람 따라 살랑살랑 흔들리는 것이 시야에 들어왔다. 괜히 엉뚱한 생각이 들었다.

'저 버드나무가 녹의 소녀라면 얼마나 좋을까? 그럼 가차 없이 달려가 확 끌어안을 거야. 걔는 당연히 몸을 빼며 곤륜파의 천암경수千巖競秀 초식을 전개해 나를 연거푸 공격하겠지. 그건 뭐 별것 아니야. 이 어르신이 바로 연문탁발沿門托鉢 초식으로 의젓하게 막아버리면 돼. 징관 사질은 나더러 이 초식을 전개할 때는 거중약경擧重若輕하라고 했어. 무겁게 하되 가볍게 보이라는 뜻인데, 정말 간신히 알아들었어. 그래야만 명문 정파의 면모가 돋보인다고 했지. 하지만 난 그냥 거중약중, 거경약경… 무겁고 가볍고를 따지지 않을 거야! 그 무슨 빌어먹을 명문이니 옆문이니, 정파든 사파든… 무슨 소용이 있어? 그 초식을 전개하자마자 바로 이어서 지주재악智珠在握을 펼쳐 왼손으로 그녀의 왼손을 잡고, 오른손으로 그녀의 오른손을 잡아, 깍지를 틀어잡아서 죽으면 죽었지 절대 놓지 않을 거야. 그리고….'

생각을 할수록 기분이 좋아 손으로 한 초식 한 초식씩 시연을 했다. 팍팍, 두 손으로 나뭇가지를 꽉 움켜잡고 젖 먹던 힘까지 다 끌어냈다. 누가 봐도 그의 모습은 실로 가관이었다.

이때 어디선가 난데없이 거친 음성이 들려왔다.

"보라고! 저 꼬마중이 미친 지랄을 하고 있네!"

깜짝 놀라 얼른 고개를 들어보니 붉은 옷을 입은 라마승 셋이 자기 쪽을 향해 삿대질을 하며 깔깔 웃고 있었다.

위소보는 절로 얼굴이 붉어졌다. 일순간, 자신의 속마음이 다 까발려진 느낌이었다. 당당한 청량사의 대방장이 인적이 없는 외진 곳에서 아리따운 낭자를 붙잡고 희롱하는 모습이 들통난 것만 같았다. 이 무슨 개망신이란 말인가! 그는 바로 몸을 돌려 자리를 피했다. 산길 하나를 끼고 돌자, 맞은편에서 또 몇 명의 라마승이 걸어왔다. 오대산에는 원래 라마승이 많아 위소보는 별로 개의치 않았다. 그리고 좀 전의 일도 있고 해서 그들과 마주하기 싫어 일부러 고개를 돌려서 경치를 구경하는 척했다.

라마승들은 그의 뒤로 지나가면서 한 사람이 말했다.

"위에서 우리더러 오늘 정오 이전에 오대산에 모이라고 명을 내려서 부리나케 달려왔는데, 뭐 아무것도 없잖아. 설마 장난을 치는 것은 아니겠지?"

또 한 명의 라마승이 말했다.

"위에서 하는 일이니 그럴 만한 이유가 있을 거야."

위소보는 그 말을 듣고도 별로 개의치 않고 청량사로 돌아왔다. 그런데 징통이 산문 앞에서 그를 기다리고 있다가 바로 다가와 나직이 말했다.

"사숙님, 상황이 좀 심상치 않은 것 같습니다."

위소보는 그의 표정이 매우 심각한 것을 보고 물었다.

"무슨 일인데요?"

징통은 그에게 손짓을 하여 함께 돌계단을 따라 사찰 옆 작은 산봉우리 위로 올라갔다. 위소보가 아래를 내려다보니, 산봉우리 남쪽 여기저기에 무수한 황색 점이 보였다. 유심히 살펴보니 그 황색 점들은 주황색 승복을 입은 라마승들이었다. 그 수가 어림잡아 1천 명쯤 되는 것 같았다. 삼삼오오 떼를 지어 숲과 바위 사이에 흩어져 있었다.

위소보도 깜짝 놀랄 수밖에 없었다.

"저 많은 라마승들이 왜 몰려온 거죠?"

징통은 서쪽을 가리켰다.

"저쪽에도 있어요."

그의 손을 따라 서쪽으로 눈길을 돌리자, 그곳에도 1천여 명의 라마승들이 떼를 지어 곳곳에 앉아 있거나 서 있었다. 햇살이 동쪽에서 서쪽으로 비침에 따라 도처에서 흰 광채가 번뜩였다. 라마승들이 다 병기를 휴대하고 있었던 것이다.

위소보는 더욱 놀랐다.

"다들 병기를 갖고 있는데, 그럼… 우릴…?"

그는 징통을 쳐다보았다. 징통은 천천히 고개를 끄덕이며 말했다.

"저의 생각도 그렇습니다."

위소보는 다시 북쪽과 동쪽을 바라보았다. 역시 수백 명의 라마승들이 시야에 들어왔다. 다시 유심히 살펴보니 라마승들 중 진황색 가사를 입은 사람이 섞여 있었다. 모름지기 수령급인 듯했다.

위소보가 말했다.

"빌어먹을! 최소한 4~5천 명은 되겠군!"

징통이 그의 말을 받았다.

"수령이 125명이고, 모두 3,280명입니다."

위소보는 감탄했다.

"정말 대단하네요, 그렇게 정확히 헤아리다니!"

징통은 울상이 되어 물었다.

"어떡하죠?"

위소보는 대답할 말을 찾지 못했다. 웬만한 난제에 봉착하거나 곤란한 일이 생기면 거짓말로 둘러대고, 아니면 삼십육계를 치는 게 그의 주특기인데, 지금은 상황이 달랐다. 상대방이 3천 명이 넘는 인원을 동원해 사찰 주위를 겹겹이 에워쌌으니, 이는 치밀한 계획에 의한 것임이 분명했다. 과연 어떻게 대처해야 할지 그저 속수무책이었다. 징통이 물음에 그 역시 반문했다.

"글쎄… 어떡할까요?"

징통이 말했다.

"모름지기 상대방은 행치 대사를 납치하러 온 것 같습니다. 아마 날이 어두워지기를 기다렸다가 밤에 협공을 할 겁니다."

위소보가 다시 물었다.

"왜 낮에 공격해오지 않죠?"

징통이 대답했다.

"오대산에서는 라마승들의 황묘黃廟와 우리 중원 불교의 청묘靑廟가 늘 우호적으로 지내왔습니다. 그리고 우리 청묘는 승려가 저들보다 많아요. 오대산 위쪽에 큰 사찰이 열 군데 있고, 오대산 외곽에도 큰 사찰이 열 곳이 있습니다. 황묘의 라마승들은 비록 거칠지만 감히 우리를 넘보지 못합니다. 만약 낮에 공격을 하면 각 청묘에서 바로 지원을 할 겁니다."

위소보가 말했다.

"그럼 우리가 먼저 사람을 시켜 각 청묘 주지한테 도움을 청합시다. 모든 승려들을 동원해 라마승들과 죽기살기로 한판 혈전을 벌이는 겁니다. 그럼 오대산 청묘승이 라마승을 대파했다고 역사에 남겠죠!"

징통은 고개를 내둘렀다.

"오대산 각 청묘의 승려들은 십중팔구 무공을 모릅니다. 설령 무공을 익혔다고 해도 그 실력이 지극히 평범할 뿐, 고수가 있다는 얘긴 듣지 못했어요."

위소보가 눈꼬리를 치켜세웠다.

"그럼 도와주러 오지 않는다는 건가요?"

징통이 말했다.

"물론 지원하러 오겠지만 헛되이 목숨만 잃게 될 겁니다."

위소보가 진지하게 물었다.

"그럼 우린 이대로 항복을 해야 하나요?"

상대방을 당해낼 수 없다고 판단되면 바로 항복을 하는 게 그의 철학이었다.

징통이 다시 말했다.

"우리가 항복하는 건 상관없지만, 행치 대사는 결국 그들에게 납치돼갈 겁니다."

위소보는 생각을 굴렸다.

'소림 승려들은 과연 행치 대사의 진짜 신분을 알고 있을까?'

그래서 넌지시 물었다.

"라마승들이 왕창 몰려와서 행치 대사를 납치하려는 목적이 뭔가요? 몇 달 전에도 몰려와서 다들 힘을 합쳐 퇴치했는데, 이번에는 정말 엄청난 수가 몰려왔어요."

징통도 생각을 굴리며 말했다.

"행치 대사는 틀림없이 예사 인물이 아닐 겁니다. 중원 무림의 흥망이 달렸다거나, 아니면 청묘와 황묘의 분쟁과 밀접한 관련이 있는 것 같은데… 징심 사형께서는 그 분명한 이유를 말해주지 않았습니다. 사숙님도 잘 모르시나 보죠? 그럼 우린 더더욱 알 수가 없지요."

위소보는 품속에 있는 황제의 어찰이 생각났다. 그것만 있으면 각지의 문무관원을 동원할 수 있다.

"상황이 너무 긴박하고 위중합니다. 우리 소림 승려들은 비록 무공이 뛰어나지만 중과부적이라… 서른일곱 명이 어떻게 3천 명이 넘는 라마승들을 당해낼 수 있겠어요? 내가 바로 하산해 도움을 청할게요."

징통이 그의 말을 받았다.

"그러기엔 이미 때가 늦은 것 같습니다."

위소보가 말했다.

"그럼 우리가 행치 대사를 호위해 포위망을 뚫고 나갑시다!"

징통이 고개를 끄덕였다.

"그럴 수밖에 없을 것 같군요. 우리 서른일곱 명의 소림 승려와 사숙님의 서동이 힘을 합친다 해도, 3천 명이 넘는 라마승을 상대하기란 도저히 불가능한 일이지만, 우린 주위의 지리를 잘 아니까 틈새를 뚫고 나가는 건 그리 어렵지 않을 겁니다."

위소보가 다시 말했다.

"하지만 행치 대사와 그의 사부님이신 옥림 대사는 아마 우리 뜻에 따라주지 않을 것 같아요. 그들은 생과 사가 다 똑같다고 생각하니, 도망가든 안 가든 다를 게 없다고 말할 거예요."

징통은 눈살을 찌푸렸다.

"그러니 사숙님이 직접 가서 설득을 해야죠."

위소보는 고개를 내둘렀다.

"행치 대사를 설득하는 건 그래도 가능성이 있겠지만, 그 옥림 노화상한테는 나도 두 손 두 발 다 들었어요. 쥐가 자라를 잡는 것처럼 입을 들이밀 틈이 없어요."

아래를 내려다보니, 무리를 이룬 라마승들이 여기저기 흩어져 어수선해 보이지만 그래도 나름대로 질서가 있는 듯했다. 특히 산길 주위에는 더 많은 사람들이 모여 있었다. 날만 어두워지면 그들이 우르르 몰려올 텐데, 그렇게 되면 청량사의 승려들은 그저 소리 높여 '아미타불'이나 '부처님의 자비'를 외는 수밖에 없을 것이었다.

위소보는 속으로 투덜거렸다.

'빌어먹을! 내가 왜 중이 됐지? 라마가 되었다면 지금 의기양양해서 아무 걱정도 할 필요가 없을 텐데!'

생각이 '라마가 되었다면'에 미치자, 뇌리에 영감이 번뜩였다. 순간적으로 대책이 섰다. 그러나 결코 내색하지 않고 퉁명스레 말했다.

"제기랄, 가서 잠이나 자야겠다."

징통은 황당해서 눈을 둥그렇게 뜨고 그를 쳐다보았다. 위소보는 아랑곳하지 않고 봉우리 아래로 내려와 자신의 선방으로 들어갔다.

얼마 후 징심, 징관, 징광, 징통 네 고승이 찾아왔다. 위소보는 그들을 선방 안으로 들어오게 했다. 그들의 경황한 표정을 보고도 그는 기지개를 켜며 하품까지 했다. 그러고는 느긋하게 물었다.

"무슨 일로 온 겁니까?"

징심이 말했다.

"산 아래 라마승들이 운집해 있는데, 아무래도 심상치 않습니다. 사숙께 무슨 대책이 있는지 여쭤보러 온 겁니다."

위소보는 태연하게 말했다.

"아무리 생각을 해봐도 묘책이 떠오르지 않아 잠이나 실컷 잤어요. 어차피 피할 수 없는 액겁厄劫이니 모두들 운명이라 생각하고 감수할 수밖에요. 칼이 들어오면 목을 갖다 대고 막아봐야죠. 과연 단칼에 목이 달아날지 시험해보는 수밖에 더 있겠어요?"

징심 등 세 사람은 그가 또 실없는 말을 하고 있다고 생각했는데, 징관만은 그렇지 않았다. 그는 위소보의 말을 곧이곧대로 믿었다.

"라마승들의 칼은 아주 예리해서 우리 목으론 막을 수가 없습니다. 사숙님, 불가에선 여세무쟁與世無爭, 서로 다투지 말고, 역래순수逆來順受, 역경을 그대로 받아들이라고 가르치지만, 칼을 목으로 막는다는 건 너무 지나친 것 같습니다. 왕년에 달마 조사께서도 저항하지 말고 칼을 받아들이라고 가르치진 않았습니다. 정말 그래야 한다면 우리도 무학을 연마할 필요가 없지요."

위소보가 고개를 끄덕였다.

"그럼 징관 사질의 생각에는 목으로 칼을 막을 수 없을 것 같나요?"

징관이 바로 대답했다.

"없지요. 하지만 주먹이 날아오면 가슴으로 막고, 발이 날아오면 배로 막을 수는 있습니다."

그는 내공이 심후해서 상대가 주먹질을 하든 발길질을 하든, 막지 않고 내공의 힘만으로도 충분히 대응할 수 있었다.

위소보가 말했다.

"라마승들은 모두 계도戒刀나 선장禪杖 같은 무기를 갖고 있는데, 그들이 병기를 쓰지 않게 만들 무슨 좋은 방법이 없을까요?"

징관은 잠시 멍해 있다가 대답했다.

"그 라마승들은 막무가내라서 칼을 내려놓고 바로 회두시안回頭是岸하도록 만들려면 하루이틀 공을 들여선 안 될 것 같습니다."

위소보가 다시 말했다.

"그럼 곤란하겠네요. 다른 사질들은 혹시 무슨 묘책이 없나요?"

징심이 말했다.

"지금으로선 다 함께 옥림, 행치, 행전 세 분을 호위해 포위망을 뚫고 나가는 수밖에 없을 것 같습니다. 그들이 노리는 건 오직 행치 대사뿐이고, 사내에 있는 나머지 승려들은 무공을 모르니까 아마 해치지는 않을 겁니다."

위소보는 속으로 드디어 결론을 얻어냈다고 생각하며 능청스레 말했다.

"좋습니다! 그럼 지금 당장 세 분을 찾아가 설득해봅시다."

그러고는 곧 네 명의 고승을 대동해 뒷산 그 작은 암자로 갔다.

사미승이 통보를 하자 옥림 등은 주지가 온 것을 알고 직접 문밖으로 나와 맞이했다. 위소보를 보자 옥림과 행치, 행전은 모두 어리둥절해했다. 세 사람은 신임 방장이 소림사 회총 선사의 사제인 회명 선사이며 나이가 젊은 고승이라는 것은 전해들었지만, 그게 바로 위소보일 줄은 전혀 생각지 못했던 것이다.

옥림과 행치는 이내 그 이유를 깨달았다. 이는 황제가 부황을 보호하기 위해 안배한 일임이 분명했다.

어쨌든 불가의 규칙은 아주 엄했다. 주지는 사찰의 가장 높은 신분이라 옥림 등은 깍듯이 예를 갖춰 그를 맞이했다. 위소보도 공손하게 답례를 하고 함께 선방 안으로 들어갔다.

옥림은 그를 한가운데 놓인 방석에 앉게 했다. 나머지 사람들은 앉지 못하고 양쪽으로 나누어 섰다.

위소보는 속으로 쾌재를 불렀다.

'봐라, 이 어르신이 한가운데 앉고 노황야도 그냥 옆에 서 있어. 황제라고 해도 아마 이렇듯 위풍당당하진 못할걸!'

그는 억지로 웃음을 참으며 말했다.

"옥림 대사, 행치 대사! 두 분도 앉으시죠."

옥림과 행치가 앉았다. 옥림이 먼저 입을 열었다.

"방장 대사가 청량사에 주지로 오신 걸 알고서도 미처 가서 배알을 하지 못했는데, 이렇게 친히 찾아오시게 해서 송구스럽습니다."

위소보가 말했다.

"별말씀을요. 소납小衲은 세 분께서 외부 사람들이 찾아와 수행을 방해하는 것을 원치 않는 걸 잘 알기 때문에 줄곧 뵈러 오지 못했습니다. 오늘도 만약 한 가지 중대한 일이 발생하지 않았다면 역시 이렇듯 찾아와 방해를 하는 일은 없었을 겁니다."

그는 늘 노화상들이 스스로 '노납'이라 하는 것을 들어왔기 때문에, 자신은 나이가 어리니 '소납'이라고 한 것이다. 다른 승려들은 그가 제멋대로 소납이라 자칭하는 것을 듣고 내심 웃음이 나왔지만 참았다.

옥림이 고개를 끄덕였다.

"네."

그는 그 중대한 일이 무엇인지 묻지 않았다.

위소보가 다시 말했다.

"징광 사질이 세 분께 말씀드리시죠."

옥림은 신임 주지의 법명이 '회명'이라는 것을 알고 있었다. 그리고 소림사에서 '회' 자는 '징' 자보다 한 항렬이 높다는 것도 잘 알았다. 그런데도 이 천덕꾸러기 같은 소화상이 근엄하고 자상하며 덕망 높은 노화상을 '사질'이라고 부르는 것을 듣자 왠지 거북했다.

징광은 공손하게 대답한 후, 사찰 주위에 수천 명의 라마승들이 몰려와 있다는 사실을 일러주었다.

옥림은 눈을 감고 잠시 생각에 잠겼다가 물었다.

"방장 대사는 어떻게 대응할 생각이죠?"

위소보가 태연하게 말했다.

"그 라마승들은 본사를 에워싸고 삼삼오오 떼를 지어 앉거나 서 있는데, 아마 경치를 감상하려는 것이지, 다른 의도는 없는 것 같습니다. 이 주변의 경치가 워낙 아름다워 그들이 요산요수하러 올 수도 있는 일이지요."

행전이 바로 반박했다.

"만약 그냥 경치를 감상하러 왔다면 본사를 에워싸고 몇 시진 동안 가지 않을 리가 없죠! 틀림없이 행치 사형을 잡아가려고 온 겁니다."

위소보가 느긋하게 말했다.

"소납의 생각으론 천하의 황묘와 청묘는 모두 다 같은 부처님의 제자들입니다. 그들이 행치 대사를 모셔가려는 것은 세 분의 심오한 불법을 흠앙欽仰하여 라마 사찰로 모셔가서 설법을 들으려는 것이겠죠. 어쩌면 그 라마승들은 중원의 불법을 앙모하여 라마승을 그만두고 승려로 개종할지도 모릅니다. 그렇게 된다면 그 또한 아주 바람직한 기연機緣이 아니겠습니까?"

행전은 연신 고개를 흔들며 단호하게 말했다.

"아닙니다, 절대 그렇지 않아요!"

징관이 물었다.

"방장 사숙님, 그럼 그들은 왜 병기를 가져왔습니까?"

위소보는 합장을 하며 말했다.

"그들이 계도나 선장을 들고 살기등등한 것은 어쩌면 진짜 본사의 승려들을 죽이려는 것인지도 모릅니다. 하지만 부처님께서 말씀하시지 않았습니까? '내가 지옥에 가지 않으면 누가 가랴?' 우린 그 말을 되새겨야 합니다. 순리에 따라야겠죠. 다시 말해서 내가 목을 내주지 않으면 누가 목을 내주랴? 불생불멸不生不滅, 불구부정不垢不淨이라 했습니다. 생이 있기에 멸이 있는 것이고, 머리가 있기 때문에 자를 수 있는 겁니다. 부처님께서는 대정大定, 대지大智, 대비大悲를 삼덕三德이라 하셨습니다. 라마승들이 칼을 들고 덤벼들어도 우리가 불문불견不聞不見, 불관불식不觀不識, 듣지도 보지도 않고 모른 척하면 그게 바로 대정입니다. 칼을 들고 목을 치려고 할 때 우리가 그 칼을 공空으로 생각하면 도즉시공刀卽是空, 공즉시도空卽是刀, 바로 대지입니다. 그리고 그들이 우리의 목을 일일이 다 잘라서 오호애재嗚呼哀哉 통곡을 하면 그게 바로 큰 슬픔, 대비가 아니겠어요?"

그동안 사찰에 오래 머물면서 불경에 나오는 말을 많이 들은 터라, 생각나는 대로 마구 지껄여댔다.

징관이 나서 한마디 했다.

"사숙님, 그 대비의 비 자는 아마 슬플 비 자가 아니라 자비慈悲의 비 자가 아닐까요?"

위소보는 빙긋이 미소를 지으며 말했다.

"사질의 말도 아주 옳아요. 부처님께서는 살점을 베어 독수리에게 먹이고 호랑이에게 몸을 내줬으니, 그야말로 지고한 대자대비입니다. 그 라마승들은 비록 흉악하나 고약한 독수리나 맹수들에 비해 좀 나을 겁니다. 그럼 우리가 그 라마승들에게 몸을 내주는 것도 대자대비의 마음이 아니겠어요?"

징관은 바로 합장을 했다.

"사숙님의 묘혜妙慧에 탄복했습니다."

위소보가 말했다.

"지난날 옥림 대사께서 말했어요. '출가인은 세상과 무쟁 즉 다투지 않고, 역래순수 즉 역경이 닥쳐도 순응하라. 청량사에 정말 재앙이 닥친다면 그 또한 순응해야 한다.' 그 말대로 우린 다 같이 라마승들의 칼을 맞고 원적하여 함께 서방 극락세계로 간다면 얼마나 화기애애하고 재밌겠어요?"

자리에 모인 승려들은 서로 마주 보며 입이 딱 벌어졌다. 위소보의 말은 전혀 일리가 없는 건 아니지만 불법을 잘못 해석한 듯 뭔가 이치에 맞지 않았다. 징심과 징통은 그가 지금 한 말이 평소의 언행과는 영 딴판이라, 옥림 등을 비꼬는 거라고 생각했다. 일부러 그들을 자극해 스스로 도움을 청하게끔 만들려는 속셈일 것이었다. 물론 징관 한 사람만은 위소보의 말을 그대로 믿고 내심 기뻐하며 감탄했다.

징심이 입을 열었다.

"방장 사숙님, 오대산의 라마승들은 여태껏 나쁜 짓을 하지 않고 선량하게 살아왔습니다. 청묘와 황묘도 서로 사이좋게 지내왔고요. 이번에 몰려온 것은 분명 누구의 사주를 받은 것 같은데, 결코 사람을 죽이는 악행은 저지르지 않을 겁니다."

행전이 갑자기 큰 소리로 외쳤다.

"사부님께서는 전에 청해 라마승들이 사형을 잡아가려는 것은 천하만민을 핍박하고 이 금수강산을 차지하기 위한 음모일 거라고 하셨습니다. 우리의 생사는 고사하고 천천만만의 백성들이 그들에게 학대를 받게 된다면 그게 얼마나 큰 죄악이겠습니까? 우린 그들이 만행을 저지르도록 내버려둬서는 안 됩니다!"

위소보는 고개를 끄덕였다.

"그건 아주 일리가 있는 말입니다. 소납의 소견보다도 한 수 더 고명하군요. 한데 지금 몰려온 라마승들은 워낙 수가 많아 우리로선 중과부적입니다."

행전이 그의 말을 받았다.

"우리가 다 함께 사형을 호위해서 포위망을 뚫고 나가면 라마승들도 막지 못할 겁니다."

위소보가 말했다.

"그렇게 되면 서로 싸움이 벌어질 거고, 우린 어쩔 수 없이 라마승들을 죽여야 합니다. 아미타불, 부처님께서는 호생지덕好生之德으로 한 사람의 생명을 구하는 것이 7층 부도浮屠를 세우는 것보다 더 낫다고 했습니다. 그러니 한 사람의 목숨을 죽이면 그건 8층 보탑寶塔을 뜯어버리는 것과 마찬가지겠죠. 계율 중에서 가장 먼저 지켜야 할 것은 살계, 즉 살생을 하지 말라는 것인데… 이를 어쩌면 좋겠습니까?"

행전이 다시 그의 말을 받았다.

"그들이 몰려와서 우릴 죽이려 한 것이니 우리로선 자신을 지킬 수밖에 없습니다. 살인을 하지 않으면 물론 좋겠지만 그냥 눈 뜨고 죽음을 당할 수는 없는 노릇이죠!"

이때 문밖에서 요란한 발걸음 소리가 들리더니 소림 승려 징각澄覺이 성큼성큼 들어와 아뢰었다.

"방장 사숙께 아룁니다. 산 아래 있던 라마승들이 일제히 행동을 개시해 약 100장 정도 더 접근해와서 멈췄습니다."

위소보가 물었다.

"왜 가까이 접근해오다가 멈췄죠? 부처님께 감화되어 참회의 마음이 생겨서 입지성불立地成佛하거나 회두시안이라는 큰 불리를 깨우쳤나 보군요."

행전은 답답한지 음성을 높였다.

"아닙니다, 그게 아녜요! 그들은 날이 어두워질 때를 기다려 일제히 쳐들어올 생각인 겁니다."

왕년에 정황기 대장으로서 산전수전을 다 겪은 후 순치 황제의 어전 시위 총관이 된 그는 행군 전투 작전에 대해 잘 알고 있었다.

위소보는 느긋했다.

"그들이 본사 대웅보전으로 들어와 부처님의 근엄한 보상寶相을 보면 갑자기… 그 무슨 대… 대오… 대오각성大悟覺醒을 할 수도 있지 않을까요?"

행전은 급기야 화를 냈다.

"방장인데 정말로… 무… 에이! 그럴 리는 없습니다!"

그는 원래 '정말로 무지하다'고 말하려 했는데 그래도 방장이니만큼 결례를 범할 수 없어 그냥 말을 삼켜버린 것이었다.

옥림은 줄곧 침묵을 지키며 한 마디도 하지 않았다. 지금 중론이 분분하고, 행전이 핏대를 세우며 갈수록 언성을 더 높이는 것을 보고는 미소를 지으며 입을 열었다.

"행전, 너야말로 무지하구나. 방장 대사는 이미 지주재악, 손에 지혜의 구슬을 쥐고, 속으로 보안寶案이 다 서 있는데, 네가 왜 쓸데없이 걱정을 하느냐?"

행전은 멍해져서는 머리를 긁적였다.

"아, 방장 대사께선 이미 묘책을 다 세워두셨군요?"

위소보는 울상을 하며 말했다.

"묘책은 없지만 상책, 하책은 확실하게 구분할 수 있어요. 36책 중에 줄행랑이 최상책인데, 다들 포위망을 뚫고 나가는 걸로 결론을 내렸다면 그렇게 합시다. 하지만 만부득이한 경우가 아니면 절대 사람의 목숨은 해치지 마세요."

행전과 징심 등이 일제히 대답하자 위소보가 다시 말했다.

"그럼 모두들 가서 짐을 챙기세요. 날이 어두워지면 그들이 움직이기 전에 우리가 먼저 뚫고 나갈 겁니다. 동쪽 길을 택해서 곧장 부평현까지 갑시다. 라마승들이 제아무리 포악무도해도 공공연히 현성縣城을 공격하진 못할 겁니다."

행전 등이 다시 대답을 하자 행치가 갑자기 입을 열었다.

"나는 불길한 사람이오. 지난번에도 나로 인해 많은 생명이 희생됐소. 이번에 설령 액겁을 피한다고 해도 그들은 결코 포기하지 않을 거요. 결국은 살겁을 종식시켜야 하오."

행전이 그의 말을 받았다.

"사형, 그 고약한 라마승들은 사형을 인질로 삼아 천하 백성들을 잔해殘害하려는 겁니다."

행치는 한숨을 내쉬었다.

"내가 바로 세간의 화근이오. 그들이 날 잡으러 오면 다들 지켜보는 앞에서 분신을 할 거요. 그럼 그들도 결국 포기할 테니 모든 게 다 끝나겠죠."

행전은 다급해졌다.

"황… 황… 아니, 사형! 그건 절대 안 됩니다. 제가 대신 분신을 하겠습니다."

행치는 빙긋이 웃었다.

"자네가 나 대신 분신을 한들 무슨 소용이 있겠나? 그들이 원하는 건 나고, 나를 납치하는 게 목적이네."

승려들이 침묵을 지키자 옥림이 입을 열었다.

"선재善哉, 선재로다! 행치는 대도大道를 대오大悟했으니, 그게 바로 부처님이 말씀하신 '내가 지옥에 가지 않으면 누가 가랴?'의 진의眞義지."

위소보는 속으로 욕을 했다.

'이런 고리타분한 노화상! 네가 말하는 건 진짜 진의고 내가 말한 건 가짜 가의假義냐?'

옥림이 다시 말했다.

"라마승들이 몰려오면 나와 행치는 함께 분신을 할 테니 방장 대사와 모든 사형제들은 절대 막아선 아니 되오!"

위소보와 승려들은 서로 마주 보며 모두 경악을 금치 못했다.

행치가 천천히 말했다.

"지난날 성을 공격하고 땅을 빼앗는 과정에서 백성들을 도탄에 빠뜨려 이미 백번 죽어도 용서받지 못할 죄업을 지었소. 오늘 만민을 위해 이 한 몸을 바치는 것은 그 지난날의 죄업에 대한 보상일 뿐이오. 만약 소승으로 인하여 또다시 수많은 무고한 생명들이 희생된다면 죄업이 가중될 거요. 난 이미 결심을 했으니 모두 내가 이 인과를 매듭지을 수 있도록 도와주십시오. 그리고 이번 일을 계기로 라마승들을 감화하여 개과천선케 한다면, 그 또한 적선이자 좋은 일이 되지 않겠습니까?"

말을 마치고는 몸을 일으켜 위소보와 소림의 다섯 승려에게 몸을 숙이고 합장을 했다.

징심 등은 그의 표정과 말에서 이미 결심을 굳힌 것을 알아채고 뭐라고 섣불리 진언할 수가 없었다. 그냥 작별을 고하고 문수전文殊殿으로 돌아갔다.

위소보는 서른여섯 명의 소림 승려들을 소집했다. 그리고 이번 일의 자초지종을 얘기해주었다. 승려들은 두 분 대사가 분신하는 것을 무슨 수를 써서라도 말려야 한다고 주장했다. 부득이하게 무력을 행사할 수밖에 없다는 결론에 도달했다.

위소보가 말했다.

"모두들 세 분 대사의 목숨을 지켜야 한다고 생각하죠?"

승려들이 일제히 대답했다.

"네!"

위소보가 다시 말했다.

"그건 어렵지 않습니다. 서른여섯 분은 바로 사찰 밖으로 나가 일제히 동쪽 산길을 택해 포위망을 뚫는 척하십시오. 그러다가 도저히 작전을 성공시킬 수 없어 다시 사내로 후퇴하는 것처럼 보이십시오. 그 과정에서 한 가지 중요한 일이 있는데, 혼란을 틈타 라마승을 40~50

명쯤 붙잡아와야 합니다."

징심이 물었다.

"그럼 방장은 그들을 인질로 삼아 경거망동을 제지하겠다는 생각입니까? 만약 그렇다면 직책이 높은 라마승을 잡아올수록 더 좋겠죠?"

위소보가 침착하게 말했다.

"라마승을 잡아오는 것은 결코 쉬운 일이 아닐 겁니다. 가능한 한 살상을 피하기 위해 조무래기들을 잡아오면 됩니다."

승려들은 그의 의도를 알 수 없었다. 그러나 방장의 명이라 바로 임무를 수행하러 사찰 밖으로 달려나갔다.

얼마 후 산 중턱에서 요란한 고함 소리와 기합 소리가 들려왔다. 위소보는 법고法鼓가 있는 망루에 서서 지켜보았다. 서른여섯 명의 승려가 라마승들과 뒤섞여 한창 치열하게 싸우고 있었다.

이 소림 승려들은 모두 무공의 고수라 일반 라마승들은 적수가 될 수 없었다. 그렇게 약 10여 장을 뚫고 나가자 앞을 가로막는 라마승들이 갈수록 많아졌다. 징심 등은 장풍을 날리고 발로 걷어차며 삽시간에 수십 명의 라마승들을 쓰러뜨렸다.

그때 징심이 소리쳤다.

"적의 수가 너무 많다! 더는 뚫고 나갈 수 없으니 일단 사내로 후퇴하라!"

그는 내공이 심후해 소리를 지르자 멀리까지 퍼져 산골짜기가 쩌렁쩌렁 울렸다.

징통도 소리쳤다.

"더 뚫고 나가기는 어려우니 그렇게 해야 되겠습니다!"

징심이 다시 소리를 질렀다.

"라마승들을 잡아가 인질로 삼으면 놈들이 섣불리 쳐들어오지 못할 것이다!"

승려들은 양손에 라마승들을 낚아잡거나 어깨에 둘러메고 사내로 돌아갔다.

징심과 징광은 뒤에 남아 라마승들의 공격을 막으며 다시 몇 명을 쓰러뜨렸다. 라마승의 대열 뒤쪽에서 누군가 서장어(티베트어)로 전령을 내렸는지, 라마승들은 고함을 지르며 욕을 해댈 뿐 더 이상 추격해 오지 않았다.

위소보는 산문 앞에서 히죽히죽 웃으며 기다리고 있었다. 잡아온 라마승들을 세어보니 모두 마흔일곱 명이었다. 문수전으로 돌아온 위소보가 명을 내렸다.

"라마승들의 옷을 전부 벗기고 혈도를 열댓 군데 찍어 뒤뜰 곳간에 다 단단히 가둬두시오!"

승려들은 방장의 법륜이 심오하다고 느끼며, 그냥 시키는 대로 라마승들의 옷을 다 벗기고 혈도를 찍은 다음 곳간에 가뒀다.

그제야 위소보는 합장을 하며 말했다.

"세상만사 무상이며 잡을 수 없는 허상일 뿐이오. 무아무인無我無人이라 하였으니 당연히 무화상무라마, 화상도 없고 라마도 없는 것이오! 색즉시공 공즉시색, 다시 말해서 화상이 바로 라마요, 라마가 바로 화상이니라! 그러니 여러분, 모두 승복을 벗고 라마승의 옷으로 갈아입으십시오!"

그의 엉뚱한 말에 승려들은 모두 아연실색 서로 마주 보았다.

위소보가 소리쳤다.

"쌍아! 어서 와서 날 소라마로 분장시켜줘."

쌍아는 줄곧 대전 밖에서 기다리고 있었는데, 그의 부름을 받자 바로 안으로 들어왔다. 그녀는 비교적 작은 라마승의 옷을 골라 갈아입혔다. 그래도 위소보의 몸집에 비해 옷이 커서 비수를 꺼내 아랫단을 자르고 허리띠를 위로 끌어매 간신히 라마승의 구색을 갖췄다.

위소보는 그녀에게도 말했다.

"쌍아, 너도 라마로 변장해."

징광이 궁금해서 물었다.

"사숙님, 왜 우리더러 라마승의 옷으로 갈아입으라는 겁니까?"

징관은 한술 더 떴다.

"사숙님, 라마들에게 항복해 황교로 개종하라는 겁니까?"

위소보가 고개를 내둘렀다.

"아닙니다! 모두 라마승의 옷으로 갈아입고 뒷산 작은 암자로 가서 우선 옥림, 행치, 행전 세 분이 분신하기 전에 제압해서 혈도를 찍고 라마승의 옷으로 갈아입혀…."

여기까지 들은 징통은 이내 그의 의도를 알아차리고 손뼉을 쳤다.

"묘책이오, 묘책! 우리 몇십 명이 라마로 위장해 야음을 틈타 산 아래로 뚫고 나가면, 라마승들은 진위를 분간하기 어려워 우릴 가로막지 못할 겁니다!"

승려들은 그제야 일제히 환호성을 질렀다. 암울했던 얼굴에도 웃음이 활짝 피었다.

위소보는 지난날 기루에서 기녀로 분장해 위기를 넘긴 경험을 살려이 묘책을 생각해낸 것인데, 승려들이 그 사실을 알 리 만무했다.

징심은 속으로 다행이라고 생각했다.

'이 수를 써서 뚫고 나가면 불필요한 살상을 줄일 수 있으니 상책 중에 상책이지!'

징광은 다소 망설였다.

"그래도 행치 대사 등을 불시에 제압하는 건 불경이 아닐까요?"

위소보가 말했다.

"아미타불, 세 사람의 목숨을 구하는 것은 삼칠, 21층의 보탑을 쌓는 것보다 더 큰 공덕이니, 사소한 일에 얽매이지 맙시다. 분신을 방치하는 것보다는 훨씬 낫습니다!"

징광이 고개를 끄덕였다.

"사숙님의 말이 천번만번 옳습니다."

승려들은 다들 입고 있던 승복을 벗고 라마승의 옷으로 갈아입었다. 그들은 평상시 율법을 엄히 지키며 근엄하게 살아왔는데, 지금 위소보의 엉뚱한 제안에 따라 라마승의 옷으로 갈아입고는 서로 마주 보자 절로 웃음이 나왔다.

위소보가 다시 말했다.

"모두들 승복을 잘 싸가지고 있다가 위기에서 벗어나면 다시 갈아입으십시오. 만약 흩어지게 되면 부평현 길상사에서 다시 모이도록 합시다."

그는 쌍아를 시켜 은자 등을 다 챙겨넣은 봇짐을 등에 짊어졌다.

그렇게 날이 어둑해질 때까지 기다렸다가 위소보가 말했다.

"다들 얼굴에 향로의 재를 바르고… 바로 행동을 개시할 테니 각자

물을 한 통씩 준비하세요."

승려들은 그의 법령에 따라 기꺼이 얼굴에 재와 흙먼지를 바르고 병기와 물통을 챙겨 뒷산으로 달려갔다. 그 작은 암자 앞에 당도하자 일제히 이상한 말로 고함을 지르며 안으로 달려들어갔다.

옥림과 행치, 행전은 분신을 하기 위해 마당에 장작을 쌓아놓고 몸에 향유를 뿌린 채 라마승들이 쳐들어오기만 기다리고 있었다. 그러면 일단 그들에게 분신을 하게 된 이유를 밝히고 나서 바로 불을 붙일 작정이었다. 그런데 라마승들은 사전에 아무런 기미도 없이 갑자기 문밖으로 들이닥쳤다. 그리고 서장어로 들리는 '아싸야로 으라싸싸', 고함소리가 들리기 무섭게 수십 명의 라마승이 눈앞에 나타났다.

옥림이 낭랑하게 소리쳤다.

"다들 잠깐만! 노납이 할 말이 좀 있는데…."

말을 하는 도중에 난데없이 온몸에 찬물이 한 통 끼얹어졌다. 그리고 잇따라 여기저기서 세 사람을 겨냥해 찬물세례가 쏟아졌다. 정말 번갯불에 콩 볶듯 눈 깜짝할 사이에 벌어진 일이라, 세 사람은 분신을 시도하기는커녕 불도 채 붙이지 못했다. 설령 불을 붙였다고 해도 물세례에 다 꺼졌을 것이다. 세 사람은 완전히 물에 빠진 생쥐 꼴이 되고 말았다.

쌍아는 잽싸게 몸을 솟구쳐 우선 행전의 혈도를 찍었다. 행치는 무공을 잘 몰랐다. 옥림은 무공이 고강하나 저항을 하지 않았기 때문에 혼란 중에 혈도를 찍히고 말았다.

승려들은 너나 할 것 없이 달려들어 세 사람의 승복을 벗기고 라마승의 옷으로 갈아입혔다.

위소보는 서장어를 흉내 내 일장연설을 하고 싶었으나 행여 옥림이 눈치를 챌까 봐 꾹 참고 쌍아에게 입을 삐쭉이며 눈짓을 했다. 그러자 쌍아가 촛대를 가져와 마당에 쌓아놓은 장작더미에다 불을 붙였다.

위소보는 행전의 황금 금강저가 암자 구석에 놓여 있는 것을 보고 가져가려 했지만 무거워서 도저히 들 수가 없었다. 그러자 징통이 그것을 집어들었다.

위소보가 손을 휘두르자 승려들은 옥림 등 세 사람을 가운데 에워싸고 동쪽을 택해 산 아래로 내달렸다.

수십 장가량 달려나갔을까, 암자에서 시커먼 연기와 함께 불길이 치솟았다. 장작더미에 이미 향유를 부어놓았기 때문에 금방 불이 붙은 것이다. 산 중턱에 있던 라마승들은 불길을 보자 놀라 소리를 지르며 이내 혼란에 휩싸였다. 수령인 듯한 자가 라마승들을 이끌고 불길을 잡으러 달려갔다. 그 불빛에 위소보 등이 비쳤지만 라마승들은 혼란통에 자기편인 줄로만 알고 아무도 가로막지 않았다.

승려들은 순조롭게 산 아래로 내려왔고, 라마승들을 멀찌감치 따돌렸다. 산 위를 바라보니 연기가 하늘을 뒤덮었다. 그 작은 암자는 지붕까지 불길에 휩싸여 있었다.

징통이 말했다.

"암자가 불타버리면 라마승들은 행치 대사를 찾지 못할 것이고, 결국 불에 타죽은 줄 알 겁니다. 그럼 포기하고 다시는 찾아오지 않겠죠. 어쨌든 잘된 일입니다."

징광이 고개를 끄덕였다.

"사제의 말이 맞네."

위소보는 징관을 시켜 행치 등의 혈도를 풀어주게 하고는 정중히 말했다.

"결례를 범한 것을 과히 나무라지 마십시오."

행치 등은 혈도가 찍혀 움직일 수 없었지만 귀로는 다 듣고 눈으로도 모든 것을 보았다. 그러니 소림 승려들이 자기네들을 구해준 것을 다 알고 있었다. 행전은 혈도가 풀리자마자 목청을 높여 말했다.

"묘책이오, 묘책! 다들 무사히 액겁을 모면했군요. 방장 대사께서 우리의 생명을 구해줘서 감지덕지인데 왜 나무라겠습니까?"

행치가 분신을 결심하자 행전은 끝까지 충성을 바쳐 함께 죽으려 했다. 게다가 옥림까지도 운명을 함께하겠다고 했다. 행치는 결코 그들의 죽음을 원치 않았다. 하여 지금 죽지 않고 살아 있는 게 다행이라고 생각했다. 그도 내심 기뻐하며 입가에 미소를 띠었다.

"한 사람도 다치지 않고 이 액겁을 넘겼으니 다행이오."

이때 별안간 맞은편 산모퉁이에서 요란한 발걸음 소리가 들리는가 싶더니, 잠시 후 많은 사람들이 떼를 지어 산모퉁이를 돌아 달려왔다.

징통이 심각한 표정으로 말했다.

"사숙님, 라마승들이 뒤쫓아온 모양입니다."

위소보가 말했다.

"당황하지 말고 우린 그냥 앞으로 달려나갑시다. 그들과 마주치면 '아싸라비야' 그냥 적당히 떠들어대면서 웃는 얼굴로 산 위를 가리키면, 아마 우리와 싸우는 일은 없을 겁니다."

승려들은 일제히 대답했다. 심지어 옥림과 행치도 고개를 끄덕였다.

위소보는 내심 쾌재를 불렀다.

'우아! 노황야까지 내 명령에 따르고, 노황야의 사부도 내 명에 고개를 끄덕인다!'

승려들은 행치를 에워싼 채 산길을 따라 달려나갔다.

또 하나의 산길을 돌자 한 무리의 사람들이 뛰어왔다. 손에 횃불을 들고 있는 게, 라마승이 아니라 불공을 드리러 온 향객香客 같았다. 이 한밤중에 불공을 드리기 위해 몰려오다니, 흔한 일이 아니었다. 자세히 보니, 그들은 목에 황색 포대를 걸고 있는데, 포대에는 '정성진향精誠進香'이란 글자가 크게 적혀 있었다. 역시 향객이 분명했다.

승려들은 이 이상한 광경에 다들 멍해져서 입을 다물었는데, 징관 등 머리가 빨리 돌아가지 않는 몇몇은 아직도 그 무슨 '아싸라비야' 같은 엉터리 서장어를 외쳐대고 있었다.

향객 중 한 사내가 큰 소리로 외쳤다.

"뭐 하는 자들이냐?"

사내는 몸집이 우람하고 목소리가 쩌렁쩌렁했다. 위소보는 이내 반색을 했다. 다름 아닌 어전 시위 총관 다륭임을 알아본 것이다. 그는 앞으로 달려가며 소리쳤다.

"다 대형, 소제가 누군지 잘 봐요!"

다륭은 순간 멍해졌다가 옆에 있는 사람한테서 등롱불을 받아 위소보의 얼굴을 자세히 살펴보았다. 위소보는 그에게 눈을 찡긋해 보이며 하하 웃었다. 다륭은 놀라며 반가워했다.

"아니… 위 형제잖아! 한데… 왜… 왜 여기 있지? 게다가 라마승 차림을 하고…?"

위소보가 웃으며 말했다.

"다 총관은 여기 웬일이죠?"

그러는 사이에 뒤에서 또 한 무리의 향객이 달려왔다. 그들 중 가장 앞장선 자는 바로 조제현이었다. 위소보가 자세히 살펴보니 전부 향객으로 가장한 어전 시위들로, 그중 태반은 아는 얼굴이었다. 시위들은 앞으로 몰려와 위소보에게 인사를 하며 희희낙락 반가워했다.

위소보는 음성을 낮춰 다륭에게 물었다.

"황상이 보낸 겁니까?"

다륭도 목소리를 낮췄다.

"황상과 태후마마께서 오대산에 불공을 드리러 오셨네. 지금 영경사에 머물고 계시다네."

위소보는 놀랍고도 무척 기뻤다.

"황상께서 오대산에 오셨다고요? 정말 잘됐네요, 잘됐어!"

속으로는 구시렁거렸다.

'그 늙은 화냥년은 왜 왔지? 노황야가 보면 당장 죽이려 할 텐데!'

얼마 지나지 않아 또 한 무리가 나타났다. 역시 향객으로 가장한 효기영 군관들이었다.

위소보가 그 '향객'들을 한번 죽 훑어보았다.

"이번에 북경에서 오대산까지 온 향객이 얼마나 되죠?"

다륭이 나직이 말했다.

"우리 어전 시위들 말고도 효기영, 전봉영前鋒營, 호군영護軍營도 어가를 따라 함께 왔네."

위소보가 물었다.

"그럼 3~4만 명은 족히 되겠군요?"

다륭이 고개를 끄덕였다.

"모두 3만 4천 명이네."

위소보가 다시 물었다.

"호가를 지휘하는 총책임자는 누군가요?"

다륭이 대답했다.

"강친왕이네."

위소보는 웃으며 말했다.

"그도 역시 옛 친구네요."

그는 손짓으로 조제현을 가까이 불렀다.

"조 대형, 수고스럽겠지만 가서 강친왕에게 내가 급히 처리할 일이 있어 병마를 출동시켜야 하는데, 미리 허락을 받지 못한 것을 좀 양해해달라고 전해주시오."

조제현은 바로 대답을 하고 떠나갔다. 곧이어 효기영이 속한 정황기 도통 찰이주까지 나타나자 위소보가 말했다.

"다 대형, 도통 대인! 지금 수천 명의 청해 라마승들이 황상께서 불공드리러 온 것을 알고, 역모를 꾀하기 위해 청량사를 포위하고 있어요. 그러니 두 분께서는 속히 청량사로 가서 그들을 일망타진하십시오. 그럼 큰 공을 세우게 될 겁니다."

두 사람은 좋아하며 위소보에게 고맙다는 인사를 했다.

"위 대인이 공로를 우리에게 넘기니 그저 감사할 따름이오."

위소보가 빙긋이 웃으며 말했다.

"황상을 위해 충성을 다하는 것이 우리의 본분인데 누가 공을 세우든 무슨 상관이 있겠습니까? 이게 바로 동고동락, 공생공사가 아니겠어요?"

두 사람은 곧 명을 하달해 주위 산길을 단단히 지키게 하고, 정선된 관병들을 이끌고 산 위로 진격해갔다.

위소보가 큰 소리로 외쳤다.

"성상께서는 인자영명仁慈英明하여 호생지덕이 있으니 가능한 한 역모자들을 살상하지 말고 사로잡도록 하시오! 황상은 '요순어탕'에 비견되는 훌륭한 황제요!"

시위들과 친병들은 일제히 복창을 했다.

"요순우탕!"

전에 강희는 위소보에게 '요순우탕堯舜禹湯'이 현군으로 알려진 요임금과 순임금, 우왕, 탕왕을 가리키는 말이라고 설명을 해줬는데도 위소보는 제대로 이해를 하지 못하고 아직도 '요순어탕堯舜魚湯'이라고 했다. 그냥 백성들이 그렇게 말한다고 하니 아주 큰 그릇에 담긴 어탕이려니 생각한 것이다. 아주 먹을 만한 어탕이니 황제가 들으면 기분이 좋을 거라고 지레짐작했다. 특히 지금 노황야가 가까이 있으니 알랑방귀를 뀌고 싶었다. 소황제와 노황야가 곧 상봉을 하게 될 테니 알랑방귀를 많이 뀔수록 나쁠 것이 없다고 생각했다.

그는 곧 행치에게 다가가 아뢰었다.

"우린 지금 차림새가 볼썽사나우니 가까운 금각사로 가서 갈아입으시죠. 그곳은 조용하니 아무도 세 분을 성가시게 하지 못할 겁니다."

행치 등은 고개를 끄덕여 찬동했다.

일행은 다시 몇 리를 걸어 금각사에 이르렀다. 위소보는 사내로 들어서자마자 1천 냥짜리 은표를 꺼내 주지에게 건넸다.

"잠시 이곳에서 좀 쉬었다 가야겠소. 일절 아무 것도 묻지 마시오. 한 마디를 물으면 은자 열 냥을 제할 거요. 1천 냥은 다 시줏돈이니, 만약 백한 마디를 물으면 오히려 나한테 열 냥을 내줘야 할 거요. 서로의 약속이니 어기는 일이 없도록 합시다."

주지는 거금이 들어오자 입이 귀에 걸렸다. 그는 연신 머리를 조아리며 대답을 하고 나서 물었다.

"그럼 차를 대접할…?"

여기까지 말하고는 갑자기 멈칫하더니 얼른 말을 바꿨다.

"차를 대접하겠습니다."

그러고는 얼른 안쪽으로 들어갔다.

그는 원래 '차를 대접할까요?' 하고 물어보려다가 재빨리 말을 바꿔 열 냥을 아낄 수 있었다.

위소보는 사찰 밖으로 나가 암암리에 명을 내렸다. 100여 명의 어전 시위들로 하여금 금각사 주위를 단단히 지키도록 조치한 것이다. 그리고 나서 시위 두 명을 가까이 불렀다.

"가서 황상께 '소인 위소보는 직책이 중대하여 함부로 자리를 비울 수 없어 금각사에서 기다리고 있겠습니다' 하고 전하시오."

시위 한 명이 조심스레 말했다.

"부총관님, 우린 신하로서 직접 황상을 배알하러 가는 게 도리인데, 어찌 황상더러 오시라고 할 수 있겠습니까?"

위소보는 어깨를 으쓱하고 두 팔을 좌우로 벌리며 빙긋이 웃었다.

"이번만큼은 부득이 도리를 어길 수밖에 없어요."

두 명의 시위는 대답을 하고 곧 몸을 돌려 떠나갔다. 속으로는 혀를 날름거리며 시부렁거렸다.

'정말 겁도 없네. 죽고 싶어 환장했나 보지!'

아무튼 상관의 명이라 급히 가서 황상께 아뢰었다.

승려들이 옷을 갈아입고 쉬고 있는데 산 위에서 고함 소리와 기합 소리가 요란하게 들려왔다. 시위와 친병들이 공격을 개시한 모양이었다. 그 소리는 한참 지속되다가 차츰 줄어들더니, 다시 반 시진이 지나자 조용해졌다.

그리고 또 얼마간 시간이 지난 후 수십 명의 발걸음 소리가 멀리서부터 가까이 들려오더니 사찰 밖에서 멈췄다. 이어 군화 발자국 소리가 들리며 한 무리가 사찰 안으로 들어왔다.

위소보는 내심 생각했다.

'소황제가 온 모양이군.'

그는 얼른 비수를 꺼내들고 행치의 선방 앞을 지키며 얼굴에 아주 비장한 표정을 지었다. 마치 골백번 죽어도 오로지 군주에 대한 충심을 다하겠다는 듯, 아주 굳건한 자세였다. 겉모습만 보면 행전의 충의 용맹한 모습도 아마 그를 따라가지 못할 것 같았다.

걸음 소리가 밖에서부터 차츰 안으로 가까워졌다. 10여 명의 편복을 입고 등롱을 든 시위들이 성큼 들어와 양쪽으로 갈라섰다. 시위 한 명이 나직이 소리쳤다.

"어서 칼을 치우시오!"

위소보는 뒤로 몇 걸음 물러나 등을 문에 바싹 붙이고 비수를 가슴 앞에 세운 채, 마치 일당백이라도 하려는 듯한 표정으로 소리쳤다.

"대사님들이 선방 안에서 휴식을 취하고 있으니 어느 누구도 방해할 수 없다!"

이때 남색 장포를 입은 소년이 걸어들어왔다. 바로 강희였다.

위소보는 그제야 비수를 거두고 얼른 앞으로 달려나가 무릎을 꿇고 나직이 배알했다.

"황상, 기뻐하십시오. 노… 노법사께서 안에 계십니다."

강희가 떨리는 음성으로 말했다.

"그럼 어서… 알리거라."

몸을 돌려 손을 흔들면서 나직이 말했다.

"다들 물러가라."

시위들이 다 물러가자 위소보가 선방의 문을 가볍게 두드렸다.

"회명이 뵙고자 합니다."

한참을 기다려도 안에서는 아무 반응이 없었다. 강희는 기다리다 못해 앞으로 다가가 가볍게 문을 두 번 두드렸다. 위소보는 그에게 손을 흔들며 아무 말도 하지 말라는 신호를 보냈다. 그러자 강희는 '부황!'이라고 부르려다가 억지로 참았다.

다시 한참 시간이 흐른 후 안에서 행전의 음성이 들려왔다.

"방장 대사, 사형은 몹시 피곤해서 대면할 수 없으니 양해 바랍니다. 사형은 이미 불문에 귀의해 속세와의 연을 끊었으니 청수清修를 방해하지 말라고 전해주십시오."

그가 '전해달라'고 하는 것으로 미루어 밖의 상황을 이미 감지하고 있는 게 분명했다.

위소보가 조심스레 말했다.

"네, 네. 그래도 한 번만 뵐 수 있게 문을 좀 열어주십시오."

행전이 그의 말을 받았다.

"사형의 뜻은 확고합니다. 이곳은 금각사라 다 같은 객이니, 방장의 법지法旨에 따르지 않더라도 나무라지 마십시오."

위소보는 고개를 돌려 강희를 쳐다보았다. 그의 표정이 아주 참담한 것을 보고 속으로 생각을 굴렸다.

'내가 이곳의 방장이 아니라 문을 열라고 해도 말을 듣지 않겠다는 거지? 좋아! 그럼 이곳 금각사의 방장을 불러와서 문을 열라고 할게. 그럼 간단하잖아!'

그가 막 몸을 돌려 방장을 부르러 가려는데, 강희는 더 이상 감정을 주체하지 못하고 갑자기 방성대곡을 했다.

위소보는 생각을 달리했다.

'본사의 방장을 불러와 문을 열라고 하면 그건 노황야를 강요하는 건데… 오히려 그의 마음을 약하게 만드는 이 방법이 더 낫겠어.'

그도 두 손으로 가슴을 치며 따라서 방성대곡을 하면서 소리를 질렀다.

"난 아버지도 엄마도 없는 고아예요! 아무도 날 사랑해주는 사람 없이 이렇듯 외롭게 살아서 뭐 하겠어요? 차라리 벽에 머리를 박고 죽는 게 나을 것 같아요!"

우는 척하는 건 위소보가 어릴 때 습득해서 지금까지 잘 써온 특기 중의 특기였다. 몇 번 울먹이자 진짜 눈물이 비 오듯 줄줄 쏟아졌다. 울음소리도 갈수록 더 처량해졌다.

강희는 그가 비통하게 우는 것을 보고 처음엔 어리둥절해했으나 곧 따라서 다시 울기 시작했다. 그러자 삐걱 소리가 들리며 문이 열리고 행전이 문 앞에 서서 말했다.

"들어오라 하십니다."

강희는 희비가 교차하며 안으로 뛰어들어가 행치의 발을 끌어안고 울음을 터뜨렸다.

행치는 그의 머리를 가볍게 쓰다듬었다.

"울지 마라, 울지 마."

그러면서 자신도 뚝뚝 눈물을 흘렸다.

옥림과 행전은 고개를 숙인 채 선방 밖으로 나와 문을 굳게 닫았다. 두 사람은 문밖에 서 있는 위소보에게 아예 눈길도 주지 않고 밖으로 걸어나갔다. 행전은 방장에게 좀 무례했다는 생각이 들고, 또한 고맙기도 해서 10여 걸음 나가다가 고개를 돌려 나직이 불렀다.

"방장 대사!"

위소보는 선방 안에서 행치와 강희가 무슨 얘기를 나누는지 들어보려고 정신을 집중하고 있는 터라, 그의 부름에 아랑곳하지 않았다.

강희가 울먹이며 소리쳤다.

"부황! 너무 보고 싶었어요."

행치가 뭐라고 몇 마디를 했는데 문이 굳게 닫혀 있어 밖에선 잘 들리지 않았다. 그다음에 강희는 울음을 멈췄고 두 사람 모두 나직하게 이야기를 나누는 통에 위소보는 한 마디도 들을 수 없었다. 그는 비록 호기심이 발동했으나 감히 여느 때처럼 문을 살짝 열고 엿들을 수는 없었다. 그저 문밖에 서서 기다릴 뿐이었다.

잠시 뒤에 강희가 '단경 황후' 네 글자를 거론하는 것이 어렴풋이 들려왔다. 위소보는 속으로 생각했다.

'지난번에 노황야는 나더러 그 늙은 화냥년에게 결례를 범하지 말라고, 강희에게 전해주라고 했는데, 난 그 말을 싹둑 잘라먹었어. 이번에 그 늙은 년도 오대산에 왔다는데… 노황야의 마음이 혹시나 달라졌을까?'

잠시 후에 행치의 음성이 들려왔다.

"오늘의 만남으로 난 수양에 많은 과오를 범했으니 앞으로는 다시 찾아오지 마라."

강희가 아무 대답도 하지 않자 행치가 다시 말했다.

"사람을 시켜 내 시중을 들게 하는 것이 물론 너의 효심이라는 것을 잘 안다. 그러나 출가한 사람은 응당히 마겁魔劫의 시련을 겪어야 하느니라. 지나치게 날 떠받드는 것은 오히려 날 욕되게…."

두 사람은 다시 주거니받거니 얘기를 나누다가 행치가 말했다.

"이젠 가보아라. 몸을 보중해야 하느니라. 백성들을 아끼는 것이 바로 나에 대한 효심임을 명심해라."

강희는 못내 아쉬운지 일어나려 하지 않았다. 그러나 결국 발걸음 소리가 들리며 문 쪽으로 차츰 가까이 왔다. 위소보는 얼른 뒤로 몇 걸음 물러나 능청스레 마당을 두리번거렸다.

삐걱 소리가 들리고 문이 열렸다. 행치가 강희의 손을 잡고 문밖으로 나왔다. 부자는 서로 잠시 마주 보았다. 강희는 부친의 손을 꼭 잡고 있었다. 행치가 말했다.

"넌 아주 훌륭해. 나보다 훨씬 낫다. 아무 걱정 안 할 테니, 너도 걱정하지 마라."

그는 살그머니 강희의 손을 뿌리치고 안으로 들어가 문을 닫았다. 그리고 이어 바로 찰칵 하는 소리가 들렸다. 안에서 빗장을 건 모양이었다.

강희는 문짝에 엎어져 흐느꼈다. 위소보는 그의 곁에 서서 덩달아 눈물을 흘렸다.

강희는 그렇게 얼마 동안 계속 울었다. 부친이 다시는 문을 열지 않을 거라고 생각하면서도 선뜻 떠날 수가 없었다. 그는 위소보의 손을 잡고 마당 돌계단에 나란히 앉아 손수건을 꺼내서 눈물을 닦았다. 하늘에는 무수한 별들이 반짝이고 있었다. 강희는 한동안 밤하늘을 멍하니 바라보더니 입을 열었다.

"소계자, 부황께서는 너를 많이 칭찬했어. 한데 더 이상 시중을 들지 않아도 된대. 신하들로부터 지나치게 시중을 받게 되면, 그건 출가한 사람으로서는 결코 바람직한 일이 아니래."

그는 '출가한 사람'이란 말을 하면서 다시 눈물을 흘렸다. 위소보는 노황야가 더 이상 시중을 들지 않아도 된다고 말했다는 이야기를 듣자, 속으로는 '얼씨구나' 하며 무척 좋아했다. 겉으로는 물론 전혀 내색하지 않았다. 그렇다고 이 한 몸 다 바쳐서 끝까지 시중을 들겠다고, 과장된 '충심'을 보이지도 않았다. 자칫 잘못했다가는 후환을 자초할 수도 있기 때문이었다. 그는 넌지시 말했다.

"노황야를 위해하려는 사람들이 많으니 무슨 수를 써서라도 암암리에 노황야를 잘 보호해드려야 해요."

강희가 그의 말을 받았다.

"그야 당연하지. 그 고약한 라마승들! 흥, 제기랄! 대체 무슨 음모를 꾸미고 있는 거야?"

그는 원래 '빌어먹을' 한 마디만 할 줄 알았는데, 몇 달 못 본 사이에 '제기랄'이란 한 마디가 늘었다. 위소보가 그에게 고개를 돌렸다.

"사부님, 욕 한 마디가 더 늘었네요."

강희의 얼굴에 미소가 떠올랐다.

"누이동생이 시위들에게서 배운 거야. 개도 태후랑 함께 따라왔어."

표정이 갑자기 차갑게 변했다.

"부황은 그들을 만나고 싶지 않대."

위소보는 고개를 끄덕이며 아무 말도 하지 않았다.

강희가 말했다.

"그 라마승들은 부황을 납치해서 날 협박해 역모를 꾀하려는 거겠지! 흥, 어림도 없는 일이지! 소계자, 넌 아주 잘했어. 이번에 부황을 구해준 공로는 정말 대단해."

위소보가 비로소 입을 열었다.

"황상께서 신기묘산神機妙算하셔서 일찍이 모든 것을 예측하고 저를 이곳으로 보내 화상이 되게 하신 거죠. 그렇기 때문에 제가 이번 일을 해낸 거지, 공로라고 할 건 없습니다. 황상께서 누구를 보냈더라도 다 해냈을 겁니다."

강희는 고개를 내둘렀다.

"꼭 그렇지만은 않아. 부황께서 말씀하시길, 넌 당신의 뜻을 잘 헤아려 한 사람도 손상을 입지 않고 다들 무사히 위험에서 벗어났다고 하시더구나."

위소보가 말했다.

"저는 노황야께서 살신성인을 하시겠다면서 스스로 분신을 하려는 바람에 정말이지 혼비백산, 너무 다급해 오줌을 질질 쌌다니까요!"

강희는 처음 듣는 얘기라 깜짝 놀랐다.

"뭐가 살신성인이고, 왜 분신을 하시려고 했다는 거지?"

위소보는 양념을 쳐가며 그간의 경위를 생동감 넘치게 들려줬다. 그의 이야기를 들은 강희는 등에 식은땀이 흘렀다.

위소보가 다시 말했다.

"저는 너무너무 다급한 나머지 어쩔 수 없이 노황야의 몸에 찬물을 끼얹었어요. 그건 사실 크나큰 불경인데…."

강희가 고개를 흔들었다.

"그게 너의 충심이지. 잘했어, 아주 잘했어! 그러지 않았다면 더 위험할 뻔했지."

그는 잠시 침묵을 지키다가 선방의 문 쪽을 힐끗 쳐다보고 나서 말했다.

"부황께서는 나더러 백성을 아끼고 영불가부永不加賦하라고 당부하셨어. 전에 네가 나한테 전해준 말인데, 이번에 직접 들은 거야. 그 말을 영원히 잊지 말아야지."

위소보가 물었다.

"영불가부가 뭐 하는 건데요?"

강희는 빙긋이 웃었다.

"가부는 세금을 더 올려서 걷는다는 뜻이야. 명나라 때 황제는 사치가 극에 달했고, 늘 전쟁을 하기 위해 돈이 모자라면 백성들에게 세금을 더 징수하라는 명을 내렸어. 그리고 명나라 관리들 중에는 탐관오리와 비선들이 많아서, 칙령으로 세금을 1천만 냥 걷으라고 하면 대소 관리들이 그보다 훨씬 많은 세금을 징수해 중간에서 최소한 2천만 냥은 착복했어. 백성들은 가난에 허덕일 수밖에 없었지. 조정에서 올해도 세금을 더 걷고 내년에도 또 더 징수하면 백성들은 뭘 먹고 살라는 거야? 땀 흘려 농사를 지어도 관리들이 다 걷어가니, 백성들은 가족이 굶어죽는 것을 그냥 지켜볼 수 없어서 난을 일으킬 수밖에! 그걸 바로 관핍민반官逼民反, 관의 핍박에 못 이겨 백성이 반란을 일으킨다고 하는 거야.”

위소보는 고개를 끄덕였다.

“알았어요. 명나라 때 백성들이 난을 일으킨 것은 황제와 관리, 그리고 비선들이 국정을 농단하고 잘못했기 때문이군요?”

강희가 고개를 끄덕였다.

“그렇잖아? 명나라 마지막 황제인 숭정 연간에 천하의 백성들은 거의 다 굶주림에 허덕였어. 그러니 동쪽에서 반란이 일어나고, 서쪽에서도 반란이 일어났지. 하남을 평정하면 섬서에서 다시 들고일어났어. 산서를 진압하면 사천에서 다시 궐기했고! 가난한 사람들이 동서남북에서 난을 일으킨 건 먹고살기 힘들어서였지. 명나라는 결국 가난한 유민들 손에 망했는데, 한인들은 도적떼들이 난을 일으킨 거라고 호도했어. 따지고 보면 유민이든 도적떼든, 그런 현상이 발생한 원인은 다 조정의 폭정과 핍박 때문이야.”

위소보가 맞장구를 쳤다.

“그렇군요. 노황야께서 당부하신 대로 영불가부를 하면 천하에 도적떼도 없겠네요. 황상은 정말 요순어탕이니 이 강산은 끄떡없을 겁니다. 만세, 만세, 만만세!"

강희가 말했다.

"요순우탕이 되기가 어디 그리 쉬운 일이겠어. 아무튼 명나라의 그 혼용무도昏庸無道한 군주들보다는 우리 만주인이 더 훌륭한 황제가 되어야 해. 그래야 태평천하를 이룰 수 있지."

위소보는 나름대로 생각했다.

'천지회나 목왕부 사람들은 만주 오랑캐가 우리 한인의 강산을 빼앗았다고 이를 부드득 갈고 있는데, 이 소황제는 명나라 황제가 나쁘고 자기네 오랑캐 황제가 더 좋다고 하니, 정말 희한하네. 하기야 자화자찬은 늘 있는 일이니까.'

강희가 다시 말했다.

"부황께서는 몇 년 동안 정수참선을 하면서, 우리 만주 사람들이 지난날 한 일에 대해 참회를 많이 하셨다더군. 명나라 숭정 황제는 이자성이 목매 죽게 만든 거야. 그래서 오삼계가 우리 대청으로부터 군사를 빌려서 이자성을 퇴치해 명 왕조의 복수를 해줬어. 그런데도 한인 백성들은 우리 대청에 감사하기는커녕 오히려 원수로 여기니, 이게 대체 어찌 된 거냔 말야?"

위소보가 말했다.

"그건 그들이 멍청하기 때문이겠죠. 세상에는 원래 똑똑한 사람보다 멍청한 사람이 더 많아요. 아니면 그들이 배은망덕한 거거나…."

강희는 고개를 내둘렀다.

"그게 아니야. 한인은 우리더러 오랑캐래. 야만족이 자기네 금수강산을 빼앗았다고 하지. 청병이 중원으로 들어와 도처에서 살인과 방화를 하고 많은 백성을 죽인 건 사실이야. 그러니 한인들이 우리 만주 사람들을 뼛속 깊이 미워하는 거겠지. 살인과 노략질은 원래 옳지 못한 일이야."

위소보는 원래 한인이었다. 강희가 황은을 베풀어 그를 만주인만할 수 있는 정황기 부도통에 봉한 것이었다. 지금 그와 이야기를 나누면서 계속 '우리'라고 말하며 그를 만주인으로 여기고 있다. 솔직히 말해 위소보는 국사에 대해 쥐뿔도 아는 게 없었다. 강희는 부친과 상면해 감정이 격앙되고, 또한 부황의 당부가 있어, 마음을 터놓을 수 있는 신복한테 그냥 흉중의 말을 늘어놓은 것뿐이었다.

위소보가 고개를 끄덕였다.

"저도 양주에 있을 때 사람들로부터 전에 청병이 사람을 많이 죽였다는 얘기를 들었어요."

강희는 한숨을 내쉬었다.

"양주십일楊州十日, 가정삼도嘉定三屠… 그때 사람을 수없이 죽였지. 그건 우리 대청이 저지른 아주 큰 악행이야. 성지를 내려 양주와 가정 사람들에게 3년간 세금을 걷지 말도록 해야겠어."

그 말을 듣고 위소보는 바로 잔머리를 굴렸다.

'양주 사람들이 3년 동안 세금을 내지 않으면 돈이 남아돌 테니 여춘원도 장사가 아주 잘되겠구먼! 무슨 수를 써야 소황제가 날 양주로 보내게 만들 수 있을까? 엄마더러 기녀생활을 청산하고 기루를 세 집 정도 열라고 해야지. 그럼 내가 주인이 돼서 도박판을 벌여 열흘 동안 싹쓸이를 해버릴 거야! 그게 바로 또 하나의 '양주십일'이지! 그리고 나서 돈을 왕창 갖고 가정으로 가서 그 빌어먹을 노름을 크게 세 번

하면 그게 바로 '가정삼도' 아니겠어?'

그는 '가정삼도'의 도屠 자를 도박 도賭 자로 착각했다.

생각이 이어졌다.

'노황야와 황상은 가정삼도로 인해 많은 사람들이 죽어 큰 참사였다고 하는데, 왜 도박을 세 번 하고 많은 사람들을 죽였을까? 가정이 대체 어디에 붙어 있는 거야? 그곳 노름꾼들은 사람을 막 죽여가면서 도박을 하는 모양이니 각별히 조심해야겠어.'

강희가 물었다.

"소계자, 내 생각이 어때?"

위소보가 얼른 대답했다.

"좋지요, 좋아요! 그렇게 되면 모두 배불리 먹을 수 있고, 돈이 있으면… 아무도 난을 일으키지 않겠죠."

그는 원래 돈이 있으면 도박을 할 거라고 말하려다가 바로 삼켜버렸다.

강희가 그의 말을 받았다.

"배불리 먹고 돈이 있다고 해서 난을 일으키지 않는 건 아닌 것 같아. 네가 경성을 떠나면서 시위들을 시켜서 한 사람을 궁으로 압송했잖아? 그 왕옥파의 역도를 내가 직접 몇 번 심문해봤어."

위소보는 흠칫 놀라 얼른 몸을 일으켰다.

"황상께서 그때 저더러 쓸데없는 일에 개입하지 말라고 했으니, 앞으론 절대 그런 일이 없을 겁니다."

강희가 말했다.

"어서 앉아. 그 일은 아주 잘한 거야. 쓸데없는 일이 아니니 앞으로도 그런 일이라면 적극적으로 개입하도록 해."

위소보는 그저 연신 대답을 했다.

"아, 네! 네…."

속으로는 어리둥절해서 눈을 크게 떴다.

강희가 음성을 낮춰 말했다.

"내가 시위를 시켜 널 힐책한 것은 역도들이 혹시 눈치를 챌까 봐 사람들의 이목을 속이려고 한 거야."

그 말에 위소보는 너무나 좋아서 펄쩍 뛰었다. 그러고는 다시 앉아서 역시 나직이 말했다.

"이제 알았어요. 오삼계, 그 역도가 눈치를 챌까 봐 그랬군요?"

강희가 다시 말했다.

"오삼계가 모반을 할지는 아직 확실치 않아. 하지만 불충의 마음이 싹트고 있는 건 분명해. 내가 어리다고 안중에 없는 모양이야."

위소보가 얼른 맞장구를 쳤다.

"황상께서 본때를 보여줘야 해요. 그깟 빌어먹을 오삼계가 뭐가 대단하다는 겁니까? 황상께서 새끼손가락 하나만 까딱해도 그를 바로 횡소천군, 고산유수로 만들어버릴 수 있을 텐데요."

강희는 미소를 지으며 말했다.

"그 사자성어는 적절치 못해. 손가락 하나만 까딱해도 횡소천군을 해서 그를 낙화유수로 만들 수 있을 거라고 해야지."

위소보가 머리를 조아렸다.

"네, 네, 네! 여러 달 동안 사찰에 있으면서도 학문은 하나도 늘지 않았어요. 앞으로 황상을 모시고 사자성어를 횡소천군처럼 구사해 들는 이들을 낙화유수로 만들겠습니다."

그 말에 강희는 깔깔 웃으며 울적했던 기분이 좀 가셨다. 그가 나직이 말했다.

"오삼계는 병법에 능하고 휘하에 맹장들이 적지 않아. 그가 만약 정말 모반을 꾀하려고 마음먹고 복건의 경정충耿精忠, 광동의 상가희尙可喜와 삼면에서 연합작전을 펼치면 대처하기가 쉽지 않을 거야. 그러니 우린 서둘지 말고 천천히 대책을 강구한 후에 행동을 해야 해. 일단 때가 되면 그 빌어먹을 오삼계를 낙화유수로 만들어서 오줌을 질질 싸게 해야지!"

강희는 원래 근면하고 공부에도 열심이었다. 매일 국정을 직접 알뜰히 챙기는 것 외에 유림 학사들로부터 시화서경詩畫書經에 관해 학문을 쌓으며 '공자 왈', '맹자 왈'을 너무나 많이 들어왔다. 간혹 위소보를 만나 '빌어먹을', '제기랄', '오줌을 질질 싼다' 따위의 말을 하는 것은 일종의 청량제였다. 오늘 부친을 만나 희비가 교차했다. 그러나 반시진도 함께 있지 못하고 문밖으로 내몰려 다시는 만날 기약이 없으니 상심이 컸다. 다행히 말을 재미있게 하는 위소보를 만나 그 수심을 좀 풀 수 있었다. 그리고 이야기가 역모, 역도 쪽으로 흐르자 흉중의 웅심雄心이 격발激發된 것이었다.

그는 몸을 일으켜 마당에서 돌멩이 네 개를 주워 주위에 늘어놓고 말했다.

"한군사왕漢軍四王, 동쪽과 남쪽, 서쪽을 다 갈라놔야지. 연합전선을 구축하게 놔둬선 안 돼. 정남왕定南王 공유덕孔有德, 그놈은 다행히 일찍 죽었어. 슬하에 딸 하나밖에 없으니 상대하기가 어렵지 않아."

그러면서 돌멩이 하나를 살짝 걷어찼다. 그리고 다시 말했다.

"경정충은 용맹하지만 지혜가 없으니 걱정하지 않아도 돼. 대만에 있는 정鄭가랑 손을 잡지 못하게만 만들면 되니까!"

다시 돌멩이 하나를 찼다.

"상가희 부자는 불화가 심해, 두 아들이 서로 아웅다웅 자중지란이 끊이지 않으니 능력이 없을 거야."

또 하나의 돌을 걷어찼다. 이제 가장 큰 돌멩이 하나가 남았는데, 그것을 말없이 뚫어져라 쳐다보기만 했다.

위소보가 조심스레 물었다.

"황상, 그게 오삼계입니까?"

강희가 고개를 끄덕이자, 위소보가 바로 욕을 해댔다.

"이런 못된 간신 역적! 얼른 죽지도 않고 우리 황상을 골치 아프게 만들다니! 황상, 그의 몸에다 오줌을 한번 갈겨봐요!"

강희는 하하 웃으며 정말로 동심이 살아나 바지를 내리고 돌멩이에다 오줌을 갈겼다. 그러고는 웃으며 말했다.

"너도 갈겨봐!"

위소보도 기다렸다는 듯이 바지를 내리고 그 돌멩이에다 오줌을 쫙 갈겼다. 그도 웃으며 말했다.

"이것을 가리켜 '황상이 고산유수' 하고, 소계자가… 소계자가…"

그는 원래 '횡소천군'이라는 말을 쓰려고 했는데 아무래도 적합하지 않은 것 같았다. 그때 문득 설화 선생이 《삼국지연의》를 이야기하면서 '관운장 수엄칠군水淹七軍' 대목을 언급한 게 생각났다. 그래서 다시 말을 이었다.

"소계자 수엄칠군입니다!"

관운장은 칠군을 수몰水沒시켰는데, 자신은 오줌으로 오삼계를 요몰尿沒시켰다는 뜻이었다.

강희는 그의 말이 너무 웃겨 바지를 올리며 낄낄 웃었다.

"우리가 언젠가 그놈을 잡으면 정말 몸에다 오줌을 싸버리자!"

강희는 다시 돌계단으로 돌아와 앉았다. 그때 밖에서 요란한 발걸음 소리가 들리며 왁자지껄해졌다. 많은 사람들이 몰려온 모양이었다.

위소보가 말했다.

"보아하니 그들이 라마승들을 다 제압하고 붙잡아온 것 같습니다. 황상은 정말 홍복제천입니다. 마침 때맞춰 달려와서 고약한 라마승들을 일망타진했으니까요."

강희가 말했다.

"이건 우연히 때를 맞춘 게 아니라 너의 밀보를 받았기 때문이야. 그래서 사람을 시켜 음모를 알아내고 급히 달려왔는데, 한발 늦는 바람에 하마터면 그 라마승들이 부황을 위해할 뻔했어. 만약 네가 지혜를 발휘해 밀보를 하지 않았다면, 난 평생 죄인의 몸으로 한을 품고 살아갈 뻔했어."

위소보는 고개를 갸웃했다.

"저는 밀보를 하지 않았는데요?"

강희가 설명했다.

"내가 성지를 전하라고 시위들을 소림사로 보냈을 때, 몽골 왕자와 몇몇 라마, 그리고 무관 몇 명을 봤다던데… 그렇지?"

위소보가 대답했다.

"네, 그래요."

강희가 다시 설명했다.

"네가 시위들더러 암암리에 그들의 정체를 알아보라고 해서 확인해 봤더니, 그 몽골 왕자는 '갈이단'이라 하고 무관은 '마보'인데 오삼계의 휘하 총병이더군. 그들은 라마승들과 벌써부터 어울려온 거야."

위소보는 시치미를 떼고 허벅지를 탁 쳤다.

"그랬었군요. 어쩐지 뒤 마려운 강아지들처럼 노는 꼬락서니가 심상치 않더라고요. 오삼계의 부하일 줄은 정말 생각지도 못했어요."

사실 그는 그들의 이름과 신분을 이미 알고 있었다. 단지 그 녹의 소녀에 대해 자세히 알아보고, 내친김에 오삼계도 모함할 심산으로 장강년과 조제현에게 부탁을 한 건데, 뜻밖에도 소황제를 오대산으로 오게 만든 계기가 될 줄이야!

강희가 말했다.

"우리 대청은 자고로 라마교를 신봉해왔어. 서장 활불活佛을 모시는 라마들은 불법佛法이 심명深明하고 공손해서 처음엔 별로 개의치 않았지. 그런데 장강년이 그들의 뒤를 추적해서, 많은 사람을 동원해 오대산으로 가서 중요한 인물을 납치할 음모를 꾸미고 있다는 것을 알아냈어. 장강년은 전후사정을 소상히 알지 못해 며칠 더 추적을 하다가 상경해서 나한테 보고를 한 거야. 난 그의 말을 듣고 상황의 심각성을 깨닫고 서둘러 달려왔는데, 결국 하루가 늦고 말았지. 황제가 출궁하는 데 무슨 절차가 그리 많고 또 복잡한지, 정말 속이 타더군!"

위소보가 말했다.

"오삼계 그 무엄한 놈이 라마승들과 결탁해 감히 노황야를 위해하려 하다니… 이건… 공공연한 모반이고 대역무도가 아닙니까?"

강희가 손을 입에 갖다 대면서 '쉿!' 했다.

"조용히 해. 난 그의 휘하 총병이 라마승들과 결탁한 것만 알아냈을 뿐, 그 자신도 모반에 가담했는지는 아직 정확히 알 수가 없어."

위소보가 단호하게 말했다.

"틀림없어요, 틀림없어! 그가 좋은 사람이고 황상께 충성을 다한다면 왜 휘하 장수가 라마승들과 결탁해 노황야를 위해하도록 내버려뒀겠어요?"

강희가 고개를 끄덕였다.

"그래, 그는 좋은 사람이 아니야."

그러고는 뭔가 생각하는 듯 천천히 말했다.

"하지만 난 아직 행군 전투에 대해선 잘 모르니 그의 적수가 될 수 없어. 몇 년 더 기다리면 그는 늙고, 난 성장할 거야. 그때 행동을 개시하면 승리를 확신할 수 있어. 소계자, 너무 성급하게 굴지 마. 시간은 우리 편이야. 하루가 지나면 우리에겐 그만큼 득이 되고, 그에게는 실이 되는 셈이지."

위소보가 다급하게 말했다.

"만약 그가 늙어서 죽어버리면 처단할 기회를 놓치잖아요?"

강희는 여유 있게 웃었다.

"그럼 그의 운이 좋았다고 해야겠지."

약간 멈칫하더니 다시 말했다.

"부황이 좀 전에 내게 당부했어. 전쟁은 하지 않는 게 가장 좋은 거래. 싸움이 벌어지면 이기든 지든 병졸들이 많이 희생되는 건 둘째 치고 숱한 백성들이 고난을 겪게 될 거야. 그러니 오삼계가 일찍 죽어버리면 내가 굳이 손을 쓸 필요가 없지. 물론 재미는 좀 없겠지만….”

위소보는 그가 다음 말을 잇기 전에 얼른 끼어들었다.

“재미가 그냥 없는 게 아니라 너무너무 없는 거죠!”

강희는 빙긋이 웃었다.

“대신 백성들과 병사들에겐 아주 좋은 일이지. 소계자, 재밌게 놀고 싶으면 나중에 내가 요동으로 데리고 갈 테니 거기서 곰 사냥도 하고 호랑이도 때려잡자.”

위소보는 뛸 듯이 좋아했다.

“신난다! 좋아요, 좋아!”

강희가 선방 쪽을 쳐다보며 나직이 말했다.

“내가 여섯 살 되던 해에 부황이 요동으로 데려가서 사냥을 했는데, 지금은….”

그는 문 쪽으로 걸어가 문에 손을 대고 잠시 흐느꼈다. 그리고 무릎을 꿇고 절을 몇 번 올린 다음 나직이 말했다.

“부황, 보중하세요. 저는 물러가겠습니다.”

위소보도 따라서 무릎을 꿇었다.

강희가 대웅보전에 이르자 강친왕 걸서가 효기영 도통 찰이주, 어전 시위 총관 다륭, 그리고 색액도 등 수행대신들, 전봉영과 호군영의 도통 등을 이끌고 대기하고 있었다. 그들은 황제를 보자 일제히 무릎을 꿇고 인사를 올렸다.

군신들은 소황제와 위소보의 눈언저리가 붉은 것을 보고 분명 운

것 같은데 그 영문을 몰라 의아해했다. 황제는 비록 나이가 어리지만 견식이 탁월하고 사리판단이 영명해 조정대신들은 다 어리다고 얕보지 않고 갈수록 더욱 경외했다. 그런 소황제가 울다니, 실로 이상한 일이 아닐 수 없었다. 게다가 위소보의 얼굴에도 눈물자국이 있는 것을 보고, 나름대로 생각했다.

'틀림없이 위소보가 황제를 울게 만들었을 거야. 두 소년이 또 무슨 장난을 한 걸까?'

강희는 부황인 순치 황제가 오대산에서 출가한 일을 극비에 부쳤다. 누이동생인 건녕 공주도 그 사실을 모르니 군신들은 더더욱 알 리가 없었다.

강친왕이 앞으로 나서 아뢰었다.

"황상께 아뢰옵니다. 수천 명의 라마승들이 무슨 연유인지 청량사 밖에서 소동을 벌여 모두 체포했습니다. 황상의 처분을 바랍니다."

강희가 고개를 끄덕였다.

"주모자를 데려오시오!"

찰이주가 늙은 라마승 세 사람을 데려왔다. 그들은 손발이 모두 사슬에 묶여 있었다. 라마승들은 강희가 황제인 줄 모르고 거만하게 자기네 언어로 계속 씨부렁댔다. 그러자 강희도 그들처럼 뭐라고 꼬부랑말을 했다. 군신들은 다 놀랐다. 황상이 서장어를 하리라곤 아무도 생각지 못했다. 사실 이 라마승들은 청해에서 왔고 그 뿌리는 몽골이지 서장이 아니었다. 강희는 그들과 몽골어로 이야기를 나눈 것이다.

잠시 후 세 라마승은 모두 고개를 푹 숙이고 아무 말도 하지 않았다. 강희에게 설복당한 모양이었다.

강희가 말했다.

"짐이 직접 심문할 테니 저들을 옆방으로 데려가시오."

다륭이 대답했다.

"네!"

그러고는 세 사람을 대전 옆 경방經房으로 끌고 갔다.

강희는 위소보에게 손짓을 해 함께 경방으로 들어갔다. 위소보는 일단 문을 닫고 비수를 꺼내 탁자 모서리 몇 군데를 쓱싹쓱싹 잘라냈다. 그리고 그 비수로 라마승들의 눈과 목, 콧구멍, 귀 등 여러 군데를 찌르는 시늉을 했다.

강희가 몽골어로 다그치듯 몇 마디 하자 나이가 가장 많은 라마승이 공손한 태도로 일일이 대답했다. 두 사람은 한참 동안 일문일답을 했다. 위소보는 무슨 말인지 알아들을 수 없지만 강희가 언성을 높이면 바로 비수로 위협을 하고, 강희의 표정이 좀 부드러워지면 히죽히죽 웃으며 옆에 서서 라마들에게 마치 독려를 하듯 고개를 끄덕였다.

강희의 심문은 약 반 시진 동안 이어졌다. 심문 후 시위를 불러 라마승들을 데려가라고 했다. 그리고 위소보더러 문을 닫으라고 하고는 생각을 굴리며 혼잣말로 중얼거렸다.

"거참 이상하네…."

위소보는 감히 그의 생각을 끊을 수 없어 잠자코 있었다.

강희는 잠시 더 생각에 잠겼다가 입을 열었다.

"소계자, 부황이 출가한 사실을 아는 사람이 몇이나 되지?"

위소보가 대답했다.

"황상과 저를 제외하고 그 일을 아는 사람은 노황야의 사부이신 옥림 대사와 사제인 행전 대사가 있죠. 원래 해대부도 알았지만 이미 죽었습니다. 청량사의 주지였던 징광 대사도 아마 행치 대사가 그냥 아주 대단한 인물이라고만 짐작할 뿐 자세히는 모를 겁니다. 그 외에는 단지 그… 늙… 태후뿐입니다.”

강희가 고개를 끄덕였다.

“그래, 세상에서 그 일을 아는 사람은 부황 자신을 포함해 너와 나… 기껏해야 여섯 명쯤이야. 그런데 내가 아까 청해 라마승을 심문해보니, 그들은 탑아사塔兒寺 활불의 명을 받아, 청량사로 가서 한 화상을 자기네 청해로 모셔가려고 했대. 그래서 내가 청량사의 그 화상이 어떤 인물이며 활불이 왜 그를 모셔가려 하는지 꼬치꼬치 캐물었는데, 그는 잘 모르는 모양이야. 나중에 그는 이렇게 얘기하더군. 청량사의 그 화상이 어쩌면 밀종密宗의 다라니陀羅尼 범어梵語 주문呪文을 많이 알고 있어서, 활불이 불법을 널리 선양하려고 그에게 밀주密呪를 배우기 위해서 모셔가려는 게 아닌가 한다고. 그 말은 물론 터무니없는 헛소리지만 그의 언동으로 봐서는 거짓말을 하는 것 같진 않았어. 누군가 그를 속였기 때문에 그렇게 믿고 있는 거겠지.”

위소보는 그저 귀를 기울이고, 강희는 말을 이었다.

“서장 라마불교도 이미 우리 대청 관할에 귀속됐어. 달라이 라마와 판첸 대라마, 두 활불도 나한테 아주 충순忠順했지. 서장의 승속僧俗들도 모두 불교를 숭앙하고, 오대산의 라마승들도 양선良善하게 공불供佛을 해왔어. 이곳의 청묘와 황묘는 오랫동안 사이좋게 지내왔지. 라마들은 교파가 많은데, 비록 다수는 착하지만 그중 몇몇 사파도 섞여 있어. 이번에 활불이 사람들을 시켜 노황야를 납치하려 한 것은, 그 사파

라마의 부추김을 받은 건지도 모르지. 아니면 활불은 전혀 모르고, 그 아래 있는 라마가 명을 내렸을 수도 있고."

위소보가 말했다.

"네, 청해 활불은 우리 대청 강산을 차지할 생각은 없을 테고, 노황 야의 진짜 신분을 아는지도 아직은 확실치 않습니다. 하지만 활불을 부추겨 노황야를 노린 그 사람은 어쩌면… 어쩌면 모든 내막을 잘 알 고 있을 겁니다. 노황야를 납치해 황상을 협박해서 뭔가 득을 취하려 는 속셈이겠죠."

강희가 심각한 표정으로 고개를 끄덕였다.

그때 위소보의 얼굴이 갑자기 파랗게 질렸다.

"황상! 소인은 정말 주둥아리… 아니, 입을 함부로 놀린 적이 없습니 다. 워낙 중대한 일이라 꿈에서도 단 반 마디도 누설한 적이 없습니다!"

강희가 말했다.

"난 믿어. 넌 말하지 않았을 거야. 옥림과 행전 두 고승도 말했을 리 가 없지. 소림사의 회총 방장과 징광 대사는 설령 추측은 했어도 득도 한 고승이라 절대 누설하지 않았을 거야. 따지고 보면 결국 그… 그… 못된 여자밖에 없어!"

위소보가 고개를 끄덕였다.

"맞아요, 맞아! 그 화… 화… 그가 분명해요!"

강희는 생각에 잠겼다.

"그가 자령궁에다 궁녀로 가장한 남자를 숨겨놓은 것은, 내가 직접 목격한 일이야. 그 일이 탄로날까 봐 걱정하겠지. 그리고 단경 황후를 죽인 걸 부황께서도 알고 증오하고 있어. 비록 출가는 했지만 해대부를 궁으로 보내 그 진상을 소상히 밝혀내려고 하셨지. 게다가 그간의 모든 경위를 잘 알고 있는 네가 내 곁에 있으니 잠을 제대로 잘 수 있겠어? 무슨 수를 써서라도 부황을 죽이려고 했을 거야. 부황을 죽이고 나서 날 죽이고, 그다음엔 널 죽여야 비로소 안심이 되겠지!"

위소보는 생각을 굴렸다.

'그 화냥년은 신룡교와 벌써 결탁을 했어. 노황야가 죽지 않은 것을 알았으니 분명 홍 교주에게 그 사실을 알렸을 거야. 이번에 라마승들이 오대산에 몰려온 건 어쩌면 홍 교주와 연관이 있을지도 몰라.'

하지만 그는 신룡교의 백룡사가 됐으니 이 일을 황제에게 말할 수는 없었다. 그의 표정이 좀 이상하자 강희가 물었다.

"왜 그래?"

위소보는 얼른 둘러댔다.

"저도 황상의 추측이 맞다고 생각합니다. 틀림없이 그 화… 태후가 말을 퍼뜨린 것 같습니다. 그 말고는 다른 사람이 있을 수 없어요!"

강희는 탁자를 탁 내리치며 이를 부드득 갈았다.

"그 천박한 것이 나의 생모를 살해하고 부황이 출가하도록 만들어, 난 결국 부모를 다 잃고 말았어. 그 천박한 것을 내 손으로 능지처참해도 가슴에 맺힌 한이 풀리지 않을 거야! 한데 부황께서는 그를 난처하게 만들지 말라고 하니 어쩌면 좋지?"

위소보는 속으로 생각했다.

'노황야는 너더러 그 화냥년을 죽이지 말라고 했지만 나한테는 그런 말을 하지 않았어. 설령 나더러 죽이지 말라고 해도 난 그의 방장이야. 내가 그에게 명할 순 있어도 그는 나한테 명령할 수 없지. 하지만

이런 일은 겉으로 까발리면 안 돼.'

겉으로는 덤덤하게 말했다.

"황상, 걱정하지 마십시오. 그 태후는 사악무도해서 언젠가는 비참한 종말을 맞게 될 겁니다. 황상께서는 그저 눈을 크게 뜨고 귀를 쫑긋이 세워 느긋하게 기다리면 됩니다."

강희는 원래 눈치가 빠르고 총명해 그 말뜻을 이내 알아차릴 수 있었다. 위소보를 잠시 응시하더니 고개를 끄덕였다.

"그래, 그 천박한 것은 사악한 일을 많이 저질렀으니 결말이 좋지 않겠지!"

그는 방 안을 이리저리 거닐며 말했다.

"라마승들이 다시는 부황을 위해하지 못하도록 조치를 취해야 하는데, 믿을 만한 사람을 서장의 활불로 보내 청해의 라마승들까지 다 다스리게 만들어야겠어. 그럼 전혀 걱정할 필요가 없지. 한데 서장 활불은 탈태奪胎해서 다시 환생還生을 해야 하는데, 아무나 보낼 수도 없고… 어쩌면 좋을지…?"

위소보는 거기까지 듣고는 혼비백산했다.

'오늘 라마승으로 가장했는데, 설마 진짜 라마가 되라는 건 아니겠지! 황제가 일단 말을 입 밖에 내뱉으면 다시 거두기 어려운데… 내가 먼저 선수를 쳐야지!'

그는 황급히 말했다.

"황상, 저는 절대 그 서장 활불이 될 수가 없습니다!"

강희는 깔깔 웃었다.

"눈치 하나는 빠르군! 사실 서장 활불이 돼도 나쁠 게 없어. 그가 관

할하는 곳은 오삼계의 운남보다 훨씬 광활해. 활불은 바로 서장왕西藏王
이라고!"

위소보는 연신 손사래를 쳤다.

"아닙니다! 저는 그저 황상 곁에서 시위를 할게요. 활불이 되면 다
신 황상을 가까이할 수 없잖아요. 서장왕이든 동장왕이든, 설령 지장
왕이라 해도 저는 사양하겠습니다!"

그의 이 말은 사실이었다. 그는 강희와 오랫동안 함께 있어왔고, 나
이도 비슷한 데다가 서로 말이 잘 통했다. 비록 한 사람은 황제고 한
사람은 시위지만 예전부터 친구나 다름없었다. 만약 헤어진다면 둘 다
정말 섭섭하고 아쉬워할 사이였다.

강희가 웃으며 말했다.

"지장보살왕의 이름을 함부로 막 말해도 되는 것이냐?"

그는 방문을 열고 밖으로 나가 찰이주와 다륭에게 말했다.

"두 사람은 이번에 큰일을 해냈으니 후한 상을 내릴 것이다."

두 사람은 몹시 좋아하며 큰절을 올려 황은에 감사했다.

강희가 말했다.

"짐은 불법을 숭앙해 그동안 천심天心과 보살의 보우保佑로 국태민
안國泰民安을 이뤄왔소. 위소보도 짐을 대신해 출가하여 승려가 되어서
많은 공을 세웠소."

위소보도 무릎을 꿇어 큰절을 올렸다.

강희가 다시 말했다.

"위소보는 이제 짐을 대신한 기한을 다 채웠으니 날 따라서 경성으
로 돌아갈 거요. 이번에는 찰이주가 짐을 대신해 2년 동안 출가해 불

심을 쌓을 차례가 된 것 같소. 하지만 화상이 아니라 오대산의 라마승이 돼줘야겠소. 효기영에서 뛰어난 군관과 병사 1천 명을 선발해 함께 라마승이 되어 산중 라마 사찰 열 곳에 나누어 주둔하도록 하시오. 군졸들이 출가해 불심을 닦는 동안에는 봉록을 배로 지급하고, 별도의 포상도 내릴 것이오."

찰이주는 순간 멍해졌다. 내심 탐탁지 않았지만 겉으론 연신 머리를 조아리며 황은에 감사했다.

강희가 덧붙였다.

"남에게 알리면서 선을 행하면 그것은 진정한 선이 아니오. 그러니 군졸들이 이번 일을 누설하지 못하도록 함구령을 내리시오. 그렇지 않으면 군법으로 엄히 다스릴 것이오."

이어 다륭에게 말했다.

"다륭은 오대산의 라마승들을 전부 경성으로 압송하여 감금하시오. 그리고 청해 활불에게는 사람을 보내, 짐이 불법을 선양하기 위해 라마승들을 북경으로 모셔갔다고 전하시오. 십수 년이 지나 불법이 창성하게 되면 그들을 다시 청해로 돌려보내겠다고 하시오."

그가 한마디 할 때마다 다륭은 고개를 끄덕이며 정중히 대답했다.

위소보는 속으로 생각했다.

'십수 년이 지난 후에 그 라마승들이 무슨 수로 돌아가겠어? 노황야한테 무엄한 짓을 하려 했는데, 황상이 아량을 베풀어 죽이지 않는 것만도 천행이라고 생각해야지!'

강희가 말을 이었다.

"위소보를 정식으로 효기영 도통에 명한다. 어전 시위 부총관은 계속 겸하도록 해라. 찰이주는 대라마로서 맡은 임무를 잘 완수하고 경성으로 돌아오면 외성外省 제독提督으로 발령하겠소!”

두 사람은 다시 황은에 감사했다.

위소보는 별로 흥미롭지 않았다. 정도통이 되든, 부도통으로 남든 그게 그거라고 생각했다. 그러나 찰이주는 아주 좋아했다. 경성에는 큰 벼슬이 수두룩하다. 효기영의 도통은 그저 황제의 측근일 뿐이었다. 팔기에 도통이 각각 한 사람씩 있으니 그것만 해도 여덟 명이다. 그들은 친왕이나 패륵, 공후公侯들을 보면 무릎을 꿇고 문안을 드리며 굽실거려야 했다. 그리고 조정에서 일정하게 주는 봉록 말고는 따로 떨어지는 ‘떡고물’이 거의 없었다. 하지만 외성으로 나가 제독이 되면 위에서 간섭하는 사람이 없고 자유자재, 위풍당당, 의기양양할 수 있을 뿐 아니라, 재물이 굴러들어오는 재미가 아주 쏠쏠했다.

날이 밝자 강희는 예불을 하기 위해 청량사로 갔다. 사찰 앞에 이르자 도처에 창칼이 흩어져 있고 풀밭 바위에는 핏자국이 낭자했다. 어젯밤에 라마승들을 붙잡는 과정에서 치열한 싸움이 벌어졌던 것을 짐작할 수 있었다.

강희는 우선 여래불과 문수보살을 참배한 후, 방장 위소보의 안내로 순치가 참선하던 뒷산 작은 암자로 향했다. 불에 타버린 나무와 깨진 기와가 널브러져 있을 뿐, 암자는 이미 폐허로 변해 있었다. 강희는 절로 가슴이 철렁했다.

‘만약 간밤에 부황께서 달아나지 않았다면 이곳에서 변을 당했을 텐데, 그럼 난… 난….’

더 이상 생각하고 싶지 않았다. 그는 색액도에게 은자 2천 냥을 시주해 암자를 중건하라고 분부했다. 그는 부황이 일을 거창하게 벌이는 것을 원치 않는다는 걸 알기 때문에 은자를 더 많이 내리지 못했다.

대웅보전으로 돌아오자 소림 승려들이 몰려와서 맞이했다. 그들은 이 어린 시주가 시종들을 많이 거느린 것을 보고 예사 인물이 아닐 거라고 짐작했다. 어쩌면 황친이나 패륵일지도 모를 일이었다. 승려들은 물론 세속적인 데는 관심이 없지만 그가 암자를 중건하도록 거금을 시주했으니 합장을 하고 고맙다는 인사를 했다. 징통 등은 향객으로 따라온 그의 시종들 중에는 무공 고수가 적지 않다는 것도 알아차렸다.

강희는 부황이 출가한 곳에 왔기 때문에 금방 떠나고 싶지 않았다. 그래서 방장인 위소보에게 넌지시 물었다.

"이곳 보찰에서 며칠 더 머물고 싶은데 편의를 봐줄 수 있나요?"

위소보가 점잖게 대답했다.

"대시주께서 원하시면 당연히 모셔야죠."

이때 난데없이 꽝 하는 폭음이 들리는가 싶더니 흙먼지가 흩날리며 대웅보전 지붕에 큰 구멍이 하나 뻥 뚫렸다. 그와 동시에 흰 그림자가 번뜩이며 커다란 물체 하나가 떨어져내렸는데, 바로 흰 옷을 입은 승려였다. 그는 장검을 쥐고 전광석화처럼 강희에게 덮쳐가며 소리쳤다.

"대명 천자를 위해 복수하겠다!"

강희는 황급히 뒤로 피했다. 다륭, 찰이주, 강친왕 등은 황제가 곁에 있는지라 무기를 휴대하지 않고 있었다. 그들은 소스라치게 놀라 그 승려를 향해 낚아채갔다. 그러자 승려는 왼쪽 소매를 떨쳐 엄청난 힘줄기를 일으켰다. 그 바람에 다륭 등은 동시에 뒤로 밀려났다. 실로 뜻밖의 일이었다.

징심, 징광 등도 일제히 소리쳤다.

"멈춰라!"

그러면서 바로 출수해 막았다. 그러자 그 승려는 다시 소매를 떨쳤다. 소림사 '징' 자 항렬의 고승들은 제각기 절예를 펼쳐 그에 대항했다. 그러나 고승들이 전개한 호조수虎爪手, 용조수龍爪手, 염화금나수, 금용공擒龍功 등의 신공神功으로도 그 승려를 잡지 못했다.

소림 승려들은 경악을 금치 못하며 다들 뇌리에 같은 생각이 스쳤다.

'천하에 이런 인물이 있다니!'

그 백의 승려는 숨 돌릴 새도 없이 다시 검을 들고 강희를 찔러갔다. 강희는 불상 공탁에 등을 붙이고 있어 더 이상 피할 여지가 없었다.

위소보가 급히 몸을 솟구쳐 강희의 앞을 가로막았다. 푹 하고 검 끝이 그의 가슴에 꽂히며, 검신劍身이 휘었다. 결코 그의 가슴을 파고들지는 못했다.

위소보는 가슴에 극심한 통증을 느끼며, 미리 뽑아 쥐고 있던 비수를 확 휘둘렀다. 그러자 상대의 장검이 두 동강 났다.

백의 승려는 멍해졌고, 징관이 소리쳤다.

"사숙을 해치면 안 돼!"

왼손으로 그의 오른쪽 어깨를 향해 장풍을 전개했다. 백의 승려는 단검을 팽개치고 손목을 젖혀 장풍을 막았다. 그러자 징관은 가슴 밑바닥에서 뜨거운 기혈氣血이 솟구치는 것을 느끼며 정신이 아찔해졌다.

백의 승려가 소리쳤다.

"대단하군!"

주위에는 무공 고수가 많았다. 그리고 자신이 방금 전개한 일검을 맞고도 어린 승려가 끄떡도 하지 않자 경악을 금치 못했다. 더 이상 지체할 수 없다고 판단해 다짜고짜 위소보의 멱살을 잡고 바로 몸을 솟구쳐, 지붕에 뚫린 구멍을 통해서 날아갔다. 순식간에 일어난 일이었다. 대전 안에는 서른여섯 명의 소림 고수들이 있었지만 아무도 그것을 막지 못했다.

징심과 징광 등이 그 뚫린 구멍을 통해 몸을 솟구쳤으나 뒷산 저편에 흰 그림자가 어른거리는 것이, 상대는 이미 10여 장 밖으로 벗어나 있었다. 그 빠른 경공술은 실로 불가사의했다.

소림 승려들은 뒤를 쫓아가봤자 소용없다는 것을 알지만, 그렇다고 가만있을 수 없어 다들 몸을 날렸다. 그러나 눈 깜박할 사이에 그 흰 그림자는 이미 산골짜기를 넘어 어디론가 사라져버렸다.

가짜와 진짜

백의 여승은 여전히 의자에 앉아 있었다. 오른손 식지로 동쪽을 찌르는가 싶더니 다시 서쪽을 후리며 태후의 파상공세를 일일이 다 와해시켰다.

태후는 잽싸게 앞으로 덮쳐갔다가 이내 뒤로 물러나고, 난데없이 몸을 솟구쳤다가 다시 납작하게 숙였다. 그 이어지는 일련의 동작이 전광석화처럼 빨랐다.

거기에 따라 거센 바람이 일었고, 촛불이 춤을 추듯 요란하게 흔들렸다.

위소보는 백의 승려에게 먹살을 잡힌 채 마치 구름을 타고 안개 위를 나는 느낌이었다. 즐비하게 늘어선 아름드리나무들이 몸 뒤로 쓱쓱 스쳐갔다. 갈수록 높이 나는 것 같아 말할 수 없을 정도로 두려웠다.

　'검으로 날 찔러죽이지 못하니까 오기가 생겨 다른 방법을 쓰려는 모양이야. 만장 봉우리 위에서 떨어뜨려 이 땡추가 죽는지 안 죽는지 시험해보려는 게 아닐까?'

　아니나 다를까, 그 백의 승려는 갑자기 손을 놓아 위소보를 떨어뜨렸다. 위소보는 기겁을 하며 비명을 질렀다. 그런데 등이 바로 땅바닥에 닿았다. 그냥 땅에 내려놓은 것이었다.

　백의 승려는 차가운 눈빛으로 그를 응시하며 말했다.

　"소림에 창칼이 들어가지 않는 호체신공이 있다고 들었는데, 어린 너까지 터득했을 줄이야, 정말 뜻밖이군."

　위소보는 그의 음성이 해맑고 다소 간드러진 느낌이 들어 의아했다. 그래서 얼굴을 자세히 살펴보니, 초승달 같은 눈썹에 눈은 애수에 젖은 듯 촉촉하고 살결이 뽀얬다. 뜻밖에도 미모가 뛰어난 중년 여인이었다. 단지 머리를 빡빡 깎고 두건에 계파戒疤가 찍혀 있는 것으로 보아 여승임을 알 수 있었다.

　이 위급한 상황에서도 위소보는 속으로 좋아했다.

'여승이니까 딱딱한 화상보다는 말이 좀 통할 거야.'

그는 몸을 일으켜 앉으려 했는데 가슴에 극심한 통증이 느껴졌다. 아까 여승의 일검을 맞았을 때, 비록 보의를 입어 상처는 입지 않았지만 그녀의 내공이 워낙 강해서 그 충격이 컸다. 너무 아파 절로 비명이 나왔다.

"아야!"

그러면서 다시 벌렁 나자빠졌다.

여승이 냉랭하게 말했다.

"난 소림 신공이 대단한 줄 알았는데 이제 보니 별거 아니군!"

위소보가 말했다.

"솔직히 말해서 청량사 대웅보전에 있던 그 서른여섯 명의 승려 중에는 달마원의 수좌, 반야당의 수좌, 아야… 소림의 그 유명한 십팔 나한도 있었어요. 다들 소림에서 최고로 강한 고수들인데, 사태師太 한 사람을 당해내지 못하다니… 아야! 아파…."

비명을 지르고 나서 다시 말했다.

"진작 이럴 줄 알았다면 소림에 들어가지 않고, 아야… 사태를 사부로 모시는 게 백번 나을 뻔했어요."

백의 여승의 얼굴에 한 가닥 미소가 번졌다.

"네 이름이 뭐냐? 소림에서 무공을 몇 년 배웠지?"

위소보는 속으로 잽싸게 생각을 굴렸다.

'이 여승은 대명 천자를 위해 복수하겠다고 외치며 황상을 공격했으니 반청복명의 패거리일 거야. 한데 천지회와는 또 무슨 갈등이 있을지 모르니 일단 밝히지 않는 게 좋겠지.'

그는 바로 둘러댔다.

"난 양주에 사는 가난한 집안의 고아였어요. 아버지는 오랑캐 관병들에게 살해당했고, 나는 궁으로 잡혀가 어린 내시가 됐죠. 이름은 소계자라고 해요. 나중에…."

백의 여승은 고개를 갸웃거렸다.

"어린 내관 소계자라고? 어디서 들어본 이름 같은데… 오랑캐 조정의 간신배 오배를 죽인 게 어린 내관이라던데, 그게 누군지 아니?"

위소보는 여승이 오배를 '간신배'라고 말하는 것을 듣고 바로 대답했다.

"바로… 제가 죽였어요."

백의 여승은 반신반의했다.

"정말 네가 죽였단 말이냐? 그 오배는 무공이 고강해서 만주 제일 용사라는데 네가 어떻게 죽일 수 있었지?"

위소보는 천천히 일어나 앉아 오배를 죽이게 된 경위를 얘기해주었다. 소황제가 어떻게 해서 명을 내렸고, 자기가 기습적으로 오배의 등에 비수를 찌르고, 향로의 재를 눈에 뿌리고 나서, 다시 그 향로로 머리를 내리쳤으며, 나중에 감옥으로 가서 그의 등을 어떻게 찔렀는지 소상히 말해줬다.

위소보는 오배에 관한 이야기를 이미 여러 번 했다. 그리고 이야기를 거듭할 때마다 양념이 더 많이 추가됐다.

백의 여승은 조용히 듣고 나서 한숨을 내쉬더니 혼잣말처럼 중얼거렸다.

"만약 그게 사실이라면 장씨 문중의 그 과부들은 정말 너한테 고맙다고 해야겠구나."

위소보의 표정이 환해졌다.

"장씨 문중의 셋째 마님을 말하는 건가요? 그들은 이미 저한테 고맙다고 했어요. 뿐만 아니라 쌍아라는 하녀도 내줬죠. 걔는 지금 내 걱정을 하고 있을 텐데…."

백의 여승이 물었다.

"장씨 문중을 어떻게 알게 됐지?"

위소보는 사실대로 말해준 다음 한마디 덧붙였다.

"만약 믿지 못하겠다면 쌍아를 불러와서 대질해봐요."

백의 여승이 말했다.

"네가 장씨 문중 셋째 마님과 쌍아를 아는 걸 보니 사실인 것 같구나. 그런데 왜 중이 됐지?"

위소보는 노황야가 출가한 일은 숨겨야겠다고 생각했다.

"소황제가 자기 대신 출가하라고 해서 소림사를 거쳐 청량사로 오게 된 거예요. 소림파의 무공은 좀 배웠어요. 그 무슨 위타장, 반야장, 염화금나수… 하지만 아무 소용이 없어요. 사태 앞에선 그야말로 무용지물이 되는걸요."

백의 여승의 안색이 갑자기 차갑게 변했다.

"넌 한인이라면서 왜 오랑캐를 섬기며 목숨 걸고 황제를 보호해준 거지?"

위소보는 가슴이 철렁했다. 이 물음에는 정말 대답하기가 쉽지 않았다. 당시 백의 여승이 강희를 찌르려 하자 그는 자신도 모르게 그냥 뛰쳐나가서 막았던 것이다. 황제의 환심을 사겠다거나 하는 생각은 할

343
25. 가짜와 진짜

겨를조차 없었다. 그저 강희가 이 세상에서 자기와 가장 친한 사람이며, 마치 친형과 같이 느껴졌다. 누가 그를 죽이려 한다면, 절대 용납할 수 없는 일이었다.

위소보가 아무 말도 하지 못하자 여승이 다시 차갑게 말했다.

"우리 강산을 빼앗은 만주 오랑캐는 그래도 가장 나쁜 사람은 아니야. 가장 나쁜 건 오랑캐를 등에 업고 호가호위하는 한인들이지! 자신의 부귀영화를 위해 못하는 짓이 없어."

그러면서 위소보의 얼굴을 노려보더니 천천히 물었다.

"내가 널 이 산봉우리에서 아래로 떨어뜨린다면 그 호체신공이 소용이 있을까?"

위소보는 소리를 질렀다.

"아무 소용도 없어요. 날 산 아래로 떨어뜨릴 필요도 없어요. 그냥 머리에 일장을 가하면 바로 머리통이 박살나 죽을 거예요."

백의 여승이 다시 물었다.

"그럼 무슨 득을 보려고 그 오랑캐 황제에게 아부를 했지?"

위소보는 여전히 목청을 높여 말했다.

"아부를 한 게 아니라… 그는 제 친구예요! 그는… 영불가부, 백성을 아끼겠다고 말했어요. 백성을 아끼겠다는데 나도 백성의 한 사람으로서 위해주는 게 당연하잖아요? 우린 강호 사나이로서 의리를 지켜야 하니까요."

그가 강희에게 의리를 지킨 건 사실이었다. 그러나 강호 사나이로서 백성을 생각한 적은 없다. 지금은 절체절명의 순간이라 생각에도 없던 '백성'까지 들먹이게 된 것이다.

백의 여승은 긴가민가하는 표정으로 다시 물었다.

"그가 정말 영불가부, 백성을 아끼겠다고 말했단 말이냐?"

위소보가 얼른 대답했다.

"그래요! 몇백 번을 얘기했는지 몰라요. 그리고 오랑캐가 중원으로 들어오면서 많은 백성을 죽인 건 아주 큰 잘못이라고 했어요. 그 무슨 양주십일, 가정삼도… 짐승만도 못한 짓을 저질렀대요. 그래서 미안한 마음에 오대산에 와서 불공을 드린 거고, 양주와 가정 백성들에게 3년 동안 세금을 걷지 않겠다고 했어요."

백의 여승이 고개를 끄덕이자 위소보가 말을 이었다.

"오배 그 나쁜 놈이 많은 충량忠良을 죽였어요. 소황제는 그를 말렸지만 듣지 않았죠. 그래서 소황제가 화가 나서 저를 시켜 그를 죽인 거예요. 사태께서 만약 소황제를 죽이면 태후가 조정을 장악하게 되겠죠. 그 늙은 화냥년이 얼마나 나쁜지 아세요? 그가 권력을 장악하면 그 무슨 양주십일, 가정삼도가 또 일어날 게 분명해요. 오랑캐를 죽이려면 우선 그 늙은 화냥년 태후부터 죽여야 해요!"

백의 여승은 그를 흘겨보았다.

"내 앞에선 그런 쌍스러운 말을 삼가거라!"

위소보가 말했다.

"아, 네! 네… 사태 앞에선 앞으로 70~80년 동안은 쌍말을 하지 않을게요."

백의 여승은 그 말을 듣는 둥 마는 둥 하며 하늘에 떠 있는 흰 구름을 바라보았다. 그렇게 잠시 침묵을 지키다가 물었다.

"태후가 왜 나쁘다는 거냐?"

위소보는 일단 속으로 잽싸게 생각을 굴렸다.

'태후가 실제로 저지른 나쁜 짓은 이 여승과 아무런 상관이 없어. 그러니 태후 그년한테 마음대로 죄를 뒤집어씌워야 하겠지!'

바로 꾸며댔다.

"태후는 명 왕조 역대 황제의 무덤을 다 파헤쳐 무슨 보물을 숨겨놨는지 확인해보겠대요. 그리고 이 세상에 주朱씨 성을 가진 사람들은 나중에 무슨 짓을 할지 모르니, 대청의 강산을 도로 빼앗아가기 전에 모조리 멸문을 시켜버려야 한다고 말했어요."

백의 여승은 발끈하며 옆에 있는 바위를 팍 내리쳤다. 그러자 돌가루가 사방으로 튀었다. 그녀는 분연히 말했다.

"정말 악랄한 여자군!"

위소보가 맞장구를 쳤다.

"그렇다니까요! 그래서 저는 그런 일을 하면 안 된다고 소황제한테 여러 번 설득했어요."

백의 여승은 그의 말을 믿지 않는 듯 코웃음을 날렸다.

"어린 네가 배운 게 뭐가 있다고 소황제를 설득했겠느냐?"

위소보는 당당하게 말했다.

"배운 건 별로 없지만 충분히 설득할 수 있어요. 들어보세요. 저는 소황제한테 사람은 누구나 어차피 죽을 거라고 말했어요. '지금 이 세상에선 만주 사람들이 떵떵거리며 잘살고 있지만 죽어서 저승에 가면 염라대왕이 한인인지 만주인인지 모를 일이에요. 그 외에도 생사판관生死判官, 소귀小鬼, 우두牛頭, 마면馬面, 흑무상귀黑無常鬼, 백무상귀白無常鬼 등도 한인이야? 만주 사람이야? 그들은 다 한인이잖아요! 황상, 그러니 한인을 핍박하지 마세요. 세상엔 정말 만세 만만세가 없어요. 기껏 살아봤자 백세예요. 언젠가는 한인 염라대왕한테 갈 거라고요!' 제가 그렇게 말하니까 소황제는 '소계자야, 네가 날 깨우쳐줘서 정말 고맙다' 하고 감지덕지했어요. 그래서 태후가 생각해낸 그 나쁜 짓들을 소황제는 무조건 거절했죠. 오히려 돈을 들여 명 왕조 황제들의 능을 대대적으로 보수하겠다고 했어요. 홍무 황제부터 숭정 황제까지! 참, 그리고 그 무슨 복왕, 노왕, 당왕, 계왕도 있어요. 아무튼 황제가 너무 많아서 다 기억해낼 수 없네요."

백의 여승은 눈시울이 붉어지더니 눈물을 뚝뚝 흘렸다. 한참 후에야 소매로 눈물을 닦으며 입을 열었다.

"네 말이 사실이라면, 그건 큰 공을 세운 거야. 만약 그 나쁜 여자가 명 왕조 역대 황제의 능을 파헤쳤다면…."

여기까지 말하고는 목이 메는지 더 이상 말을 잇지 못했다. 그녀는 몸을 일으켜 벼랑 끝으로 걸어갔다.

그것을 본 위소보가 소리쳤다.

"사태! 안… 안 돼요! 절대… 목숨을 끊으면 안 돼요!"

그러면서 달려가 여승의 왼팔을 잡아끌었다. 그는 이 백의 여승에게 왠지 모르게 호감을 느꼈다. 청려淸麗하고 고아高雅하며 아주 자상해서, 이 세상 그 어떤 여인도 그녀를 따라가지 못할 것 같았다. 힘껏 그녀의 팔을 끌어당겼는데, 웬걸! 소맷자락이 비어 있었다. 위소보는 멍해지면서 그제야 여승에게 왼팔이 없다는 걸 알아차리고 얼른 소매를 놓았다.

백의 여승은 고개를 돌려 나무랐다.

"무슨 헛소리냐? 내가 왜 스스로 목숨을 끊어?"

위소보가 말했다.

"너무 상심하기에 혹시 딴생각을 할까 봐 걱정했어요."

백의 여승이 말했다.

"내가 죽으면 넌 황제 곁으로 돌아가 부귀영화를 누릴 수 있으니 좋은 일이잖아?"

위소보가 다시 말했다.

"아녜요, 아녜요! 난 강요에 의해 내관이 된 거예요. 오랑캐가 아버지를 죽였는데 내가 왜 그… 나쁜 놈들을… 모시겠어요?"

백의 여승은 고개를 끄덕였다.

"그래도 양심은 있구나."

그러고는 품속에서 은자 열몇 냥을 꺼내 위소보에게 내주면서 말했다.

"이건 노잣돈이니 네 고향 양주로 돌아가거라."

위소보는 속으로 생각했다.

'난 남한테 은자를 줬다 하면 100냥, 200냥인데 겨우 요것밖에 안 줘? 이 여승은 아주 청빈하니까 날 좋아하도록 만들려면….'

그는 잽싸게 머리를 굴리고는 돈을 받지 않고 갑자기 땅에 엎어져 여승의 다리를 끌어안고 방성통곡을 하기 시작했다.

여승은 영문을 몰라 눈썹을 찌푸리며 물었다.

"왜 이러는 것이냐? 어서 일어나라, 일어나!"

위소보가 울면서 말했다.

"돈은… 돈은 필요 없어요."

여승이 물었다.

"그럼 왜 우는데?"

위소보가 대답했다.

"난 아버지도 없고, 엄마도 없어, 아무도 날 위해주는 사람이 없어요. 한데 사태는… 정말… 울 엄마 같아요. 전에부터 생각한 건데, 저… 사태 같은… 엄마가 있으면 얼마나 좋을까…."

여승은 얼굴이 붉어지며 나직이 꾸짖었다.

"당치 않아! 난 불문의 승려인데…."

위소보가 그걸 모를 리 없었다.

"네, 네!"

그는 몸을 일으켰는데도 계속 눈물이 강물처럼 흘러내렸다. 우는 건 원래 그의 특기 중 하나이잖은가!

여승은 생각을 굴리며 말했다.

"난 원래 북경으로 갈 생각이었는데… 그럼 널 데리고 가마. 한데 넌 사미승이라…."

위소보는 북경으로 간다는 말에 내심 '얼씨구나' 좋아하면서 얼른 말했다.

"난 원래 가짜 화상이니 하산해서 바로 옷을 갈아입으면 아무 상관 없어요."

여승은 고개를 끄덕이며 더 이상 아무 말도 하지 않았다. 그리고 곧 하산하기 시작했는데, 험한 길이 나타나면 그를 가볍게 들어올려 경공술을 펼쳐서 사뿐히 뛰어넘곤 했다.

위소보는 그때마다 칭찬을 아끼지 않았다. 소림 무공은 천하에 알려졌지만 그녀의 무공에 비하면 '새 발의 피'라고 떠벌렸다. 여승은 그의 말을 들은 척도 하지 않았다. 그러다가 위소보가 대여섯 번이나 반복해서 말하자, 한마디 했다.

"소림의 무공은 나름대로 독특한 데가 있고 뛰어난 장점이 있어. 넌 아직 우물 안 개구리에 불과하니 말을 함부로 해서는 안 돼. 네가 터득한 그 호체신공만 해도 난 도저히 따라갈 수가 없어."

위소보는 솔직히 털어놓았다.

"내 호체신공은 가짜예요."

그는 바로 겉옷을 벗어 등을 보여주었다.

"제가 입고 있는 조끼는 창칼로도 뚫을 수 없는 보의예요."

여승은 그의 말을 듣고 바로 지풍을 날렸다. 웬만한 강사鋼絲도 그녀의 지풍에 잘라지거나 뚫릴 텐데 그 조끼는 멀쩡했다. 그녀는 미소를 지으며 말했다.

"그랬군. 어쩐지 이상했어. 아무리 소림의 내공이 대단하다고 해도 너 같은 어린 나이에 그런 신공을 익혔다는 게 믿기지 않더니…."

속에 품고 있던 의문이 풀리자 기분이 좋아진 듯, 그녀는 웃으며 말했다.

"넌 아주 정직한 아이구나."

위소보는 속으로 낄낄 웃었다. 여태껏 살아오면서 자기더러 정직하다고 말한 사람은 아무도 없었다. 정말 희한한 일이 아닐 수 없었다. 그는 얼른 말했다.

"저는 다른 사람한텐 거짓말을 해도 사태한테는 정직할 수밖에 없어요. 왜 그런지 모르겠어요. 어쩌면 울… 엄마 같아서 그런가 봐요."

여승은 눈을 흘겼다.

"다신 그런 말 하지 마, 듣기 거북해!"

위소보는 머리를 조아렸다.

"아, 네! 네…."

속으로는 구시렁거렸다.

'네가 검으로 찌른 데가 아직도 아파. 그 복수로 엄마라고 몇 번 불렀으니 이젠 서로 밑진 것 없이 퉁친 거야!'

그가 남을 '엄마'라고 부르는 건, '기녀'라고 욕을 하는 것이었다. 그렇게 속으로 우쭐대며 여승을 힐끗 쳐다보는 순간, 그녀의 고귀한 모습에 그만 자신도 모르게 존경심이 우러났다. '엄마'라고 부른 게 약간 후회됐다.

다시 백의 여승을 바라보니 눈에 눈물이 글썽글썽한 게, 곧 흘러내릴 것 같았다. 위소보는 영문을 몰라 고개를 갸웃했다. 그는 당연히 여승의 속마음을 알 수 없었다. 여승은 뜻밖에도 그가 입고 있는 조끼에 대해 생각하고 있었다.

'그래, 내가 왜 그 조끼를 생각하지 못했지? 그… 그… 그도 그런 조끼가 있었잖아.'

백의 여승은 위소보와 함께 북쪽 방향을 택해 하산해서 다시 동쪽으로 길을 잡았다.

이날 어느 작은 고을에 다다라 위소보는 새 옷을 구해 소년 공자의 모습으로 변신했다. 순치 황제를 호위하고 청량사를 떠날 때 이미 수십만 냥의 은표를 몸에 잘 간직했다. 그래서 길을 가는 도중에 들르는 곳마다 가능한 한 백의 여승이 모르게 점주나 점원들에게 돈을 뿌려 풍성한 소찬素饌을 대접받았다.

그는 백의 여승을 상전 대하듯 깍듯이 모셨다. 그녀는 출가하기 전에 대부호나 명문 집안 출신이었는지, 음식의 질에 대해선 좀 가리는 편이었다. 아무 소찬이나 잘 먹는 소림 승려들하고는 판이하게 달랐다. 물론 이것저것 꼬투리를 잡거나 까다롭게 구는 건 아니지만 미식美食이 나오면 젓가락이 좀 더 많이 갔다.

위소보는 은자가 많았다. 저잣거리에 가서 인삼이나 제비집, 복령, 은목이버섯, 금전표고버섯 같은 진귀한 식재료가 있으면 돈에 구애받지 않고 샀다. 그는 궁에서 꽤 오랫동안 어선방御膳房을 관장했다. 석가탄일이나 관음탄일을 맞아 태후나 황제가 소찬을 장만할 때, 음식 만드는 것을 늘 가까이서 지켜봐왔다. 간혹 점주나 주방장이 진기한 재료로 음식을 만들 줄 모르면 그가 직접 가르쳐주기도 했다. 그러니 만들어낸 음식이 황궁의 주방 음식과 별로 차이가 없었다.

백의 여승은 원래 과묵한지, 온종일 말을 한 마디도 하지 않는 날도 더러 있었다. 위소보는 그를 경외하여 여느 때처럼 말을 함부로 지껄여대지 못했다.

이날 드디어 북경에 당도한 위소보는 큰 객잔을 찾아들어가자마자 열 냥을 뿌렸다. 점주와 점원들은 여승을 보고 좀 이상하게 생각했으나, 귀공자께서 워낙 손이 크니 깍듯이 대접했다. 백의 여승은 대우받는 것이 당연한 듯 전혀 어색해하지 않고 묻지도 않았다.

오찬을 마친 뒤에 여승이 말했다.

"난 매산煤山에 좀 가봐야겠다."

위소보가 그녀의 말을 받았다.

"매산에 가신다고요? 거긴 숭정 황제가 귀천하신 곳인데… 저도 가서 절이라도 좀 올려야겠네요."

매산은 바로 황궁 옆에 있어 걸어서도 금방 갈 수 있었다. 산에 오르자 위소보가 나무 한 그루를 가리키며 말했다.

"숭정 황제는 바로 저 나무에 목을 매 죽었어요."

다가가 나무를 쓰다듬는 여승의 손이 연신 떨렸다. 그리고 눈에 눈물이 고이더니 왈칵 울음을 터뜨리며 땅에 엎드렸다.

위소보는 그녀가 매우 슬피 울자 속으로 생각했다.

'숭정 황제를 잘 아나 보군.'

문득 스치는 생각이 있었다.

'혹시 도홍영 고모처럼 대명 황궁의 궁녀였나? 아니면 숭정 황제의 비빈妃嬪이었을지도 모르지. 아니야, 나이로 봐선 맞지 않아. 보기에 태후 그년보다 젊으니 숭정의 비빈이었을 리가 없어.'

그녀가 숨이 넘어갈 듯 워낙 슬피 울자, 위소보는 자기도 모르게 나무 앞에 무릎을 꿇고 흐느끼며 절을 올렸다.

백의 여승은 한참 울고 나서 몸을 일으켰는데 갑자기 나무를 끌어안더니 그만 온몸에 경련이 일며 정신을 잃고 쓰러졌다. 위소보는 깜짝 놀라 그녀를 부축하며 소리쳤다.

"사태! 정신 차려요!"

여승은 한참 뒤에야 깨어나 정신을 가다듬었다.

"우리 황궁으로 들어가자."

위소보는 '전에 궁녀였구나' 하고 생각하며 말했다.

"좋아요, 우선 객잔으로 돌아가요. 제가 가서 내관 옷을 사올 테니 그걸로 갈아입으시면, 제가 모시고 궁으로 들어갈게요."

여승은 대뜸 화를 냈다.

"내가 어떻게 오랑캐 내관의 옷을 입는단 말이냐?"

위소보는 바로 꼬리를 내렸다.

"아, 네! 네… 그럼… 그럼… 맞다! 라마승으로 가장하세요. 라마승들도 가끔 궁에 들락날락해요."

여승이 말했다.

"라마승으로 가장하기도 싫어. 그냥 당당하게 궁으로 들어갈 거야. 누가 감히 날 막겠어?"

위소보는 고개를 끄덕였다.

"네, 좋아요. 그 시위들은 감히 가로막지 못할 거예요. 하지만… 그럼 다들 처치해야 하는데, 계속 죽이다 보면 황궁 구경을 하긴 곤란할 텐데요?"

그는 백의 여승이 무공을 앞세워 무조건 궁으로 쳐들어가는 걸 원치 않았다. 그녀도 수긍이 가는지 결국 고개를 끄덕였다.

"그래, 네 말이 맞아. 오늘 밤 야음을 틈타 들어가야지. 넌 위험할 수 있으니 객잔에서 기다려라."

위소보가 얼른 고개를 흔들었다.

"아녜요, 싫어요! 저도 함께 갈 거예요. 혼자 궁으로 보내면 마음이 놓이지 않아요. 황궁은 제가 잘 알아요. 길도 잘 알고, 사람들도 친해요. 가보고 싶은 곳이 있으면 제가 모시고 갈게요."

백의 여승은 아무 말도 하지 않고 멍하니 허공을 응시했다.

이경 무렵이 되자 위소보는 백의 여승과 함께 객잔을 나섰다. 황궁 담장 앞에 이르러 위소보가 말했다.

"동북쪽 모퉁이를 돌아가면 담장도 낮고, 안에는 허드렛일을 하는 잡부들이 사는 곳이라 시위들이 별로 순찰을 돌지 않아요."

백의 여승은 그의 말에 따르기로 했다. 북쪽으로 꺾어돌아 열세 번째 줄 옆에 이르자, 위소보의 허리춤을 뒤에서 잡고 훌쩍 담을 뛰어넘어 궁 안으로 들어갔다.

위소보가 나직이 말했다.

"여기서 곧장 가면 낙수당樂壽堂과 양성전養性殿이 나와요. 사태는 어딜 구경하고 싶은데요?"

백의 여승은 생각을 하면서 말했다.

"난 아무 데나 상관없어."

서쪽 방향으로 낙수당과 양성전을 지나서 다시 긴 회랑을 끼고돌아 현궁보전玄穹寶殿, 경양궁景陽宮, 종수궁鍾粹宮을 지나자 어화원御花園이 나왔다.

주위가 어두웠지만 백의 여승은 매우 빠르게 걸었다. 길모퉁이를 돌고 방향을 바꾸면서 전혀 망설임이 없었다. 그리고 간혹 순시를 도는 시위들을 보면 건물이나 나무 뒤에 몸을 숨겨 잠시 피했다.

위소보는 그녀의 행동을 지켜보면서 내심 이상하게 생각했다.

'궁 안의 지리와 여러 상황을 어쩌면 이렇게 잘 알고 있지? 전에 궁에서 살았던 게 분명해.'

위소보가 그녀를 안내하는 게 아니라 오히려 그녀의 뒤를 따라가는 격이었다.

백의 여승은 어화원을 지나서 서쪽으로 걸음을 옮겨 곤녕문坤寧門을 지나 곤녕궁 앞으로 왔다. 그러고는 잠시 머뭇거리다가 물었다.

"황후가 이곳에 살고 있니?"

위소보가 대답했다.

"황상은 아직 대혼大婚을 올리지 않아 황후가 없습니다. 전에 태후께서 이곳에 사셨는데 지금은 자령궁으로 옮겨갔어요. 현재 곤녕궁에는 아무도 살지 않아요."

여승이 말했다.

"한번 들어가보자."

　곤녕궁 건물 앞에 이르러 창을 잡고 살짝 힘을 주자 창살이 부러졌다. 그녀는 손쉽게 창문을 열고 안으로 몸을 날렸다. 위소보는 기어서 따라들어갔다.

　곤녕궁은 황후의 침궁이라 위소보는 와본 적이 없다. 이 침궁은 사람이 살지 않은 지 오래되어 곰팡이 냄새가 진동하고 먼지가 뿌옇게 쌓여 있었다. 창호지를 통해 스며드는 희미한 달빛을 빌려 백의 여승이 침상에 걸터앉아 있는 모습을 어렴풋이 볼 수 있었다. 그녀는 돌처럼 굳은 듯 한동안 꼼짝도 하지 않았다. 위소보는 어둠 속에서 뚝뚝 물방울 떨어지는 듯한 소리를 들었다. 여승이 눈물을 흘리고 있었다.

　위소보는 속으로 생각했다.

'그래, 도홍영 고모처럼 전에 궁에서 황후를 모시던 궁녀였나 봐.'

　백의 여승은 고개를 쳐들어 대들보를 보며 나직이 혼잣말처럼 중얼거렸다.

"주 황후가 바로… 바로 여기서 자진했단 말인가…?"

위소보가 대답했다.

"네."

그는 더욱 의심이 가서 조심스레 물었다.

"사태, 혹시 저의 고모를 만나보시지 않을래요?"

여승은 그의 밑도 끝도 없는 말이 이해가 가지 않는 듯 물었다.

"고모라니? 그가 누군데?"

위소보가 대답했다.

"저의 고모는 성이 도씨고, 이름은 홍영, 도홍영이라…."

그의 말이 채 끝나기도 전에 여승은 나직이 놀란 외침을 토했다.

"홍영이라고?"

위소보가 고개를 끄덕였다.

"네, 어쩌면 서로 아는 사이일지도 몰라요. 고모는 전에 숭정 황제의 공주를 모셨대요."

여승의 음성이 약간 떨렸다.

"그래, 좋아. 그녀는 지금 어디 있지? 어서… 어서 불러와라. 만나봐야겠어."

그녀는 줄곧 태연자약했다. 그날 청량사에서 강희를 죽이려 했을 때도 행동이 번개처럼 빠르면서도 침착함을 잃지 않았다. 그런데 지금은 매우 격앙되고 조급해했다.

위소보가 머뭇거리며 말했다.

"오늘 밤은 좀 힘들 것 같은데요."

여승이 연달아 물었다.

"아니 왜? 왜 안 된다는 거지?"

위소보가 대답했다.

"고모님은 끝까지 대명에 충성하기 위해 태후를 죽이려다가 실패했어요. 그래서 지금은 궁에서 숨어 살다시피 해요. 내가 표시하는 암호를 봐야만 내일 밤에 만날 수 있어요."

여승이 고개를 끄덕였다.

"좋아! 홍영은 정말 절개가 있군. 어떻게 암호를 남기기로 했지?"

위소보가 설명했다.

"고모님하고 약속이 돼 있어요. 소각장 돌무더기 위에다 나무때기를 꽂아놓으면 만나자는 암호예요."

여승이 다급한 목소리로 말했다.

"그럼 지금 암호를 남기러 가자!"

그녀는 다시 창문을 통해 밖으로 몸을 날렸다. 그리고 위소보의 손을 잡고 융복문隆福門을 나서 영수궁, 체원전體元殿, 보화전保華殿을 지나서 북쪽에 있는 소각장으로 갔다. 위소보는 숯 조각을 주워 나무때기에다 참새를 그렸다. 그러고는 돌무더기를 만들고 그 위에다 꽂았다.

백의 여승이 갑자기 나직이 말했다.

"누가 온다!"

소각장은 궁중의 쓰레기와 폐기물을 소각하는 곳이라 이 밤중에 누가 온다는 것은 예삿일이 아니었다. 위소보는 여승의 손을 잡고 커다란 옹기항아리 뒤로 몸을 숨겼다. 사박사박 가벼운 걸음 소리가 들리더니 한 사람이 뛰어와 주위를 두리번거렸다. 그러다가 위소보가 꽂아놓은 나무때기를 보고는 잠시 멍하니 서 있더니 바로 가서 그것을 뽑았다. 그 사람이 몸을 돌리는 순간 달빛을 빌려 얼굴을 볼 수 있었다.

바로 위소보가 만나려는 도홍영이었다.

위소보는 기뻐하며 나직이 외쳤다.

"고모! 나 여기 있어요!"

그가 항아리 뒤에서 모습을 드러냈다.

도홍영이 달려와 그를 끌어안으며 반가워했다.

"얘야, 드디어 돌아왔구나. 네가 하루속히 돌아오길 바라는 마음으로 매일 밤 여기 와서 표식을 확인했어."

위소보가 말했다.

"고모를 만나고 싶어 하는 사람이 있어요."

도홍영은 약간 의아해하면서 그의 손을 놓고 다그치듯 물었다.

"누군데?"

위소보가 미처 대답하기도 전에 백의 여승이 몸을 일으켜 나직이 말했다.

"홍영, 날… 날 알아보겠어?"

항아리 뒤에 다른 사람이 있으리라곤 생각지도 못했던 도홍영은 깜짝 놀라 뒤로 몇 걸음 물러나면서 허리춤에서 단검을 뽑아들었다.

"누… 누구죠?"

여승은 한숨을 내쉬었다.

"이젠 날 못 알아보는구나."

도홍영이 말했다.

"저… 얼굴이 잘 보이지 않아서… 혹시… 저…."

여승이 몸을 살짝 틀어 달빛이 얼굴에 비치게 했다. 그러고는 다시 나직이 말했다.

"너도 모습이 많이 변했구나."

도홍영의 목소리가 떨렸다.

"그럼… 바로…?"

그녀는 단검을 던지고 소리쳤다.

"공주님! 공주님이 맞죠? 저는… 전….”

앞으로 달려가 왈칵 백의 여승의 다리를 끌어안고 땅바닥에 엎드려 흐느꼈다.

"공주님, 이렇게 다시 뵙게 됐으니… 이젠… 죽어도 여한이 없습니다. 정말… 너무 기뻐요”

위소보는 '공주'라는 말을 듣자 놀라움이 이만저만 아니었다. 도홍영이 전에 들려준 얘기가 생각났기 때문이다. 그녀는 명나라 말엽 궁중의 궁녀로서 줄곧 공주를 모시고 있었다. 이자성이 북경성으로 쳐들어오자 숭정 황제는 공주가 수모를 당하는 것을 막기 위해 자기 손으로 죽이려다 팔만 자르고 말았다. 도홍영은 혼란통에 정신을 잃었고, 나중에 깨어나보니 황제와 공주는 온데간데없이 사라진 뒤였다.

위소보는 백의 여승을 새삼 바라보았다.

'한쪽 팔이 없고, 궁 안 사정을 너무 잘 아는 데다가 곤녕궁에서 흐느꼈을 때 알아차렸어야 했는데… 그래, 그렇게 고귀한 기품이 풍기는데 궁녀였을 리가 없지! 이제야 알아보다니, 내가 왜 이렇게 미련하지? 어쨌든 그 건녕 공주보다는 훨씬 고상하고 아름다워.'

여승의 음성이 들려왔다.

"그동안 줄곧 궁에 있었느냐?"

도홍영이 대답했다.

"네."

여승이 다시 말했다.

"저 아이의 말을 들어보니, 네가 오랑캐 태후를 죽이려 했다던데… 그래, 잘했다. 어쨌든… 고생이 많았겠구나."

그러고는 눈물을 뚝뚝 흘렸다. 도홍영도 흐느꼈다.

"공주님은 만금지체萬金之體신데 여기서 머뭇거릴 수 없습니다. 제가 모실 테니 어서 궁 밖으로 나가요."

백의 여승은 길게 한숨을 내쉬었다.

"난 이제 공주가 아니야."

도홍영이 말했다.

"그게 무슨 말씀이세요? 제 마음속엔 영원한 공주님이세요."

여승은 씁쓸하게 웃었다. 달빛에 비친 그녀의 양 볼에는 구슬같이 영롱한 눈물이 맺혀 있어, 그 웃음이 더욱 처연해 보였다. 그녀가 천천히 물었다.

"영수궁에는 지금 누가 살고 있니? 한번 가보고 싶어."

도홍영이 대답했다.

"영수궁엔… 이젠… 오랑캐 건녕 공주가 살고 있어요. 한데 며칠 전에 오랑캐 황제랑 태후를 따라 어디로 갔는지, 지금은 궁에 없어요. 영수궁엔 몇몇 궁녀와 내관이 있는데 제가 가서 다 없애버리고 공주님을 모실게요."

영수궁은 줄곧 공주의 침궁이었으니, 바로 지난날 이 대명의 공주가 살던 옛집이었다.

백의 여승이 말했다.

"사람을 죽일 필요는 없다. 그냥 한번 가서 보기만 할게."

도홍영이 고개를 숙이며 대답했다.

"네."

그녀는 이 공주가 지금 절세의 무공을 지니고 있다는 사실을 몰랐다. 그저 위소보가 몰래 모시고 들어온 걸로 생각했다. 그녀는 몽매에도 그리던 옛 주인을 만나게 되어 몹시 격앙되어 있었다. 그 주인이 지난날 살던 옛집에 가보고 싶다고 하니, 설령 그곳이 빙산화해라 해도 주저 없이 당장 뛰어들 각오가 돼 있었다.

세 사람은 북쪽으로 서철문西鐵門을 나서 다시 동쪽으로 방향을 돌려 순정문順貞門을 지나서 북오소北五所와 차고茶庫를 거쳐 영수궁 앞에 이르렀다.

도홍영이 말했다.

"제가 우선 궁녀와 내관들을 처치할게요."

백의 여승이 말렸다.

"아니다."

그녀가 문을 살짝 밀자 빗장이 바로 부러졌다. 궁문이 열리자 여승은 거침없이 안으로 들어갔다. 비록 왕조가 바뀌었지만 궁의 내전은 별로 변한 게 없었다. 영수궁은 여승이 지난날 살던 곳이라 내관과 궁녀들이 어디 살고 있는지 빠삭하게 알고 있었다. 그들이 눈치를 채기도 전에 가볍게 훈혈暈穴을 찍어 모두 다 정신을 잃게 만들었다. 그리고 마침내 공주의 침전에 이르렀다.

도홍영은 놀라면서도 기뻐했다.

"공주님의 무공이 이렇듯 고절高絶할 줄은 정말 몰랐어요."

백의 여승은 침상 맡에 앉아, 20여 년 전의 일을 회상했다. 당시 자기는 이곳에 앉아 한 사람의 초상화를 그렸고, 그와 베개를 나란히 했었다. 한데 지금은 모든 것을 오랑캐한테 다 빼앗기고, 자신의 침실마저 오랑캐 공주가 차지하고 있다. 더구나 그리운 그 사람은 천리만리 머나먼 곳에 가 있으니, 살아생전 다시 만날 수나 있을지… 마음이 몹시 착잡했다.

도홍영과 위소보는 옆에 서서 아무 말 없이 침묵을 지켰다.

한참 후에야 백의 여승은 가볍게 한숨을 내쉬며 입을 열었다.

"촛불을 밝혀라!"

도홍영이 대답했다.

"네."

그녀가 촛불을 밝히자 벽과 탁자, 의자 이곳저곳에 아무렇게나 놓여 있는 도검과 채찍 같은 병기가 눈에 들어왔다. 무인武人의 거실이지, 도무지 금지옥엽 공주의 침궁 같지 않았다.

여승이 말했다.

"이제 보니, 이 공주도 무공을 좋아하는군."

위소보가 그녀의 말을 받았다.

"이 오랑캐 공주는 성질이 아주 괴팍해요. 사람을 두들겨패는 걸 좋아할 뿐 아니라, 맞는 것도 좋아하죠. 그런데 무공은 형편없어요. 저만도 못해요."

그는 침상을 힐끗 쳐다보며 몸을 오싹 떨었다. 그날 공주의 이불 속에 숨어 있다가 태후한테 들켜, 만약 그 오룡령이 아니었다면 이미 죽었을 것이다. 지금쯤 아마 음계, 저세상의 내관이 되어 염라공주를 모시고 있을지도 모른다.

여승이 나직이 말했다.

"내가 갖고 있던 그림과 책자는 전부 다 버렸나 보지?"

도홍영이 대답했다.

"네, 그 오랑캐 여자는 뭐가 단청이며, 무슨 책자인지 글도 잘 모를 겁니다."

여승은 소매를 살짝 떨쳐 촛불을 껐다.

"날 따라 궁에서 나가자!"

도홍영이 짧게 대답했다.

"네!"

그러고 나서 다시 말했다.

"공주님, 무공이 대단하신데… 만약 오랑캐 태후를 제압해 그 몇 부의 경전을 빼앗아온다면 오랑캐의 용맥龍脈을 파괴할 수도 있습니다."

여승이 물었다.

"무슨 경전? 오랑캐의 용맥은 또 뭐지?"

도홍영은 곧 그 여덟 부의 《사십이장경》에 관해 대충 들려주었다. 백의 여승은 묵묵히 듣고 나서 잠시 생각에 잠겼다가 입을 열었다.

"그 여덟 부의 경전 속에 그런 엄청난 비밀이 숨겨져 있고, 또 오랑캐의 용맥을 끊을 수 있다면 당연히 가져와야지. 오랑캐 태후가 환궁하면 그때 다시 오자."

세 사람은 영수궁을 나와 곧장 북쪽 성벽을 뛰어넘어 객잔으로 돌아와 휴식을 취했다. 도홍영은 백의 여승과 한방을 쓰면서 20년 넘게 쌓아온 회포를 푸느라 밤새 잠을 자지 못했다.

위소보는 나름대로 생각했다.

'경전 다섯 부는 이미 내 손에 있고, 황제가 한 부를 갖고 있어. 나머지 두 부는 어디 있는지 알 수가 없는데… 나중에 장평 공주가 그 늙은 화냥년한테 경전을 내놓으라고 강요해도 내놓지 못할 거야. 그러니 이번 기회에 장평 공주를 꼬드겨 태후를 죽여서 눈엣가시를 없애버려야지!'

이후 며칠 동안 백의 여승과 도홍영은 객잔에서 두문불출했다. 위소보는 매일 황제가 환궁했는지 알아보았다.

이레째 되는 날, 강친왕과 색액도, 다륭 등이 어전 시위들을 이끌고 호화로운 큰 가마 몇 대를 호위해 입궁하는 것을 보고 황상이 돌아온 것을 알았다. 아니나 다를까, 얼마 후에 친왕과 패륵, 각부 대신들이 줄지어 입궁했다. 황상께 문안을 드리러 가는 것이다.

위소보는 객잔으로 돌아가 이 사실을 알렸다. 백의 여승이 말했다.

"좋아, 오늘 밤에 바로 입궁하겠다. 오랑캐 황제가 돌아왔으니 궁중의 경계가 전보다 훨씬 삼엄할 거야. 그러니 너희 둘은 객잔에서 기다려라."

위소보가 말했다.

"저도 따라가겠습니다."

도홍영도 나섰다.

"저도 공주님을 모시고 가겠습니다. 저와 이 아이는 궁중 지형을 잘 알고 있기 때문에 위험이 덜할 겁니다."

그녀는 어렵사리 옛 주인을 만난 만큼 절대 곁을 떠나려 하지 않았다. 여승은 어쩔 수 없이 고개를 끄덕여 승낙했다.

이날 밤, 세 사람은 전의 그 경로를 통해 궁 안으로 들어가 태후가 머무는 자령궁 앞에 이르렀다. 주위는 쥐 죽은 듯 조용했다. 여승은 두 사람을 데리고 궁 뒤편으로 갔다. 그녀는 우선 위소보의 허리를 뒤에서 잡고 담을 훌쩍 뛰어넘었다. 착지하는 데 아무 소리도 나지 않았다. 도홍영이 뛰어내릴 때 여승이 왼쪽 소매로 그녀의 허리께를 살짝 스치자 역시 착지하는 데 아무 소리도 나지 않았다.

위소보는 태후의 침궁 옆 창을 손가락으로 가리키며 태후가 그곳에 살고 있다고 암시하고는 두 사람을 안내해 뒤뜰로 갔다. 그곳은 자령궁 궁녀들이 사는 처소였다. 집은 세 칸으로 되어 있는데, 창문을 통해 불빛이 새어나왔다. 여승은 그중 한 칸의 창문 틈을 통해 안을 살펴보았다. 10여 명의 궁녀들이 나란히 걸상에 앉아 다들 고개를 푹 숙인 채 돌부처인 양 움직이지 않았다.

백의 여승은 곧장 태후의 침전으로 들어갔다. 위소보와 도홍영도 따라들어갔다. 탁자 위에 네 개의 붉은 초가 밝혀져 있는데, 방 안에는 아무도 보이지 않았다.

도홍영이 나직이 말했다.

"제가 상자 세 개를 찢고 서랍을 다 뒤져봤는데도 경전을 찾아내지 못했어요. 그때 오랑캐 태후와 가짜 궁녀가 들어오는 바람에… 아! 누가 오고 있어요."

위소보는 얼른 그녀의 소매를 잡아끌며 침상 뒤로 숨었다. 여승도 고개를 끄덕이며 도홍영을 따라 몸을 숨겼다.

방 밖에서 곧 여인의 음성이 들려왔다.

"어마마마, 시킨 대로 일을 해냈는데 무슨 상을 내려줄 거죠?"

바로 건녕 공주였다. 태후의 음성이 이어졌다.

"그런 사소한 일로 상을 바라다니, 말이나 되니?"

두 사람은 이야기를 나누며 안으로 들어왔다.

건녕 공주가 떼를 썼다.

"아니, 그게 사소한 일이에요? 황상 오라버니가 만약 내가 가져온 것을 알면 틀림없이 화를 낼 텐데요!"

태후가 자리에 앉았다.

"그깟 불경 한 권이 뭐 별거냐? 우린 보살님께 빌기 위해 오대산에 불공을 드리러 갔고, 갔다 와서도 열심히 염불을 해야 부처님이 좋아하시지!"

공주가 말했다.

"별거 아니라면 가서 황상 오라버니한테 다 말할게요. 어마마마가 저더러 그《사십이장경》을 가져오라고 시켰다고요! 그걸 가져와서 열심히 염불해 국태민안을 이루고, 황상 오라버니가 만세 만세 만만세를 누리기를 기원했다고요!"

위소보는 그 말을 듣자 내심 기뻐했다.

'잘됐네! 공주를 시켜 그 경전을 훔쳐오게 했군.'

그러나 다시 생각해보니 마냥 기뻐할 일은 아닌 것 같았다. 이번에 만약 백의 여승과 함께 오지 않았다면 그 경전은 자기 수중에 들어올 확률이 큰데, 지금 상황으로는 아무래도 그른 것 같았다.

태후가 말했다.

"그래, 가서 말해! 황상이 나한테 물어보면 무조건 모르는 일이라고

25. 가짜와 진짜

잡아뗄 거야. 철부지가 하는 말을 곧이곧대로 믿겠니?”

건녕 공주는 소리를 질렀다.

“어머나! 그렇게 생떼를 쓰면 안 되죠. 경전이 바로 여기 있는데….”

태후는 피식 웃었다.

“자꾸 그렇게 보채면 화로 속에 넣어서 태워버릴 거야!”

공주는 낄낄 웃었다.

“알았어요, 알았어! 말로는 못 당한다니까! 상을 주기 싫으면 관둬요! 쩨쩨하게 딸을 골탕 먹이다니!”

태후가 넌지시 물었다.

“넌 없는 게 없는데, 또 무슨 상을 바라는 것이냐?”

공주가 대답했다.

“네… 갖고 싶은 걸 다 가졌는데, 딱 한 가지가 없어요.”

태후가 다시 물었다.

“뭐가 없는데?”

공주가 다시 대답했다.

“나랑 같이 놀 또래 내관이 없어요!”

태후는 다시 웃었다.

“궁에 네 또래 내관이 수백 명이나 있는데, 데리고 놀고 싶으면 아무나 끌고 오면 되잖아?”

공주가 정색을 하고 말했다.

“싫어요! 다른 내관들은 다들 돼지처럼 미련해요. 모두 재미가 없어요. 난 황상 오라버니를 모시는 그 소계자가 좋아요.”

위소보는 가슴이 철렁했다.

‘이런 빌어먹을 계집이 아직도 날 기억하고 있네! 너랑 놀아주는 건 결코 쉬운 일이 아니야. 자칫 목숨을 잃을 수도 있다고.’

공주가 말을 이었다.

“황상 오라버니한테 물어보니까 소계자를 먼 곳으로 심부름 보냈대요. 한데 아직도 안 돌아오고 있어요. 어마마마가 황상한테 가서 그 소계자를 나한테 주라고 말 좀 해줘요.”

위소보는 속으로 욕을 했다.

‘이 계집이 이젠 별의별 생떼를 다 쓰는구먼! 네 손에 걸렸다가는 매일 만신창이가 돼 제명에 못 죽을 거야. 그럴 바엔 차라리 널 따라 성을 갈겠다! 어이구, 한데 공주의 성이 뭐지? 황상과 성이 같을 텐데… 그럼 소황제의 성은 또 뭐야? 그것도 아직 모르고 있다니, 내가 왜 이리 흐리멍덩하지?’

태후가 넌지시 물었다.

“황상이 소계자를 심부름 보냈다고 했는데, 어디로 갔는지 아니? 그리고 무슨 심부름을 보냈지?”

건녕 공주가 대답했다.

“그건 알아요. 시위들의 말로는 소계자가 오대산에 갔대요.”

그 말에 태후가 놀란 외침을 토했다.

“뭣?”

놀란 탓인지 말을 다소 더듬었다.

“정말… 정말 오대산에 갔다고? 그럼… 우리가 이번에 가서 왜 만나지 못했지?”

공주가 다시 대답했다.

"저도 궁으로 돌아와서야 시위들에게 들었어요. 황상이 그를 왜 오대산에 보냈는지는 모르겠어요. 듣자니 황상 오라버니가 그를 또 승진시켰대요."

태후가 천천히 말했다.

"음… 그래, 그가 돌아오면 황상을 찾아가 말해주마."

음성이 차갑게 가라앉은 것이, 뭔가 다른 생각에 잠긴 것 같았다.

"밤이 깊었으니 어서 가서 자거라."

공주가 투정 부리듯 말했다.

"난 돌아가기 싫어요. 여기서 어마마마랑 함께 잘래요."

태후가 차갑게 말했다.

"어린애도 아닌데, 왜 돌아가지 않겠다는 것이냐?"

공주가 대답했다.

"내 방에 귀신이 있나 봐요, 무서워요."

태후가 다시 말했다.

"무슨 헛소리야? 귀신이 어딨어?"

공주가 다시 대답했다.

"진짜라니까요! 내 궁에 있는 내관과 궁녀들이 그랬어요. 며칠 전 밤에 다들 귀신한테 홀려서 정신을 잃고 다음 날 정오가 돼서야 겨우 깨어났대요. 밤새 악몽에 시달렸다고 했어요."

태후가 대수롭지 않게 말했다.

"당치 않은 소리! 그 쌍것들의 말을 들을 필요가 없어. 우리가 궁에 없으니까 다들 두려워서 헛것을 본 모양이지. 어서 가서 자거라!"

공주는 더 이상 아무 말도 못하고 인사를 올린 다음 물러갔다.

태후는 의자에 앉아 턱을 괴고 촛불을 멍하니 바라보며 뭔가 생각에 잠긴 듯했다.

그렇게 한참 있다가 홀연 벽에 두 사람의 그림자가 어른거리는 것을 의식하고 깜짝 놀랐다. 처음에는 잘못 본 것 같아 유심히 쳐다보니, 틀림없이 두 개의 그림자가 어른거렸다. 그중 하나는 자기고, 또 하나는 자기와 앞뒤로 나란히 있는 다른 사람의 그림자였다. 소스라치게 놀랄 수밖에 없었다. 자신이 많은 사람을 죽인 것이 생각나 절로 모골이 송연해졌다. 제아무리 뛰어난 무공을 지녔다고 해도, 선뜻 고개를 돌려 확인할 엄두가 나지 않았다.

한참 떨다가 문득 생각나는 게 있었다.

'그래, 귀신은 그림자가 없어. 그림자가 있으니 귀신은 아니야.'

그러나 숨을 죽이고 귀를 한껏 기울여도 주위에서 다른 사람의 숨소리가 전혀 들리지 않았다. 너무 섬찟해 전신이 오그라들고 꼼짝도 할 수가 없었다. 벽에 비친 두 개의 그림자를 계속 응시하자니 까무러칠 것만 같았다.

그런데 갑자기 침상 뒤쪽에서 가벼운 숨소리가 들려 얼른 고개를 돌렸다. 언제 나타났는지 백의를 입은 여승이 맞은편 의자에 앉아 있었다. 여승은 해맑은 눈동자로 자신을 주시하고 있는데, 용모가 청수하고 표정이 없었다. 일순간, 귀신인지 사람인지 분간할 수가 없었다.

태후는 떨리는 음성으로 물었다.

"저… 누구요? 왜… 왜 여기 있지?"

백의 여승은 선뜻 대답을 하지 않고 잠시 침묵을 지키다가 냉랭하게 반문했다.

"너는 누구냐? 왜 여기에 있지?"

태후는 그녀의 음성을 듣자 놀라움이 좀 가시는 것 같았다.

"여긴 황궁의 내원內院이다. 이… 정말 무엄하구나!"

여승이 차갑게 말했다.

"그래, 여긴 황궁의 내원이다. 네가 대체 무엇이냐? 왜 무엄하게 여기 있는 게냐?"

태후는 화를 냈다.

"난 황태후다! 이런 요망한 것! 넌 누구냐?"

여승은 태후 앞 탁자 위에 놓여 있는 그 《사십이장경》에 오른손을 얹더니 천천히 자기 쪽으로 가져왔다.

태후가 호통을 쳤다.

"손을 떼라!"

그러면서 휙 하고 여승의 얼굴을 향해 일장을 날렸다. 여승은 오른손을 젖혀 태후의 장풍을 맞받았다. 그러자 태후의 몸이 휘청거리며 의자에서 붕 떠올랐다.

"좋아, 무공 고수군!"

상대가 귀신이 아닌 사람이라는 것을 확인했으니 두려움이 싹 가셨다. 바로 상대를 향해 덮쳐가며 연거푸 장풍을 격출했다. 백의 여승은 의자에 앉은 채 일어나지 않았다. 우선 경전을 품속에 갈무리하고 손을 뻗어 태후의 장풍을 일일이 다 화해化解시켰다.

태후는 그가 경전을 가로채자 분노와 놀라움이 교집돼, 순식간에 장력을 끌어올려서 연달아 예닐곱 초식을 전개했다. 여승은 그것을 하나하나 다 분쇄했지만 시종 반격을 하지 않았다.

태후가 자신의 오른쪽 다리에 손을 대는가 싶더니 어느새 손에 싸늘한 한광寒光이 번뜩이는 단도가 쥐여져 있었다.

위소보가 자세히 살펴보니 태후가 쥐고 있는 것은 단도가 아니라 백금강철로 만든, 쇠꼬챙이처럼 생긴 아미자蛾眉刺였다. 지난날 해대부를 죽였을 때도 바로 이 병기를 사용했었다.

무기를 손에 쥔 태후는 사기가 새롭게 진작됐는지 백의 여승을 향해 연달아 찔러갔다. 그때마다 예리한 파공음이 울리며 침궁 안에 발광체의 백사白蛇가 노니는 듯 흰빛이 수놓이며 현란하게 번뜩였다.

위소보는 해대부가 당한 일이 떠올라 다급해졌다. 그래서 나직이 말했다.

"나가서 막아야겠어요!"

도홍영이 나직이 말렸다.

"그냥 놔둬!"

백의 여승은 여전히 의자에 앉아 있었다. 오른손 식지로 동쪽을 찌르는가 싶더니 다시 서쪽을 후리며 태후의 파상공세를 일일이 다 와해시켰다.

태후는 잽싸게 앞으로 덮쳐갔다가 이내 뒤로 물러나고, 난데없이 몸을 솟구쳤다가 다시 납작하게 숙였다. 그 이어지는 일련의 동작이 전광석화처럼 빨랐다. 거기에 따라 거센 바람이 일었고, 촛불이 춤을 추듯 요란하게 흔들렸다. 별안간 방 안이 어두워졌다. 촛불 네 개 중 두 개가 꺼진 것이다. 다시 맹공이 퍼부어지자, 나머지 두 개의 촛불마저 꺼져버렸다. 방 안은 칠흑같이 캄캄해졌고 바람소리는 더욱 거세졌는데, 거기에 태후의 거친 숨소리가 섞여 있었다.

이때 백의 여승의 냉랭한 음성이 들려왔다.

"넌 태후인데 이런 무공을 어디서 배운 것이냐?"

태후는 대답을 하지 않고 있는 힘을 다해 공격을 계속했다. 철썩철썩 소리가 연거푸 들린 것은 바로 이때였다. 태후가 뺨을 네 대 얻어맞은 것 같았다.

"으악!"

그녀는 비명을 질렀다. 비록 짧은 비명이지만 그 속에 분노와 경악이 가득 차 있었다. 이어 쿵 소리와 함께 찬물을 끼얹은 듯 방 안이 조용해졌다.

어둠 속에서 불빛이 반짝였다. 백의 여승은 어느새 불이 붙은 화섭자를 들고 있었다. 그 불빛에 태후가 그녀 앞에 무릎을 꿇고 있는 모습이 보였다. 그녀는 꼼짝도 하지 않았다.

위소보는 내심 기뻐했다.

'오늘은 화냥년이 살아남지 못하겠군!'

여승은 화섭자를 위로 살짝 던져냈다. 화섭자가 몇 자 정도 날아오르자 왼쪽 소맷자락을 떨쳤다. 그러자 신기한 일이 벌어졌다. 소매 바람에 의해 화섭자가 천천히 촛대를 향해 날아가더니 네 개의 초에 일일이 불을 붙였다. 마치 보이지 않는 손이 허공을 노닐며 초에다 불을 붙이는 것 같았다.

여승이 다시 소맷자락을 안쪽으로 휘두르자, 한 갈래의 흡력에 의해 화섭자가 되돌아왔다. 그녀는 오른손으로 그걸 받아들고는 '훗' 불어서 불씨를 끄고 품 안에 넣었다.

위소보는 침상 뒤에 숨어 이 광경을 처음부터 지켜보며 그저 눈이 휘둥그레지고 입이 딱 벌어졌다. 오체투지를 할 정도로 감탄스러웠다.

태후는 혈도를 찍힌 게 분명했다. 무릎을 꿇고 있는 그녀의 안색이 붉으락푸르락하다가 창백하게 변했다. 그녀가 성난 음성으로 나직이 말했다.

"나한테 수모를 줄 바엔 차라리 죽여라!"

여승이 말했다.

"태후가 사도蛇島의 무공을 익히다니, 참으로 이상한 일이군. 궁중의 귀한 몸이 어떻게 신룡교와 얽혔지?"

위소보는 암암리에 혀를 내둘렀다. 이 여승은 정말 모르는 게 없는 것 같았다. 앞으로 그녀에게 거짓말을 할 때는 더 각별히 조심해야겠 다고 생각했다.

태후가 말했다.

"난 신룡교가 뭔지 모른다. 이깟 보잘것없는 무공은 궁에 있는 내관 이 가르쳐준 것이다."

여승이 물었다.

"내관이라고? 궁의 내관이 어떻게 신룡교와 연관이 있겠느냐? 그게 누군데?"

태후는 간단하게 대꾸했다.

"해대부인데 이미 죽었다."

위소보는 속으로 배꼽을 잡고 웃었다.

'저 화냥년은 거짓말도 잘하는군! 내가 여기 숨어 있는 줄 알면 감 히 저런 황당한 거짓말을 하진 못할 텐데!'

여승은 잠시 생각을 굴리는 듯하더니 천천히 입을 열었다.

"해대부라고? 그런 인물이 있다는 이야길 들어본 적이 없는데… 네가 좀 전에 장풍을 연거푸 일곱 번 전개했을 때 음산한 기운이 일었는데, 그게 무슨 장법이냐?"

상대가 자신의 생사를 쥐고 있으니 태후는 대답을 하지 않을 수 없었다.

"사부의 말로는 무당파의 무공이라고 했다. 저… 유운장柔雲掌이다."

여승은 고개를 내둘렀다.

"아니야, 그건 화골면장化骨綿掌이다. 무당파는 명문 정파인데 그런 음독한 무공이 있을 리 있나?"

태후가 말했다.

"그건 사태의 생각이고, 나의 사부가 그렇게 말했으니 난… 그렇게 알밖에!"

그녀는 여승이 무공이 심후할 뿐 아니라 모르는 게 없을 정도로 견문이 넓은 것을 알고, 절로 경외심이 생겨 말투가 좀 누그러졌다.

여승은 여전히 서릿발처럼 차가웠다.

"그 장법을 써서 얼마나 많은 사람을 죽였느냐?"

태후의 음성이 약간 떨리기 시작했다.

"저… 후배는 궁에서 그저 몸을 단련하기 위해 무공을 익혔을 뿐, 누구와 겨뤄본 적도 없는데…."

그녀가 자신을 '후배'라고 자칭하자, 위소보는 속으로 욕을 했다.

'정말 뻔뻔한 여자군! 하기야 뻥을 치는 데 밑천이 들어가는 건 아니니까!'

태후가 다시 말했다.

"믿어주십시오. 저는 궁에서 늘 보호를 받고 있기 때문에 평생 누구와 싸울 이유가 없었어요. 오늘 밤 사태를 만나 처음으로 무공을 써봤는데, 아무 소용이 없다는 걸 알았어요."

여승은 빙긋이 웃었다.

"그래도 무공이 제법이던데?"

태후가 부끄럽다는 듯 다소곳이 말했다.

"우물 안의 개구리죠. 오늘 사태의 절세무공을 보지 못했다면 하늘 높은 줄 몰랐을 겁니다."

여승은 잠시 멈칫하더니 물었다.

"음… 그 해대부라는 내관은 언제 죽었지? 누가 죽인 것이냐?"

태후가 둘러댔다.

"저… 죽은 지 오래됩니다. 나이가 많아 늙어죽었어요."

여승이 말했다.

"너 자신은 비록 죄악을 많이 저지르지 않았다지만 너희 만주 오랑캐는 우리 대명 강산을 빼앗았고, 천자를 죽음의 길로 몰아넣었다. 그리고 넌 오랑캐 첫 번째 황제의 아내고 두 번째 황제의 모친이니 결코 살려둘 수가 없다."

태후는 상대가 당장 자기를 죽일 것 같아, 놀라서 떨리는 음성으로 말했다.

"아… 아녜요! 지금 황제는 내 소생이 아녜요. 그의 생모는 효강 황후로, 벌써 죽었어요."

여승은 고개를 끄덕였다.

"그렇군. 그러나 넌 순치의 아내로서 그가 수천만의 우리 한인을 죽일 때 왜 말리지 않았느냐?"

태후가 말했다.

"사태께서 잘 모르는 모양인데, 선황은 불여우 동악비만 총애했습니다. 당시 저는 좀처럼 선황을 만날 기회가 없었는데, 무슨 수로 말렸겠어요?"

여승은 잠시 생각에 잠긴 듯했다.

"네 말도 일리가 없는 건 아니다. 좋아, 오늘 널 죽이진 않겠다."

태후는 얼른 말했다.

"고맙습니다, 앞으로는 매일 염불을 하며 속죄할 테니… 그… 불경은 돌려주십시오."

여승이 물었다.

"이《사십이장경》을 돌려받아서 뭐 하려고?"

태후가 대답했다.

"저는 진심으로 부처님을 섬기고, 앞으로 밤낮 불경을 곁에 두고 오로지 염불에만 전념할 생각입니다."

여승이 그녀의 말을 받았다.

"이《사십이장경》은 흔한 경전이라 어느 사찰에 가도 여러 부가 있는데, 왜 굳이 이 경전을 곁에 두겠다는 거지?"

태후가 다시 말했다.

"사태께서 잘 모르시는 모양인데, 그 경전은 지난날 선황께서 읽던 경전입니다. 저는 옛정을 잊지 못해, 그 경전을 읽을 때마다 선황을 대하듯 했습니다."

여승이 고개를 저으며 말했다.

"그건 잘못된 태도군. 염불을 할 때는 사사로운 감정을 버리고 마음을 정갈하게 비워야 하거늘, 죽은 남편을 생각하며 독경을 하면 무슨 소용이 있겠나?"

태후는 어떻게든 둘러대야만 했다.

"사태의 지적이 맞습니다. 하지만… 저는 우매하여 아직은 옛정을 떨쳐버릴 수가 없습니다."

여승의 눈에서 갑자기 섬광이 번뜩이더니 매섭게 다그쳤다.

"이 경전에 어떤 비밀이 숨겨져 있는지 사실대로 말해라!"

태후는 다소 당황했다.

"정말… 정말 저의 일편단심입니다. 선황은 비록 저를 서운하게 대했지만 도저히 잊을 수가 없습니다. 매일 그 경전을 대해야만 상사지고想思之苦를 다소나마 위로받을 수가 있습니다."

여승은 나직이 한숨을 내쉬었다.

"끝내 깨우치지 않고 솔직히 말을 하지 않겠다면 나로서도 어쩔 수가 없지."

그러면서 태후를 향해 왼쪽 소매를 살짝 휘둘렀다. 그러자 찍혔던 혈도가 바로 풀어졌다. 태후는 내심 살았다 싶었는지 얼른 말했다.

"자비를 베풀어주셔서 감사합니다."

그러면서 큰절을 올리고 몸을 일으켰다.

그러자 여승이 차분하게 말했다.

"결코 자비를 베푼 것이 아니다. 너한테 그 화골면장을 맞은 사람은 결국 어떻게 되는지 아느냐?"

태후는 시치미를 뗐다.

"잘 모릅니다. 그 내관의 말에 의하면, 그 장법은 아주 대단하고 특이해 그걸 막을 수 있는 사람이 세상에 몇 없다고 했습니다."

여승이 말했다.

"음… 좀 전에 네가 칠장을 전개했을 때 난 막지 않았다. 단지 그 일곱 초식 화골면장의 장력을 전부 돌려주었다. 온 데로 다시 돌아가는 게 천지간의 이치니라. 그 장력이 네 몸에서 나왔으니 다시 네 몸으로 돌아간 것이다. 그 죄과罪過는 너 스스로 행한 자업自業이니만큼 자득自得은 당연한 결과다. 누굴 원망할 필요가 없다."

태후는 혼비백산할 수밖에 없었다. 화골면장이 얼마나 무서운지 누구보다도 잘 알고 있었다. 그 장력을 맞은 사람은 온몸의 뼈마디가 노글노글해지고 토막토막 끊어져서 결국은 솜처럼 풀어져 손가락 하나도 까딱할 수 없게 된다. 지난날 그는 이 장력으로 정비와 효강 황후를 죽음으로 내몰았다. 두 사람이 죽기 직전에 그 목불인견目不忍見의 처참한 모습을 직접 목격했다.

이 백의 여승의 무공이 어느 정도로 대단한지도 태후는 잘 알고 있었다. 상대방의 장력을 도로 상대방에게 돌려주는 것은, 무학에서 흔히 있는 일이다. 이 여승이 한 말은 결코 거짓이 아닐 것이었다. 그렇다면 누가 자기에게 화골면장을 연거푸 전개한 것이나 다를 바가 없었다. 좀 전에 자기는 상대방을 죽여야겠다는 일념에 있는 힘을 다해 장력을 전개했다. 상대가 그중 일장만 맞아도 견딜 수 없는데, 하물며 칠장이 아니었던가?

태후의 놀라움은 극에 달해 바로 무릎을 꿇고 통사정을 했다.

"사태, 제발 목숨만은 살려주십시오."

여승은 한숨을 내쉬었다.

"자업자득이니 스스로 그것을 풀어야지, 아무도 도와줄 수가 없느니라."

태후는 연신 이마를 바닥에 찧으며 큰절을 올렸다.

"자비를 베푸시어 살 길을 가르쳐주십시오."

여승이 다시 말했다.

"넌 진실을 실토하지 않고 모든 걸 은폐하려고만 한다. 올바른 길이 앞에 놓여 있는데도 넌 가지 않으려고 하니, 누구를 원망하겠느냐? 만약 한인이라면 내가 자비지심을 베풀 수도 있겠지만, 넌 오랑캐의 귀인이고 나하고는 불구대천의 원수다. 이 자리에서 네 목숨을 취하지 않은 것만도 이미 자비를 베푼 것이다."

그러면서 몸을 일으켰다.

태후는 기절초풍했다. 여승이 떠나버리면 자기는 며칠 내로 비참하게 죽을 것이었다. 정비와 효강 황후가 임종 전 고통스러워하던 모습이 눈앞에 선명하게 떠올랐다. 절로 온몸을 부들부들 떨며 소리쳤다.

"사… 사태! 난 오랑캐가 아녜요! 나… 나는…."

그녀가 말을 제대로 잇지 못하자 백의 여승이 물었다.

"넌 뭐란 말이냐?"

태후가 대답했다.

"저… 난… 한인이에요!"

여승은 냉소를 날렸다.

"이 마당에도 헛소릴 하는 것이냐? 오랑캐 황후가 어찌 한인일 리가 있겠느냐?"

태후가 진지하게 말했다.

"거짓이 아닙니다. 지금 황제의 생모는 동가씨佟佳氏고, 그녀의 부친 동도뢰佟圖賴는 한군기漢軍旗에 속한 한인이었습니다."

여승이 말했다.

"어머니는 자식을 따라 신분이 상승된다. 듣자하니 그녀는 본디 비妃였을 뿐 황후가 아니었다. 황후의 자리에 앉은 적도 없고. 나중에 아들이 황제가 되고서야 비로소 황태후로 추봉追封된 것이지."

태후는 고개를 끄덕였다.

"네!"

그녀는 백의 여승이 다시 떠나려는 것을 보고 다급하게 소리쳤다.

"사태! 저는 진짜 한인입니다. 정말… 오랑캐를 죽도록 증오해요!"

여승이 물었다.

"그 이유가 무엇이냐?"

태후가 대답했다.

"이건 엄청난 비밀이라, 절대… 말해선 안 되는데, 부득이… 어쩔 수 없이…."

여승은 아쉬운 게 없어 보였다.

"말해선 안 된다면 말하지 마라."

태후로선 그야말로 절체절명, 풍전등화에 놓인 격이었다. 이것저것 따질 겨를이 없어 이를 악물고 소리쳤다.

"난 가짜 태후예요! 난… 태후가 아니란 말예요!"

그 말에 백의 여승은 물론 의아해했지만, 침상 뒤에 숨어 있는 위소보는 더욱 깜짝 놀랐다. 여승이 천천히 의자에 앉으며 물었다.

"왜 가짜라는 것이냐?"

태후가 말했다.

"오랑캐가 내 부모님을 죽였기 때문에 오랑캐를 증오합니다. 난 궁으로 붙잡혀와서 궁녀가 되어 황후를 모셨는데, 나중에… 나중에 황후로 가장했어요."

위소보는 들을수록 너무 황당했다.

'이 화냥년이 겁도 없이 저런 거짓말까지 꾸며내다니! 이런 빌어먹을, 아직 나의 백룡문에 들어오지도 않았는데 벌써 이 장문사 소백룡의 뻥치는 실력을 다 습득했구먼! 난 어쩔 수 없이 입궐해 가짜 내시가 됐는데, 넌 입궐해서 가짜 황후 노릇을 해왔다고? 정말 황당하군!'

태후가 말을 이었다.

"진짜 태후는 만주인이었어요. 성은 박이제길특博爾濟吉特씨고 과이심족科爾沁族 패륵의 딸이었죠. 저의 부친은 성이 모毛씨고 절강 항주杭州가 고향인 한인으로, 대명의 대장군이었던 모문룡毛文龍입니다. 그리고 제 이름은 원래 모동주毛東珠예요."

백의 여승은 멍해져서 물었다.

"네가 모문룡의 딸이라고? 지난날 피도皮島를 지키던 그 모문룡 말이냐?"

태후가 대답했다.

"네, 그래요. 아버님은 오랑캐와 계속해서 전쟁을 벌였고 나중에 대원수인 원숭환袁崇煥에 의해 죽음을 당했어요. 사실 그건… 모함이었죠. 오랑캐가 꾸민 함정이었습니다."

여승은 고개를 갸웃했다.

"그거 정말 이상한 일이군. 네가 어떻게 황후로 가장했고, 오랜 세월이 흘렀는데 아직도 들통이 나지 않았지?"

태후가 말했다.

"저는 오랫동안 황후를 가까이서 모셨기 때문에 그의 음성과 표정, 일거일동을 잘 알고 있어 똑같이 흉내를 낼 수 있었어요. 사실… 이 얼굴도 가짜예요."

그러면서 화장대 앞으로 걸어가 수건을 집더니 금합金盒에다 축축하게 적셨다가 얼굴을 세게 문질렀다. 그러고는 양 볼에서 인피人皮 같은 얇은 물체를 벗겨냈다. 그 순간, 얼굴 모양이 판이하게 바뀌었다. 원래는 오동통한 둥근 얼굴이었는데, 갑자기 양 볼이 쏙 들어간 수척하고 길쭉한 얼굴로 변했다. 눈두덩도 움푹 꺼져 있었다.

"앗!"

여승은 자신도 모르게 놀란 외침을 토하며 경악을 금치 못했다.

"정말 완전히 다른 사람으로 바뀌었군!"

잠시 생각을 하더니 다시 말했다.

"황후로 가장하는 것은 결코 쉬운 일이 아니었을 텐데… 그럼 가까이 있는 궁녀도 알아보지 못했단 말이냐? 그리고 어떻게 남편까지도 속일 수 있었지?"

태후가 처연하게 말했다.

"남편이라고요? 그는 오로지 불여우 동악비 한 사람만 총애했어요. 몇 년 동안 황후의 침실에 단 한 번도 들르지 않았죠. 진짜 황후도 거들떠보지 않는데, 가짜 황후를 거들떠봤을 리가 없죠."

그녀의 말 속에는 짙은 원망이 깔려 있었다. 그녀가 말을 이었다.

"물론 내가 아주 비슷하게 분장을 했지만, 설령 닮지 않았더라도 그가… 그가… 흥! 어떻게 알 수 있었겠어요?"

여승은 가볍게 고개를 끄덕이며 물었다.

"그럼 원래 황후를 모셨던 궁녀와 내관들도 전혀 알아보지 못했단 말이냐?"

태후가 대답했다.

"저는 황후를 제압한 후 바로 곤녕궁의 내관과 궁녀들을 다 새로 바꾸라고 명했습니다. 그리고 저는 바깥출입을 별로 안 합니다. 간혹 어쩔 수 없이 나가더라도 궁의 법도에 따라 내관과 궁녀들은 감히 정면으로 날 똑바로 쳐다보지 못하지요. 설령 멀리서 훔쳐본다고 해도 어떻게 진위를 가려낼 수 있겠습니까?"

여승은 문득 생각나는 게 있었다.

"앞뒤가 안 맞아! 노황제가 계속 널 외면했다고 했는데, 그럼… 그럼 어떻게 공주를 낳았지?"

태후가 말했다.

"그 딸은 황제 소생이 아닙니다. 그의 부친은 한인인데, 가끔 가짜 궁녀로 가장해 궁으로 들어와서 저를 만났어요. 그 사람은… 그는… 얼마 전에 병에 걸려… 죽었어요."

도홍영은 위소보의 손을 꼭 쥐었다. 두 사람의 생각이 같았다.

'궁녀로 가장한 남자가 있었던 건 사실이지만, 병에 걸려 죽은 건 아니지!'

위소보는 한술 더 떴다.

'어쩐지… 공주가 왜 그렇게 거칠고 야만적인가 했더니 바로 그 가

짜 궁녀의 잡종이구먼! 노황야는 자상하고 고아해서 절대 그런 딸이 태어났을 리가 없어!'

여승은 속으로 다른 생각을 했다.

'네가 갑자기 임신을 해서 딸을 낳았는데, 노황제가 만약 동침을 하지 않았다면 어떻게 의심을 하지 않았겠어?'

그러나 그것은 남녀지간의 사사로운 일이었다. 일찍이 출가한 그녀로서는 그 속사정을 잘 알지 못하니, 대놓고 물어볼 수 없는 노릇이었다. 그저 나름대로 생각할 뿐이었다.

'황후로 가장한 것만 봐도 주도면밀하고, 또 계속 노심초사를 해왔을 테니, 임신한 것을 알고는 무슨 수를 써서라도 문제가 생기지 않도록 은폐를 했겠지.'

그녀는 고개를 흔들며 말했다.

"네 말을 곧이 믿기가 어렵구나."

태후가 다급하게 말했다.

"가장 수치스러운 일도 털어놨는데 더 이상 뭘 숨기겠습니까?"

여승이 말했다.

"그렇다면 진짜 황후를 죽였다는 이야긴데, 결국 손에 피를 많이 묻혔겠군."

태후가 말했다.

"저는 부처님을 모시고 염불을 해왔기 때문에 비록 오랑캐를 증오해도 함부로 사람을 죽이진 않습니다. 황후는 멀쩡히 살아 있어요."

태후의 입에서 이 말이 나오자 침상 앞뒤에 있는 세 사람 모두 의아해했다. 너무나 뜻밖이었다.

여승이 물었다.

"멀쩡히 살아 있다고? 비밀이 누설될까 봐 두렵지도 않았느냐?"

태후는 자리에서 일어나 촛불 하나를 들고 벽에 걸려 있는 양탄자 앞으로 걸어갔다. 꽤나 큰 양탄자였다. 그녀가 옆에 늘어져 있는 줄을 잡아당기자 양탄자가 천천히 위로 말려올라갔다. 양탄자가 걸려 있던 뒤쪽 벽에 잘 보이지 않는 작은 홈이 파여 있었다. 태후는 품속에서 황금열쇠를 하나 꺼내 그 홈에다 꽂았다. 그러자 마치 문이 열리듯 벽이 한쪽으로 밀려났다.

태후가 여승을 보며 말했다.

"저를 따라와보세요."

백의 여승은 그녀가 무슨 수작을 부릴지 알 수 없어 조심스레 다가 갔다. 벽이 열린 곳에 작은 석실이 있었다. 촛불의 희미한 빛에 석실 맨 안쪽에 벽장이 있는 것이 보였다. 태후는 그 벽장 앞으로 걸어가 다시 황금열쇠를 이용해 문을 열었다. 놀랍게도 그 벽장 안에 한 여인이 비단이불을 덮고 누워 있었다.

여승은 놀란 외침을 토했다.

"아! 저 여자가… 진짜 황후란 말이냐?"

태후가 그 여인을 가리키며 말했다.

"얼굴을 자세히 보세요."

그러면서 촛불을 그 여인의 얼굴에 가까이 갖다 댔다. 여승은 그 여인을 자세히 살폈다. 혈색이 없는 초췌한 얼굴이지만 태후가 화장을 지우기 전의 모습과 흡사했다.

누워 있던 여자는 눈을 살짝 뜨더니 바로 다시 감아버렸다. 그리고 나직이 말했다.

"난 말하지 않을 것이니, 어서… 날 죽여라."

태후가 말했다.

"난 사람을 죽이지 않는데, 당신을 왜 죽이겠어요?"

이어 벽장문을 닫고 밀실에서 나와 그 양탄자를 다시 원상태로 돌려놓았다.

백의 여승은 자신의 눈으로 직접 보고도 잘 믿기지 않았다.

"사람을 이곳에다 그렇게 여러 해 동안 가둬놓았단 말이냐?"

태후는 짧게 대답했다.

"네."

여승이 다그쳤다.

"그녀에게서 뭘 알아내려는 것이냐? 끝내 말을 안 하니까 지금껏 살려뒀군. 묻는 말에 사실대로 털어놨으면 바로 죽였을 거야, 그렇지?"

태후는 잡아뗐다.

"아닙니다. 저는 불문의 살계를 준수하고 평시 소찬을 하며… 그 어떤 생명도 절대 해치지 않습니다."

여승은 코웃음을 쳤다.

"내가 세 살 먹은 어린앤 줄 아느냐? 네 속셈을 모를 것 같아? 진짜 황후가 이곳에 갇혀 있는 한 넌 항상 위험부담을 안고 살아야 돼. 그런데도 그녀를 죽이지 않은 건 뭔가 아주 중대한 의도가 있는 게 분명해! 만약 그녀가 안에서 소리를 지르면 밀실의 비밀이 금방 탄로날 게 아니냐?"

태후는 자신 있게 말했다.

"절대 소리를 지르지 않을 거예요. 만약 이 일이 탄로나면 우선 노황제를 죽인다고 위협했으니까요. 노황제가 죽은 후에는 소황제를 죽이겠다고 했죠. 저 여자는 두 황제에게 목숨을 걸고 충성하기 때문에 그들이 해를 입는 걸 절대 원치 않아요."

여승이 물었다.

"도대체 그녀한테서 뭘 알아내려는 것이냐? 그녀가 말하지 않으면 황제의 목숨으로 위협하면 됐을 텐데?"

태후가 대답했다.

"내가 만약 소황제를 해치면 바로 단식을 해서 자결한다고 했어요. 내가 황제를 해치지 않겠다고 약속했기 때문에 단식을 하지 않는 거예요."

백의 여승은 생각을 굴렸다. 진짜 태후와 가짜 태후는 서로 협박을 하고 있다. 한 사람은 비밀을 털어놓지 않기 위해 단식을 해서 자결하겠다고 하고, 한 사람은 그 비밀을 알아내기 위해 황제의 목숨으로 상대를 협박하고 있다. 서로 밀고 당기며 십수년을 버텨온 것이다.

가짜 태후의 입장에서 볼 때, 진짜 태후는 지극히 위험한 존재다. 단 한시도 살려둬서는 안 될 사람이다. 죽인 후에 시체마저 없애 아무 흔적을 남기지 말아야 마땅하다. 그런데도 불구하고 아직도 궁 안에 살려둔 것은, 분명 그만한 이유가 있을 것이었다. 진짜 태후가 말을 하지 않겠다고 한 그것은 대체 어떤 비밀일까? 모름지기 아주 어마어마한 비밀임에 틀림없을 터였다.

여승이 다시 물었다.

"내가 묻는 말에 자꾸 엉뚱한 말만 하면서 둘러대는데… 그녀를 협박해 알아내고자 하는 그 비밀이 대체 뭐냐?"

태후는 더 이상 대답하지 않을 수가 없었다.

"네, 그건… 만주 오랑캐의 흥망성쇠를 결정할 수 있는 아주 중대한 비밀입니다. 그들이 요동에서 흥성해 우리 대명 천하를 차지한 것은 조상들의 풍수가 아주 뛰어났기 때문입니다. 제가 알기로 요동 장백산長白山에 황족의 선조인 애신각라愛新覺羅씨의 용맥이 있습니다. 그 용맥만 파괴하면 우리 한인들의 강산을 수복할 수 있을 뿐 아니라 오랑캐들을 모조리 섬멸시킬 수 있습니다."

여승은 고개를 끄덕였다. 지금 그녀가 한 말은 도홍영한테서 들은 얘기와 비슷했다. 하여 넌지시 물었다.

"그 용맥이 장백산 어디에 있다는 것이냐?"

태후가 대답했다.

"그게 바로 관건입니다. 제가 궁녀로서 황후를 모시고 있을 때, 선황과 황후의 대화를 엿들은 적이 있는데, 자세히는 듣지 못했습니다. 그래서 그 비밀을 파헤치려는 겁니다. 일단 정확한 위치를 알아내면 반청복명의 지사志士들을 시켜 장백산으로 가서 그 용맥을 끊어버리면 대명 천하가 다시 빛을 보게 될 겁니다."

여승은 생각을 굴리며 말했다.

"풍수의 용맥이라는 것은 허상일 수 있으니 꼭 믿을 만한 것은 못된다. 대명이 천하를 잃은 것은 역대 조정에 만연된 부패의 연결고리와 민정을 잘 헤아리지 못한 불통과 학정이 있었기 때문이다. 나도 근자에 천하를 유람하면서 비로소 깨달은 사실이다."

태후가 그녀의 말을 받았다.

"네, 사태의 명석한 통찰은 제가 도저히 따라갈 수 없습니다. 그러나 풍수의 용맥을 맹신해선 안 되겠지만, 대명 강산을 수복하기 위해선, 일고의 가치도 없다고 그냥 무시할 수만은 없었습니다. 만약 용맥을 파헤쳐 정말 우리의 염원이 실현된다면, 고난에 허덕이는 천천만만의 백성들을 손쉽게 구제할 수 있지 않겠습니까?"

그 말에 수긍이 가는 듯 여승은 고개를 끄덕였다.

"그 말은 맞다. 용맥을 파괴하는 것이 과연 영험한지는 확신할 수 없지만, 설령 득이 안 되더라도 실은 없겠지. 그 결과를 세상에 알리기만 해도, 오랑캐 군신들은 풍수의 용맥을 굳게 믿고 있으니 심적으로라도 큰 타격을 줄 수 있겠지. 그리고 반청복명을 바라는 사람들도 그만큼 신심을 더 갖게 될 것이다. 네가 진짜 태후한테서 알아내려는 비밀이 바로 그것이란 말이지?"

태후가 대답했다.

"네, 그래요. 한데 그 하찮은 계집은 그 일이 자손들의 흥망과 직결된다는 것을 알고, 죽어라 말을 안 하는 겁니다. 그동안 감언이설로 설득도 해봤고 협박도 하면서 온갖 수단과 방법을 다 동원했지만 여전히 입을 열지 않습니다."

여승은 품속에서 그《사십이장경》을 꺼냈다.

"지금껏 그녀에게 이런 경전이 어디 있느냐고 캐물은 것이냐?"

태후는 깜짝 놀란 듯 뒤로 두어 걸음 물러났다. 목소리까지 떨렸다.

"아니… 그걸 이미 알고 있었나요?"

여승이 말했다.

"그 엄청난 비밀이 바로 이 경전 속에 숨겨져 있다는데… 넌 몇 부나 갖고 있느냐?"

태후는 한숨을 내쉬었다.

"사태께선 법력法力이 신통해 모르는 것이 없군요. 네, 솔직히 다 말할게요. 원래 세 부를 수중에 넣었어요. 한 부는 선황이 동악비에게 준 건데, 그녀가 죽은 뒤에 제가 갖고 있었죠. 나머지 두 부는 간신 오배의 집을 압수수색하다가 찾아낸 겁니다. 그런데 어느 날 자객이 나타나 저의 가슴을 칼로 찌르고 그 세 부의 경전을 다 훔쳐갔습니다. 자, 보십시오."

그러면서 옷깃을 젖히더니 내의와 젖가리개마저 풀어헤쳤다. 가슴에 커다란 상흔이 남아 있었다.

위소보는 가슴이 두근거렸다.

'더 캐묻다가는 사태가 날 의심하게 될지도 모르겠는데….'

여승이 다시 말했다.

"너를 찌른 사람이 누군지 알고 있다. 그러나 그는 경전을 가져가진 않았어."

그녀는 만약 도홍영이 경전을 가져갔다면 자기한테 말을 안 했을 리가 없다고 생각했다.

태후가 놀라 소리쳤다.

"그 자객이 경전을 가져가지 않았다고요? 그럼 그 세 부는 누가 훔쳐갔죠? 그거 참… 이상한 일이네요."

여승이 침착하게 말했다.

"사실대로 말을 하든 안 하든, 그건 너한테 달려 있다."

태후가 말했다.

"제가 한 말은 다 사실입니다. 사태는 오랑캐를 증오하고 법력이 뛰어나니 이 엄청난 비밀을 파헤쳐 오랑캐의 용맥을 끊어버린다면 저로서도 더 이상 바랄 게 없어요. 그런데 뭘 더 숨기겠어요? 더구나 그 여덟 부를 다 모아야만 용맥을 찾아낼 수 있답니다. 지금 사태가 한 부를 갖고 있는데, 설령 제가 다른 세 부를 갖고 있다고 한들 무슨 소용이 있겠습니까?"

여승이 냉랭하게 말했다.

"너의 진짜 속셈이 뭔지는 더 이상 꼬치꼬치 캐묻지 않겠다. 정녕 피도 모문룡의 딸이라면 신룡교와도 분명 깊은 연관이 있겠지?"

태후는 떨리는 목소리로 말했다.

"아… 아녜요, 아닙니다! 저는… 신룡교의 이름조차 들어보지 못했어요."

여승은 그녀를 잠시 응시하다가 입을 열었다.

"내가 한 가지 해독 방법을 가르쳐주마. 매일 아침과 정오, 밤 세 차례 내가 가르쳐준 방법대로 나무줄기를 두드려라. 연달아 81일을 계속하면 체내에 쌓인 화골면장의 독이 해소될 수도 있을 것이다."

태후는 크게 기뻐하며 무릎을 꿇고 연신 큰절을 올렸다. 백의 여승은 곧이어 그녀에게 주의사항을 알려주었다.

"앞으로 내공을 끌어올려서 사람에게 상해를 입히면 전신의 뼈마디가 바로 부러질 것이며, 아무도 널 구하지 못할 것이다."

태후는 나직이 대답했다.

"네, 알겠습니다."

그녀의 표정은 매우 암담했다. 반면 위소보는 그야말로 날아갈 듯 기분이 좋았다.

'앞으로 설령 오룡령이 없어도 저 화냥년을 겁낼 필요가 없겠군!'

여승이 소맷자락을 살짝 떨쳐 태후의 훈혈을 찍자 그녀는 바로 눈을 허옇게 뒤집으며 기절해 쓰러졌다.

여승이 나직이 말했다.

"이젠 나와라."

위소보와 도홍영이 침상 뒤에서 나왔다. 위소보가 말했다.

"사태, 저 여인의 말은 열 마디 중 세 마디는 믿을 수 있어도 나머지 일곱 마디는 믿을 게 못 됩니다."

여승은 고개를 끄덕였다.

"그래, 경전에 숨겨진 비밀은 오랑캐의 용맥뿐만 아니라 금은보화에 관한 것도 있는데, 그건 끝내 말하지 않았어."

위소보가 다시 말했다.

"다시 한번 찾아볼게요."

그는 일부러 여기저기를 뒤지고 이불까지 다 젖혀 찾는 척을 했다. 그러다가 침상 밑에 깔린 목판에 달려 있는 고리를 발견하고는 나직이 외쳤다.

"경전이 여기 있어요!"

고리를 잡고 목판을 젖히자, 많은 금은보화가 숨겨져 있었다. 그러나 경전은 보이지 않았다. 위소보가 실망스럽다는 듯 말했다.

"경전은 없네요. 이따위 금은보화가 무슨 소용이 있어요?"

여승이 말했다.

"보석을 다 챙겨라. 나중에 의거를 할 때 군자금으로 쓸 수도 있다."

도홍영은 금은보화와 은표를 비단보자기에 싸서 백의 여승에게 건네주었다.

위소보는 속으로 쾌재를 불렀다.

'쌤통이다! 화낭년은 이번에 파산을 했군!'

생각이 이어졌다.

'저번엔 왜 금은보화가 들어 있지 않았을까? 맞아! 경전을 숨겨놓는 바람에 다른 건 넣을 수가 없었던 거야. 아깝다, 아까워!'

여승이 도홍영에게 말했다.

"이 가짜 태후는 분명 다른 꿍꿍이속이 있을 것이다. 넌 궁에 잠복해서 자세한 내막을 캐봐라. 이미 무공을 잃었으니 겁낼 필요 없다."

도홍영이 대답했다.

"네."

그녀는 옛 주인과 오랜만에 만났는데 바로 헤어지게 되자 못내 아쉬워했다.

백의 여승은 위소보를 데리고 황궁 담장을 뛰어넘어 다시 객잔으로 돌아왔다. 그녀는 우선 경전을 유심히 살펴보았다.

이 경전은 겉장이 황색 비단으로 돼 있었다. 바로 순치 황제가 강희에게 전해주라고 위소보에게 맡겼던 그 경전이었다. 여승은 책장을 넘기다가 첫 장에 쓰여 있는 '영불가부'라는 네 글자를 발견하고는 고개를 끄덕이며 위소보에게 말했다.

"오랑캐 황제가 영불가부할 거라고 말했다더니, 정말 그 네 글자가 여기 적혀 있구나."

그녀는 책장을 한 장 한 장 넘기며 천천히 읽어 내려갔다. 이《사십이장경》의 경문은 아주 짧아 한 장에 드문드문 몇 글자가 적혀 있을 뿐이었다. 대신 글자가 아주 컸다.

여승은 이 경문을 이미 달달 외울 정도로 많이 읽었다. 경전을 처음부터 끝까지 다시 읽어봤는데 다른 경문과 한 자도 다르지 않았다. 혹시 겹장 안에 다른 글자가 숨겨져 있는 게 아닌가 하고 촛불에 비춰보았지만 아무것도 발견하지 못했다.

그녀는 깊은 생각에 잠겼다. 이 경전은 내용이 불과 10여 장이다. 앞뒤의 겉장이 그 10여 장보다 훨씬 두꺼웠다. 문득 원승지袁承志가 《금사비급金蛇秘笈》을 얻게 된 경위를 저술한 책이 뇌리에 떠올랐다. 그래서 책 겉장을 물에 푹 적셔서 살짝 뜯어보니, 그 안에 겹으로 된 양피지가 들어 있었다. 그 양피지의 사면을 가느다란 실로 촘촘하게 꿰매 밀봉한 것이었다. 실을 조심스레 뜯어보니, 그 속에 지극히 얇은 100여 조각의 양피지 쇄편碎片이 들어 있었다.

위소보가 흥분해서 소리쳤다.

"맞아요, 맞아! 이게 바로 그 엄청난 비밀이에요!"

여승은 그 쇄편들을 탁자 위에 펼쳐놓았다. 비교적 큰 조각도 있고, 작은 조각도 있었다. 모양새도 제각기 달라 원형, 세모꼴, 네모난 조각, 육각형도 있었다. 조각마다 구불구불하니 붉은 선으로 뭔가 그려져 있고, 검은 먹물로 만주 글이 적혀 있기도 했다. 그러나 그림이나 글자가 적힌 것은 극히 일부에 불과했다. 비록 100여 개의 조각이라 해도 서로 연결이 되지 않고, 이어맞추기도 어려웠다.

위소보가 말했다.

"아무래도 경전마다 다 이런 조각이 숨겨져 있는 것 같아요. 여덟

부의 경전을 다 찾아내야만 그 조각들을 하나하나 맞춰 완벽한 지도
가 만들어지는 모양이에요."

여승의 생각도 같았다.

"그런 것 같구나."

그녀는 조각을 다시 겹으로 된 양피지 속에 넣고 비단에 잘 싸서 품
속에 갈무리했다.

다음 날 백의 여승은 위소보를 데리고 경성을 벗어났다. 서쪽 방향
으로 한참을 달려 창평현昌平縣 금병산錦屏山 사릉思陵에 다다랐다. 이곳
은 명나라 마지막 황제인 숭정 황제가 안장돼 있는 곳이다. 능 앞에는
잡초가 무성하고 몹시 황량했다. 여승은 이곳까지 오면서 한 마디도
말이 없었다. 그녀는 능 앞에 엎드려 통곡하기 시작했다. 위소보도 무
릎을 꿇고 큰절을 올렸다.

그런데 곁에서 풀잎을 밟는 소리가 들려 슬쩍 고개를 돌려보니, 녹
색 치맛자락이 보였다.

'녹색 치마다!'

위소보가 그동안 헤아릴 수 없을 만큼, 밤이고 낮이고 생각해온 녹
색 치마를 갑자기 이곳에서 보게 되자, 가슴이 쿵쿵 뛰었다. 이게 만약
꿈이라면 행여 깨어날까 봐 확인할 엄두가 나지 않았다.

애교 섞인 간드러진 음성이 들려왔다.

"드디어 오셨군요. 저는… 여기서 꼬박 사흘을 기다렸어요."

이어 한숨을 내쉬며 다시 말했다.

"너무 상심하지 마세요."

바로 그 녹의 소녀의 목소리가 틀림없었다.

너무나 부드럽고 애교가 넘치는 그녀의 음성을 듣자, 위소보는 바로 하늘이 빙빙 돌고 땅이 흔들리는 듯 감격에 겨워 미쳐버릴 것만 같았다. 너무 좋아서 온몸이 산산조각 나는 것 같았다. 마치 그《사십이장경》의 쇄편처럼 크고, 작고, 동그랗고, 세모지고, 네모나고… 그렇게 숱한 조각이 되어 허공을 둥실둥실 날아다니는 것 같았다.

그는 신이 나서 녹의 소녀의 말에 답했다.

"그래, 그래. 날 사흘 동안 기다렸다고? 고마워, 고마워. 난… 네 말대로 상심하지 않을게."

그러면서 몸을 일으켰다. 그 아름다운 녹의 소녀의 모습이 바로 눈앞에 나타났다. 그런데 그녀의 부드럽던 표정이 이내 경악으로 바뀌더니 다시 분노로 변했다. 위소보는 헤벌쭉 웃으며 말했다.

"정말 보고 싶어서 죽는 줄…."

그의 말이 채 끝나기도 전에 아랫배가 따끔하며 몸이 붕 떠오르더니 뒤로 1장가량 날아가 쿵 하고 땅에 떨어졌다. 그녀에게 걸어차인 것이다.

녹의 소녀는 유엽도를 뽑아들고 다짜고짜 그의 머리를 향해 내리쳐갔다. 위소보는 황급히 몸을 굴렸다. 그 바람에 유엽도는 팍 하고 땅을 내리쳤다. 소녀가 다시 공격하려는데 백의 여승이 호통을 쳤다.

"그만!"

소녀는 왈칵 울음을 터뜨렸다. 그리고 여승의 품으로 파고들며 소리쳤다.

"저 나쁜 사람이… 날… 얼마나 괴롭혔는지 몰라요! 사부님, 어서 그를 죽이세요!”

위소보는 놀라고도 기뻤지만, 한편으로는 몹시 멋쩍었다.

‘이제 보니 사태의 제자였군. 그럼 아까 그 말은 나한테 한 게 아니잖아.’

그는 울상이 되어 천천히 몸을 일으켰다.

‘일이 이렇게 공교롭게 됐으니 시치미 뚝 떼고 착한 척해야겠어. 사태는 대자대비하니 잘 구슬려서 날 저 계집과 맺어주도록 해야지.’

앞으로 다가가 소녀에게 정중히 읍하며 말했다.

“소인이 본의 아니게 낭자께 무례를 범한 것을 정중히 사과드립니다. 너무 나무라지 마십시오. 날 때려서 분이 풀린다면 맞아드리겠습니다. 그저 목숨만은 살려주십시오.”

소녀는 여승을 끌어안은 채 몸도 돌리지 않고 뒷발을 날려 위소보의 아래턱을 정확히 걷어찼다.

“으악!”

위소보는 비명을 지르며 다시 뒤로 벌렁 나자빠졌다. 그리고 신음을 연발하며 좀처럼 일어나지 못했다.

여승이 말했다.

“아가阿珂야, 왜 만나자마자 불문곡직, 무조건 그를 걷어차지?”

다소 나무라는 투였다. 그 말을 듣고 위소보는 내심 기뻤다.

‘이름이 아가였군. 드디어 이름을 알아냈다.’

그는 며칠 동안 백의 여승과 함께 있으면서 그녀가 공손하고 겸허한 사람을 좋아한다는 것을 알았다. 그녀 앞에선 가능한 한 자신을 낮추는 것이 득이 된다고 판단했다.

"사태, 낭자가 저를 걷어찬 것은 당연한 일입니다. 제가 잘못을 저질러 낭자를 화나게 만든 겁니다. 설령 백번천번 걷어차도 저로선 할 말이 없습니다."

그는 기다시피 일어나 두 손으로 턱을 감쌌다. 심한 고통에 눈물이 나왔다. 일부러 엄살을 부리는 게 아니라, 걷어차인 턱이 정말 아팠다.

아가는 흐느끼면서 말했다.

"사부님, 저 사미승은 정말 나빠요. 그는… 저를 희롱했어요."

여승이 물었다.

"어떻게 희롱했다는 것이냐?"

아가는 얼굴이 붉어졌다.

"그는… 여러 번 저를… 희롱했다고요!"

위소보는 변명을 할 필요를 느껴 얼른 입을 열었다.

"사태, 따지고 보면 다 제가 어리석고 무공도 약했기 때문입니다. 그날 낭자가 소림사에 왔는데…."

여승이 그의 말을 자르고 물었다.

"소림사에 갔다고? 여자애가 뭐 하러 소림사에 갔어?"

위소보는 내심 다시 좋아했다.

'그럼 사태가 소림사로 보낸 게 아니군. 잘됐다!'

그는 눈치를 보며 말했다.

"그날 낭자 혼자 온 게 아닙니다. 그의 사저가 강요해서 어쩔 수 없이 함께 온 거예요."

그 말에 여승은 고개를 갸웃했다.

"네가 그걸 어떻게 알지?"

위소보가 설명했다.

"그때 저는 오랑캐 황제를 대신해 소림사에서 출가해 승려가 됐는데, 다른 낭자가 앞장서 소림에 나타났어요. 저 낭자는 뒤따라오면서 썩 내키지 않는 표정이었죠."

여승이 고개를 돌려 물었다.

"아기阿琪가 널 데려간 것이냐?"

아가가 짧게 대답했다.

"네."

여승이 다시 물었다.

"그래서 어떻게 됐지?"

아가가 대답했다.

"소림사의 승려들이 아주 사납게 굴었어요. 사내 규칙이라면서 여자들은 못 들어가게 막더라고요."

위소보가 그녀의 말을 받았다.

"네, 그래요. 사실 그 규칙도 별거 아니에요. 왜 여시주를 못 들어가게 하죠? 관음보살도 여자잖아요."

여승은 무표정한 얼굴로 물었다.

"그래서 어떻게 됐느냐?"

위소보가 대답했다.

"낭자는 소림 승려들이 허락을 안 하니 돌아가자고 말했어요. 그런데 소림 승려 네 사람은 무례하게 허튼소리를 막 지껄여 두 낭자를 화나게 만들었죠."

여승이 아가에게 물었다.

"그래서 너흰 소림 승려들과 싸웠느냐?"

소녀가 뭐라고 대답하기도 전에 위소보가 앞을 다투듯이 나섰다.

"다 소림 지객승들의 잘못이에요. 제가 직접 목격한 일입니다. 그들이 두 낭자를 막 밀었어요. 생각해보세요. 두 낭자는 천금지체千金之體인데 승려들이 더러운 손으로 건드리게 내버려두겠어요? 두 낭자는 이리저리 피할 수밖에 없었고, 승려들은 허둥지둥하다가 정자 모서리에 부딪혔으니 아프긴 좀 아팠겠죠."

여승은 코웃음을 쳤다.

"소림의 무공은 무림에서 으뜸인데 승려들이 그렇게 나약할 리 있나? 아가야, 네가 출수할 때 무슨 초식을 썼지?"

아가는 감히 숨길 수 없어 고개를 숙인 채 이실직고했다. 그녀의 말을 다 들은 여승은 눈꼬리를 살짝 치켜올렸다.

"그래서 소림 승려 넷을 다 쓰러뜨렸다는 것이냐?"

아가는 위소보를 노려보며 차갑게 말했다.

"저 사람까지 다섯이죠!"

여승은 성난 음성으로 말했다.

"너희는 정말이지 겁도 없구나. 소림을 찾아가서 승려 다섯 명의 팔을 다 탈골시키다니!"

그녀는 섬광처럼 차가운 눈빛으로 아가의 위아래를 훑어보았다. 아가는 그녀의 눈빛을 접하자 잔뜩 겁을 집어먹고 안색이 창백하게 변했다. 여승은 그녀의 목에 붉은 상흔이 있는 것을 발견하고 물었다.

"그 상처는 소림 고수들과 겨루다가 다친 것이냐?"

아가는 고개를 내둘렀다.

"아… 아녜요. 저… 저…."

고개를 들어 위소보를 흘겨보는데, 양 볼이 빨개지며 눈에 눈물이 가득 맺혔다.

"저… 저 사람이 저를 희롱해서 저 스스로… 칼을 휘둘러… 목을 베었는데… 죽지 않았어요."

여승은 앞서 두 제자가 소림을 찾아가 말썽을 부린 이야기를 듣고 매우 노여워했는데, 지금 아가의 목에 상처가 난 것을 보고는 측은한 생각이 들었다.

"저 아이가 어떻게 널 희롱했는데?"

아가는 선뜻 대답을 하지 못하고 왈칵 울음을 터뜨렸다.

위소보가 나섰다.

"누가 뭐라고 해도 그건 제 잘못입니다. 저는 원래 말주변이 없어 두서없이 지껄이는 바람에 낭자는 화가 나서 저를 붙잡았는데, 저는 너무 놀랐습니다. 게다가 낭자께선 제 눈을 파버리겠다고 했어요. 그냥 겁을 주려고 한 말인데, 저는 워낙 겁이 많아 혼비백산 두 손을 뒤로 막 휘젓다가 그만 무심코 낭자의 몸을 건드리고 말았어요. 물론 고의는 아니었지만 낭자는 희롱을 당했다고 생각했으니, 당연히 화가 날 만하죠."

아가는 얼굴이 사과처럼 빨갛게 달아오르고 눈에는 분노가 이글거렸다.

백의 여승은 당시 상황을 자세히 묻고 나서 고개를 끄덕였다.

"그건 고의가 아니었으니 너무 개의치 마라."

그러고는 아가의 어깨를 가볍게 토닥거리며 부드럽게 말했다.

"상대는 아직 어리고 또한… 내관이니 아무 상관 없다. 네가 유연귀
소로 그의 양팔을 부러뜨렸으니 이미 징벌을 한 것이나 다름없어."

아가는 계속 눈물을 글썽이며 속으로 투덜댔다.

'어리긴 뭐가 어려요? 기루에 가서 못된 짓만 잘하던데!'

그러나 감히 그 말을 입 밖에 낼 수는 없었다. 말을 잘못 했다가는
기루를 찾아가 손찌검을 한 것까지 다 들통이 날 터였다. 그녀는 속이
터져 다시 눈물을 흘렸다.

위소보는 아예 땅에 무릎을 꿇고 연신 큰절을 올렸다.

"낭자, 그렇게도 분하면 날 다시 걷어차서 분풀이를 하세요."

아가는 울먹이며 빽 소리를 질렀다.

"걷어차지 않을 거야!"

위소보는 그 즉시 찰싹찰싹, 자신의 뺨을 몇 번 후려갈겼다.

"내가 죽일 놈이오, 내가 죽을죄를 지었소!"

여승은 눈살을 찌푸렸다.

"그건 네 잘못이라고 단정할 수도 없어. 아가야, 자꾸 그렇게 몰아
세우면 안 된다."

아가는 훌쩍거리며 말했다.

"정말 나쁜 사람이에요. 날 사찰로 잡아가 가두기도 했어요!"

그 말에 여승은 깜짝 놀라 물었다.

"그게 사실이냐?"

위소보가 대답했다.

"네, 네! 그것도 다 제 잘못입니다. 낭자의 환심을 사기 위해 사찰
안으로 모시고 갔어요. 어쨌든 처음부터 낭자가 소림에 들어가 구경

을 하고 싶어 해서 생긴 일이니까, 그 바람을 들어주고 싶었어요. 그래서… 아예 좀 과감하게 낭자를 반야당으로 모셔 노화상 한 분과 말동무가 되게 했지요."

백의 여승이 역정을 냈다.

"둘 다 정말 엉뚱한 짓을 했구나! 노화상은 또 누구냐?"

위소보가 말했다.

"반야당의 수좌 징관 대사예요. 사태께선 그와 청량사에서 일장을 주고받았잖아요."

여승은 고개를 끄덕였다.

"그 대사님의 무공은 아주 대단하지."

그러고는 다시 아가의 어깨를 토닥거렸다.

"됐다, 그 대사님은 무공도 아주 고강할 뿐 아니라 나이도 지긋하셔. 소보가 너에게 그 대사님의 말동무가 되어주라고 한 것은 다른 뜻이 있었던 게 아니니 다시는 언급하지 마라."

아가는 속으로 뾰로통했다.

'저 쪼그만 녀석이 얼마나 나쁜지 몰라. 일일이 다 고자질하자니 말하기가 거북하고… 잘못 말했다가는 오히려 사저와 나만 혼쭐이 날지도 몰라.'

그녀는 사부의 눈치를 살피며 말했다.

"사부님, 저… 잘 모르시는 것 같은데 그는… 그는…."

여승은 그녀를 외면하고 숭정의 능만 물끄러미 쳐다볼 뿐이었다.

위소보는 아가에게 혀를 날름거리며 익살스러운 표정을 지어 약을 올렸다.

아가는 화가 치밀어 그를 무섭게 노려보았다. 위소보의 눈에는 그녀의 화난 모습도 형용할 수 없을 만큼 너무나 예뻐 보였다. 그냥 한쪽에 쪼그리고 앉아 눈 한 번 깜박거리지 않고 오로지 아가만 쳐다보았다. 머리부터 발끝까지, 머리카락이며 속눈썹, 심지어 새끼손가락마저 아름다움의 극치였다.

아가는 곁눈질로 힐끗 눈을 돌려, 그가 넋을 잃은 듯 자기를 뚫어지게 쳐다보고 있는 것을 확인하고는 얼굴이 화끈 달아올랐다. 얼른 백의 여승의 옷자락을 잡아당기며 하소연했다.

"사부님, 그가… 자꾸 날 쳐다봐요."

여승은 그저 '음…' 할 뿐, 지난날 궁에서 있었던 일을 회상하는지, 아무 말 없이 깊은 상념에 잠겨 있었다. 그러니 아가의 말이 귀에 들어올 리가 없었다.

어느덧 해가 뉘엿뉘엿 서산마루로 기울기 시작했다. 그래도 백의 여승은 부친의 능을 떠나고 싶지 않은 모양이었다. 위소보는 신이 났다. 그녀가 보름이고 한 달이고 그냥 이곳에 남아주길 바랐다. 아가만 계속 쳐다볼 수 있다면 밥을 먹지 않아도 배가 부를 것 같았다.

아가는 그가 뚫어지게 쳐다보는 바람에 온몸이 부자연스러웠다. 비록 다시는 고개를 돌리지 않았지만 그의 따가운 시선을 충분히 의식할 수 있었다. 너무 부끄럽고 짜증이 나고 울화가 치밀어 어찌할 바를 모르고 속으로 생각했다.

'저 녀석은 워낙 감언이설에 능하니 조심해야 해. 벌써 무슨 거짓말을 꾸며대서 사부님을 저렇게 가까이 모시고 있으니… 하지만 사부님이 안 계시면 바로 죽여버릴 거야! 나중에 사부님이 알고 날 꾸짖더라

도, 계속 이렇게 수모를 당하고 있을 순 없어!'

다시 한참 시간이 흘러 날이 어두워지기 시작했다. 백의 여승은 그제야 길게 한숨을 내쉬며 몸을 일으켰다.

"자, 이젠 가자!"

이날 밤 세 사람은 어느 농가에서 유숙했다. 위소보는 백의 여승이 정갈한 것을 좋아한다는 것을 알고 있었다. 그래서 식사 전에 젓가락과 그릇을 뜨거운 물에 다시 씻고 두 사람이 앉는 의자와 식탁을 먼지 한 점 없게 깨끗이 닦았다. 그리고 두 사람이 묵을 방도 말끔하게 청소했다. 원래 게으른 위소보가 이렇듯 부지런하게 움직인 것은 난생처음 있는 일이었다.

여승은 내심 그를 아주 기특하게 생각했다.

'아주 부지런한 아이야. 강호를 떠돌 때 데리고 다니면 편한 점이 많겠어.'

그녀는 열다섯 살 이전에는 궁에서 살았다. 어릴 적부터 궁녀와 내관들의 시중을 받는 생활이 몸에 배었다. 물론 나라를 잃고 강호를 전전하면서는 일상생활이 전과는 판이하게 달라진 것이 사실이었다. 위소보는 내관으로 있었기 때문에 어떡해야 상전의 환심을 살 수 있는지 잘 알고 있었다. 그는 백의 여승이 지난날 공주로서 누렸던 행복을 다시 느끼게 해주었다.

여승은 수행생활을 하면서 옛날에 누렸던 부귀영화를 더 이상 마음에 두지 않았지만, 다른 사람들과 마찬가지로 어릴 적의 추억은 평생 뇌리에 남아 지워지지 않았다. 그녀는 다시 공주로 되돌아갈 생각은 해본 적이 없지만, 위소보가 마치 공주님 대하듯 자신의 시중을 드니 내심 흐뭇했다.

저녁을 먹고 나서 여승은 아가의 사저인 아기의 행방을 물었다.

아가가 대답했다.

"그날 소림사 앞에서 헤어진 후로 사저를 만나지 못했어요. 아마…
그에게 변을 당했을지도 몰라요."

그러면서 위소보를 차갑게 노려보았다.

위소보가 얼른 나섰다.

"그럴 리가 없어요. 난 아기 낭자가 몽골의 갈이단 왕자와 함께 있
는 걸 봤어요. 몇몇 라마승과 오삼계의 총병 한 사람도 함께 있었어
요."

백의 여승은 오삼계의 이름을 듣자 이내 성난 표정으로 변했다.

"아기가 왜 그런 상관없는 사람들과 어울려 다니지?"

위소보가 말했다.

"그 사람들이 소림을 찾아왔는데 마침 아기 낭자와 마주친 것 같아
요. 제가 사태를 모시고 있으면 낭자를 쉽게 찾을 수 있을 거예요."

여승이 물었다.

"어째서…?"

위소보가 대답했다.

"저는 그 몽골 사람들과 라마승, 운남 군관들의 얼굴을 다 기억하고
있기 때문에 그중 한 사람만 만나도 금방 알아볼 수 있어요."

여승이 말했다.

"좋아, 그럼 나랑 함께 다니면서 좀 찾아봐주렴."

위소보는 몹시 좋아하면서 얼른 대답했다.

"네, 감사합니다!"

백의 여승은 고개를 갸웃했다.

"네가 날 도와주니까 내가 고맙다고 해야지, 왜 네가 고맙다고 하는 것이냐?"

위소보가 대답했다.

"매일매일 사태와 함께 있으면 너무 행복해요. 영원히 사태와 함께 있었으면 좋겠어요. 그렇게 안 되더라도 가능한 한 오랫동안 곁에 있고 싶어요."

여승이 빙긋이 웃었다.

"그래?"

그녀는 비록 아기와 아가를 제자로 거뒀지만 평상시 두 제자를 엄하고 차갑게 대했다. 두 제자도 사부님을 경외해 속마음을 털어놓은 적이 없다. 위소보처럼 듣기 좋은 말만 골라서 하거나 비위를 맞춰가며 살갑게 굴지 않았다. 백의 여승은 비록 성격이 냉엄하지만 살가운 말을 듣자 기분이 좋아 절로 미소를 지은 것이었다.

아가는 안타까웠다.

"사부님, 그는… 그게 아니라…."

그녀는 위소보가 함께 다니면서 열심히 사저를 찾아보겠다고 한 것은, 진심이 아니라 자기 때문이라는 것을 잘 알고 있었다. 그 무슨 '매일매일 사태와 함께 있으면 너무 행복하고, 영원히 사태와 함께 있었으면 좋겠다'라고 말한 것은, 사실 '아가'를 '사태'로 바꿔 말한 것일 뿐이었다.

하지만 여승은 아가에게 눈을 흘겼다.

25. 가짜와 진짜

"왜 그게 아니라는 것이냐? 네가 남의 속마음을 어떻게 알아? 물론 강호는 워낙 험악한 곳이라 사람들의 말을 곧이곧대로 믿어서는 안 된다고 전에 내가 말한 적이 있지만, 이 아이는 나랑 여러 날 함께 있었기 때문에 내가 잘 안다. 아주 솔직하고 가식이 없으니 믿어도 된다. 아직 나이가 어려 순진한데 어떻게 일반 강호 사람들과 비교할 수 있겠느냐?"

아가는 더 이상 할 말이 없어 고개를 숙인 채 대답했다.

"네…."

위소보는 속으로 날아갈 듯이 좋아했다.

'아가야, 넌 내 마누라야. 이 낭군은 다른 사람들하고는 달라. 어떻게 일반 강호 사람들과 비교가 되겠니? 그러니 사부님의 말을 잘 들어. 절대 손해 보지 않을 거야. 네가 아무리 반항을 해도 결국 내 마누라가 될 거야. 설마 내가 널 저버릴 것 같아? 걱정 마. 백번천번 안심해도 돼.'

〈6권에서 계속〉

▶ **모든 주석은 옮긴이 주이다.**

1 코모도왕도마뱀처럼 생긴 상상의 동물이다. 넓적한 네 발에, 가슴은 붉고 등에 푸른 무늬가 있다. 몸뚱어리는 비단처럼 부드럽고, 특이하게도 눈썹으로 교미해 알을 낳는다고 한다.

2 청나라 때 팔기군은 300명을 1우록으로 편성했다. 우록은 큰 화살, 즉 '대전大箭'이라는 뜻이다. 그들의 통솔자는 '대전'을 지니고 있었으며 그것을 영부令符로 썼다. 우록은 지금의 연대에 해당된다. 5우록이 1갑라甲喇다. 그리고 5갑라를 1고산固山이라 했다.

작가 주

21장(32쪽)   건녕 공주는 사실 청 태종 홍타이지의 딸이다. 그러니까 순치 황제의 누이
동생이고, 강희의 고모가 된다. 건녕 공주라는 봉호封號도 강희 16년이 되
어서야 내려졌다. 순치의 딸은 화석和碩 공주로, 강희의 친누나다. 그녀는
오배의 조카한테 시집을 갔다. 그러나 통속소설에서는 꼭 정사正史에 의거
하지 않으니, 이 점 학자나 독자 여러분의 양해를 구한다.

25장(363쪽)   명나라 장평長平 공주에 관한 일화는 《벽혈검碧血劍》에서 소상히 그렸다.